ONE YEAR HOME – EIN TRAUM VON GLÜCK

MARIE FORCE

One Year Home – Ein Traum von Glück

ÜBER DAS BUCH

John

Ich habe keine Ahnung, wie ich ohne meine geliebte Ava weitermachen soll. Nach fünf Jahren des Wartens hat sie endlich einen Schlussstrich gezogen und in Eric eine neue Liebe gefunden. Am liebsten würde ich in meiner Depression versinken, aber die ganze verdammte Welt will etwas von mir – dem Leiter des SEAL-Teams, dem es gelungen ist, den meistgesuchten Terroristen der Welt zu schnappen. Ich brauche Hilfe, um diesen Medienzirkus durchzustehen, doch als Julianne, Avas neue Schwägerin als meine PR-Beraterin auftaucht, fällt es mir schwer, ihr überhaupt eine Chance zu geben. Ihr Bruder hat mir meine Ava genommen. Was muss ich sonst noch über sie wissen?

Julianne

Ich brauche keine fünf Sekunden, um zu erkennen, dass Evas Ex der komplizierteste und schwierigste Kunde sein wird, den ich je hatte. Aber den berühmtesten Mann der Welt zu vertreten ist genau der Boost, den ich für meine Karriere brauche. Ich bin entschlossen, das durchzuziehen, auch wenn ich John von Anfang an nicht mag. Dabei mag ich eigentlich jeden. Doch je mehr Zeit wir miteinander verbringen, desto mehr verwandelt sich unsere gegenseitige Abneigung in etwas anderes ... etwas *ganz* anderes. Aber das ist natürlich unmöglich, denn wenn Eric herausfindet, dass ich Gefühle für den Mann entwickelt habe, der in seiner Ehe Ärger verursacht, fürchte ich, dass mir die ganze Sache spektakulär um die Ohren fliegen wird ...

KAPITEL 1

JOHN

Nichts ist gelaufen wie geplant. Von der Sekunde an, in der ich während der Gefangennahme von Al Khad – dem meistgesuchten Mann der Welt – angeschossen wurde, ist mein Leben außer Kontrolle geraten. Ich habe ein halbes Bein verloren. Ich habe einen Monat an eine Infektion verloren, und dann ... dann habe ich Ava verloren, die Liebe meines Lebens, die jetzt mit einem anderen Mann verheiratet ist und ihre Flitterwochen irgendwo in Europa verbringt.

Eric. Der Kerl heißt Eric, und ich schätze, sie hat sich in ihn verliebt, während ich über fünf Jahre im Auslandseinsatz war. Wochen nachdem ich mich mit ihr getroffen und erfahren habe, dass sie während meiner unendlichen sechsjährigen Abwesenheit jemand Neues kennengelernt hat, habe ich immer noch nicht ganz verstanden, dass das mit uns für immer vorbei ist. Die Gedanken an sie, an *uns*, an das Leben, das ich so dringend mit ihr führen wollte, hatten mich während der langen Jahre der Trennung aufrecht gehalten.

Dass sie jetzt für immer weg ist, ist unbegreiflich. Ich habe sie von dem Moment an geliebt, in dem ich sie das erste Mal gesehen habe – das war vor acht Jahren in einer Bar in San Diego. Wir sind wortwörtlich vor den Toiletten zusammengestoßen, und das war's. Wir waren zusammen, bis ich in den Einsatz musste, obwohl ich keine Beziehung führen oder mich auf etwas einlassen durfte, was mich davon abhalten würde, einen Job zu machen, für den nur wenige Soldaten ausgewählt werden. Meine Einheit und meine Missionen waren so geheim, dass ich mit niemandem darüber reden darf, was wir getan haben oder wie wir es getan haben. Nachdem Al Khads Truppen mich mit dem Video von seiner Ergreifung geoutet haben und ich als widerstrebender Held in die USA zurückgekehrt bin, will *jeder* alle Einzelheiten wissen.

Ich werde mit Anfragen von Presseleuten überschüttet. Es sind so viele, dass der mir von der Navy zugewiesene Officer für Öffentlichkeitsarbeit aufgehört hat, ihre Anrufe entgegenzunehmen, weswegen sie sich nun direkt bei mir melden. Wie sie an meine Nummer gekommen sind, weiß ich nicht. Aber ich hatte keine andere Wahl, als jemanden zu engagieren, der sich für mich darum kümmert.

Dieser Jemand, der mir von Ava empfohlen wurde, ist ausgerechnet ihre neue Schwägerin Julianne Tilden, die außerdem die Tochter des Gouverneurs von New York ist. Toll. Ich bekomme es also nicht nur mit jemandem aus Avas neuer Familie zu tun, sondern auch mit der Tochter eines Gouverneurs, die vermutlich eine verwöhnte, privilegierte, nervtötende Prinzessin ist und keine Ahnung davon hat, was Sache ist.

Ich bin darauf vorbereitet, sie auf den ersten Blick zu hassen. Ihr Bruder hat »meine« Ava geheiratet. Was muss ich sonst noch über sie wissen?

Wenn ich mich nicht so verzweifelt nach einer Atempause von den unablässigen Medienanfragen sehnen würde, würde ich nichts mit Avas Schwägerin zu tun haben wollen. Aber jemand anderen zu finden würde Energie kosten, die ich nicht habe. Und überhaupt, was interessiert es mich, wer sich um die Presse kümmert? Solange nicht ich es bin.

Ich wohne in einer Wohnung, die Lieutenant Commander David Muncie, der Verbindungsoffizier, der mir von der Navy zugeteilt wurde, für mich gefunden hat, nachdem ich aus der Reha entlassen worden war. Es hieß, die Entlassung sei ein Sieg, der gefeiert werden sollte.

Wow. Wie verdammt großartig.

Jetzt, wo Ava nicht mehr da ist, ist mir alles egal. Sie war mein Lebenszweck. Nun habe ich nur noch ein halbes Bein und ein gebrochenes Herz, das in so viele Stückchen zersplittert ist, dass es vielleicht nie wieder normal schlagen wird. Wo ist also der Sinn? Ich weiß es nicht mehr, und ich bin selbstkritisch genug, um zu erkennen, dass ich ernsthaft depressiv bin.

Die Ärzte, die ich regelmäßig aufsuche, kümmern sich auch darum und haben mich an einen Psychiater verwiesen. Ich habe seine Visitenkarte. Bisher habe ich mir nur nicht die Mühe gemacht, einen Termin zu vereinbaren. Was kann er schon tun? Außer es gelingt ihm, Avas Ehe aufzulösen und sie davon zu überzeugen, zu mir zurückzukommen, wo sie hingehört, sehe ich keinen Sinn darin, seine oder meine Zeit zu vergeuden.

Es klingelt an der Tür, und ich erhebe mich mühsam vom Sofa, um Muncie einzulassen. Mit den Krücken, auf die ich immer noch angewiesen bin, bewege ich mich ziemlich langsam. Jeden Morgen verbringe ich einige Zeit auf dem Laufband im Fitnessstudio unten im Haus, um mich an die Prothese zu gewöhnen und meine Muskeln wieder aufzubauen. Das tue ich, bis ich vor Erschöpfung zittere, schweißgebadet bin und mir sicher bin, dass ich nie wieder so sein werde, wie ich war. Jeden Tag sage ich mir, dass es egal ist, ob ich das, was ich verloren habe, wiederbekomme, und doch betrete ich immer wieder den Fahrstuhl nach unten, um mich eine Stunde lang auf dem verdammten Laufband zu quälen.

»Sie haben einen Schlüssel«, erinnere ich Muncie.

»Und Sie sind in der Lage, an die Tür zu kommen.«

Ich funkle ihn böse an für den Kommentar, der nach Wochen dieser *Und-täglich-grüßt-das-Murmeltier*-Existenz, die meine neue Realität ist, zu erwarten war.

Wenigstens hat Muncie Becher mit Kaffee mitgebracht, von denen er mir einen reicht, als ich wieder auf dem Sofa Platz genommen habe. Er hat auf die harte Tour gelernt, erst mit mir zu reden, nachdem ich mindestens einen, vorzugsweise aber zwei Becher Kaffee getrunken habe. Ja, es ist in letzter Zeit wirklich eine Freude, in meiner Nähe zu sein.

So war ich vorher nie. Vor dem Einsatz in der Hölle hatte ich ein schönes Leben mit Ava. Sie war alles, was ich brauchte, um glücklich zu sein, und ich war alles, was sie brauchte. Bis ich ohne Vorwarnung für sechs Jahre verschwunden bin und ihr keine andere Wahl gelassen habe, als ohne mich weiterzumachen. Ich gebe Al Khad die Schuld daran, dass ich das Wunderbarste in meinem Leben verloren habe. Ava werfe ich definitiv nichts vor. Ich wünschte nur, sie hätte sich nicht in einen anderen verliebt. *Eric.* Ihr *Ehemann* heißt *Eric.* Ich kann ihn nicht ausstehen, dabei habe ich ihn nie getroffen.

Ich hatte diese Vorstellung davon, wie es wäre, wenn wir uns wiedersähen. Dabei hatte ich mir nicht vorgestellt, dass sie einen anderen gefunden hätte, dass sie verliebt und verlobt wäre und ein Leben mit ihm planen würde. Sechs Wochen nach dem fatalen Treffen mit ihr hab ich mich immer noch nicht von dem Schlag erholt, dass ich sie gehen lassen musste, aber das war es, was sie wollte.

Das Leben ist so verdammt unfair. Ich habe mehr als sechs Jahre und ein halbes Bein geopfert, um einen rücksichtslosen Terroristen zur Strecke zu bringen, und was ist der Dank? Dass ich für den Rest meiner Tage ohne die Frau leben muss, die ich geliebt habe.

»Wollen Sie duschen, bevor Julianne kommt?«, fragt Muncie von seinem Posten am Esstisch aus, wo er seinen Laptop aufgebaut hat.

»Wie spät ist es?«

»Halb zehn.«

Julianne soll um zehn hier sein, und ich habe seit Tagen nicht geduscht und mich auch nicht rasiert. Selbst dann nicht, wenn ich mich auf dem Laufband zu Tode geschwitzt habe. Ich habe keine Ähnlichkeit mehr mit dem gepflegten Marineoffizier, der ich war, bevor das Leben mir in die Eier getreten hat. Vielleicht sollte Julianne mein neues Ich sehen, das Ich, dem alles egal ist, selbst die persönliche Hygiene, damit sie gleich weiß, worauf sie sich einlässt, wenn sie sich entscheiden sollte, mich als Klienten anzunehmen.

Da ich mit der Prothese immer noch unsicher bin, werde ich jede Sekunde der mir verbleibenden dreißig Minuten benötigen, um zu duschen und mich umzuziehen. Ich stemme mich mit meinen Krücken hoch und humple ins Bad.

Muncie folgt mir, stellt meinen Kaffee auf den Waschtisch und lässt mich dann mit meiner behindertengerechten Dusche allein. Technisch gesehen bin ich jetzt behindert. Ein gebrochenes Herz und eine Behinderung. Das bin ich. Oh, und ein Held, wenn man den Blödsinn glaubt, der über mich verbreitet wird. Das Land ist dankbar. Das weiß ich zu schätzen, aber ich wünschte, sie würden mich verdammt noch mal in Ruhe lassen, damit ich mich in meiner Depression suhlen kann.

Ich dusche nur, weil ich vermutlich stinke wie ein Iltis. Ich rasiere die tagealten Stoppeln ab und wasche mir die Haare. Sie sind lang geworden – länger als damals in Afghanistan, als ich sie mir zum ersten Mal habe wachsen lassen. Als ich nach dem Verlust meines Beines im Krankenhaus aufgewacht bin, waren meine Haare auch ab. Ich habe nie gefragt, wer beschlossen hatte, dass sie wegmüssten. Ich hatte damals wesentlich größere Probleme, wie zum Beispiel herauszufinden, wie ich ohne mein Bein leben soll.

Was ich immer noch herauszufinden versuche, ist, wie ich ohne Ava weitermachen soll. Unter dem warmen Duschstrahl denke ich an die erste Nacht mit ihr. Das war meine Lieblingserinnerung, als ich im Einsatz war. Ich konnte mich aus der Hölle, in der ich mich in dem Moment befand, heraustransportieren und mit ihr zusammen sein.

Nachdem ich sie an jenem ersten Abend überredet hatte, die Bar mit mir zusammen zu verlassen, sind wir für ein paar Stunden mit meinem Pick-up herumgefahren, haben uns unterhalten, gelacht, Musik gehört und unsere Lebensgeschichten miteinander geteilt. Sie hat mir ihre erzählt. Ich habe ihr die Version von meiner erzählt, die ich erzählen durfte. Neunzig Prozent davon waren totaler Bullshit, wie zum Beispiel der Teil über meinen Vater, den General, der uns als Kinder angeblich von einem Ort an den anderen verpflanzt hat.

Es gab keinen Vater und kein »uns«. Ich bin in Pflegefamilien aufgewachsen und habe keine eigene Familie. Mein Mangel an persönlichen Verbindungen und meine damalige körperliche Fitness hatten mich zum idealen Kandidaten für das SEAL-Team gemacht, das entsendet wurde, um Al Khad zu ergreifen. Und in jener schicksalsträchtigen Nacht haben wir den Bastard endlich geschnappt, der uns zuvor jahrelang entwischt war.

Aber ich will nicht an ihn denken. Ich will an *sie* denken. An *uns*. Das Erste, was mir an ihr auffiel, war, wie jung sie war. Gerade einmal einundzwanzig, wohingegen ich schon neunundzwanzig war. Sie war viel zu jung für mich, und ich hätte einfach an ihr vorübergehen sollen. Das ist das Einzige, was ich in Bezug auf sie bedauere – dass ich sie in mein Leben geholt habe, ohne ihr alle Informationen zu geben, die sie benötigt hätte, um eine Entscheidung zu treffen. Ich habe ihr zum Beispiel nie erzählt, dass ich zu jahrelangen Einsätzen geschickt werden könnte und, wenn das passierte, keinerlei Kontakt zu ihr haben dürfte.

Ich weiß, das klingt, als wäre ich das größte Arschloch, das je gelebt hat, aber ich *durfte* es ihr nicht sagen. Ich durfte sie eigentlich nicht mal in meinem Leben haben. Und ja, diese Täuschung hat mich belastet. Ich habe mich mit Gedanken daran gequält, was aus ihr werden würde, sollte unserem Land das Schlimmste passieren. Meine einzige Entschuldigung ist, dass ich sie so verdammt sehr geliebt habe – und es geliebt habe, von ihr geliebt zu werden –, dass ich alles getan hätte, um sie in meinem Leben zu haben, selbst wenn das bedeutete, sie an jedem Tag der zwei wunderbaren Jahre, die wir miteinander verbracht haben, anzulügen.

Ich habe mir damals eingeredet, ich täte es aus den richtigen Gründen. Ich habe sie davor beschützt, sich Sorgen über etwas zu machen, das vielleicht niemals eintreten würde. Aber das ist totaler Unsinn. Ich habe mich selbst vor der Möglichkeit beschützen wollen, die einzige Person zu verlieren, die mich je wirklich geliebt hat. Die einzige Person, die zu mir gehört hat und zu der ich gehört habe.

Ich fahre mir mit den Fingern durchs Haar, bis aller Schaum rausgewaschen ist, dann halte ich mein Gesicht unter den Wasserstrahl. Ich hätte sie heiraten sollen, als ich die Gelegenheit dazu hatte. Was hätte man schon tun sollen? Mich aus dem SEAL-Team oder der Navy werfen? Nachdem man Hunderttausende Dollar in meine Ausbildung gesteckt hatte, um mich auf die Mission vorzubereiten, die zur Ergreifung von Al Khad geführt hat, hätte man mich nicht so leicht gehen lassen. Allerdings hätte man mich degradieren oder sogar vor das Militärgericht stellen können, weil ich mich nicht an die Vorschriften gehalten hatte, die mir vor dem Eintritt in dieses spezielle Team klar und deutlich genannt worden waren.

Es hätte mich getroffen, wenn das passiert wäre. Bis ich Ava kennenlernte, waren die Navy und das SEAL-Team meine einzige Familie, und die Vorstellung, meine Vorgesetzten zu enttäuschen, war für mich unerträglich. Deshalb habe ich sie nicht geheiratet, als ich es hätte tun sollen. Meine Sorge darüber, dass sie ungeschützt zurückbleiben könnte, hat mir Magengeschwüre verursacht. Auch davon hat sie nichts gewusst. Ich habe ihr nur erzählt, dass ich unter Sodbrennen leide und deshalb darauf achten müsse, was ich esse.

Wann immer ich aus meiner neuen Realität fliehen muss, gehe ich in Gedanken zu der perfektesten Nacht meines Lebens zurück – der Nacht, in der ich Ava in dieser miesen Bar kennengelernt habe, die Sanchez sich für die Feier zu seiner Beförderung ausgesucht hatte. Sie war mit einer Freundin da, die an einem der Navy-Jungs interessiert war, der dort regelmäßig einkehrte. In meinen wildesten Träumen hätte ich mir nicht vorstellen können, die Frau meines Lebens an so einem Ort zu treffen. Aber da war sie, kam in dem Moment aus der Damentoilette, in dem ich aus der Herrentoilette kam, sodass ich sie beinahe umgerannt hätte.

Sie war so frisch und hübsch und perfekt. Als ich sie vor Kurzem wiedergesehen habe, habe ich ihr gesagt, dass ich in jener Nacht gewusst hatte, ich sollte sie gehen lassen und mit meinem Leben weitermachen. Der Grund, warum ich es nicht tat, war, dass ich nach dem ersten Blick auf sie verloren war. Eine Sekunde mit ihr, und es war zu spät dafür, so zu tun, als hätte ich sie nie getroffen.

Diese erste Nacht war wie etwas aus einem Traum, einem Film oder dem Leben eines anderen, denn mir passieren keine perfekten Dinge. Zumindest vorher nicht. Aber Ava und ich, das war die reinste Perfektion. Etwas, das man bloß einmal im Leben erlebt, und das auch nur, wenn man sehr, sehr viel Glück hat. Ich habe Glück gehabt, und manchmal ist der Verlust von ihr, von ihrer Liebe … Ich frage mich, ob ich das überleben werde. Mein Bein zu verlieren war nichts im Vergleich dazu, sie zu verlieren.

Ich habe sie in jener Nacht überredet, mit zu mir nach Hause zu kommen. Wir sind ins Bett gefallen, als wären wir schon seit Jahren und nicht erst seit Stunden zusammen. Sie meinte, sie hätte so etwas noch nie zuvor gemacht, wäre nie mit einem Kerl ins Bett gegangen, den sie gerade erst kennengelernt hatte, doch wir wussten beide sofort, dass das mit uns etwas anderes war. Als ich mich das erste Mal in ihr verloren habe, war ich für alle anderen ruiniert. Seit ihr bin ich mit keiner Frau mehr zusammen gewesen, und ich kann mir nicht vorstellen, jemals wieder eine andere so zu wollen, wie ich sie immer noch will.

Vor meiner Verletzung wäre ich allein bei dem Gedanken an diese erste Nacht hart wie Stahl geworden, bei dem Gedanken daran, wie wir zusammengeprallt sind wie zwei Meteoriten auf Kollisionskurs mit dem Schicksal. Seit der Verletzung und der Infektion passiert da unten nicht mehr viel. Ich frage mich, ob das ebenfalls etwas ist, auf das ich für immer verzichten muss.

An dem Tag, nachdem ich Ava getroffen hatte, habe ich etwas getan, das ich in den zwölf Jahren bei der Navy und auch danach nie getan habe – ich habe mich krankgemeldet, damit ich den ganzen Tag mit ihr verbringen konnte. Sie hat ihre Freitagsvorlesungen ausfallen lassen, und wir sind tagelang in meinem Bett geblieben und haben uns vom Lieferdienst verköstigen lassen, um neue Energie für die nächste Runde zu tanken. Als wir am Montagmorgen aufgetaucht sind, um unseren Alltag wieder aufzunehmen, war sie mein Leben geworden und ich ihres. So schnell ist das alles gegangen. Im Verlaufe eines monumentalen, sexuell umwerfenden Wochenendes hatte ich mich vom Single in einen Mann verwandelt, der seiner Frau vollkommen ergeben war.

Ich verliere mich in den Erinnerungen daran, wie es war, sie zu lieben. Ich erinnere mich an jede Einzelheit ihres Körpers, an jede Reaktion, die ich ihr so leicht entlocken konnte. Ich kannte sie besser, als ich mich selbst kenne. Ich wusste, was sie zum Seufzen bringt und was sie schreien lässt, und ich konnte sie so oft kommen lassen, dass sie danach restlos erschöpft war. Ich schließe die Augen und denke daran, wie perfekt sich ihre inneren Muskeln unter einem Orgasmus nach dem anderen um mich zusammengezogen haben. Sie war so unglaublich empfänglich.

Aber selbst diese erotischen Erinnerungen an die Frau, die ich liebe, wecken nicht den kleinsten Funken des Verlangens in mir, und ich frage mich, ob ich mit meinem Bein auch meine Männlichkeit verloren habe.

Muncie klopft an die Tür und reißt mich mit einer kalten, harschen Dosis meiner neuen Realität aus den schönen Bildern in meinem Kopf. »Was treiben Sie da drinnen? Sie wird in zehn Minuten hier sein.«

»Verschwinden Sie.« Wie kann er es wagen, mich bei meinen Gedanken an Ava zu unterbrechen? Die Erinnerungen an diese süße Vergangenheit wecken in mir die Frage, was für einen Sinn es hat, zu versuchen, ohne sie weiterzumachen. Seitdem sie ihre Wahl getroffen hat, ist mir mehrmals in den Sinn gekommen, einfach zu viele von den Schmerzmitteln zu nehmen, die sie mir nach der Entlassung aus dem Krankenhaus gegeben haben, und damit alles verschwinden zu lassen. Wen würde es schon interessieren? Ava ist fort, und meine beiden engsten Freunde wurden bei dem Angriff auf Al Khad getötet. Es wäre so einfach, die Tabletten zu schlucken, davonzuschweben und endlich etwas Frieden zu finden.

Doch ich habe es nicht getan. Und zwar aus einem wichtigen Grund: So etwas würde ich Ava niemals antun. Ich würde ihr Leben nicht zerstören, indem ich meines nehme und sie in dem Glauben zurücklasse, es wäre ihre Schuld. Und auch wenn sie zu verlieren mich beinahe umgebracht hat, zwinge ich mich, weiterzumachen, damit mein Tod nicht ihr neues, glückliches Leben überschattet.

Verdreht, oder? Glaubt mir, das weiß ich.

Ich steige aus der Dusche und schaffe es irgendwie, mich abzutrocknen und anzuziehen. Das habe ich nach dem Verlust meines Beins ebenfalls neu lernen müssen. Selbst mit der Prothese ist mein Gleichgewicht labil, und ich habe immer noch Schmerzen – echte und Phantomschmerzen.

Als ich endlich eine Jeans und ein Hemd, das dank Muncie frisch aus der Reinigung kommt, anhabe, bin ich erschöpft und schwitze. So viel zu der Dusche.

Ich höre Muncie im Nebenraum mit jemandem sprechen, was bedeutet, sie ist hier. Auch wenn es das Letzte ist, worauf ich Lust habe, schnappe ich mir meine Krücken und gehe zur Tür, um diese Frau zu treffen, von der Ava schwört, sie wäre die Beste dafür, mit der Presse und dem ganzen Mist fertigzuwerden, der mir auf Schritt und Tritt folgt.

Ich ziehe die Tür auf, und das Erste, was ich entdecke, ist ein Paar umwerfender Beine. Mein Herz mag zwar gebrochen sein, aber das bedeutet nicht, dass mir tolle Beine nicht auffallen, wenn ich sie sehe. Ich lasse meinen Blick weiter nach oben wandern, bis er ihren großen Rehaugen begegnet, die förmlich »Mädchen aus gutem Hause« schreien.

Ich kann nicht fassen, dass Ava mir eine verdammte Mary Poppins in schwarzen Stilettos und einem roten Killerkleid geschickt hat.

KAPITEL 2

JULIANNE

Er sieht so furchteinflößend aus, dass ich mich wirklich beherrschen muss, um nicht zurückzuzucken oder zur Tür zu flüchten. Wenn ich ihm auf der Straße begegnet wäre, hätte ich einen großen Bogen um ihn gemacht, und das ist total untypisch für mich. Ich rede mit jedem, der mir über den Weg läuft, was meine Brüder in den Wahnsinn treibt. Sie schwören immer, dass ich eines Tages noch tot an einer Straßenecke enden werde, weil ich zu Fremden zu freundlich bin.

Ich kann mir einfach nicht helfen. So bin ich nun einmal. Doch dieser Fremde ist anders, und ich merke schnell, dass er es mir nicht leicht machen wird. Er ist außerdem unglaublich attraktiv, aber das fällt mir kaum auf, weil ich viel zu sehr mit meiner Angst beschäftigt bin.

Muncie durchbricht das unbehagliche Schweigen, indem er sich räuspert. »Captain John West, das ist Julianne Tilden.«

Um das hier professionell hinter mich zu bringen, nehme ich all meinen Mut zusammen, trete entschlossen ein paar Schritte vor und strecke ihm die Hand hin. »Schön, Sie kennenzulernen, Captain West.«

Er schüttelt mir die Hand und nickt brüsk, während er sich vorsichtig auf einen Sessel sinken lässt. »Setzen Sie sich doch.«

Ich nehme einen der Stühle mit gerader Rückenlehne, die dem Sessel gegenüberstehen.

Muncie holt einen Pappbecher mit Kaffee, kleine Milchdöschen, Zucker und Süßstoff. »Ich war nicht sicher, ob Sie Kaffee trinken, und wenn ja, wie.«

Er wirkt sehr nett, und ich schenke ihm ein freundliches Lächeln. Ich bin erleichtert, dass er hier ist, für den Fall, dass der Furcht einflößende Captain beschließt, durchzudrehen. »Danke. Ich kann ohne Kaffee nicht leben.«

»Das haben Sie mit dem Captain gemeinsam«, erklärt Muncie und wirft John einen Blick zu, als wolle er sagen: *Reiß dich zusammen, und benimm dich.*

Zumindest hoffe ich, dass das die Botschaft ist, die er sendet, denn es wäre schön, wenn der Captain sich zusammenreißen und benehmen würde.

Ich rühre Milch und Süßstoff in meinen Kaffee. »Was kann ich also für Sie tun, Captain West?« Er will es mir nicht leicht machen? Nun, das Spiel können zwei spielen.

»Sich um den Bullshit kümmern.«

»Ich fürchte, da müssen Sie schon etwas spezifischer werden.« Ich trinke einen Schluck und danke Gott erneut für den Menschen, der fand, es wäre eine großartige Idee, heißes Wasser auf Kaffeebohnen zu schütten. Wussten die damals schon, was für einen großen Dienst sie der Menschheit damit erweisen würden?

»Ich werde von Presseanfragen überflutet. Jeder will ein Interview mit mir. Sie wollen, dass ich ein Buch schreibe. Eine Firma hat mich gebeten, als Unterwäschemodel für sie zu posieren. Es hört einfach nicht auf, es ist total verrückt, und ich kann damit nicht umgehen.«

»Wie nehmen die Kontakt mit Ihnen auf?«

»Irgendwie ist es ihnen gelungen, meine private Handynummer herauszufinden.« Während er das sagt, vibriert ein Handy auf dem Couchtisch von einem eingehenden Anruf. »Das ist der erste von mindestens hundert Anrufen heute.«

»Okay, so läuft das nicht. Hätten Sie etwas dagegen, wenn ich das Handy nehme und mich für Sie um die Anrufe kümmere?«

Er zögert und sieht das Handy mit solch einer Sehnsucht im Blick an, dass mein Herz ganz weich wird.

»Ich besorge Ihnen ein neues und kümmere mich darum, dass sie die neue Nummer bekommt«, sagt Muncie.

Das ist alles, was der Captain hören muss. »Nehmen Sie es. Es gehört ganz Ihnen.«

Ich greife danach. »Ist es mit einer PIN gesichert?«

»Null-fünf-zwei-fünf.«

Ich schreibe das in das Notizbuch, das ich immer bei mir habe. Wenn ich schlafe, liegt es unter meinem Kopfkissen. In ihm stehen alle wichtigen Informationen über meine Klienten. Meine Geschwister machen sich darüber lustig, aber viele der darin enthaltenen Details sind sehr sensibel, und ich würde sie aus Sicherheitsgründen niemals auf einem Handy speichern. Letztes Jahr hatten wir zu diesem Thema ein Seminar auf der Arbeit. Das hat mir und all meinen Kollegen eine Heidenangst eingejagt. Seitdem sind viele von uns wieder zu Papier und Stift gewechselt.

Captain John West ist im Moment mein einziger Klient. Die Entscheidungsträger in der Firma waren so versessen darauf, ihn zu kriegen, dass sie sich ein Bein ausgerissen haben, um meine anderen Klienten auf meine Kollegen zu verteilen, damit ich dem Mann meine ganze Aufmerksamkeit widmen kann. Doch nach zehn Minuten in seiner Gegenwart will ich ihn zurückgeben.

Das werde ich allerdings aus zwei Gründen sein lassen. Zum einen, weil jeder, der in meiner Branche irgendetwas darstellt, dafür töten würde, an meiner Stelle zu sein. Und zum anderen hat Ava mich gebeten, mich um ihn zu kümmern, also werde ich es tun.

Ich bin Avas größter Fan. Sie hat meinen Bruder Eric glücklicher gemacht, als er je gewesen ist, und es gibt nichts, was ich nicht für sie tun würde. Das hier ist eine Riesensache für sie – *John* ist eine Riesensache für sie. Acht Jahre lang war sie in diesen Mann verliebt, und mehr als fünf davon hat sie sich gefragt, wo er ist, während sie gehofft hat, dass er zu ihr zurückkommen würde.

Doch als er es schließlich getan hat, war sie schon in Eric verliebt, und sie planten ihr gemeinsames Leben. Ich weiß, wie schwer es für sie war, John nach all dieser Zeit wiederzusehen. Ich kann mir beim besten Willen nicht vorstellen, wie es für ihn gewesen sein muss, zu hören, dass sie verlobt war und heiraten wollte.

»Warum starren Sie mich so an?«, reißt er mich barsch aus meinen Gedanken.

Zu meinem Entsetzen merke ich, dass ich ihn tatsächlich angestarrt hatte. »Tut mir leid«, murmle ich.

Er reibt sich mit der Hand übers Gesicht. »Habe ich mich wieder beim Rasieren geschnitten, Muncie?«

»Dieses Mal nicht, Sir.«

»Ich, äh, ich entschuldige mich. Ich wollte Sie nicht anstarren.«

»Ja, das haben Sie schon gesagt.« Er scheint mir meine Unhöflichkeit vergelten zu wollen, indem er nun mich offen anstarrt.

Ich versuche, unter der eindringlichen Musterung aus den blauesten Augen, die ich je gesehen habe, nicht in mich zusammenzusinken, aber ich kann es nicht ganz verhindern, während ich darauf warte, was er als Nächstes für mich bereithält. »Sind Sie sicher, dass ich mich beim Rasieren nicht geschnitten habe, Muncie?«

Der Lieutenant Commander lacht. »Ja. Alles gut.«

Ich werfe dem Captain einen Blick zu und bemerke, dass seine finstere Miene etwas weicher geworden ist. Ein Lächeln würde ich es noch nicht nennen, aber vielleicht den Anfang davon.

»Ihr Bruder hat meine Ava geheiratet.«

Und da ist er, der sprichwörtliche Elefant im Raum. »Ja, das hat er.«

»Wie ist er so?«

Um Himmels willen. Mit dieser Frage hatte ich nicht gerechnet, und ich weiß nicht, was ich darauf erwidern soll.

»Ist das so schwer zu beantworten? Ich gehe davon aus, dass Sie ihn schon eine ganze Weile kennen.«

»Mein ganzes Leben lang, um genau zu sein.«

Er beugt sich vor – voller Intensität und stiller Wut. Das sind die einzigen beiden Begriffe, die mir zu der Energie einfallen, die er ausstrahlt.

»Captain …«

Muncies Warnung wird ignoriert.

»Er ist ... Er ist ein guter Kerl. Einer der besten Männer, die ich kenne. Er würde für jeden alles tun, er würde sein letztes Hemd geben.« Ich hasse dieses Klischee, aber es funktioniert – und es stimmt. In einer Krise wäre Eric der Erste, den ich anrufen würde.

»Womit verdient er sein Geld?«

»Mit hochpreisigen Investitionen.«

»Was zum Teufel sind hochpreisige Investitionen?«

»Fünf Millionen Dollar oder mehr.« Bei seinem angewiderten Blick fühle ich mich genötigt, noch mehr zu sagen. »Er kann ein ganzes Jahr damit zubringen, eine potenzielle Investition zu untersuchen, nur um dann zu hören, dass das Akquisitionskomitee in seiner Firma sie ablehnt. Die Arbeit ist ziemlich komplex.«

Seiner Miene nach zu urteilen, hat das seinen Abscheu nicht gemildert. »Klingt nach einer verdammt seltsamen Art, sich seinen Lebensunterhalt zu verdienen.«

»Ihm gefällt es.« Ich atme tief durch und ermahne mich, die Kontrolle über dieses Gespräch zurückzugewinnen. »Kehren wir doch zu den Presseanfragen zurück.«

»Wie alt ist er?«

»Haben Sie mich hergebeten, um über meinen Bruder zu reden, Captain West, oder sind Sie an meinen professionellen Dienstleistungen interessiert?« Ich zwinge mich dazu, ihm in die Augen zu schauen und mir nicht anmerken zu lassen, wie sehr er mich einschüchtert.

Er sieht mich lange an, bevor er blinzelt. »Beides, schätze ich.«

»Ich bin bloß an der geschäftlichen Seite interessiert, wenn es Ihnen nichts ausmacht. Auch wenn ich verstehe, wie schwierig die Situation für Sie ist, liebe ich meinen Bruder, und es kommt mir nicht richtig vor, mit Ihnen über ihn zu sprechen.«

»Sie verstehen, wie schwierig die Situation für mich ist? Wirklich?«

»Captain ...« Der warnende Unterton in Muncies Stimme entgeht uns beiden nicht.

»Ja, natürlich, und wie der Rest von Amerika bin ich Ihnen zutiefst dankbar für die Rolle, die Sie bei der Ergreifung eines Terroristen gespielt haben, der nur aufgrund großer persönlicher und körperlicher Opfer Ihrerseits seiner gerechten Strafe zugeführt werden konnte.«

Er fängt an zu klatschen. Langsam und übertrieben.

Hitze steigt mir in die Wangen, was mich ärgert. Das Letzte, was ich will, ist, dass er sieht, wie sehr er mir unter die Haut geht.

»Haben Sie diese kleine Rede auf dem Flug hierher einstudiert?«

»Nein.« Ich wünschte, ich könnte ihn ohrfeigen, ohne meinen Job zu verlieren. Meine Chefs haben sich gar nicht mehr eingekriegt, als sie erfuhren, wer mein potenzieller Klient ist. *Schnapp ihn dir*, haben sie gesagt, *und wir denken darüber nach, dich zur Juniorpartnerin zu machen.*

»Die habe ich mir gerade hier spontan einfallen lassen.«

»Freut mich, dass Sie spontan sind.«

»Ich bin überragend spontan, weshalb ich eine der Top-PR-Beraterinnen von ganz New York bin.«

Sein Handy klingelt, und erst da fällt mir auf, wie fest ich es umklammere. Während er mich auf diese intensive, einschüchternde Weise betrachtet, nehme ich den Anruf an. »Handy von Captain West.«

Es ist eine Producerin von *NBC Nightly News*, die ein Interview buchen will. »Geben Sie mir Ihre Kontaktinformationen, und ich melde mich wieder bei Ihnen.« Der Name und die Nummer kommen in mein treues Notizbuch.

»Und Sie sind?«, will die Producerin wissen.

»Julianne Tilden.«

»Arbeiten Sie für Captain West?«

»Bitte entschuldigen Sie mich einen Moment.« Ich schalte das Handy kurz stumm, damit sie uns nicht hört. »Das ist eine Producerin von NBC News. Sie will wissen, ob ich für Sie arbeite.«

Er erwidert meinen Blick einen Moment lang, und ich habe nicht den Hauch einer Ahnung, was er denkt. Seine Miene verrät nichts. »Sagen Sie ihr, ja.«

Ich nicke kurz und kehre zum Anruf zurück. »Ich bin ab sofort Captain Wests Kontakt für alle Presseanfragen. Wollen Sie sich meine Nummer aufschreiben, damit Sie mich direkt erreichen können?« Ich nenne ihr die Nummer meines Diensthandys und bestätige noch einmal, dass ich mich wieder melden werde. Dann lege ich auf und schaue zu meinem Klienten.

Und dann schiebe ich ihm erst einmal den Vertrag hin. »Bevor wir weitermachen, müssen Sie das hier unterschreiben.«

Er beugt sich vor, um das Dokument zu nehmen, und nachdem er es gelesen hat, sagt er: »Zweihundert Dollar die Stunde?«

»Ich versichere Ihnen, ich bin jeden Cent davon wert.«

»Ja, das sind Sie«, murmelt Muncie.

Ich mag ihn *wirklich*.

»Wer übernimmt die Kosten?«, will Captain West von Muncie wissen.

»Darum kümmern wir uns. Unterschreiben Sie einfach.«

Er tut es und reicht mir den Vertrag zurück. »Und was nun?«

»Nun müssen wir darüber reden, wozu Sie bereit wären – und was Sie auf keinen Fall tun wollen.«

»Wenn es nach ihm ginge, würde er gar nichts machen«, wirft Muncie ein.

Ich halte den Blick weiter fest auf den Captain gerichtet. »Warum?«

»Obwohl ich über die ganze Sache nicht mehr reden will, hat mich die Navy zu ihrem neuen Aushängeschild für die Rekrutierung deklariert. Ich möchte mich einfach nur in den Ruhestand zurückziehen und in den Sonnenuntergang reiten, doch das lassen sie nicht zu.«

»Was wäre das Minimum dessen, was er tun muss?«, frage ich Muncie.

»Sie haben uns kein Minimum genannt. Sie wollen, dass er alle Gelegenheiten, die sich bieten, zur Gänze ausschöpft. Was auch immer das heißt.«

Ich richte meine Aufmerksamkeit wieder auf den Captain. »Unter welchen körperlichen Einschränkungen leiden Sie?«

Wenn Blicke töten könnten, hätte ich gerade meinen letzten Atemzug getan. »Ich habe keine körperlichen Einschränkungen.«

»Dann können Sie also reisen?«

»Ja«, erklärt er durch zusammengebissene Zähne.

»Okay, hier ist mein Vorschlag … Wir buchen eine Medientour durch New York, darunter Frühstücksfernsehen, Abendnachrichten, Late-Night-Talkshows. Und dann kommen wir wieder hierher zurück und machen das Gleiche in Los Angeles. Und seien Sie versichert, ich werde mir wirklich ein Bein für Sie ausreißen.«

In dem Moment, in dem ich das sage, wünsche ich mir, ich könnte die Worte zurücknehmen. Ich will nicht, dass er mich für unsensibel hält oder denkt, ich wäre auf die Prothese fixiert. Andererseits, warum sollte er das denken? *Hör auf, Julianne.* Ich hasse diese innere Stimme, die mich ständig kritisiert. Es ist die Stimme meiner Mutter. Sie hat es zu einer Kunstform entwickelt, jeden meiner Schritte zu kommentieren, und mich damit bis zu dem seligen Tag beglückt, an dem ich aufs College gegangen bin und zum ersten Mal in meinem Leben aufatmen konnte.

Er reagiert nicht auf meinen Vorschlag.

Ich räuspere mich. »Wäre das für Sie in Ordnung?«

»Schätze schon.«

Ich werfe einen Blick zu Muncie, der mit den Achseln zuckt, als wollte er sagen: *Ich habe auch keine Ahnung, was ich mit ihm anstellen soll.* Na super. Er kümmert sich immerhin schon seit Monaten um ihn. Welche Chance habe ich dann?

Ich schlage mein Notizbuch auf und hole meinen Lieblingskugelschreiber heraus. »Besprechen wir doch, worüber Sie reden wollen und worüber nicht.«

»Ich werde weder über den Angriff noch über die Mission oder sonst irgendetwas reden, was mit Al Khad zu tun hat.«

»Aber das ist es, was alle wissen wollen.«

»Trotz der Tatsache, dass die Gruppe um Al Khad das Video von dem Zugriff veröffentlicht hat, ist die Mission von unserer Seite aus weiter unter Verschluss. Ich kann nicht über die Einzelheiten sprechen, und selbst wenn ich es könnte, würde ich es nicht tun.«

»Können Sie etwas dazu sagen, wie es war, mehr als fünf Jahre im Auslandseinsatz zu sein?«

»Ja. Das war scheiße.«

»Sie müssten schon ein bisschen mehr ins Detail gehen.«

»Wie denn zum Beispiel?«

»Was haben Sie während der ganzen Zeit gemacht?« Die Frage beschäftigt mich, seitdem ich das erste Mal von ihm gehört habe. Soviel ich weiß, ist er an dem Tag entsendet worden, an dem Selbstmordattentäter der Al-Khad-Organisation ein unter US-Flagge registriertes Kreuzfahrtschiff in die Luft gejagt hatten, wobei viertausend unschuldige Menschen starben. Meine Schwägerin Ava, die damals Johns Freundin war, hat fünf Jahre in San Diego darauf gewartet, dass er zurückkommt, bevor sie nach New York zurückgekehrt ist, um neu anzufangen.

»Wir haben Al Khad gesucht.«

»Wo?«

Er denkt darüber nach und scheint zu überlegen, wie viel er verraten kann. »Unsere Suche hat sich über mehrere Länder erstreckt, die Amerika feindlich gegenüberstehen, weshalb wir uns unter die ortsansässige Bevölkerung mischen mussten, um an Informationen zu gelangen. Das braucht unter anderem Zeit und Geduld.«

»Als Sie in die Navy eingetreten sind, wussten Sie da, dass Sie möglicherweise so lange entsendet werden würden, ohne Kontakt zu Ihren Lieben daheim haben zu dürfen?«

»Abgesehen von der Freundin, die ich nicht hätte haben dürfen, hatte ich keine Lieben daheim. Deshalb bin ich überhaupt für diese Einheit ausgewählt worden. In einem Interview könnte ich nur erwähnen, dass ich keine Familie habe, aber ich darf nicht erzählen, dass ich eine Freundin hatte.«

»Wieso ist das jetzt noch wichtig?«, will ich wissen. »Die Katze ist doch schon aus dem Sack.«

»Es ist mir wichtig. Ich will nicht, dass sie da hineingezogen wird.«

»Okay.« Ich respektiere, dass er sie sogar jetzt noch beschützt. »Ich stimme Ihnen zu, dass es besser ist, wenn wir keine Neugierde diesbezüglich wecken. Die Presse würde alles tun, um sie zu finden und zu interviewen.«

»Was für Ihren Bruder unangenehm und störend wäre.«

Erneut werde ich wütend und starre ihn an. »Es wäre auch für *Ava* unangenehm und störend. Ich bin sicher, wir sind uns darin einig, dass sie schon genug durchgemacht hat.«

Muncie gibt ein Geräusch von sich, das ein Lachen sein könnte, hustet dann allerdings schnell, um es zu kaschieren.

»Auf jeden Fall«, sagt John. »Ava hat genug durchgemacht, und das ist allein meine Schuld.«

Mein Herz bricht ein wenig, denn auch wenn er versucht, es zu verbergen, ist sein Schmerz darüber, sie verloren zu haben, so offensichtlich wie das Blau seiner Augen, die markanten Wangenknochen und die sinnlichen Lippen.

Gott möge mir helfen, aber dieser Mann ist wirklich sexy – und für mich aus so vielen Gründen tabu, dass ich Tage brauchen würde, um sie alle in meinem Notizbuch aufzulisten.

KAPITEL 3

JOHN

Sie ist zäher, als sie aussieht. Es gefällt mir, dass sie sich meinen Mist nicht einfach bieten lässt, sondern zurückschlägt. Muncie gefällt das auch. Er glaubt, ich würde sein Lachen nicht bemerken. Aber bei passender Gelegenheit werde ich ihn daran erinnern, was das Wort »Insubordination« bedeutet.

Ich werde allerdings nicht zu hart mit ihm sein, denn ohne ihn wäre ich verloren. Was er natürlich niemals wissen darf. Er ist so schon kaum zu managen. Wie erbärmlich ist es eigentlich, dass der Officer, der mir von der Navy geschickt wurde, inzwischen mein engster Freund ist? Ohne ihn hätte ich mich vermutlich zu Tode gesoffen, nachdem Ava mir erzählt hat, dass sie *Eric* heiraten würde.

Ist es überhaupt möglich, einen Kerl zu hassen, den man noch nie getroffen hat? Denn ich hasse ihn dafür, dass er sie mir weggenommen hat. Ja, ich weiß, das ist irrational und unfair und lächerlich. Und trotzdem ... ich hasse ihn.

Offensichtlich habe ich jedoch gerade seine Schwester engagiert, damit sie mir bei der Presse hilft.

Die Absurdität des Ganzen ist mir durchaus bewusst.

»Also, wie lautet der Plan?«, frage ich sie.

»Ich werde damit anfangen, einige der Leute zurückzurufen, die sich bei Ihnen gemeldet haben. Dabei werde ich mich zuerst auf New York und Los Angeles konzentrieren. Das Interesse ist groß, deshalb wende ich mich erst einmal nur an die Sendungen mit den höchsten Einschaltquoten.«

»Wie sieht der Zeitplan aus?«, will Muncie wissen.

»Ich rechne damit, dass wir innerhalb der nächsten zwei Wochen nach New York fliegen.«

New York. Ava lebt in New York. Das letzte Mal, dass ich mit ihr geredet habe, war kurz vor ihrer Hochzeit, aber sie hat mir versprochen, sich zu melden, sobald sie aus den Flitterwochen zurück ist. Ich bin mir nicht sicher, wann das sein wird. Ich will Julianne fragen, wann sie zurückkommen, doch ich habe bereits zu viele Fragen über die beiden gestellt.

Wird Ava sich mit mir treffen, während ich in New York bin, oder hoffe ich da auf zu viel? Ich habe keine Ahnung, welche Regeln für unsere neue »Freundschaft« gelten. Darf ich mich bei ihr melden, ihr erzählen, dass ich in der Stadt bin, und sie fragen, ob wir uns treffen wollen? Oder würde ich damit eine Grenze überschreiten? Ich weiß es nicht, und davon werde ich nervös und gereizt.

Verdammt, wem will ich hier etwas vormachen? Selbst zu atmen ist fast zu viel verlangt, seit ich Ava verloren habe. Jeden Tag muss ich mich daran erinnern, dass ich keine andere Wahl habe, als weiterzumachen, denn die Alternative würde sie zerstören. Und das werde ich ihr nicht antun.

»Eine Sorge habe ich«, bemerkt Julianne. »Sie können nicht in diese Sendungen gehen und nichts sagen.«

»Ich habe doch schon erklärt, dass die Themen, über die ich reden kann, begrenzt sind.«

»Okay. Die Mission selbst ist tabu, aber Sie können doch sicherlich über die emotionale Seite dessen, was Sie durchgemacht haben, sprechen?«

Ich verdrehe die Augen. »Ernsthaft?«

»Ja! Die Leute interessiert, was Sie erlebt haben.« Sie blättert in ihrem Notizbuch. »Sie haben bei dem Einsatz zwei Freunde verloren, richtig?«

Ich beiße die Zähne zusammen. »Ja.«

»Können Sie über die beiden reden?«

»Sie wollen, dass ich den Tod meiner Freunde ausnutze, um saftige Einschaltquoten einzufahren?«

»Nein. Ich möchte, dass Sie eine Geschichte erzählen, die die Leute hören wollen.«

»Aber nicht so.«

»Anstatt es als Ausnutzen zu betrachten, wie wäre es, wenn Sie die Ihnen gebotenen Plattformen dazu verwenden, auf das Opfer hinzuweisen, das die beiden gebracht haben?«

Der Gedanke daran, über Jonesy oder Tito zu reden, verursacht mir Übelkeit. Ich versuche immer noch, damit klarzukommen, dass ich nach all den Jahren, in denen wir gemeinsam ausgebildet, vorbereitet und entsendet wurden, zwei Männer verloren habe, die für mich wie Brüder waren. Doch so nahe ich ihnen auch stand, selbst sie wussten nichts von Ava. Niemand durfte von ihr wissen, deshalb habe ich mir große Mühe gegeben, sie weit, weit vom Militärleben fernzuhalten.

Jetzt erkenne ich, dass ich ihr keinen Gefallen damit getan habe, sie so zu isolieren. Nach meiner Entsendung hatte sie keine Unterstützung, keine Informationen. Mir war ganz schlecht vor Schuldgefühlen, weil ich wusste, dass ich auf ungewisse Zeit fort sein würde und sie sicher Fragen hätte, die ihr niemand beantworten konnte.

»Woran denken Sie gerade?« Damit reißt Julianne mich aus meinen Gedanken.

»An Ava.«

Das gefällt ihr nicht, aber ich halte ihr zugute, dass sie fragt: »Was ist mit ihr?«

»Was ich ihr angetan habe, war fürchterlich. Daran denke ich in jeder Minute jedes Tages.« Sobald die Worte raus sind, bedaure ich, so viel verraten zu haben, erst recht jemandem gegenüber, den ich gerade erst getroffen habe. Doch wenn es um Ava geht, habe ich mich noch nie unter Kontrolle gehabt.

»Also wieso haben Sie es getan?«

»Ich habe sie geliebt. Sie hat mich geliebt.« Ich kann ihr nicht sagen, dass Ava der erste Mensch war, der mich je wirklich geliebt hat. Dass ich machtlos dagegen war und mich von diesem Gefühl, das ich nie zuvor erlebt hatte, nicht abwenden konnte. »Ich gebe mir an allem die Schuld, was passiert ist. Ich war nicht ehrlich zu ihr, und es bringt mich um, zu wissen, was sie meinetwegen durchgemacht hat.« Was ist nur an dieser Frau, das mich dazu bringt, so offen darüber zu reden?

Muncie starrt mich an und wirkt genauso überrascht, wie ich es bin.

»Sie haben beide viel durchgemacht. Haben Sie jemanden, der Ihnen damit hilft?«

»Er hat eine Überweisung zu einem Therapeuten, der sich mit PTSD auskennt, aber noch hat er keinen Termin vereinbart«, wirft Muncie ein, was ihm einen bösen Blick von mir einbringt.

»Ich habe kein PTSD. Ich habe ein gebrochenes Herz.« Julianne schaut mich mitfühlend an, und ich werde wieder wütend. »Sind wir hier jetzt fertig?«

»Wenn Sie wollen.«

»Gut.« Ich will nichts wie weg von ihr und ihrem Mitgefühl, doch wie alles dieser Tage dauert es gute fünf Minuten, bis ich mich aufgerichtet, mein Gleichgewicht gefunden, mir meine Krücken geschnappt und das Zimmer verlassen habe. Ich ziehe mich in das angrenzende Schlafzimmer zurück, schließe die Tür und setze mich aufs Bett, total erschöpft von der kleinen Anstrengung, von einem Zimmer ins nächste zu gehen.

Die Physiotherapeuten behaupten immer, ich würde ratzfatz wieder in Topform sein, was auch immer das bedeutet. Sie versichern mir, meine tägliche Folter auf dem Laufband werde mich noch schneller dorthin bringen, was der einzige Grund ist, warum ich mir das antue. Wenn ich schon gezwungen bin, weiter auf dieser Erde zu wandeln, dann bin ich entschlossen, es ohne die Krücken zu tun, die ich inzwischen hasse.

Ich habe Julianne gesagt, dass ich mit der Pressetour klarkomme, weil ich es einfach nur hinter mir haben will. Aber nach einer halben Stunde in ihrer Gegenwart mache ich mir Sorgen, ob ich die Kraft habe, mit ihr mitzuhalten.

JULIANNE

»Seien Sie nicht beleidigt«, meint Muncie, nachdem John das Zimmer verlassen hat. »So ist er, wenn er nett ist.«

»Ich bin nicht beleidigt.«

»Nun, ich bin es für Sie. Es ist nicht unbedingt einfach mit ihm.«

»Schon okay. Ich verstehe, dass er die Hölle durchgemacht hat, und er ist immer noch dabei, seine Mission und das mit Ava zu verarbeiten.«

»Sie scheinen ein netter Mensch zu sein, Julianne.«

»Oh. Danke. Ich bemühe mich.«

»Ich würde es ungern sehen, dass er Sie runterzieht. Sie sind nicht verpflichtet, das hier anzunehmen, wenn Sie es nicht wollen. Wir werden schon jemanden finden, der mit ihm umgehen kann. Ich verstehe, dass es für Sie nicht einfach ist, da Ihr Bruder mit Ava verheiratet ist.«

»Ich gebe zu, es ist nicht ideal. Aber ich habe das Gefühl, dass ich ihm das Ganze erleichtern kann, und ich würde es gerne versuchen.« Ich erwähne nicht, dass Captain West als Klienten zu gewinnen mich auf die Überholspur zur Partnerschaft in meiner Firma gebracht hat. Das müssen sie nicht wissen. »Und warum sollte ich das nach allem, was er für unser Land getan hat, auch nicht wollen?«

»Nun, Sie müssen natürlich wissen, was Sie tun.« Muncie lächelt. »Sagen Sie aber später nicht, ich hätte Sie nicht gewarnt.«

»Ich weiß Ihre Offenheit zu schätzen, Commander Muncie, ich bin es allerdings gewohnt, mit schwierigen Klienten umzugehen.«

Er lacht schnaubend. »Nun, es gibt ›schwierig‹, und es gibt ihn.«

»Warum arbeiten Sie für ihn, wenn Sie ihn nicht leiden können?«

Die Frage scheint Muncie zu überraschen. »Oh, ganz im Gegenteil. Ich kann ihn gut leiden.« Er hält kurz inne. »Nein, warten Sie, das stimmt nicht. Manchmal mag ich ihn wirklich nicht, zum Beispiel, wenn er unhöflich zu jemandem ist, der ihm bloß helfen will.« Er zeigt auf mich, um zu unterstreichen, wen er meint. »Das nervt mich. Aber im Großen und Ganzen ist für ihn zu arbeiten die größte Ehre meiner bisherigen Laufbahn. Was er und die anderen getan haben, um Al Khad zu fassen, ist mehr als außergewöhnlich.«

»Dem stimme ich zu, und ich freue mich auf die Herausforderung, mit ihm zu arbeiten. Er hat eine wichtige Geschichte zu erzählen, und ich möchte ihm dabei helfen, das auf die bestmögliche Weise zu tun.«

»Sie sollten wissen, dass er sich nur darauf einlässt, weil die Navy größtmöglichen Nutzen aus seinem Ruhm ziehen will, bevor sie ihn aus dem aktiven Dienst ausscheiden lässt. Die Rekrutierungszahlen sind konstant gestiegen, seitdem Al Khads Leute dieses Video veröffentlicht haben, und man will das nach Kräften ausschlachten.«

Aus irgendeinem Grund ärgert mich das. »Also nutzen sie im Grunde genommen jemanden aus, der schon so viel geopfert hat.«

»Es ist eher so, dass sie darin eine günstige Gelegenheit sehen.«

»Ich finde es trotzdem skrupellos und einfach nicht richtig, ihn zu zwingen, etwas zu tun, was er nicht will, bevor sie ihn gehen lassen.«

»Diese ganze Sache ist größer geworden als die Navy, größer als er. Wir können *nirgendwohin*, ohne dass die Leute ihn aufhalten und ihm danken und mit ihm reden wollen. Das wird erst mal so sein, ob er den PR-Zirkus nun mitmacht oder nicht. Deshalb ist die Navy der Ansicht, dass sie davon genauso gut profitieren können.«

»Ich werde mein Bestes geben, damit es für ihn so schmerzlos wie möglich wird.«

»Wie sieht der nächste Schritt aus?«

»Morgen möchte ich etwas Zeit mit ihm verbringen, um die Fragen durchzugehen, die man ihm vermutlich stellen wird, und seine Antworten vorzubereiten.«

»Oh, das wird er *lieben*.«

»Ich schätze, er zieht es vor, gut auf die Interviews vorbereitet zu sein, statt von Fragen überrascht zu werden, aber wenn ich mich irre, korrigieren Sie mich gerne.«

»Nein, Sie irren sich nicht, trotzdem wird es alles andere als leicht, ihn zu coachen.«

»Ob Sie es glauben oder nicht, es überrascht mich nicht, das zu hören.«

Muncie lacht. »Sie haben Rückgrat, Ms Tilden, das muss ich Ihnen lassen.«

Ich stecke mein Notizbuch sowie mein und Johns Handy in meine große Tasche und wende mich zur Tür. »Ich heiße Julianne. Und ich bin die Jüngste von vier Geschwistern. Meine drei älteren Geschwister sind Drillinge, daher musste ich Rückgrat entwickeln, wenn ich nicht untergehen wollte.«

»Wow. Das ist cool. Und ich bin David oder Dave.«

»Heute ist es wesentlich besser als damals, als wir Kinder waren und sie sich ständig gegen mich verschworen haben.« Ich lächle, damit er weiß, dass es nicht so schlimm war, wie es klingt. »Jetzt sind sie meine besten Freunde.«

»Schon cool, wie das so läuft, hm?«

»Auf jeden Fall. Okay, ich rufe dann morgen an, und wir vereinbaren eine Zeit, um ein wenig zu arbeiten.«

»Hört sich gut an.«

»Da ich noch nie hier in der Gegend war: Hast du irgendwelche Tipps dafür, was ich mit dem Rest meines Tages anfangen kann?«

»Du könntest dir das Hotel del Coronado und den Strand angucken. Oder den Balboa Park oder den berühmten Zoo von San Diego.«

Ich rümpfe die Nase. »Zoos machen mich immer traurig. Ich ertrage es nicht, die Tiere in Gefangenschaft zu sehen.«

»Dann fällt SeaWorld wohl auch flach, was?«

»Richtig.«

»Mission Beach und der Belmont Park sind schön. Und hinter dem Hotel gibt es eine tolle Promenade mit vielen Restaurants und Läden. Du solltest auf jeden Fall mexikanisch essen gehen, wenn du das magst. Das gibt es nirgends so gut wie hier.«

»Oh, ich liebe mexikanisches Essen. Danke für die Tipps.«

»Gern geschehen. Schick mir gerne eine Nachricht, wenn du dich zwischen den verschiedenen Gerichten nicht entscheiden kannst.«

»Das mach ich.«

Er begleitet mich zur Tür. »Danke noch mal, dass du hergekommen bist und ihn als Klienten annimmst.«

»Auch gern geschehen.«

»Das sagst du jetzt ...«

»Alles ist gut, Dave. Wir sprechen uns morgen.«

Auf dem Weg zum Fahrstuhl rufe ich mir ein Uber, um zum Hotel zurückzufahren. In meinem Kopf tummeln sich Gedanken über das Gespräch mit John und darüber, was ich tun muss, um ihn auf die

Presse vorzubereiten. Wie Dave gegenüber erwähnt, bin ich den Umgang mit widerstrebenden Klienten gewohnt, aber Captain West ist noch mal eine ganz andere Liga.

Ich sitze schon im Uber, als mein Handy klingelt. Ein Anruf von meiner Schwester Amy. »Hey.«

»Störe ich gerade?«

»Nein, überhaupt nicht. Ich bin auf dem Weg zurück ins Hotel.«

»Also hast du dich mit ihm getroffen?«

»Jap.«

»Und, wie ist er so?«

»Das ist eine komplizierte Frage.«

»Was meinst du damit?«

»Er hat viele Fragen über Ava und Eric gestellt.«

»O nein …«

»Leider doch.«

»Was hast du ihm geantwortet?«

»Dass die beiden glücklich sind.«

»Wow. In deiner Haut möchte ich nicht stecken. Hat er dich geradeheraus gefragt?«

»Im Grunde genommen war es mehr ein Verhör.«

»O mein Gott. Eric würde ausflippen, wenn er das wüsste.«

»Weshalb wir es ihm nicht erzählen werden, Amy. Hast du mich verstanden? Er ist mein Klient. Ich sollte überhaupt nicht mit dir darüber sprechen.«

»Doch, das solltest du, und ich werde darüber schweigen wie ein Grab. Keine Sorge. Also, wie lautet der Plan?«

»Ich werde für ihn eine Pressetour durch New York und Los Angeles buchen und versuchen, dafür zu sorgen, dass dabei weder ich noch irgendwelche Reporter zu Tode kommen.«

»Ist er wirklich so bedrohlich?«

»Äh, ja. Irgendwie schon.«

»Jules! Du musst das nicht machen! Wenn er dir Angst einjagt, zieh deine Zusage zurück.«

»Das werde ich auf keinen Fall. Ihn als Klienten zu gewinnen ist der Coup des Jahrhunderts. Außerdem jagt er mir keine Angst ein. Er ist nur etwas einschüchternd, mehr nicht.«

»Sieht er in echt so gut aus wie auf den Fotos?«

»Äh, besser?«

»Wow.« Amy stößt hörbar den Atem aus. »Das ist kaum zu glauben. Ich hoffe, ich treffe ihn mal, während ihr in New York seid.«

»Wir gucken mal, wie es so läuft. Er ist nicht gerade das, was ich gesellig nennen würde.«

»Trotzdem, ich würde dafür töten, ihn kennenzulernen. Wann kommst du nach New York zurück?«

»Vermutlich Ende der Woche.«

»Oh, gut. Ohne dich ist es hier so langweilig. Ava und Eric sind in den Flitterwochen und Rob und Camille auf Wahlkampftour.«

Unser Bruder Rob kandidiert für den Kongress, und Eric und Amy werden die Kampagne managen, sobald er aus den Flitterwochen zurück ist. Auf unsere Familie wartet ein geschäftiger Herbst. »Ruf deine Freunde an. Das ist eine gute Gelegenheit, sich mal wieder mit ihnen zu treffen.«

»Ja, vermutlich hast du recht.«

»Warum klingst du so niedergeschlagen?«

»Ich weiß es nicht. Irgendwie fühle ich mich in den letzten Tagen so komisch.«

»Dann flieg doch her, und leiste mir Gesellschaft. Ich habe ein riesiges Hotelzimmer, und es gibt hier einen tollen Pool. Wir können Touristen spielen, wenn ich nicht arbeite. Komm schon, Amy! Das wäre super.«

»Das klingt wirklich gut.«

»Ich buche dir einen Flug.«

»Warte! Lass mich erst checken, ob ich mir freinehmen kann.« Sie ist Buchhalterin in einer der größten Buchhaltungs- und Rechnungsprüfer-Kanzleien der Stadt. »Ich sag dir Bescheid.«

»Beeil dich. Ich brauche dich hier.«

»Ich rufe dich zurück.«

Die Leitung ist tot, aber ich freue mich, dass sie vielleicht zu mir nach San Diego kommt. Die Aussicht, mich um Captain Griesgram zu kümmern, wäre längst nicht mehr so schlimm, wenn ich wüsste, dass Amy hier ist, um mich zwischen den Terminen mit ihm abzulenken. Habe ich gerade wirklich Amerikas größten Helden als »Captain Griesgram« bezeichnet? Ich lache leise vor mich hin, was mir einen verstörten Blick von meinem Fahrer einbringt.

»Lustiges Meme«, sage ich, als ob es ihn interessieren würde.

Tut es nicht.

Wenn eines meiner Geschwister hier wäre, würden sie mich fragen, warum ich das Bedürfnis habe, zu erklären, worüber ich lache. Ich weiß es nicht! So bin ich nun einmal. Ich rede mit den Leuten. Ich bin nett zu anderen. Wenn das seltsam ist, dann ist es eben so.

Zurück im Hotel beschließe ich, mich ein wenig an den Pool zu setzen. Falls Amy kommt, würde ich die touristischen Sachen lieber mit ihr als allein machen. Außerdem, nach diesem Vormittag kann ich ein wenig Entspannung gebrauchen. Ich ziehe meinen dunkelblauen Lieblingsbikini mit den weißen Paspeln an, darüber eine Tunika und einen großen Strohhut. Sonnencreme, eine Zeitung, mein Notizbuch, mein iPad, mein privates Handy und mein Diensthandy, das ich immer bei mir tragen muss, wandern in eine große Tasche. Dann schlüpfe ich in meine Flipflops und trete hinaus in den dreißig Grad warmen südkalifornischen Tag.

Im Fahrstuhl begrüßen mich eine Mutter und ihre kleine Tochter.

»Dein Kleid gefällt mir«, sage ich zu dem Mädchen.

»Danke«, erwidert sie. »Dein Hut ist hübsch.«

»Auch danke. Geht ihr an den Strand?«

Das Mädchen schüttelt den Kopf. »Nein. In den Zoo. Ich freu mich so darauf, die Giraffen zu sehen.«

»Oh, dann hab ganz viel Spaß. Und grüß sie schön von mir.«

Das lässt sie kichern, und ihre Mom lächelt mich an. Ich frage mich, ob sie mich auch für seltsam hält.

Der Pool liegt beinahe verlassen da, vermutlich weil es wirklich heiß ist. Gestern Abend habe ich mich ein wenig mit dem Barkeeper unterhalten, und er meinte, es wäre diesen Sommer ungewöhnlich warm. Ich muss ganz besonders seltsam sein, denn für mich kann es nie heiß genug sein, da ich immer friere. Ich leide im Sommer unter der verdammten Klimaanlage, und noch mehr in den eisigen New Yorker Wintern.

An das Klima von Südkalifornien könnte ich mich gewöhnen. Zum einen liebe ich Palmen. Sie sind für mich der Inbegriff von Ferien, also versuche ich, mir vorzustellen, wie es wohl wäre, an einem Ort zu leben, an dem Palmen wachsen. Hätte ich dann jeden Tag das Gefühl, Urlaub zu haben? Ich frage mich ...

Tiefgründige Gedanken von Julianne Tilden. Vielleicht haben meine Geschwister recht, und ich bin tatsächlich ein bisschen merkwürdig.

Allein auf meiner Liege mit niemandem in der Nähe, habe ich für den Rest des Tages nichts anderes zu tun, als meine dienstlichen E-Mails zu beantworten, mir ein paar Notizen über den heutigen Tag zu machen und potenzielle Übungsfragen für den Captain aufzuschreiben.

Ich gestatte meinen Gedanken, auf Wanderschaft zu gehen.

Ich kann nicht aufhören, daran zu denken, was er alles über Ava wissen wollte. Und an das gebrochene Herz, dessen Schatten ich im Azur seiner Augen gesehen habe, als er gefragt hat. Und ja, ich habe seine Augen gerade als *Azur* beschrieben. Sie haben so etwas an sich, als wären sie nicht von dieser Welt. Und diese Farbe habe ich noch nie bei einem anderen Menschen gesehen. Ich versuche, mir Ava als einundzwanzigjährige Studentin vorzustellen, die in einer schmuddeligen Bar in diese Augen geblickt hat und ab da für immer eine andere war.

Hätte ich ihn unter anderen Umständen kennengelernt, hätte er vermutlich den gleichen Effekt auf mich gehabt. Aber so ist es mir nicht gestattet, andere als professionelle Gedanken über ihn zu haben, auch wenn das »Helferlein« in mir alles in seiner Macht Stehende tun will, um ihn dabei zu unterstützen, die Teile seines Lebens wieder zusammenzusetzen.

»Das ist nicht deine Aufgabe, Julianne«, imitiere ich den frostigsten Ton meiner Mutter und schelte mich auf die gleiche Weise, wie sie es tun würde, wenn sie von meinen Gedanken über meinen neuen Klienten wüsste, der zufällig der lange verloren geglaubte Ex-Freund meiner Schwägerin ist.

Ich tue das, obwohl meine Mom für uns letzten Sommer alle Glaubwürdigkeit verloren hat, als sie unseren Dad für eine Affäre mit einem Tennislehrer verlassen hat. So viel zu Klischees und Heuchelei. Sie hat uns vier Kinder mit endlosen Vorträgen über Respekt, Ehre und Aufrichtigkeit erzogen, und dann arrangiert sie einen dramatischen Abgang aus ihrer Ehe – und ihrer Familie –, indem sie diesen Kerl zu einer Familienfeier mitbringt.

Noch jetzt, Monate später, kann ich kaum glauben, dass sie das getan hat.

Aber ich weigere mich, weiter darüber nachzudenken. Ich habe lange gebraucht, um die ganze Sache zu verdauen, und seitdem habe ich sie nur zweimal gesehen: einmal zufällig bei Bloomingdale's und einmal absichtlich, als sie mich gefragt hat, ob sie mal »zum Reden« vorbeikommen kann. Ich bin so eine Idiotin, weil ich ihr erlaubt habe, in meine Wohnung zu kommen und sich zu »erklären«. Es hat eine halbe Stunde gedauert, bis ich sie gebeten habe, den Mund zu halten und wieder zu gehen.

Das waren dreißig Minuten mehr, als meine Geschwister ihr seit »Der Nummer« geschenkt haben, wie wir es nennen. Allein an den Tag zu denken verursacht mir Übelkeit, also versuche ich, es nicht zu tun.

Ist daran zu denken besser, als daran zu denken, wie unglaublich sexy Avas Ex ist?

Ehrlich gesagt bin ich mir nicht sicher, was schlimmer ist.

Das Klingeln meines Handys bewahrt mich vor weiteren Überlegungen in dieser Richtung. Ich nehme Amys Anruf an. »Wie lautet das Urteil?«

»Ich kann kommen! Ich werde morgen Nachmittag da sein. Ich habe ein One-Way-Ticket gekauft, weil wir ja nicht wissen, wie lange wir bleiben, oder?«

»Das ist großartig! Ich freu mich so.«

»Ich mich auch, Jules. Danke, dass du mich eingeladen hast. Das ist genau das, was ich jetzt brauche.«

»Wir werden so viel Spaß haben. Schick mir deine Flugdaten, dann hole ich dich ab.«

»Mach dir darüber keine Gedanken. Ich fahr einfach zu deinem Hotel.«

»Okay. Ich hinterlege an der Rezeption einen Schlüssel für dich, für den Fall, dass ich nicht hier bin, wenn du kommst.«

»Wir sehen uns morgen!«

»Guten Flug!« Kaum habe ich aufgelegt, als mein Diensthandy mit dem Ton klingelt, den ich für meine Chefin Marcie ausgewählt habe. »Hey, was gibt's?«

»Das wollte ich gerade dich fragen. Wie war dein Treffen mit Captain West?«

»Gut. Er hat den Vertrag unterschrieben. Wir treffen uns morgen wieder, dann fange ich an, ihn vorzubereiten. Das wird ein paar Tage dauern.«

»Wieso?«

»Er ist etwas ... ungeschliffen, um es mal so auszudrücken. Daher braucht er ein wenig Coaching, um sich auf die Tour vorzubereiten. Ich werde für Ende nächster Woche die ersten Termine buchen, so haben wir hoffentlich ausreichend Zeit.«

»Soll ich Verstärkung schicken? Wenn er ein Mediencoaching braucht, sollten wir dafür vielleicht einen Experten hinzuziehen.«

»Ich glaube nicht, dass er damit einverstanden wäre. Wir haben Glück, dass er mich so gerade eben toleriert.«

»Er klingt wie ein echter Traummann.«

Sofort will ich ihn verteidigen, obwohl ich ihn bis heute Morgen noch nicht einmal gekannt habe. »Er hat viel durchgemacht, Marcie. Mehr, als die meisten Leute ahnen.«

»Was soll das heißen?«

Hier wird es jetzt etwas heikel. Sie hat keine Ahnung, dass meine Schwägerin seine Ex ist. Niemand weiß von Ava, und wenn es nach mir geht, wird es auch nie jemand erfahren. Marcie weiß nur, dass ich von einer Freundin des Captains empfohlen worden bin. Sie hat mich nie gefragt, wer diese Freundin ist, und ich habe es ihr auch nicht gesagt.

Muss ich darüber nun wirklich mit ihr sprechen? Ich versuche, das Thema zu umschiffen. »Abgesehen davon, dass er sechs Jahre im Einsatz war und dabei sein Bein und zwei seiner engsten Freunde verloren hat? Ganz zu schweigen davon, dass er seit der Veröffentli-chung des Videos nicht mehr anonym ist? Das ist ganz schön viel.«

»Ich mach mir Sorgen, ob du so eine große Sache alleine handeln kannst, Julianne.«

»Ich weiß deine Sorge zu schätzen, aber ich habe das im Griff. Und wenn ich Hilfe brauche, melde ich mich.«

»Bitte tu das. Ich kann bei einem so prominenten Fall keine Über-

raschungen gebrauchen.« Ich höre, wie sie eine Tablette gegen
Sodbrennen zerkaut. Sie isst die Dinger wie Bonbons, während wir
anderen spekulieren, wie lange es noch dauert, bis sie einen Herzinfarkt oder einen Schlaganfall bekommt. Die Frau ist der personifizierte
Stress, und es ist tatsächlich eine Erleichterung, eine Weile am anderen
Ende des Landes und somit nicht in ihrer Nähe zu sein. Ihr Stress
färbt nämlich immer auf mich ab.

Mein Magen schmerzt, wie beinahe jedes Mal, wenn ich mit ihr
rede. »Captain Wests Assistent ruft gerade an. Da muss ich rangehen.«

»Okay. Halt mich auf dem Laufenden.«

»Mach ich.«

Ich lege auf und atme ein paarmal tief durch, um den Druck nach
dem Gespräch mit ihr abzulassen. Sie treibt mich in den Wahnsinn.
Als ich ihr erzählt habe, dass ich Captain West von einer Freundin
empfohlen worden war, ist ihr der Mund offen stehen geblieben. Sie
hat versucht, mich davon zu überzeugen, den Fall an einen unserer
erfahreneren Kollegen abzugeben, doch ich habe darauf bestanden, ihn
selbst zu übernehmen.

Wächst mir diese Situation über den Kopf? Ohne Frage. Bin ich
entschlossen, das Ganze zu einem großen Erfolg für mich und die
Firma zu machen? Auf jeden Fall.

Jetzt muss ich nur meinen missmutigen Klienten davon überzeugen, die Sache nicht zu torpedieren.

KAPITEL 4

JOHN

Vor der Ergreifung hatte ich nie Albträume. Nun habe ich sie beinahe jede Nacht. Ich wache schweißgebadet auf, nachdem ich das Grauen erneut erlebt habe, zusehen zu müssen, wie Tito und Jonesy niedergeschossen werden. Ich träume nie von meiner eigenen Verletzung. Ich träume von den beiden Männern, die jahrelang an meiner Seite waren. Wir haben das SEAL-Training überlebt und die Feiertage gemeinsam verbracht, wenn wir Dienst hatten.

Einen von ihnen zu verlieren wäre schon schrecklich gewesen. Sie beide zu verlieren ist unerträglich.

Meine Augen brennen vor ungeweinten Tränen, und ich fürchte, wenn ich sie nicht zurückhalte, werde ich nicht mehr aufhören können. Tito. Jonesy. Ava. Sie sind alle fort, und die Einsamkeit bringt mich fast um.

Noch nie habe ich mich so allein gefühlt, und das will was heißen bei jemandem, der den Großteil seines Lebens allein verbracht hat.

Ich setze mich auf und schwinge die Beine über den Rand des Bettes. Jedes Mal muss ich mich daran erinnern, dass mein linkes Bein fehlt. Ich greife nach der Prothese und mühe mich damit ab, sie anzulegen, damit ich aufstehen und ins Bad gehen kann, ohne die Krücken zu benutzen.

Ich habe Julianne gestern angelogen. Ich sollte keine Pressetour machen, solange ich noch nicht wieder bei Kräften bin. Die einfachsten Dinge sind für mich ein Kampf. Aber ich will es hinter mich bringen. Ich will alles tun, was ich tun muss, damit ich mich zurückziehen und wieder in der Anonymität versinken kann. Nur deshalb befolge ich die Anweisungen meiner Vorgesetzten und spiele mit.

Die Physiotherapie habe ich abgeschlossen. Sie haben getan, was sie für mich tun konnten, und der Rest braucht, wie sie sagten, Zeit. Mein Arzt meinte, es könne ein Jahr dauern, bis ich mich vollständig von der Infektion erholt habe, die mich beinahe das Leben gekostet hat. Wenigstens habe ich inzwischen den Punkt erreicht, an dem ich die Prothese belasten kann, ohne dass ich vor Schmerzen schreien möchte. Aufgrund meiner allgemeinen körperlichen Schwäche benutze ich weiterhin die Krücken, um nicht hinzufallen. Mein Bein zu verlieren war schon schlimm genug, aber die Infektion, die mich dreißig Tage ans Krankenbett gefesselt hat, hat alles noch tausendmal schlimmer gemacht.

Ich richte mich auf, nehme mir eine Minute, um sicher zu sein, dass ich nicht stürzen werde, und gehe dann langsam und vorsichtig ins Bad und danach in die Küche. Im Stehen trinke ich direkt neben dem Kühlschrank ein Glas eiskaltes Wasser. Um das Glas mitzunehmen, bräuchte ich eine freie Hand, und die habe ich nicht. Muncie hat mir eine Wasserflasche mit Halteschlaufe besorgt, doch die ist im Schlafzimmer, und es wäre zu anstrengend, sie zu holen. Also trinke ich das Wasser, bevor ich mich auf den Relaxsessel im Wohnzimmer zurückziehe. Ich schalte den Fernseher an und suche nach irgendetwas Anspruchslosem, das mir hilft, mir die Zeit bis zur Morgendämmerung zu vertreiben.

Das ist meine Routine, seitdem die Albträume angefangen haben. Sobald ich einmal wach bin, kann ich nicht wieder einschlafen, also versuche ich es gar nicht erst.

Ich sehne mich nach Ava. Ich darf nicht daran denken, wo sie ist oder was sie möglicherweise gerade mit ihrem Mann macht, also zwinge ich mich, mich daran zu erinnern, wie sie mit mir zusammen war. Genauso habe ich es während meines sechsjährigen Einsatzes gemacht. Ich habe damals konstant an sie gedacht, und es ist schwer, diese Angewohnheit nun abzulegen.

Sie ist verheiratet. Wenn ich mir diese Worte wieder und wieder vorsage, kapiere ich vielleicht irgendwann, dass sie tatsächlich einem anderen gehört.

Was zum Teufel hatte ich auch erwartet? Dass sie rumsitzt und bis in alle Ewigkeit auf mich wartet? Das hat sie fünf Jahre lang getan, bis sie es nicht mehr konnte. Dieses Detail bricht mir mehr als alles andere das Herz. Nach viereinhalb Jahren hätten wir Al Khad beinahe gehabt. Wir waren *so* nah dran, näher als je zuvor, aber dann ist er uns irgendwie wieder entkommen, und wir mussten weitere sechs Monate suchen, bis wir ihn endlich gefunden hatten und gefangen nehmen konnten.

Wenn wir ihn bloß beim ersten Mal erwischt hätten. Dann wäre ich vor dem Ablauf von Avas selbst festgelegter Fünf-Jahres-Frist zurück gewesen, und sie hätte Eric nie kennengelernt. Sie wäre jetzt hier, bei mir, wo sie hingehört – das heißt, wenn sie sich entschieden hätte, mir alles zu verzeihen, was ich ihr zugemutet habe.

Ich wünschte, es gäbe eine Pille, die ich nehmen könnte, um meine Gedanken von Dingen abzulenken, die nie mehr sein können. Ich mache mir keine Illusionen darüber, dass Ava eines Tages aufwachen und erkennen könnte, dass sie den Falschen geheiratet hat. Er war für sie da, als ich es nicht war. Dafür will ich ihn hassen, aber wie soll ich das tun? Es ist die Wahrheit, auch wenn ich alles für ein anderes Ende geben würde.

Wenn die Ärzte mir nur einen ungefähren Zeitrahmen dafür nennen würden, wie lange es dauert, bis die emotionalen Wunden geheilt sind. Irgendwie fürchte ich, dass das wesentlich länger dauern wird als die körperliche Genesung.

Ich bleibe bei einer alten Folge von *Frasier* hängen und hoffe, dass die Crane-Brüder die Stimmen in meinem Kopf übertönen können. Ein paarmal lache ich sogar laut auf, was ich als gutes Zeichen werte. Vielleicht gibt es ja doch noch Hoffnung für mich. Während eine

Folge von der nächsten und der dritten abgelöst wird, wandern meine Gedanken zu Julianne Tilden.

Ich rede mir ein, dass es besser ist, an sie zu denken statt an Ava, aber ist es das wirklich? Sie ist Avas Schwägerin, was ein wenig zu nah ist, wenn man mich fragt. Ava hat mir versichert, dass Julianne in ihrem Job brillant und außerdem ein wirklich netter Mensch ist. Was hätte ich darauf erwidern sollen? *Nein, schick mir nicht deine Schwägerin?* Ich brauche die Hilfe, die Julianne mir anbietet, und da Ava selbst nicht zur Verfügung steht – und vermutlich auch nicht zur Verfügung stehen will –, ist ihre Empfehlung die zweitbeste Wahl.

Mein Herz ist nicht so zerbrochen, dass mir nicht aufgefallen wäre, wie umwerfend meine neue PR-Agentin ist – auf eine coole Weise, irgendwie ladylike. Sie erinnert mich an die Ehefrauen der Admiräle. Sie ist genauso makellos mit ihrem perfekt frisierten blonden Haar und dem perfekt aufgetragenen Make-up, mit dem sie aussieht, als wäre sie ungeschminkt. Sie ist nicht nur wunderschön, sondern auch klug und effizient. Und sie scheint sehr engagiert zu sein – eine Eigenschaft, die sie mit Ava teilt. Ich erinnere mich noch, wie Ava mir von den Klienten erzählte, mit denen sie gearbeitet hat, und wie sehr sie es geliebt hat, ihnen zu helfen, Worte zu finden, die die Menschen berühren.

Und schon bin ich wieder bei Ava ...

Ich wünschte wirklich, ich könnte etwas dagegen tun. Vielleicht eine Séance, eine Lobotomie oder Elektroschocktherapie. *Irgendwas*, das meine Gedanken umleitet. Wenn ich glauben würde, dass etwas davon mir helfen könnte, würde ich es sofort tun, nur um etwas Erleichterung von den schmerzhaften Erinnerungen zu erhalten, die mich quälen.

Ich zwinge mich, meine Aufmerksamkeit wieder auf den Fernseher zu richten, und schaue mir ein paar weitere Folgen *Frasier* an. Und es gelingt den Schauspielern tatsächlich, mich für einige Stunden zu fesseln. Das Nächste, was ich bemerke, ist, dass Sonnenlicht in meine Wohnung scheint. Ich muss wohl weggedöst sein. Dafür bin ich dankbar, obwohl ich dadurch meine übliche Zeit fürs Fitnesscenter verpasst habe. Dann werde ich wohl versuchen müssen, später zu gehen. Als ich mich aufsetze und strecke, höre ich Muncies Schlüssel in der Tür.

Er meldet sich nervtötend pünktlich jeden Morgen um neun Uhr zum Dienst. »Oh, hey, Sie sind auf.«

»Ja, schon eine ganze Weile.« Ich nehme den Kaffee, den er mir reicht. »Danke.«

»Haben Sie nicht geschlafen?«

»Doch, ein wenig.«

»Sie müssen mit diesem Psychiater sprechen, Captain. Der kann Ihnen vielleicht was geben, das Ihnen hilft.«

»Will ich nicht, brauch ich nicht.« Ich habe aufgehört, die Schmerzmittel zu nehmen, weil ich Angst hatte, von ihnen abhängig zu werden. Nach so vielen Wochen im Krankenhaus sind ein weiterer Arzt oder andere Tabletten das Letzte, was ich gebrauchen kann. »Das Melatonin, das Sie mir besorgt haben, hilft. Belassen wir es dabei.«

»Wie Sie wünschen. Julianne würde sich gerne heute um elf mit Ihnen treffen. Passt das für Sie?«

»Äh, lassen Sie mich kurz in meinen Kalender schauen.«

Er schenkt mir diesen vernichtenden Blick, der inzwischen sein Markenzeichen geworden ist. Den bekomme ich ziemlich oft zu sehen, und beinahe bereitet es mir Spaß, Dinge zu sagen, die ihn auslösen.

»Dann lasse ich sie wissen, dass elf Uhr in Ordnung ist.«

»Machen Sie das.«

»Haben Sie Hunger?«

»Nein.«

»Sie müssen etwas essen.«

»Dessen bin ich mir bewusst.« Diese Unterhaltung führen wir mehrmals am Tag. Mein Appetit ist noch etwas, das bisher nicht zurückgekehrt ist. Man sagt mir, das wird schon wieder. In der Zwischenzeit zwinge ich mich, wenigstens etwas zu mir zu nehmen, um zu Kräften zu kommen, aber ich habe auf nichts so richtig Appetit.

»Ich kann eines dieser Western-Omeletts von dem Diner an der Ecke holen. Das hat Ihnen letzte Woche geschmeckt.«

Nur weil ich weiß, dass er dann Ruhe gibt, stimme ich zu, obwohl mein Magen sich bei der Erinnerung daran, wie ich letztes Mal versucht habe, es herunterzuwürgen, zusammenzieht. Ich weiß nicht, warum Essen so ein Problem für mich geworden ist. In meinem vergangenen Leben hatte ich unbändigen Hunger auf Essen und Sex, und nun interessiert mich beides nicht mehr.

Einer der Ärzte meinte, der Appetit würde mir für eine Weile fehlen, weil ich so lange mit Flüssignahrung versorgt worden bin, dass mein Körper vergessen hat, wie man feste Nahrung zu sich nimmt. So, wie ich meine Muskeln trainieren muss, um wieder Kraft zu entwickeln, muss ich auch das Essen trainieren, damit das Verlangen nach Nahrung irgendwann zurückkehrt. Das behaupten sie zumindest. Bisher ist es noch nicht so weit. Ich hoffe, dass alle meine verschiedenen Gelüste irgendwann zurückkehren.

Ich kann mir nicht vorstellen, jemals eine andere als Ava zu wollen. Aber vermutlich werde ich es irgendwann mit einer anderen Frau probieren müssen, denn sonst werde ich nie frei von Ava sein.

Allein der Gedanke daran, sie hinter mir zu lassen, löst einen heftigen Schmerz in meiner Brust aus, nachdem mich die Hoffnung auf ein Leben mit ihr in all den dunklen Stunden aufrechterhalten hat. Ohne sie bin ich wie ein Segelboot, das sein Ruder verloren hat und haltlos auf feindlicher See schaukelt.

Werde ich meinen Weg je wiederfinden? Ich weiß es nicht, und dieses Nichtwissen verstärkt das hohle Gefühl in meinem Inneren.

Muncie kehrt wenig später vom Diner zurück.

Wir essen schweigend – besser gesagt, er isst, und ich stochere mit meinem üblichen Mangel an Enthusiasmus in meinem Omelett herum. Er räuspert sich. »Die Jungs von der Einheit haben sich gemeldet. Sie würden gerne vorbeikommen, wenn Sie bereit sind, Besuch zu empfangen.«

Die Männer, mit denen ich sechs Jahre verbracht habe, sind für mich wie Brüder, doch keiner von ihnen steht mir so nah, wie es Tito und Jonesy getan haben. Die anderen ohne meine besten Freunde zu sehen wäre, wie Essig auf eine schwärende Wunde zu gießen.

»Noch nicht.«

»Es könnte Ihnen guttun, sich mit ihnen zu treffen.« Er schaut mich an. »Ich glaube, die Männer brauchen das genauso sehr wie Sie. Sie müssen sehen, dass es Ihnen gut geht.«

Ich bin so weit von »gut« entfernt, dass ich über seinen Satz lachen könnte, aber sie waren meine Männer, und ich war ihr Anführer, und

Muncie hat recht. Sobald Muncie sich etwas in den Kopf gesetzt hat, ist er wie ein Hund mit einem Knochen. Es scheint ihm auch völlig egal zu sein, dass ich im Rang über ihm stehe, wenn er mich bedrängt, Dinge zu tun, die ich nicht tun will. Weil ich das weiß, sage ich: »Vereinbaren Sie was, bevor wir nach New York fahren. Allerdings nur die Jungs, sonst niemand.«

»Ja, Sir.«

Bilde ich mir das bloß ein, oder klingt er ein wenig selbstgefällig? Mistkerl. Er hat Glück, dass ich ihn so sehr brauche.

Nachdem wir gegessen haben, nehme ich eine Dusche, rasiere mich und streife mir eine frische Jogginghose und ein langärmliges T-Shirt über. Wenn ich mich schon noch mal mit Mary Poppins treffen muss, will ich dabei wenigstens frisch und präsentabel aussehen. Als ich fertig bin und meine Turnschuhe anziehe, fällt mir etwas auf: Wenn jemand nicht wüsste, dass mein linkes Bein unterhalb des Knies fehlt, würde er es nicht merken, außer ich sage es ihm. Nur die Krücken weisen darauf hin, dass irgendetwas nicht ganz in Ordnung ist.

Die letzten zehn Minuten vor Juliannes Eintreffen verbringe ich auf der Bettkante sitzend. Ich bin erschöpft von der Anstrengung, mich fertig zu machen. Und ich erkenne den Teufelskreis, der hier am Werk ist – ich brauche Nahrung, um meine Kraft zurückzugewinnen, aber ich habe keinen Appetit, was die Reise zurück zur vollständigen Genesung ungleich schwieriger macht.

Alle sagen mir, ich müsse Geduld haben, dass alles irgendwann wieder »normal« wird, doch das stimmt nicht. Meine Version von »normal« ist weg, verheiratet mit irgendeinem anderen Kerl und gerade auf Hochzeitsreise. Meine Version von »normal« ist für mich für immer verloren.

Bis zu diesem Zeitpunkt habe ich nicht gewusst, wie erschöpfend ein gebrochenes Herz sein kann, denn bevor ich Ava begegnet bin, war ich nie verliebt. Jetzt, wo ich weiß, wie es sich anfühlt, hoffe ich, dass mir das nie wieder passiert. Es ist die Qualen nicht wert, die man erleidet, wenn es nicht funktioniert.

Muncie klopft an die Tür. »Sind Sie angezogen?«

»Ja. Kommen Sie rein.«

Er öffnet die Tür, sieht mich auf dem Bett sitzen und mustert mich auf seine durchdringende Art. »Julianne ist da. Sind Sie bereit?«

»Schätze schon.« Ich rapple mich auf und lehne mich auf die Krücken, während ich gleichzeitig die Prothese belaste, so wie sie es mir bei der Physiotherapie gezeigt haben.

Julianne trägt heute eine pinkfarbene Jacke, einen schwarzen Rock und die gleichen sexy High Heels wie gestern. Das Haar hat sie hochgesteckt, ihr Lächeln ist freundlich und nett.

»Guten Morgen«, begrüßt sie mich.

»Morgen.« Ich bin entschlossen, mich ihr gegenüber heute nicht wie ein totaler Mistkerl zu verhalten, denn schließlich macht sie nur die Arbeit, um die ich sie gebeten habe – auch wenn ich immer noch nichts mit alldem zu tun haben will. Doch das ist nicht ihre Schuld, und ich will nicht, dass sie Ava erzählt, was für ein Idiot ich bin, also darf ich mich auch nicht so verhalten.

»Ich dachte, wir gehen ein paar der Fragen durch, die Ihnen vermutlich gestellt werden, und bereiten Ihre Antworten vor. Wäre das für Sie in Ordnung?«

»Ja.« *Nein*, will ich sagen, *das ist nicht in Ordnung. Ich will über nichts davon reden. Ich will mich in eine Hütte in den Bergen zurückziehen und allein sein.*

»Außerdem würde ich unser Meeting gerne aufzeichnen, damit wir es später noch mal durchgehen und alles verbessern können, was uns auffällt. Ist das okay?«

»Meinetwegen.«

Julianne lässt sich von meinem mangelnden Enthusiasmus nicht abschrecken und baut ihr iPad auf dem Tisch auf, um alles aufzunehmen. Dann kehrt sie auf ihren Platz zurück und schlägt die Beine übereinander. Mir fällt wieder auf, dass sie wirklich schöne Beine hat – glatt und muskulös, als hätte sie als Kind viel Sport getrieben oder wäre eine Läuferin oder Tänzerin.

Warum zum Teufel denke ich an ihre Beine? Vielleicht, weil das besser ist als die anderen Sachen, die mein benebeltes Gehirn plagen.

»Ich habe keine bestimmte Reihenfolge, sondern fange einfach mit Ihrer sechsjährigen Entsendung an. Als Sie in die Navy eintraten, hat man Ihnen da erzählt, dass Sie möglicherweise so lange im Einsatz sein würden?«

»Anfangs nicht, nein. Das kam später, als ich in die Eliteeinheit aufgenommen wurde, deren Mitglieder genau für solche Missionen ausgebildet werden.«

»Als Sie von dem Attentat auf die *Star of the High Seas* gehört haben, wussten Sie da sofort, dass Sie auf unbegrenzte Zeit in den Einsatz müssen?«

»Ja, das wusste ich.«

»Wie ist das, ein einigermaßen normales Leben zu führen, das plötzlich von etwas auf den Kopf gestellt wird, auf das man keinen Einfluss hat?«

»Es ist schwierig und erschütternd, obwohl wir für genau so einen Fall ausgebildet und vorbereitet worden sind. Man hofft, dass man seine Ausbildung nie braucht, aber wenn doch, tut man, was getan werden muss, egal, welche persönlichen Opfer man dafür bringen muss. In diesen Momenten geht es nicht um einen selbst. Es geht um die Mission, bis die Mission beendet ist.«

Sie sieht mich nachdenklich an. »Das ist eine wirklich gute Antwort. Die sollten Sie auswendig lernen.«

»Die Wahrheit muss ich nicht auswendig lernen.«

»Trotzdem, das ist genau das, worauf wir hinauswollen.« Sie schaut in ihre Notizen. »Ich weiß, Sie können keine Details über die Mission verraten, aber können Sie mir irgendetwas darüber sagen, wo Sie waren und was Sie die ganze Zeit über gemacht haben?«

»Wir waren unterwegs und sind den Spuren gefolgt.«

»Bedeutet das, Sie haben im Zelt gelebt und sich von Einmannpackungen ernährt?«

»Den Großteil der Zeit über ja. Manchmal haben wir Zuflucht in Höhlen gesucht. Manchmal haben wir bei Truppen übernachtet. Und wenn wir in den Camps waren, gab es auch richtiges Essen.«

»Können Sie darüber reden, an was Sie sich von der Stürmung von Al Khads Lager erinnern?«

Ich würde es vorziehen, nie wieder an diese Nacht zu denken, das ist allerdings keine Option. Die Navy hält meine Entlassungspapiere zurück, bis ich diese Pressetour beendet habe. Je schneller ich es also hinter mich bringe, desto schneller kann ich mit meinem Leben weitermachen.

»Ich erinnere mich daran, dass ich sehr aufgeregt war, weil wir ihn endlich gefunden hatten. Ein paarmal waren wir sehr nahe dran gewesen, am nächsten nach viereinhalb Jahren, aber dieses Mal wussten wir mit Sicherheit, dass wir ihn hatten. Der schwerste Teil war, alle Schritte in Ruhe durchzugehen, um sicherzustellen, dass wir es nicht doch noch irgendwie vermasselten. Alle waren heiß auf den Einsatz und bereit, loszulegen, deshalb war die Wartezeit bis zum Einbruch der Nacht beinahe unerträglich lang.«

Julianne scheint kaum zu atmen, während sie mir zuhört. Sie hängt förmlich an meinen Lippen. Ich kann nicht leugnen, dass ihr Interesse an mir und meiner Geschichte mir ein wenig Energie verleiht. Ich würde es nicht gerade Begeisterung nennen, aber es weckt definitiv ... irgendetwas in mir.

»Ich erinnere mich daran, dass meine beiden besten Freunde und auch ich getroffen wurden. Danach ist alles wie im Nebel. Als ich merkte, wie viel Blut ich verlor, wusste ich sofort, dass ich in Schwierigkeiten steckte. Mein Glück war, dass das Team mich da schnell herausgeholt hat. Dieses Glück war meinen Freunden nicht vergönnt.«

Wieder wirft sie einen Blick auf ihre Notizen. »Lieutenant Commander Daniel Jones und Lieutenant Commander Miguel Tito sind während der Stürmung gefallen.«

Bei der Erwähnung ihrer Namen durchzuckt mich heißer Schmerz. Also nicke ich nur und beiße die Zähne zusammen.

»Kannten Sie die beiden schon lange?«

»Wir waren gemeinsam auf der Offiziersschule und im SEAL-Training. Sie waren für mich die Brüder, die ich nie hatte.«

»Es tut mir leid, dass Sie die beiden verloren haben.«

»Danke. Mir auch. Sie waren herausragende Offiziere, inspirierende Anführer und die besten Freunde, die man haben konnte.« Es ist mir unendlich peinlich, dass meine Stimme bei den letzten Worten zittert.

»Möchten Sie eine Pause einlegen?«, fragt sie mit diesem Mitgefühl, das mich gestern schon irritiert hat. Das will ich weder von ihr noch von sonst jemandem.

Ich schüttle den Kopf. Ich würde es lieber schnellstmöglich hinter mich bringen, anstatt es unnötig in die Länge zu ziehen.

»Nach der Stürmung haben Sie Ihr linkes Bein verloren und dann eine Infektion erlitten, wegen der Sie einen Monat im Koma gelegen haben. Nachdem Sie wieder aufgewacht sind, haben Sie erfahren, dass Sie von Al Khads Organisation ›geoutet‹ worden sind. Wie war das für Sie?«

»Das war ...« Die Wochen, die dem Koma folgten, sind auch wie im Nebel. Ich war krank und schwach und kämpfte mit dem Verlust meines Beins und meiner Freunde. Mein einziges Ziel war, wieder so weit zu Kräften zu kommen, dass ich mich mit Ava treffen konnte. »Es war ein Schock, als ich gemerkt habe, dass jeder meinen Namen und mein Gesicht kennt. Und dass die Leute an mir interessiert sind. Wir haben unter höchster Geheimhaltung operiert, weshalb über all das zu reden gegen alles verstößt, woran ich glaube.«

»Warum reden Sie dann trotzdem darüber?«

»Die Navy betrachtet es als gute Gelegenheit, zu zeigen, welche Opfer wir im Interesse der nationalen Sicherheit bringen.«

»Ich habe gehört, dass die Rekrutierungszahlen seit der Veröffentlichung des Videos deutlich angestiegen sind. Erfüllt Sie das mit Stolz?«

»Die Navy war wirklich gut zu mir. Sie hat mir eine Karriere und ein Leben ermöglicht, die ich mir als Kind in der Obhut des Jugendamts nie hätte vorstellen können. Dafür werde ich immer dankbar sein. Wenn es da draußen andere junge Menschen gibt, die nach einer Aufgabe im Leben suchen, hoffe ich, dass sie die Navy und die vielen Möglichkeiten, die sich einem dort bieten, in Betracht ziehen.«

»Ich kann mir vorstellen, dass es ein ziemlicher Schock sein muss, quasi über Nacht von einem Privatmenschen zu einer Person des öffentlichen Interesses zu werden.«

»Das stimmt. Es ist seltsam, in der Öffentlichkeit erkannt zu werden, aber bisher waren alle immer sehr nett zu mir. Es ist schön, zu spüren, dass unser Einsatz Anerkennung findet.«

»Haben Sie je von einer der Familien der Opfer der *Star of the High Seas* gehört?«

Ich schaue zu Muncie, der nickt. »Sie haben Briefe von ihnen erhalten. Die befinden sich in dem Umschlag mit der Post, um die Sie sich bisher nicht kümmern wollten.«

Ich zeige mit dem Daumen auf ihn. »Was er sagt.«

»Sie werden diese Briefe lesen müssen, um darüber reden zu können, wenn Sie danach gefragt werden. Ich schätze, diese Frage wird häufig auftauchen.«

»Dann werde ich sie lesen.«

»Als Sie entsendet worden sind, haben Sie da jemand Speziellen zurückgelassen?«

Die Frage entfacht einen Flächenbrand der Wut in mir. Wie kann sie es wagen, mich das zu fragen? Gerade als ich sie deswegen anschreien will, verstehe ich, was sie da tut. Sie bereitet mich darauf vor, mit der Frage umzugehen, wenn sie gestellt wird. Ich schlucke die Wut hinunter und zwinge mich zu einem neutralen Gesichtsausdruck. »Nein.« Unter keinen Umständen darf die Presse etwas von Ava erfahren. Sie würden alles versuchen, um ihr Leben auseinanderzunehmen, und das kann ich nicht zulassen.

»Nur zu Ihrer Info: Ihre Reaktion auf die Frage hat eindeutig gezeigt, dass Sie lügen.«

»Ich hatte nicht damit gerechnet.«

»Tja, ab jetzt werden Sie damit rechnen müssen. Und wenn Sie diesen Aspekt Ihres Lebens privat halten wollen, müssen Sie anders damit umgehen.«

»Ich werde daran arbeiten.« Mich zu bitten, auf alles, was Ava betrifft, gefühllos zu reagieren, ist, wie mich zu bitten, nicht mehr zu atmen. Wobei das durchaus weniger schmerzhaft sein könnte. Doch es gibt nichts, was ich nicht tun würde, um sie so weit wie möglich von mir und meiner neuen Berühmtheit fernzuhalten.

»Es tut mir leid, dass ich Sie verstört habe. Aber ich dachte, es wäre besser, wenn diese Frage von mir kommt, als wenn Sie in einem Interview davon überrascht werden.«

Damit hat sie recht. Also nicke ich kurz. »Haben Sie noch weitere Fragen?«

»Warum gönnen wir uns nicht eine kleine Pause?«

»Okay.« Ich kämpfe mich auf die Beine und verlasse den Raum. Im Schlafzimmer ziehe ich die Tür hinter mir zu, strecke mich auf dem

Bett aus und schließe die Augen. Ich bin erschöpft von meinen schlaflosen Nächten und davon, das, was ich am liebsten vergessen würde, ein weiteres Mal durchleben zu müssen. Ich höre, dass Julianne im Nebenzimmer mit Muncie spricht, doch es interessiert mich nicht ausreichend, dass ich versuchen würde, zu verstehen, was sie sagen.

Ich bin so verdammt müde.

Ich mache für einen Moment die Augen zu.

KAPITEL 5

JULIANNE

Ich starre auf die geschlossene Schlafzimmertür und fühle mich schlecht, weil ich ihn aufgeregt habe. »Ich musste ihn das fragen.«

»Das weiß ich. Und er weiß es auch.«

»Wirklich?«

»Er weiß, dass du nur deinen Job erledigst.«

Ich frage mich, was er da in seinem Zimmer macht und ob er zurückkommt. Während ich warte, gehe ich meine E-Mails auf dem Handy durch, beantworte einige Anfragen von Kollegen und bemerke eine längere Nachricht von Marcie, um die ich mich später kümmern werde. Außerdem antworte ich auf eine SMS von Amy, die gerade in New York am Flughafen ist.

Wir sehen uns gleich!

Kann es kaum erwarten.

Ich bin froh, dass sie sich über diesen Urlaub freut, und ich kann es wirklich nicht erwarten, dass sie hier ankommt. Sie bei mir zu haben wird diesen schwierigen Job für mich tausend Mal leichter machen. So war es bei mir schon immer – meine älteren Geschwister bedeuten für mich Sicherheit. Auch wenn wir uns als Kinder gestritten haben, wie alle Geschwister es tun, wusste ich immer, dass alle drei für mich da sind, wenn ich sie brauche – genau wie ich für sie.

Wieder werfe ich einen Blick zur Schlafzimmertür. »Glaubst du, er kommt gleich wieder?«

Muncie steht von seinem Platz am Esstisch auf. »Lass mich mal nachsehen.« Er klopft an die Tür, und als er keine Antwort erhält, klopft er noch einmal, bevor er seinen Kopf hineinsteckt. »Er schläft, und wir sollten ihn vermutlich schlafen lassen. Nachts kommt er nur selten zur Ruhe.«

»Ich fühle mich so mies.«

»Warum?«

»Es ist, als würde ich Salz in seine Wunden streuen oder so.«

»Ich war überrascht, dass er überhaupt so viel gesagt hat. Das war mehr als alles in den letzten Monaten meiner Zusammenarbeit mit ihm zusammengenommen. Stell dein Licht nicht unter den Scheffel. Du bist gut in dem, was du tust, und es ist richtig, ihn auf die Fragen vorzubereiten, die ihm vermutlich gestellt werden.«

»Es freut mich, das zu hören. Danke für deine Hilfe.« Ich sammle meine Habseligkeiten ein und stecke sie in meine große Tasche. »Ich schätze, wir machen morgen weiter. Bis dahin sollte ich auch den Reiseplan für euch haben.« Am Vorabend habe ich Stunden damit zugebracht, Nachrichten von den Producern aller großen Fernsehsendungen zu beantworten. »Ich muss wohl nicht extra erwähnen, dass das Interesse riesig ist.«

»Ja, das habe ich mir gedacht.«

Ich senke meine Stimme, damit West mich nicht hören kann. »Meine größte Sorge ist, dass diese Pressetour für ihn alles nur noch schlimmer machen wird. Er wirkt irgendwie ... zerbrechlich.« Kaum habe ich das Wort ausgesprochen, bedauere ich es auch schon. »Nein, so habe ich das nicht gemeint ...«

»Schon gut, du liegst da ganz richtig. Er ist in vielerlei Hinsicht wirklich zerbrechlich, aber ich denke, er erkennt, dass der Schaden in Bezug auf sein Outing schon entstanden ist. Also kann er das zu diesem Zeitpunkt genauso gut zu seinem Vorteil nutzen. Nachdem er aus der Navy ausgeschieden ist, wird er einen der Werbeverträge annehmen, die ihm angeboten worden sind. Damit ist er für den Rest seines Lebens versorgt.«

»Ich kann mir nicht vorstellen, dass er mit irgend so etwas einverstanden sein wird.«

»Im Moment vielleicht nicht, aber irgendwann schon. Wenn der richtige Zeitpunkt gekommen ist und ihn das Angebot anspricht. Er wäre verrückt, wenn er es nicht macht.«

Das mag stimmen, doch obwohl ich ihn erst seit gerade einmal vierundzwanzig Stunden kenne, kann ich mir nicht vorstellen, dass er für Geld wahllos irgendein Produkt anpreist. Ich weiß bereits, dass es nicht sein Stil ist, diesen für ihn überraschenden und ungewollten Ruhm zu vergolden.

»Ich melde mich morgen früh bei dir.«

»Klingt gut. Hast du gestern noch etwas Sightseeing gemacht?«

»Nein, noch nicht. Meine Schwester kommt für ein paar Tage her, dann gehen wir gemeinsam auf Tour.«

»Das wird bestimmt nett.«

»Auf jeden Fall. Ich schicke dir morgen eine Nachricht.«

»Okay. Bis dann.«

Ich kehre in mein Hotel zurück, wo ich ein paar Stunden damit zubringe, die E-Mails und Fragen von meinen Kollegen zu beantworten, die meine anderen Klienten übernommen haben, damit ich mich ausschließlich auf Captain West konzentrieren kann. Falls in der Korrespondenz mit meinen Kollegen eine unterschwellige Anspannung mitschwingt, war das vermutlich zu erwarten. Schließlich kommt es nicht alle Tage vor, dass eine Junior-Beraterin dafür auserwählt wird, einen so wichtigen Klienten zu repräsentieren. Ich ignoriere die Seitenhiebe und antworte auf ihre Fragen, auch wenn der Knoten in meinem Magen eine konstante Erinnerung daran ist, wie weit außerhalb meiner Liga ich hier spiele.

Trotzdem, ich bin entschlossen, diese Kampagne zu meistern, damit ich den Leuten im Büro sagen kann, sie können mich mal.

Eine Stunde bringe ich damit zu, unsere Termine in New York festzuzurren. Wir fangen mit *The Tonight Show Starring Jimmy Fallon* an, danach folgen die Frühstückssendungen wie *Live with Kelly and Ryan* und *The View*. Außerdem ist er für die großen abendlichen Talkshows gebucht, darunter *The Late Show with Stephen Colbert*, *Late Night with Seth Meyers* und *The Daily Show with Trevor Noah*.

In Los Angeles wird er zu *Ellen, The Talk, Jimmy Kimmel Live!* und *The Late Late Show with James Corden* gehen.

Ich werde ganz kribbelig, als mir bewusst wird, wie groß das alles ist und dass ich mich nun mit den Producern aller Top-Sendungen duze.

Hier ist Julianne Tilden. Ich vertrete Captain John West.

Und schwups, öffnen sich die Türen. Alle wollen ein Interview mit dem amerikanischen Helden, der geholfen hat, den meistgesuchten Terroristen der Welt zu schnappen. Und wenn sie ihn haben wollen, führt kein Weg an mir vorbei.

Ich stehe auf, um mich zu strecken und einen kleinen Freudentanz aufzuführen. Aufregung über die Pressetour macht sich in mir breit, auch wenn mein Klient mit alldem nichts zu tun haben will. Das ist sein Problem, nicht meins. Kaum habe ich diesen Gedanken gedacht, überfällt mich die irrationale Angst, dass das alles hier im reinsten Chaos enden und jeder mir die Schuld geben wird.

Nein, das wird nicht passieren. Er trägt immer noch seine Uniform und repräsentiert die United States Navy. Das wird er stolz und würdevoll tun. Zumindest hoffe ich das.

Es ist noch etwas über eine Stunde, bis Amys Flug landen soll, also beschließe ich, sie doch am Flughafen abzuholen. Ich springe schnell unter die Dusche, ziehe mir Jeans und ein Tanktop an und wickle mir einen Pullover um die Hüften, als Schutz gegen die eisige Luft aus der Klimaanlage. In meinem Koffer finde ich ein Paar gestreifter Wedges-Sandalen, schlüpfe hinein, schnappe mir meinen Zimmerschlüssel und gehe hinunter in die Lobby, wo mir der Portier ein Taxi ruft.

Auf dem Weg zum Flughafen erreicht mich eine Nachricht von Amy, dass sie zehn Minuten früher gelandet ist.

Ich bin unterwegs!

Am letzten Wochenende vor meiner Abreise nach San Diego war ich mit Amy, Rob und seiner Frau Camille zusammen, aber es fühlt sich an, als wäre das Monate her, und ich freue mich so, Amy wiederzusehen. Sie wird mich unterstützen, und außerdem wird es bestimmt lustig, mit ihr auf Sightseeingtour zu gehen.

Wir vereinbaren, uns an der Gepäckausgabe zu treffen, und schon auf der Rolltreppe nach unten lasse ich meinen Blick auf der Suche nach ihr über die Menschen gleiten. Als ich sie entdecke, winke ich ihr zu, und sie lächelt, um mich wissen zu lassen, dass sie mich ebenfalls gesehen hat.

Es ist ziemlich voll, also muss ich mich ein paar Minuten gedulden, während sie sich ihren Weg durch die Menge zu mir bahnt. Und dann umarmen wir uns, als wäre seit unserem letzten Treffen ein Monat oder mehr vergangen.

»Ich bin so froh, dass du hier bist!«

»Du hast ja keine Ahnung, wie froh *ich* bin, hier zu sein.«

Sie hat nur Handgepäck dabei, also gehen wir nach draußen und suchen uns ein Taxi, das uns zum Hotel fährt.

»Ah, es ist so warm, allerdings nicht so unangenehm heiß wie zu Hause.«

»Ich weiß. Ich liebe es. An dieses Klima könnte ich mich schnell gewöhnen.«

»Ich bin bereit für kühleres Wetter in New York. Die Luftfeuchtigkeit bringt mich noch um.«

»Worauf hast du Lust?«

»Was immer du willst.«

»Hinter dem Hotel gibt es eine coole Promenade, die wir uns heute Nachmittag mal anschauen können.«

»Klingt gut.«

Ein paar Minuten später erreichen wir das Hotel und fahren mit dem Lift hinauf zu meinem Zimmer.

Amy durchquert den Raum und bewundert die Aussicht über San Diego bis hin zum Meer in der Ferne. »Du musst heute nicht mehr arbeiten?«

»Nein. Ich habe heute früh mit ...« Ich weiß nicht, wie ich ihn nennen soll.

»John?«

»Ja. Ich bin mir nie sicher, ob ich ihn John oder Captain West oder Captain Griesgram nennen soll.«

Sie lacht schnaubend. »Captain Griesgram?«

Ich beiße mir auf die Unterlippe und nicke. Selbst vor meiner

Schwester fällt es mir schwer, zuzugeben, dass ich ihn insgeheim so nenne. »Er kann ziemlich mürrisch sein.«

»Der Arme. Er hat so viel durchgemacht. Er hat sechs Jahre seines Lebens, sein Bein, die Frau, die er liebt, und seine Anonymität verloren. Ich habe echt Mitleid mit ihm.«

»Ich auch. Natürlich habe ich das. Es ist nur ... er ist so *verbittert*. Das ist das einzige Wort, das mir einfällt, um es zu beschreiben. Ich befürchte fast, dass das in den Interviews durchkommen wird.«

»Falls ja, ist es nicht deine Schuld.«

»Ich will, dass das für ihn gut läuft. Ich will, dass die Leute erfahren, was er durchlitten hat, und ihn nicht als desillusionierten Mistkerl mit gebrochenem Herzen sehen.«

»Ist er denn ein Mistkerl?«

»Manchmal. Aber ich sage mir immer, dass er dazu allen Grund hat.«

»Trotzdem, ich finde nicht, dass er das an dir auslassen sollte.«

»Ich glaube, es fällt ihm gar nicht auf, dass er das tut. Er ist nur so ... Ich weiß nicht, wie ich das beschreiben soll. Er ist unglaublich attraktiv und sexy. Ich verstehe total, warum Ava verrückt nach ihm war. Aber er hat auch eine dunkle Seite, und ich fürchte, die wird er dem Rest der Welt zeigen, wenn er im Fernsehen ist. Doch das ist nicht wirklich das Image, das die Navy mit dieser Kampagne vermitteln will, und wenn die unzufrieden sind, geht das für mich nicht gut aus.«

»Hm, ich verstehe, was du meinst. Wie wäre es, wenn du es ihm geradeheraus sagst? ›Hören Sie, ich weiß, Sie haben eine schwere Zeit hinter sich, aber ich bin sicher, dass Sie Ihre schmutzige Wäsche nicht im landesweiten Fernsehen waschen wollen, also wie wäre es, wenn Sie sich von mir helfen lassen, eine Rolle zu entwickeln, die für unsere Zwecke funktioniert, und wenn wir mit allem fertig sind, können Sie wieder mürrisch und launisch sein?‹«

Ich starre sie mit offenem Mund an.

»Was denn? Das ist eine gute Idee. Das weißt du.«

»Ich versuche nur gerade, mir vorzustellen, wie ich das zu einem Klienten sage. Und wie das aufgenommen wird.«

»Wen interessiert's, wie es aufgenommen wird? Er hat dich dafür angestellt, einen Job zu erledigen, und dann muss er dich das auch tun lassen.«

»Sein Verbindungsoffizier Commander Muncie wird sich totlachen, wenn ich das sage. Er muss sich schon wesentlich länger mit seiner Übellaunigkeit herumschlagen als ich.«

»Du musst es ansprechen, damit du das erledigen kannst, wofür du engagiert worden bist.«

»Ach, genug von ihm. Ich muss bis morgen nicht mehr an ihn oder seine Muffigkeit denken.«

»Super. Lass uns was trinken gehen.«

———

Über Nacht wird John zum Meister der Ein-Wort- und Kein-Wort-Antworten.

»Erzählen Sie mir von Ihrer Kindheit.«

»Warum?«

»Weil die Leute sich dafür interessieren, wo Sie herkommen.«

»Ich komme nirgendwoher.«

»Sie sind also aus dem All hier gelandet und haben sich irgendwo ein Nest gebaut? Oder sind Sie aus einem Ei geschlüpft? Das würde ehrlich gesagt mehr Sinn ergeben.« Noch nie in meinem ganzen Leben habe ich so mit einem Klienten – oder überhaupt mit jemandem – gesprochen, wie ich nun mit ihm spreche. Ich würde ihn am liebsten ohrfeigen, was auch neu für mich ist.

Muncie hüstelt wieder, um sein Lachen zu verbergen, und dieses Geräusch ist inzwischen Teil meiner Tagesroutine hier.

John scheint zu merken, dass er einen Nerv bei mir getroffen hat, also wird er noch launischer, soweit das überhaupt möglich ist.

»Commander Muncie.« Ich halte den Blick fest auf Captain Griesgram gerichtet. »Vielleicht sollten Sie die Navy darüber informieren, dass Captain West nicht bereit ist, mit seiner Geschichte an die Öffentlichkeit zu gehen, denn er ist nicht gewillt, mitzuarbeiten, um sich auf die Fragen vorzubereiten, die man ihm unweigerlich stellen wird.«

»Wie kommen Sie darauf, dass ich nicht kooperiere?«

»Weil Sie meine Fragen nicht beantworten.«

»Ich verstehe nicht, warum ich über meine Kindheit reden soll, wenn es darum geht, wie ich dazu beigetragen habe, Al Khad zu fassen.«

»Das ist Teil Ihrer allgemeinen Lebensgeschichte, und aus irgendeinem seltsamen Grund sind die Leute an Ihrem Leben interessiert.«

»Mein Leben ist nicht sonderlich interessant. Oder war es zumindest nicht, bis die Handlanger von Al Khad dieses Video veröffentlicht haben.«

»Überlassen Sie die Beurteilung, was wichtig ist und was nicht, doch besser mir.«

»Wie wäre es, wenn meine Kindheit tabu ist?«

»Dann müssen Sie mehr über Ihren Einsatz, die Mission, den Verlust Ihres Beins und Ihre Zukunftspläne reden. Was ist schlimmer?«

»Meine Kindheit.«

Sofort ist meine Neugierde geweckt. »Ich weiß, wie schwer das für Sie ist ...«

»Ach ja, wirklich?«

Guter Punkt.

»Nein, eigentlich nicht.« Ich seufze. »Aber ich versuche, Sie dabei zu unterstützen, etwas zur Hand zu haben, mit dem Sie in diese Interviews gehen können. Wie wäre es, wenn Sie mir dabei helfen, damit wir es so schnell wie möglich hinter uns bringen und Sie wieder übellaunig und missmutig sein können?«

Dieses Mal bemüht Muncie sich gar nicht erst, sein Lachen zu verbergen.

John setzt sich etwas aufrechter hin, vermutlich, um zurückzuschlagen. Oder mich zu feuern. Ich bin mir gerade nicht sicher, was mir lieber wäre.

»Sie hat recht, wissen Sie?«, wirft Muncie ein. »Sie können das jetzt tun oder sich von den Fragen, die Ihnen vor der Kamera gestellt werden, überrumpeln lassen.«

»Oder ich könnte einfach sagen: ›Scheiß auf die ganze Sache‹, und mich weigern, mitzumachen.«

»Ist es das, was Sie wirklich wollen?« Mein Herz sackt mir in den

Magen bei der Vorstellung, dass er die Tour einfach platzen lässt, auf deren Vorbereitung ich Stunden verwandt habe. Wenn ich jetzt alles wieder abblasen muss, wird mein Name bei den Producern, die sein Kommen vermutlich schon täglich ankündigen, verbrannt sein.

»Verdammt, ja, das ist genau das, was ich will! Ich will endlich entlassen werden und meine Ruhe haben.«

»Um was zu tun?«

»Keine Ahnung. Nichts?«

»Und Sie glauben, das wäre in Anbetracht all dessen, was passiert ist, gut für Sie? Allein in einem Zimmer zu sitzen und nichts anders zu tun zu haben, als darüber nachzudenken, was in Ihrem Leben alles schiefgegangen ist?«

»Es wäre besser als das hier.«

Das trifft mich irgendwie. »Wirklich? Das wäre besser?«

Er funkelt mich an, als wollte er sagen, dass *alles* besser wäre, als sich mit mir herumärgern zu müssen – selbst mit seinen traumatischen Gedanken ganz allein zu sein.

Na gut. Ich stecke mir das Notizbuch in die Tasche.

»Das ist es also? Sie geben einfach auf?«

Nun ist es an mir, ihn böse anzuschauen. »Wissen Sie, dass ich bis zu diesem Moment in meinem ganzen Leben noch nie jemanden ohrfeigen wollte? Und das heißt einiges, denn ich bin mit drei älteren Geschwistern aufgewachsen, die es geliebt haben, mich zu ärgern.«

Er reckt das Kinn. »Dann los.«

»O nein, die Befriedigung bekommen Sie nicht, behaupten zu können, ich hätte einen verletzten amerikanischen Veteranen geschlagen.«

Dafür ernte ich ein aufrichtiges Lachen, und das verändert ihn total. Ich merke, dass ich ihn anschaue, als würde er auf einmal flie-ßend Russisch sprechen.

Dann schockiert er mich noch mehr. »Was halten Sie davon, wenn wir einfach mal eine Weile von hier verschwinden?«

Ich bin sprachlos. Er will rausgehen? Mit *mir*?

»Wow, wir haben endlich den Trick gefunden, mit dem wir sie zum Schweigen bringen können, Muncie.«

»Vielleicht ist sie nur überrascht, dass Sie lächeln und nett sein können?«

Hatte ich schon erwähnt, dass ich Muncie *liebe*? Dem Himmel sei Dank für ihn.

John wedelt mit der Hand vor meinem Gesicht herum. »Erde an Julianne. Sind Sie irgendwo da drin? Können Sie mich hören?«

»Ich habe Sie gehört. Ich verstehe bloß das Warum nicht.«

»Warum ich anbiete, mit Ihnen rauszugehen?«

Ich nicke.

»Weil ich gehört habe, dass Sie die Sehenswürdigkeiten von San Diego erkunden wollen, und Muncie, der selbst noch recht neu in der Gegend ist, hat Ihnen nur die Touristenfallen genannt. Ich dachte, Sie wollen vielleicht das wahre San Diego kennenlernen.«

»Und Sie wollen es mir zeigen?«

»Äh, ja, schätze schon.«

»Warum? Sie mögen mich nicht einmal.«

»Wann habe ich das denn gesagt?«

»Äh, am ersten Tag, als Sie kaum ein Hallo über die Lippen gebracht und mich angeschaut haben, als brächte ich Ihnen die Pest ins Haus und nicht die Hilfe, um die Sie gebeten haben.«

Muncie schnaubt und hüstelt dann, was ihm einen bösen Blick von seinem Boss einbringt.

»Das habe ich nicht getan.«

Ich neige meinen Kopf ein wenig und ziehe eine Augenbraue hoch, um ihn wissen zu lassen, dass ich ihm seinen Bullshit nicht abkaufe.

»Okay, vielleicht ein bisschen, doch das hatte nichts mit Ihnen zu tun. Ich habe um all das hier nicht gebeten.«

»Also ist Ihre Strategie, den Boten zu erschießen, oder in diesem Fall die Person, die versucht, Ihnen zu helfen, mit der Situation umzugehen, um die Sie nicht gebeten haben, in der Sie aber trotzdem stecken?«

»Ja, so in der Art.« Für einen Moment erwidert er meinen Blick, und ich kann in der Zeit kaum atmen, weil ich hören will, was er zu sagen hat. »Ich entschuldige mich dafür, Sie so behandelt zu haben. Sie haben hundertprozentig recht, es ist nicht Ihre Schuld. Und es stimmt, ich habe wirklich um Ihre Hilfe gebeten. Ich war ein blöder Idiot, und es tut mir leid. Können wir das vergessen und noch mal neu anfangen?«

Wow. Damit hatte ich wirklich nicht gerechnet. Ich bin zum zweiten Mal in genauso vielen Minuten sprachlos.

Dann lächelt er. Ein echtes, aufrichtiges Lächeln, und ich komme mir vor wie Alice, die durch das Kaninchenloch ins Wunderland gefallen ist. Was dieses Lächeln mit seinem sowieso schon überaus attraktiven Gesicht anstellt, ist mit Worten nicht zu beschreiben. »Bitte?«, fügt er an.

Ich reiße mich aus meiner von seinem Lächeln verursachten Benommenheit und merke, dass er auf eine Antwort wartet. Nachdem ich mich geräuspert habe, nicke ich. »Okay.« Und dann fällt mir Amy ein. »Meine Schwester ist hier. Ich würde sie gerne mitnehmen, wenn das für Sie in Ordnung ist.«

»Klar. Wir gehen alle zusammen. Stimmt's, Muncie?«

»Ja, Sir. Was immer Sie sagen, Sir.«

»Lassen Sie den Unsinn, Muncie.«

»Sobald Sie ihn lassen, Sir.«

John schnappt sich seine Krücken und rappelt sich auf. Er braucht einen Moment, um sein Gleichgewicht zu finden. »Warten Sie nur, bis er seine nächste Leistungsbewertung bekommt. Darin wird das Wort ›Aufsässigkeit‹ einen prominenten Platz einnehmen.«

Trotz seiner Worte wirkt er amüsiert und wesentlich entspannter, als ich ihn bisher erlebt hatte. Als hätte das kurze Donnerwetter zwischen uns die Luft geklärt und ihn von einer Last befreit.

»Ich ziehe mich eben um, dann können wir Ihre Schwester abholen. Muncie wird uns fahren.«

»Okay. Ich sage ihr Bescheid.«

Er geht ins Schlafzimmer, und ich warte, bis die Tür hinter ihm zugefallen ist, bevor ich Muncie anschaue. »Was ist da gerade passiert?«, frage ich flüsternd.

»Ich habe keine Ahnung, aber ich stelle keine Fragen. Und das solltest du auch nicht tun.«

»Vielleicht ist er es leid, übellaunig zu sein.«

»Das käme einem Wunder gleich. Und dafür könntest du alle Lorbeeren einheimsen.«

»Warum? Ich hab doch gar nichts gemacht.«

»Du hast dir seinen Scheiß nicht bieten lassen. Das ist riesig.«

»Das ist mir irgendwie peinlich. Ich bin meinen Klienten gegenüber immer respektvoll. Aber er bringt mich einfach ...«

»Zur Weißglut? Auf die Palme?«

Ich lache leise. »Alles zusammen.«

»Ich bin da ganz bei dir, glaub mir.« Er schaut zur geschlossenen Tür. »Aber genauso fühle ich seinen Schmerz. Nach allem, was passiert ist, ziehe ich meinen Hut davor, dass er morgens überhaupt aus dem Bett steigt.«

Muncie hegt offensichtlich großen Respekt für den Mann, für den er arbeitet, auch wenn er ihn nicht immer mag.

Ich schicke Amy eine kurze Nachricht. *Mach dich fertig. Wir haben ein Sightseeing-Date mit dem Captain und seinem Assistenten Muncie. Frag nicht. Tu's einfach.*

Sie antwortet sofort. *Hm, okay, aber ich habe viele Fragen!*

Ich auch.

Das wird immer rätselhafter.

ZIEH DICH AN!

Sie schickt mir ein Lach-Emoji. Zum Glück kommt sie auf den Ausflug mit. Nur mit Muncie als Puffer zwischen mir und *ihm* wäre ich jetzt ein nervöses Wrack. Amy wird allein durch ihre Anwesenheit wie ein Rettungsring für mich sein. So war es schon immer. Wenn Amy da ist, fühle ich mich besser. So einfach ist das.

Die Schlafzimmertür geht auf, und John kommt heraus. Er trägt eine abgewetzte Jeans, ein weißes Polohemd mit dem Navy-Siegel auf der Brust und schwarze Nikes, die neu aussehen. »Bereit?« Er hat sich die Haare gekämmt und hat immer noch diese entspannte Miene, die mich vorhin so überrascht hat. Wer ist dieser Mann? Und was hat er mit Captain Griesgram gemacht?

Mit dem übellaunigen Mann konnte ich umgehen. Diese Version von ihm ist jedoch gefährlich. Ich bin mir nicht sicher, warum ich das denke, es kommt einfach so.

»Ist es mir auch gestattet, mich umzuziehen, oder haben Sie vor, mich in Uniform durch San Diego zu schleppen?«, fragt Muncie.

Ich habe ihn bisher immer nur in seiner khakifarbenen Uniform gesehen.

»Wir können bei Ihnen vorbeifahren.«

»Oh, danke. Soll ich den Stuhl mitnehmen?« Muncie zeigt auf einen zusammengeklappten Rollstuhl in der Ecke bei der Tür, der mir bisher noch gar nicht aufgefallen war.

»Nein«, sagt John schnell. »Also los.«

Wir gehen zur Tür, und Muncie folgt uns. Er schließt ab, während John und ich den Fahrstuhl rufen. Ich laufe langsam, um mich seinem Tempo anzupassen.

»Muncie hat mir erzählt, dass Sie keine Zoos mögen«, bemerkt er, während wir warten.

»Ich ertrage es nicht, Tiere in Gefangenschaft zu sehen, selbst wenn man sich gut um sie kümmert. Das tut mir in der Seele weh.«

»Geht mir genauso. Was halten Sie von Seehunden in ihrem natürlichen Lebensraum?«

»Seehunde sind süß. Ich wünschte, es wäre möglich, einen als Haustier zu halten.«

»Dann müssen wir als Erstes zur La Jolla Cove.«

»Was gibt es denn da?«

»Seehunde und Seelöwen und andere lustige Sachen.«

Der Lift kommt, und wir fahren ins Erdgeschoss. Johns Wohnung liegt in einem Gebäude mit möblierten Apartments. Ich überlege, ob er vor seinem Einsatz schon dort gewohnt hat oder erst danach eingezogen ist, aber ich frage nicht. Ich habe gelernt, meine Fragen an ihn weise zu wählen.

Muncies schwarzer Toyota-Highlander-SUV hat eine Behindertenplakette am Spiegel baumeln.

»Gehen Sie ruhig nach vorne«, sagt John.

»Ist schon in Ordnung. Ich sitze mit meiner Schwester hinten.«

Er steigt auf der Beifahrerseite ein, und Muncie verstaut die Krücken im Kofferraum. Das alles wirkt sehr routiniert und effizient.

Auf der kurzen Fahrt zum Hotel weist John auf ein paar Bars und Restaurants hin, in die er früher, als er hier gewohnt hat, oft gegangen ist. Ich nehme an, das heißt, dass Ava auch öfter dort war.

Dann zeigt er auf ein sandfarbenes Wohnhaus. »Da haben wir gewohnt.«

Danach sagt er nichts mehr, und ich frage mich, ob es schwierig für ihn ist, den Ort zu sehen, an dem er mit Ava gelebt hat. Ich hasse den Gedanken, dass er noch mehr leidet, als er es sowieso schon getan hat.

Als wir vor dem Hotel vorfahren, dreht John sich zu mir um. »Ziehen Sie Turnschuhe an, wenn Sie welche dabeihaben. Die Felsen können rutschig sein.«

»Okay. Danke. Ich beeile mich.«

»Lassen Sie sich ruhig Zeit«, erwidert er. »Wir haben keine Eile.«

Ich schnappe mir meine riesige Tasche und springe aus dem Auto. Im Hotel fahre ich mit dem Lift in meine Etage und gehe in mein Zimmer, wo Amy schon auf mich wartet. Sie trägt ein süßes Kleid, hat sich einen Zopf geflochten und einen Pullover um die Hüften gebunden.

»Sie meinen, Turnschuhe wären am besten, wenn wir welche dabeihaben.«

Sie rümpft die Nase. »Ich trage doch bei dreißig Grad keine Turnschuhe.«

»Wir wollen zu Seehunden und Seelöwen.«

»Das Risiko gehe ich ein.«

Während ich überlege, was ich für diesen unerwarteten Ausflug anziehen soll, lässt sie sich auf eines der beiden Queensize-Betten fallen. »Also, was ist passiert?«

»Ich habe keine Ahnung. Wir haben wegen irgendetwas diskutiert, und mit einem Mal meint er so was wie: ›Wollen Sie hier mal für eine Weile raus?‹ Anfangs war ich so überrascht, dass ich gar nicht wusste, was ich dazu sagen sollte. Und ich habe Muncie angemerkt, dass es ihm genauso ging.«

Ich streife mir Shorts und ein leichtes, geblümtes Oberteil über und hoffe, dass es nicht wirkt, als würde ich mich zu sehr bemühen, gut auszusehen. Dann mache ich mir auch einen Zopf, creme mich mit Sonnenmilch ein und reiche Amy die Flasche. »Ich bin mir sicher, es hatte mehr damit zu tun, dass ich ihm Fragen gestellt habe, die er nicht beantworten wollte, als mit einem selbstlosen Wunsch, sicherzustellen, dass ich während meines Aufenthalts hier das wahre San Diego kennenlerne.«

Ich bleibe direkt vor Amy stehen. »Wie sehe ich aus?«

»Gut. Warum?«

»Ich will nur nicht, dass es wirkt, als hätte ich mich schick gemacht oder so.«

»Du trägst Shorts und ein Top.«

»Ich weiß, was ich anhabe, Amy!«

»Flipp doch nicht gleich so aus.«

»Mach ich ja gar nicht.«

»Aber so was von.«

»Gar nicht!« Ich gehe ins Badezimmer, putze mir die Zähne und löse den Pferdeschwanz, um mir die Haare zu bürsten und ihn neu zu binden. Als mir auffällt, dass meine Hände zittern, muss ich mir eingestehen, dass Amy recht hat. Ich flippe wirklich aus. Aber warum?

Ich kehre ins Zimmer zurück, wo Amy immer noch auf dem Bett liegt und mich misstrauisch mustert.

»Ich flippe aus, weil der nette John ... Er ist ... Er ist kein Idiot.«

»Okay. Und?«

»Nichts und. Er ist nur anders, und ich will nicht ...« Genervt von mir, von ihr und vor allem von ihm werfe ich die Hände in die Luft. »Ich weiß nicht, warum ich ausflippe.«

»O mein Gott.«

»Was ist?« Ich packe mein Handy, den Zimmerschlüssel, Kaugummi, Sonnenbrille und Sonnenmilch in eine kleinere Tasche.

»Julianne.«

So nennen mich meine Geschwister nie. Niemals. Ich bin immer Jules oder JuJu oder irgendeine andere Abwandlung von Jules, aber niemals Julianne.

Ich drehe mich zu ihr um.

»Was wird das?«

»Äh, ich mache mich fertig, damit wir loskönnen?«

»Das meine ich nicht, und das weißt du genau. Was soll das werden?«

»Ich erledige meinen Job?«

Sie schaut mich finster an und verrät mir damit, dass ich mit dieser

Antwort nicht durchkomme. »Du darfst keine Gefühle für diesen Mann entwickeln, Jules. Das geht einfach nicht.«

Die Worte treffen mich wie ein Schlag in den Magen und rauben mir den Atem. Ich brauche ein paar Sekunden, um mich zu erholen. »Das tue ich doch gar nicht! Den Großteil der Zeit kann ich ihn nicht ausstehen.«

»Und den Rest der Zeit?«

»Da tut er mir leid.« Und das ist die reine Wahrheit. »Er hat die Hölle durchgemacht.«

Amy steht auf, kommt zu mir rüber, legt mir die Hände auf die Schultern und zwingt mich, sie anzugucken. »Diesen Weg darfst du mit ihm nicht einschlagen. Auf keinen Fall. Hast du mich verstanden?«

»Ich schlage überhaupt keinen Weg mit ihm ein. Er ist mein Klient.«

»Er ist Avas Ex.«

Ich löse mich aus ihrem Griff. »Ich weiß genau, wer er ist, Amy. Das musst du mir nicht sagen.«

»Bist du dir da sicher?«

»Versuchst du absichtlich, mich auf die Palme zu bringen?«

»Überhaupt nicht. Ich versuche, dich davon abzuhalten, etwas sehr, sehr Dummes zu tun.«

»Und das wäre?«

»Dir zu gestatten, Gefühle für einen Mann zu entwickeln, der total und komplett tabu ist.«

»Ich müsste innerlich tot sein, um kein Mitgefühl mit ihm zu haben.«

»Mitgefühl ist in Ordnung, und niemand ist mitfühlender als du. Aber mehr darf es nicht sein. Sag mir, dass du das weißt.«

»Natürlich weiß ich das. Und jetzt lass uns gehen, bevor sie noch denken, wir kämen nicht mehr.« Verstört von unserer Unterhaltung nehme ich meine Tasche und wende mich in der Hoffnung, dass Amy mir folgen wird, zur Tür.

Ich habe keine Gefühle für ihn.

Er ist nur ein Klient, und mehr wird er auch nie sein.

KAPITEL 6

JOHN

Muncie und ich hören einen Sportsender im Radio, während wir auf Julianne und ihre Schwester warten. Nach Monaten, in denen ich den Großteil meiner Tage mit ihm zusammen verbracht habe, spüre ich, dass ihm etwas auf dem Herzen liegt.

»Was immer es ist, spucken Sie es einfach aus.«

»Was immer was ist?«

»Na, das, was Sie unbedingt sagen wollen.«

»Ich will nicht so sehr etwas sagen, sondern vielmehr etwas fragen.«

Genervt bedeute ich ihm mit einer Geste, fortzufahren.

»Was hat es mit diesem Ausflug auf sich?«

»Ich hatte einfach Lust, die Wohnung mal für etwas anderes als Arzttermine zu verlassen.«

»Das ist alles?«

»Was sollte es sonst sein?«

Er zögert, was ihm so gar nicht ähnlich sieht. Er ist inzwischen sehr gut darin, seine Gedanken mir gegenüber offen auszusprechen, was mir normalerweise nur recht ist – was ich ihm natürlich niemals verraten werde.

»Sie sind mit ihr so anders.«

»Was? Mit wem bin ich anders?«

»Mit Julianne. Sie berührt Sie.«

»Sie nervt mich mit ihren endlosen Fragen.«

»Sie wissen genauso gut wie ich, dass sie bloß ihren Job macht und versucht, Sie auf die Pressetour vorzubereiten, für die Sie nicht ansatzweise gerüstet sind. Aber das meine ich nicht.«

»Wie wäre es, wenn Sie einfach damit rausrücken, was Sie meinen?«

»Ich bin mir nicht ganz sicher. Irgendetwas ist anders an Ihnen, seitdem sie hier ist.«

»Was anders ist, ist, dass ich gezwungen bin, etwas zu tun, was ich nicht tun will.«

»Nein, das ist es nicht. Ich muss noch ein bisschen darüber nachdenken. Aber ich komme darauf zurück.«

»Ja, meinetwegen.«

»Da sind sie.«

Juliannes Schwester ist ein wenig größer als sie und hat dunkle Haare, doch was ihre Figur und ihren Gang angeht, sind sich beide sehr ähnlich. Die Schwester ist genauso kurvig wie Julianne, aber ein schneller Blick verrät mir, dass Amy wesentlich reservierter ist.

Sie steigen hinten ein.

»David Muncie, John West, das ist meine Schwester Amelia Tilden, die von allen nur Amy genannt wird.«

»Schön, Sie kennenzulernen«, sagt Amy.

»Gleichfalls«, erwidere ich. »Ich bin froh, dass Sie uns heute begleiten.«

»Ich auch. Ich freue mich so darauf, San Diego zu erkunden. Und vielen Dank für Ihren Dienst an unserem Land.«

»Gern geschehen.« Das bekomme ich oft zu hören, und es wird nie langweilig, wenn die Leute zu schätzen wissen, was wir getan haben, selbst wenn es seltsam ist, dass sie meine Rolle bei der ganzen Sache kennen. Das ist nicht auf meinem Mist gewachsen.

Nach einem kurzen Halt bei Muncies Wohnung, damit er sich ebenfalls umziehen kann, fahren wir in Richtung Küste.

»Worauf freuen die Damen sich denn am meisten?«

»Auf den Strand«, erklärt Amy.

»Und die Seehunde«, ergänzt Julianne.

»Ja, die Seehunde auch«, bestätigt Amy.

»Und auf gutes Tex-Mex-Essen«, fügt Julianne hinzu.

Ich lache schnaubend. »Tex-Mex gibt es in Texas. Hier gibt es nur Mexikanisch.«

»Okay. Wo kriegen wir das?«

»Bei *Roberto's*. Da bekommt man das beste mexikanische Essen der Stadt. Wir fahren hin, nachdem wir uns die Seehunde angesehen haben.«

Ich sauge die vertraute Szenerie der Stadt, die mein Zuhause gewesen ist, in mich auf. Nach der Mission und nach Ava ist alles irgendwie anders. Jetzt weiß ich nicht mehr, wo ich hingehöre oder ob ich jemals wieder einen Ort finden werde, an dem ich mich zu Hause fühle.

Der Therapeut im Krankenhaus hat ständig betont, dass ich einen Schritt nach dem anderen machen soll – und zwar wortwörtlich. Meine Mobilität zurückzuerlangen hat oberste Priorität, und langsam, aber sicher erreiche ich mein Ziel. Wegen des anstehenden Medienzirkus habe ich bisher nicht sonderlich viel Zeit gehabt, darüber nachzudenken, was danach passiert. Werde ich in San Diego bleiben? Oder wird das ohne Ava auf lange Sicht zu schmerzhaft für mich? Das habe ich noch nicht herausgefunden. Die Vorstellung einer einsamen Hütte in den Bergen finde ich zwar sehr anziehend, die ganze Zeit allein zu sein jedoch nicht.

Ich hoffe, dass ich Antworten finde, bevor ich Entscheidungen über den nächsten Abschnitt meines Lebens treffen muss. Die Pensionszahlungen der Navy werden sofort nach meiner Entlassung beginnen, also werde ich nicht arbeiten müssen, wenn ich es nicht will. Das mag zwar ideal klingen, aber ich mache mir Sorgen, dass ich zu viel freie Zeit zum Grübeln haben werde, also muss ich mich wohl vielleicht – irgendwann – nach einem Job umsehen.

Ich bin in die Navy eingetreten, nachdem ich als Jugendlicher ein paar Probleme hatte. Ich habe die Navy von Anfang an geliebt. Ich liebte die Struktur, die ich bis dahin nicht gekannt hatte, die Kameradschaft, die Freunde, die Möglichkeit, zu reisen, und später die

Möglichkeit, in das Offizierskorps einzutreten. Meine Karriere hat alle meine Erwartungen übertroffen, und ich habe jede Minute davon geliebt, bis zu dem Tag, an dem Al Khad die *Star of the High Seas* in die Luft gesprengt, dabei viertausend Menschen getötet und das Leben so vieler anderer zerstört hat, darunter meins und Avas.

Jetzt will ich nur, dass es vorbei ist. Ich will frei von meinen Verpflichtungen sein, damit ich mir überlegen kann, was ich mit dem Rest meines Lebens anfangen soll.

Ich dirigiere Muncie nach Ocean Beach. Von dort aus werden wir uns nach Norden vorarbeiten.

»Das ist so schön«, seufzt Amy, als der Pazifik das erste Mal in Sicht kommt.

»Ocean Beach ist der Platz, wo die Hippies und Kiffer abhängen.« Ein kurzer Blick verrät mir, dass sich dieser Ort in den Jahren, in denen ich fort war, nicht groß verändert hat. Es ist ein wenig geschäftiger und zugebauter, aber die Ausstrahlung ist noch immer die gleiche. »Da kann man gut Leute beobachten.«

In Mission Beach wimmelt es an diesem spätsommerlichen Nachmittag nur so von Leuten. Sie sausen auf ihren Skateboards oder Rollerblades vorbei, joggen, essen auf den Terrassen der Restaurants und fahren mit ihren Fahrrädern. Muncie muss sein Tempo dank des dichten Verkehrs stark drosseln und immer wieder anhalten, damit Leute die Straße zum Strand überqueren können.

Wir wenden uns nach Norden, durch Pacific Beach in Richtung La Jolla Cove, wo wir anfangen, nach einem Parkplatz zu suchen. Dank meiner Behindertenplakette finden wir einen Platz in der Nähe des Hauptzugangs. Sosehr ich diese Plakette hasse, muss ich doch zugeben, dass sie das Leben manchmal einfacher macht.

Während die anderen aussteigen, muss ich darauf warten, dass Muncie meine Krücken aus dem Kofferraum holt. Ich überlege kurz, ohne sie zu gehen, aber die Vorstellung, wie ich vor den Augen von Julianne und ihrer Schwester hinfalle, lässt mich dankbar zugreifen, als Muncie sie mir reicht.

Die anderen lassen sich viel Zeit, damit ich mithalten kann. Ich versuche, mich nicht zu stark davon irritieren zu lassen, wie unglaublich langsam ich bin. Wenn sie nur wüssten, wozu ich einst in der Lage war …

»Die Seehunde sind meistens am Children's Pool Beach, während die Seelöwen sich näher an den Klippen aufhalten.«

»Woran erkennt man, ob es ein Seehund oder ein Seelöwe ist?«, will Julianne wissen.

»Seehunde rutschen an Land auf dem Bauch herum und sind leiser, während Seelöwen sichtbare Ohren haben, sehr gesprächig sind und ihre Flossen nutzen, um sich fortzubewegen.« Ich nicke in Richtung einer Bank. »Ich kann auf Sand nicht wirklich gut gehen, also warte ich dort auf Sie.«

Ich spüre ihr Widerstreben, mich allein zu lassen. Schnell nehme ich meine Baseballkappe aus der hinteren Hosentasche, setze sie auf und ziehe sie mir so tief ins Gesicht, dass ich nicht erkannt werde. »Das ist kein Problem. Ich komme klar.«

»Ich bleibe bei Ihnen.« Julianne gibt Amy einen kleinen Stups in Richtung Strand. »Geh. Und mach ein paar Fotos für mich.«

Die Schwestern wechseln einen seltsamen Blick, bevor Amy und Muncie losziehen, während Julianne und ich uns auf der Bank niederlassen. Es ist ein wunderschöner, warmer Nachmittag, und ich recke mein Gesicht der Sonne entgegen. Dabei versuche ich, nicht an das zu denken, was wir während der endlosen Tage unter der gnadenlosen Sonne in Afghanistan und Pakistan durchlitten haben, während wir auf der Jagd nach Al Khad waren. Mir kommt es so vor, als wären wir immer entweder geröstet worden oder hätten gefroren.

»Sie müssen nicht den Babysitter für mich spielen. Sie sollten sich die Seehunde angucken. Die sind wirklich drollig.«

»Amy macht ein paar Fotos für mich.«

»Wandern Sie gerne?«

»Ja, da ich in der Stadt lebe, komme ich allerdings nicht oft dazu.«

»Dann sollten Sie unbedingt den Torrey-Pines-Nationalpark besuchen, während Sie hier sind. Ich würde ja mitkommen, dafür bin ich nur noch nicht wirklich fit genug. Aber das war immer eine meiner Lieblingsbeschäftigungen, als ich hier gelebt habe.«

»Irgendwann sind Sie wieder so weit. Es dauert bloß etwas.«

»Ja, das höre ich andauernd.«

»Tut Ihr Bein weh?«

Normalerweise würde mich diese Frage nerven, doch bei ihr macht sie mir nichts aus. Warum das so ist, weiß ich nicht. Vielleicht habe ich mich an ihre endlosen Fragen gewöhnt.

»Entschuldigung, das geht mich nichts an«, sagt sie schnell.

Sie hat mein Schweigen fehlinterpretiert, und nun fühle ich mich schlecht. »Ist schon gut. Es tut nicht mehr so weh wie zu Anfang. Mein größtes Problem ist die generelle Schwäche meines Körpers von der Infektion, die ich mir nach dem Verlust des Beins zugezogen habe. Einen Monat lang konnte ich mich nicht rühren, und die Ärzte meinen, es könnte über ein Jahr dauern, bis ich mich davon erholt habe.«

»Wow.«

»Deshalb brauche ich immer noch die Krücken, während ich meine Muskeln wieder aufbaue.«

»Was Sie durchgemacht haben, tut mir so leid. Und meine Anwesenheit trägt nicht dazu bei, dass es Ihnen besser geht.«

»Nein, das stimmt so nicht.« Ich will nicht, dass sie das denkt. »Es liegt nicht an Ihnen. Es liegt an mir.«

Sie lacht auf. »Wenn ich einen Penny hätte für jedes Mal, dass ich diesen Satz gehört habe ...«

Ich drehe den Kopf, um sie anzusehen. »Das sagen Männer zu *Ihnen*?«

»Ständig.«

»Was zum Teufel stimmt mit denen nicht?«

»Ich glaube, die Frage ist eher, was mit mir nicht stimmt. Man hat mir ein paarmal zu verstehen gegeben, dass ich etwas zu intensiv sein kann. Was Sie ja schon gemerkt haben.«

»Mit Ihnen ist alles vollkommen in Ordnung.«

»Nett, dass Sie das sagen, aber Sie müssen mir keine Komplimente machen.«

»Ich bin nicht dafür bekannt, wahllos Komplimente zu verteilen. Ich bin mir nicht sicher, ob es Ihnen aufgefallen ist, doch charmant zu sein gehört nicht gerade zu meinen Stärken.«

Sie lacht, so wie ich es erhofft hatte. »Ja, das habe ich durchaus bemerkt.«

»Es tut mir leid, Julianne. Ich war ein totaler Idiot und ... es tut mir leid.«

»Wenn ich das hinter mir hätte, was Sie hinter sich haben, wäre ich vermutlich auch eine totale Idiotin.«

»Sie tragen keinerlei Schuld an dem, was ich durchgemacht habe, und es ist nicht fair von mir, es an Ihnen auszulassen.«

»Ist schon okay. Wirklich.« Sie beißt sich auf die Unterlippe − mir ist aufgefallen, dass sie das immer tut, wenn sie nachdenkt.

»Was auch immer Sie auf der Seele haben, spucken Sie es einfach aus. Das ist auf jeden Fall besser, wenn wir das alles hier ohne unnötiges Drama überstehen wollen.«

»Da bin ich voll dabei, aber ich frage mich ...«

»Was?«

»Wenn Sie diese Pressetour wirklich so schrecklich finden, warum sagen Sie das dann nicht einfach? Man kann Sie doch nicht dazu zwingen, oder?«

»Nein, eigentlich nicht.«

»Dann sagen Sie ihnen, dass Sie es nicht wollen.«

Ich sehe sie unter hochgezogenen Augenbrauen an. »Ist das wirklich ein Rat, den Sie mir geben sollten?«

»Ich denke im Moment nicht an meine Karriere, Captain. Ich denke daran, was das Beste für jemanden ist, der einen Albtraum überlebt hat. Ich hasse die Vorstellung, auf irgendeine Weise zu Ihrem Trauma beizutragen.«

»Ich heiße John, und es ist nett, dass Sie sich sorgen.«

»Wenn die Pressetour alles schlimmer macht, lassen Sie sie sein, John.«

Sie ist so ernsthaft und wirklich bezaubernd. Ich lächle sie an, und das ist nicht einmal erzwungen. Im Gegenteil, zum ersten Mal seit langer Zeit fühlt es sich natürlich und gut an. »Es gibt einen Grund, warum ich der Navy nicht sage, wohin sie sich ihre Pressetour stecken können.«

»Und der wäre?«

Ich überlege kurz, entscheide mich dann. »Sie haben mich vorhin nach meiner Kindheit gefragt.«

Sie hebt eine Hand, um mich aufzuhalten. »Wenn das Thema tabu ist, dann ist das so. Sie schulden weder mir noch sonst irgendwem irgendeine Erklärung.«

»Vielleicht nicht, aber ich würde es Ihnen gerne erzählen – vorausgesetzt, Sie wollen es noch hören.«

»Das will ich.« Sie zieht ein Bein unter sich und setzt sich so hin, dass sie mir ihre volle Aufmerksamkeit schenken kann.

»Ich weiß nichts über meine Eltern. Ich bin bei einer Pflegefamilie aufgewachsen, die mich ein paar Jahre später wieder abgeben musste, als der Vater Krebs bekam. Danach bin ich viel hin und her geschoben worden, und als Teenager war ich auf dem direkten Weg in ernsthafte Schwierigkeiten. Ich bin vor einen Richter gekommen, der mir die Wahl gelassen hat: Gefängnis oder Militär. Und so bin ich bei der Navy gelandet. Ich mag mir gar nicht vorstellen, was aus mir geworden wäre, wenn ich diesen Weg nicht eingeschlagen hätte.« Ich werfe ihr einen Blick zu und sehe, dass sie an meinen Lippen hängt. »Ich mache diese Pressetour für all die Kids da draußen, die so sind wie ich. Die verloren sind und ihren Weg suchen. Wenn nur eines von ihnen die Navy dem Gefängnis vorzieht, war es das alles wert für mich.«

»Das ist unglaublich«, sagt sie leise. »Sie sind gewillt, so etwas Schwieriges auf sich zu nehmen, weil Sie denken, es könnte einem anderen Menschen helfen.«

Ich wehre dieses Lob, das ich nicht will, mit einem Schulterzucken ab. »Ich denke mir, wenn es schon so laufen musste, kann daraus wenigstens etwas Gutes entstehen.«

»Das ist bewundernswert.«

»Aber das ist nicht der Grund, warum ich es tue.«

»Wodurch es nur umso bewundernswerter wird.«

»Stellen Sie mich nicht als Helden hin, Julianne. Der bin ich nicht.«

»Wie können Sie das sagen? Die ganze Welt hält Sie für einen Helden.«

»Ich habe alle möglichen Fehler gemacht, so wie jeder andere Mensch auch. Ich bin so weit von ›perfekt‹ entfernt, wie man es bloß sein kann. Schauen Sie nur, was ich Ava angetan habe. Ich hätte gedacht, das allein würde dafür reichen, dass Sie mich hassen.«

»Ich hasse Sie nicht. Und Ava tut das auch nicht.«

»Das sollte sie aber. Meinetwegen ist sie durch die Hölle gegangen.«

»Mag sein, trotzdem hasst sie Sie nicht. Sie hat Sie geliebt. Vermutlich tut sie das immer noch.«

»Nein, ganz bestimmt nicht.« Ich sehe auf den endlosen Ozean hinaus. »Ich habe das Beste ruiniert, was mir je passiert ist.« Als das Funkeln der Sonne auf dem Wasser zu intensiv wird, blinzle ich und werfe Julianne einen Blick zu. »Ich wollte sie bitten, mich zu heiraten. In der Minute, in der ich nach Hause käme. Das sollte das Erste sein, was ich zu ihr sage. Und beinahe wäre es auch so gekommen. Beinahe hätten wir ihn nach viereinhalb Jahren gehabt.«

»Was ist damals passiert?«

»Wir sind uns immer noch nicht ganz sicher, aber wir glauben, dass einer der einheimischen Informanten sich gegen uns gewandt hat. Als wir das Gelände gestürmt haben, war Al Khad schon längst fort.« Ich blinzle erneut, als mir auffällt, dass ich sie anstarre und jede Kleinigkeit ihres hübschen Gesichts in mich aufnehme. »Ich denke die ganze Zeit daran, wie anders alles gekommen wäre, wenn dieser Zugriff so verlaufen wäre wie geplant. Ich hätte womöglich weder meine Freunde noch mein Bein verloren. Ich wäre vor Avas Fünf-Jahres-Frist zu Hause gewesen, und vielleicht hätte sie mir verziehen, wenn ich die Möglichkeit gehabt hätte, ihr alles zu erklären.« Ich zucke die Achseln. »Ich werde es nie erfahren, doch ich frage mich trotzdem, was gewesen wäre, wenn.«

»Es tut mir so leid, dass Sie nicht die Chance dazu erhalten haben.«

»Ist schon gut. Vermutlich hätte sie mich zum Teufel geschickt, nachdem ich beinahe fünf Jahre ohne ein Wort verschwunden war.«

»Das glaube ich nicht. Als wir sie das erste Mal getroffen haben ...«

»Was?« Sofort bin ich ganz Ohr und warte gespannt auf alles, was sie mir über Ava erzählen kann.

»Ihr ging es immer noch nicht gut, was Sie betraf. Das hat sehr viel Zeit, Therapie und Liebe bedurft. Es ist ja nicht so, dass sie nach New York gezogen ist, Eric kennengelernt und Sie vergessen hat. Nein, so war es überhaupt nicht.«

»Ich schätze, es freut mich, das zu hören. Auch wenn Sie sich vermutlich ziemlich weit aus dem Fenster lehnen, indem Sie mir das erzählen.«

»Ein wenig, aber ich möchte nicht, dass Sie denken, sie wäre einfach so über Sie hinweggekommen. Als sie von dem Zugriff gehört und das Video gesehen hat, war sie wochenlang nicht zu gebrauchen, weil sie sich immer gefragt hat, was aus Ihnen geworden ist.«

Ich zucke zusammen. »Ich lag im Krankenhaus.«

»Das hat sie erst wesentlich später erfahren. Sie dachte, dass Sie vielleicht entschieden hätten, keinen Kontakt zu ihr aufzunehmen.«

»Ich weiß. Und das tut mir wahnsinnig leid. Ich hasse es, ihr das angetan zu haben.«

»Das ist der springende Punkt: Es ist nicht Ihre Schuld. Wenn wir jemandem die Schuld geben wollen, dann den Terroristen, die das Leben Tausender zerstört haben, darunter auch das von Ihnen und Ava.«

»Ich hätte von Anfang an aufrichtig zu ihr sein sollen. Das bedauere ich am meisten. Ich hätte es ihr erzählen können. Sie hätte nie mit einer Menschenseele darüber gesprochen.«

»Sie haben damals getan, was Sie für das Richtige hielten.«

»Und Ava hat einen schrecklichen Preis dafür bezahlt.«

»Sie hat aber auch die wahre Liebe erleben können. Sogar zweimal. Das kleine Miststück.« Sie lächelt, um mir zu zeigen, dass sie nur einen Witz macht. »Es ist nicht wirklich fair, dass sie das zweimal hatte, während einige von uns immer noch nach dem ersten Mal suchen.«

Diese viel zu verräterische Aussage fasziniert mich. Zusammen mit dem, was Julianne mir vorher erzählt hat, sorgt sie dafür, dass ich mich frage, was mit den Männern in New York nicht stimmt.

Ein schriller Schrei vom Bürgersteig holt uns unsanft in die Gegenwart zurück.

»Sie sind dieser Navy-SEAL!« Eine ältere Frau hat mich entdeckt und kommt mit dem iPhone in der Hand auf mich zu, bereit, ein Foto – und eine Szene – zu machen.

Julianne steht auf und stellt sich zwischen mich und die Frau. »Stopp.«

Die Frau bleibt stehen.

»Treten Sie bitte zurück.«

»Ich weiß nicht, für wen Sie sich halten ...«

»Gleichfalls. Captain West steht im Moment nicht zur Verfügung. Gehen Sie weiter.«

Ich lehne mich zurück und verfolge die Show. Ich bin beeindruckt von der kompetenten, unerschütterlichen Art, mit der sie die Frau abweist, die indigniert abzieht. Ich höre sie noch sagen: »Was für eine Zicke«, bevor sie zu ihrer Gruppe zurückkehrt, die alles aus einiger Entfernung beobachtet hat.

Julianne setzt sich wieder neben mich. »Wie auch immer ... Wo waren wir gerade?«

»Sie haben mir erzählt, dass Ava großes Glück hat, weil sie zweimal die wahre Liebe gefunden hat, während Sie noch auf das erste Mal warten.«

Sie senkt den Blick. »Vergessen wir, dass ich das gesagt habe.«

Ich lache. »Das hätten Sie wohl gerne, was?«

»Sie haben ja keine Ahnung, wie gerne ich diesen Satz zurücknehmen würde.«

»Dafür ist es nun zu spät. Ihr Geheimnis ist raus. Und übrigens: Danke, dass Sie mich gerade gerettet haben.«

»Kein Problem. Die Leute benehmen sich einfach lächerlich.«

»Stimmt. Ich bin froh, Sie auf meiner Seite zu haben, Julianne. Mit Ihnen würde ich mich nur ungern anlegen.«

»Ich bin wirklich auf Ihrer Seite. Ich hoffe, das wissen Sie.«

»Ja, allerdings. Und ich weiß zu schätzen, was Sie tun. Ich verspreche, mich von jetzt an nicht mehr wie ein Idiot zu benehmen.«

»Das würde helfen. Und übrigens, jeder, der mir wichtig ist, nennt mich Jules.«

Ist das ihre Art, mir zu verstehen zu geben, dass ich ihr wichtig bin? Ich habe keine Ahnung, aber ich fühle mich geehrt, dass sie mich in ihren inneren Kreis eingeladen hat. »Jules«, probiere ich es laut aus.

»Nutzen Sie es nicht ab«, warnt sie und lässt ein Grinsen aufblitzen.

»Ich werde mich bemühen.«

»John?«

»Ja, Jules?«

»Ich wollte nur sagen ... Ich finde Ihren Grund dafür, auf diese

Pressetour zu gehen, bewundernswert, und ich bin mir sicher, dass es irgendjemandes Leben ändern wird.«

Ich bin unangemessen berührt. »Danke. Das hoffe ich.«

Bevor ich noch was hinzufügen kann, sehe ich Muncie und Amy zurückkommen. Sie reden und lachen. Und Muncie ... Warum ist er klitschnass?

»Was ist passiert?«, frage ich, als sie bei uns angekommen sind.

Amy lacht so sehr, dass sie kaum sprechen kann, während Muncie sein T-Shirt, das von der Brust abwärts nass ist, vom Körper weghält, als würde es dann schneller trocknen.

»Ich bin von einer Welle überrascht worden.«

»Das war so lustig.« Amy ist ganz außer Atem, so sehr hat sie gelacht. »In der einen Minute beobachten wir die Seehunde, und in der nächsten ist er bis auf die Knochen durchnässt.« Wieder gluckst sie.

»Und irgendwie ist es ihr gelungen, nicht einen einzigen Tropfen abzubekommen, obwohl sie direkt neben mir stand.«

Amy kann sich kaum beherrschen vor Lachen.

»Schön, dass ich dich so gut unterhalten habe.« Muncie wirkt gleichzeitig amüsiert und genervt. Aber offenbar haben sie sich so gut verstanden, dass sie sich nun duzen.

Amy wischt sich die Lachtränen aus den Augen. »O ja, das hast du.«

»Ich wünschte, ich wäre dort gewesen.« Das meine ich ernst. Muncie piesackt mich so oft, dass ich es wirklich genossen hätte, zu sehen, wie er von einer Welle erwischt wird. »Niemand hat das mehr verdient als Sie, Commander.«

Er betrachtet mich finster. »Mir würde da schon jemand einfallen.«

Touché. Ich lache, als ich seinen wütenden Gesichtsausdruck sehe. Irgendwann im Laufe der Zeit ist dieser Kerl mein Freund geworden, und ich mag es, dass wir uns auf diese Art kabbeln können und er so gut austeilen kann, wie er einsteckt. Manchmal benehmen Leute sich gegenüber Offizieren, die im Rang über ihnen stehen, seltsam. Ich schätze mich glücklich, dass Muncie nicht dazugehört. Ich brauche jemanden, der ehrlich zu mir ist, und Muncie ist da ein wahres Gottesgeschenk. Nicht, dass ich ihm das jemals sagen würde. Also zumindest noch nicht.

»Wer hat Hunger?«, frage ich.

Jules hebt die Hand. »Ich.«

»Müssen wir erst bei Ihnen zu Hause vorbeifahren, damit Sie sich umziehen können?«, frage ich Muncie.

»Nö, geht schon.«

»Wir sitzen draußen, dann können Sie an der Luft trocknen.«

»Super.«

Wir gehen zum Auto zurück, und ich bemühe mich, das nasse, quietschende Geräusch, das Muncie beim Gehen verursacht, zu ignorieren.

Amy muss immer wieder leise lachen.

Jules wirft mir einen amüsierten Blick zu, und nach der Unterhaltung, die wir auf der Bank geführt haben, verspüre ich eine gewisse Verbundenheit mit ihr. In diesen wenigen Minuten habe ich ihr mehr über mich anvertraut als jedem anderen Menschen, selbst Ava, die erst vor Kurzem die Wahrheit über meine Kindheit erfahren hat. Ich bin mir nicht sicher, warum ich den Drang verspürt habe, mich Julianne so zu öffnen, aber jetzt, wo ich es getan habe, kommt es mir vor, als gäbe es ein neues Verständnis zwischen uns. Ich bin froh, dass sie weiß, warum ich diese Pressetour machen will. Es ist wesentlich besser, sie als Verbündete denn als Gegnerin zu sehen.

Hoffentlich schaffe ich es, mein Verhalten zu ändern, wie ich es ihr versprochen habe. Denn das war in den letzten Wochen wirklich mies. Ava zu verlieren hat mich beinahe umgebracht, und ich bin mir nicht sicher, ob ich mich je davon erholen werde. Die Schicksalsschläge haben mich in jemanden verwandelt, den ich kaum wiedererkenne. Der tatkräftige, aufgeräumte Navy-Offizier, der ich einst war, ist verschwunden, und zurückgeblieben ist ein Mann, der viel zu verwundbar ist und der versucht, sich in einer Welt zurechtzufinden, die für ihn keinen Sinn mehr ergibt.

Während ich auf der Fahrt zum Restaurant in Encinitas aus dem Fenster schaue, schwöre ich, mich zu bemühen, freundlicher zu den Menschen zu sein, die versuchen, mir in dieser neuen Welt zu helfen. Es ist nicht Muncies Schuld, dass das Leben mir solch miese Karten ausgeteilt hat, und ganz sicher ist es nicht Juliannes Schuld.

Jules. Sie will, dass ich sie Jules nenne.

Etwas in mir entspannt sich, so wie die Muskeln nach einem

anstrengenden Training. Die Kraft, die ich brauche, um an meiner Wut festzuhalten, erschöpft mich. Ich öffne das Beifahrerfenster und lasse die warme Luft um mich herumwirbeln. Zum ersten Mal, seitdem ich nach dem Monat im Koma im Krankenhaus zu mir gekommen bin, bin ich froh, am Leben zu sein.

KAPITEL 7

JULIANNE

Irgendetwas hat sich auf der Bank am Strand verändert. Er ist wie ein anderer Mensch – freundlich, gesprächig, einnehmend, neugierig.

Dieser Version von ihm gegenüber bin ich wehrlos. Als ich ihm während des späten Mittagessens bei *Roberto's* gegenübersitze, will ich diesen John in mich aufsaugen, will seiner tiefen Stimme lauschen und glücklich seufzen, wenn seine Augen bei etwas, das ihn amüsiert, aufleuchten. Das hier ist John, wie Ava ihn kannte. John, wie er war, bevor sein Leben für immer von einem Terroristen verändert worden ist. Das hier ist der Mann, auf den sie mehr als fünf Jahre gewartet hat und von dem sie jeden Tag gehofft hat, dass er zu ihr zurückkehren würde.

Ich muss zugeben, als ich Ava das erste Mal getroffen habe, habe ich mich gefragt, auf was für einen Mann sie so lange warten würde. Immerhin hatte sie keinerlei Informationen darüber, wo er war. Jetzt verstehe ich es. Und mein Herz schmerzt für Ava, für John, für sie beide.

Nach einem köstlichen Essen, ein paar Margaritas und einer großartigen Unterhaltung über San Diego, New York und Chicago – Muncies Heimatstadt – kehren wir zum Hotel zurück. Ich bin müde und satt und … verwirrt. Im Laufe dieses entspannten Nachmittags hat sich meine Einstellung komplett geändert. Statt dass mir vor dem nächsten Treffen mit John graut, kann ich es kaum erwarten, mehr von ihm zu hören, seinen Sorgen, seinen Gedanken.

Amy, die neben mir auf der Rückbank sitzt, schickt mir eine Nachricht.

Was ist los?

Ich schaue sie an. *Nichts? Warum?*

Du bist so still. Das sieht dir gar nicht ähnlich.

Ich denke nur nach.

Darüber werden wir reden müssen, wenn wir wieder auf dem Zimmer sind.

Okay, Mom.

Amy funkelt mich an. Vermutlich, weil ich sie »Mom« genannt habe.

»Mögen die Damen Bier?«, fragt John.

»Na klar«, antworte ich für uns beide.

»Dann sollten wir eine der Craft-Beer-Brauereien besuchen. Die sind noch etwas, wofür San Diego berühmt ist.«

»Oh, das wäre schön«, antworte ich.

Amy sieht mich unter hochgezogenen Augenbrauen an.

Ich reagiere nicht. Ich bin mir nicht sicher, was sie gerade denkt, aber ich werde es noch früh genug herausfinden.

Kurz darauf setzt Muncie uns am Hotel ab.

Ich beuge mich zwischen den Sitzen vor. »Vielen Dank für einen wundervollen Tag.«

»Es war wirklich nett«, erklärt John. »Ehrlich gesagt hatte ich seit Jahren nicht mehr so viel Spaß.«

»Ich habe es auch wahnsinnig genossen«, wirft Amy ein. »Vielen Dank, dass Sie uns Ihre Stadt gezeigt haben.«

»Wir sind noch lange nicht fertig. Sie müssen noch das Hotel del Coronado sehen.«

»Klingt gut. Ich komme morgen gegen halb zehn vorbei, damit wir ein wenig arbeiten können«, teile ich ihm mit.

»Ich werde da sein.« Diese Worte werden von einem warmen

Lächeln begleitet, das mich mitten ins Herz trifft. Himmel, dieser Mann ist umwerfend, wenn er lächelt.

Sie warten, bis wir im Hotel verschwunden sind, bevor sie weiterfahren. Ich hingegen warte darauf, dass Amy etwas sagt, doch sie schweigt, bis wir auf unserem Zimmer sind.

In der Sekunde, in der die Tür hinter uns ins Schloss fällt, wirbelt sie zu mir herum. »Du musst ihn sofort abgeben.«

JOHN

Auf dem Weg zu meiner Wohnung ist jede Ampel rot. Und jedes Mal, wenn Muncie anhält, wirft er mir einen Blick zu. Nach dem dritten Mal erwidere ich ihn.

»Was gucken Sie so?«

»Ich frage mich nur, wo Sie herkommen.«

»Was?« Er hat meine Geschichte oft genug gehört und weiß, dass ich in verschiedenen Pflegeheimen in Kalifornien aufgewachsen bin, bevor ich nach dem Eintritt in die Navy in San Diego gelandet bin. Solange ich nicht auf einem Auslandseinsatz war, habe ich den Großteil meines Berufslebens hier verbracht.

»Diesen freundlichen, lustigen, lächelnden Captain West habe ich noch nie gesehen, sondern immer bloß den verbitterten, zickigen, mürrischen. Dieser Mann ... Er ist eine Offenbarung. Ich habe mich immer gefragt, wie Sie eine Frau dazu gebracht haben, jahrelang auf Sie zu warten, aber wenn sie mit *diesem* Mann zusammen war, verstehe ich es langsam.«

Die Erwähnung von Ava ist wie ein Stich ins Herz nach diesem schönen Tag – dem besten Tag, den ich seit Langem hatte.

Muncie schaut mich an. »Bin ich zu weit gegangen?«

Das ist er, doch ich versuche ja, netter zu den Menschen zu sein, die mir helfen, also reiße ich mich zusammen. »Nein, ist schon gut.«

»Sorry.«

»Machen Sie sich keine Gedanken.« Ich starre lange aus dem Seitenfenster, sehe die vertrauten Wahrzeichen an mir vorbeiziehen, darunter das Gebäude, in dem ich mit Ava die schönste Zeit meines Lebens verbracht habe. »Es tut mir leid, dass ich mich Ihnen gegenüber so mies benommen habe. Ich weiß das, was Sie für mich tun, sehr zu schätzen, auch wenn ich es Ihnen nicht oft genug sage.«

»Es ist mir eine Ehre, für Sie zu arbeiten, Sir.«

»Nennen Sie mich nicht ›Sir‹.«

»Captain. Es ist eine Ehre, für Sie und mit Ihnen zu arbeiten.«

»Nein, ist es nicht«, widerspreche ich lachend. »Und ich heiße John. Ich hätte dir schon vor langer Zeit das Du anbieten sollen.«

»Danke, Sir. Äh, John. Danke.« An der nächsten roten Ampel sagt er: »Was hat diese wundersame Verwandlung hervorgebracht?«

»Äh, während ihr euch die Seehunde angeschaut habt, habe ich mich mit Jules unterhalten, und sie ...«

»Moment. *Jules?*«

»Sie meinte, so würden ihre Freunde sie nennen.«

»Also seid ihr jetzt *Freunde?*«

»Ich weiß nicht. Schätze schon. Zumindest Kollegen. Wie auch immer, es war eine nette Unterhaltung, und das hat mir geholfen, mir über ein paar Dinge klar zu werden.«

Darauf hat Muncie nichts zu erwidern. Er biegt nach rechts in die Straße ab, die zu dem Wohnkomplex führt, den ich nun mein Zuhause nenne, obwohl nichts von meinen Sachen dort ist. Was von meinen Habseligkeiten übrig ist, hat Ava eingelagert. Wir haben vereinbart, dass sie mir alles schickt, sobald ich weiß, wo ich mich endgültig niederlassen werde. Um diese Frage werde ich mich kümmern, nachdem ich diese Pressetour hinter mich gebracht habe, die wie eine dunkle Wolke über mir hängt. Obwohl, mit Jules an meiner Seite stehen meine Chancen, heil aus der Sache herauszukommen, deutlich besser als ohne sie.

»Hör mal«, sagt Muncie, als wir auf dem zu meiner Wohnung gehörenden Parkplatz anhalten. »Ich weiß, du hast die Hölle durchgemacht, und ich freue mich, zu sehen, dass du dich etwas erholst. Wirklich. Aber du solltest wissen, dass mit Avas Schwägerin *befreundet* zu sein, nun ja ... du weißt schon ...«

»Was?« Ich bin mir nicht sicher, worauf er hinauswill.

»Sir, Sie dürfen sich ... äh, John, du darfst dich nicht in sie verlieben. Das geht nicht.«

»Warte mal, ganz ruhig. An so etwas habe ich keinerlei Interesse.«

Muncie zieht eine Augenbraue in die Höhe. »Gar keins?«

»Im Moment habe ich größere Probleme, wie zum Beispiel, ohne die verdammten Krücken zu laufen und im landesweiten Fernsehen keinen Idioten aus mir zu machen.«

»Du wirst im Fernsehen super rüberkommen.«

»Danke, dass du das denkst.«

»Die Menschen interessieren sich für dich und deine Geschichte. Bisher hast du die Artikel nicht gelesen, deshalb hast du keine Ahnung, wie sehr dich alle bewundern.«

Damit fühle ich mich nicht wohl. »Ich habe nur meinen Job gemacht.«

»Du hast eine entscheidende Rolle dabei gespielt, den meistgesuchten Mann der Welt zu fassen, John. Ich weiß, es wäre dir lieber, wenn das alles nicht passiert wäre, aber du weißt auch, dass das Video dein Leben für immer verändert hat. Also kannst du deinen Heldenstatus genauso gut annehmen und akzeptieren, dass die Leute dir für das danken wollen, was du getan hast.«

»Ich bin mir nicht sicher, wie ich damit umgehen soll.«

»Das wirst du schon noch herausfinden. Aber mit Jules bist du besser vorsichtig. Du hast genügend Herzschmerz für ein ganzes Leben hinter dir. Es würde mir gar nicht gefallen, wenn du erneut verletzt wirst.«

»Ach Muncie. Reden wir jetzt etwa über unsere Gefühle?«

»Sei nicht so ein Idiot. Du weißt, was ich meine.«

»Das tue ich. Und ich weiß deine Bedenken zu schätzen, doch es gibt nichts, weswegen du dich sorgen müsstest.«

Sein Blick verrät mir, dass er anderer Meinung ist, trotzdem lässt er das Thema klugerweise fallen und steigt aus, um meine Krücken zu holen. Langsam – sehr langsam – gehen wir ins Haus und fahren mit dem Fahrstuhl zu meiner Wohnung hinauf. »Ab hier komme ich allein klar.«

»Bist du sicher?«

»Ganz sicher. Danke für deine Hilfe heute.«

»Das hat Spaß gemacht. Es war schön, San Diego mal von einem Insider gezeigt zu bekommen. Wir sehen uns morgen.«

»Klingt gut.« Ich stütze mich auf eine Krücke und strecke meine Hand aus. »Danke für alles.«

»Es ist mir ein Vergnügen, John.«

Ich erinnere ihn nicht daran, dass mit mir umzugehen wohl kaum ein Vergnügen gewesen sein kann, sondern entscheide mich dafür, den Tag mit einer positiven Note zu beenden und so zu tun, als bemerkte ich nicht, dass er wartet, bis ich meine Wohnungstür aufgeschlossen habe, bevor er den Knopf für den Fahrstuhl drückt.

Der Ausflug hat mich ziemlich erschöpft, und nachdem ich auf der Toilette war und mir die Zähne geputzt habe, nehme ich meine Prothese ab, schlucke eine Schmerztablette und ziehe mir eine Schlafanzughose und ein frisches T-Shirt an. Ich würde sehr gerne duschen, aber ich bin zu müde und zu schwach, um dieses Risiko einzugehen, während ich allein bin. Es ist schon erbärmlich, dass ich nicht mal duschen kann, ohne mir Sorgen zu machen, dass ich fallen könne. Wenn ich daran denke, was ich früher alles habe tun können …

Es ist besser, diesen Gedanken nicht weiterzuverfolgen.

Ich greife nach meinem Handy, das am Ladekabel auf meinem Nachttisch liegt. Muncie hat mir ein neues geschickt, nachdem Jules mein altes mitgenommen hat. Er wollte, dass ich Hilfe rufen kann, wenn ich welche benötige. Der Mann denkt wirklich an alles.

Ich habe keine Ahnung, wer für solche Sachen wie ein neues Handy und Jules bezahlt, und es ist mir ehrlich gesagt auch egal. Wenn die Navy das übernimmt, finde ich, es ist das wenigste, was sie tun kann. Und dennoch, trotz allem, was ich jetzt weiß, würde ich es jederzeit wieder tun. Al Khad zu fassen und seine Organisation zu zerstören war die Hölle und den Herzschmerz wert, die der Verlust meines Beines, meiner Freunde und meiner Liebe mir verursacht haben. Wenn ich mir das immer weiter einrede, werde ich diese Verluste vielleicht doch überleben.

Ich gebe meinen Namen in die Suchmaschine auf meinem Handy ein, weil ich nach dem, was Muncie gesagt hat, neugierig bin, was die Leute über mich reden. Mehr als eine Million Suchergebnisse ploppen auf. Die Zahl verstört mich. Ich klicke auf das erste Ergebnis, einen Artikel in der *New York Times* über die Ergreifung und die folgende Veröffentlichung des Videos, die mich und einen der Army Rangers, der dabei war, geoutet hat. Er ist ebenfalls schwer verletzt worden und liegt immer noch im Krankenhaus, weshalb sie wollen, dass ich die Pressetour übernehme.

In dem Artikel ist die Rede davon, wie wenig man über mich weiß, was von mir und der Navy natürlich genau so geplant worden ist. SEALs wird vom ersten Tag ihres Trainings an beigebracht, dass Diskretion der Schlüssel zu unserem Schutz ist, dem unserer Kameraden und unserer Missionen auf der ganzen Welt. Uns wird eingetrichtert, dass wir niemals und mit niemandem darüber sprechen dürfen, was wir tun, nicht einmal mit unseren Ehepartnern. In der Einheit, zu der ich gehörte, sollte es sogar gar keine Ehe- oder sonstigen Partner geben, weil immer die Möglichkeit bestand, dass wir ohne Vorankündigung für mehrere Jahre entsendet werden würden.

In dieser Einheit haben wir uns für fünf Jahre verpflichtet, und ich war vier Jahre und acht Monate dabei, als Al Khad die *Star of the High Seas* in die Luft gejagt hat. Vier Monate später wäre es nicht mehr meine Aufgabe gewesen, Al Khad zu fassen. Ich wäre in eine andere Einheit versetzt worden und hätte Ava einen Antrag machen und mir mit ihr ein Leben aufbauen können.

Timing ist alles, und bei mir ist es zwei Mal knapp danebengegangen. Wäre der Angriff vier Monate später passiert oder hätten wir Al Khad nach viereinhalb Jahren gefasst, wäre ich jetzt mit Ava zusammen − zumindest glaube ich das. Sie hätte mir die Lügen verziehen, die ich ihr erzählt habe, sobald sie erfahren hätte, dass ich nicht anders gekonnt habe. Doch stattdessen ist sie jetzt mit einem anderen verheiratet und in den Flitterwochen, und ich darf nicht mal daran denken, was sie gerade macht, sonst werde ich noch verrückt.

Also lese ich weiter im Internet über mich, bis ich in einen rastlosen Schlaf falle und von Albträumen über Ava und Jules geplagt werde.

KAPITEL 8

JOHN

Nachdem ich am Vormittag ein paar Stunden mit Jules gearbeitet habe, fährt Muncie mich zum Mittagessen mit meiner Einheit. Wir haben uns für einen Laden in der Innenstadt von San Diego entschieden, weit entfernt von der Basis, wo man uns leicht erkennen würde. Auf meine Anweisungen hin hat Muncie einen privaten Raum organisiert und die Mitarbeiter des Restaurants um Diskretion gebeten. Natürlich haben sie dadurch mitbekommen, dass etwas Großes im Gange ist – wenn man mich denn als »groß« bezeichnen möchte –, und es liegt eine gewisse Spannung in der Luft.

Als die Empfangsdame mich sieht, erschrickt sie.

»Bitte«, sage ich leise. »Nicht.«

Zum Glück meistert sie ihre Verblüffung schnell und reißt sich zusammen. »Hier entlang, Captain.« Sie führt uns in ein Hinterzimmer, das man nur finden kann, wenn man weiß, dass es existiert. »Ich hoffe, dieser Raum ist zu Ihrer Zufriedenheit.«

»Das ist er. Danke.«

»Es ist uns eine Ehre, Sie in unserem Restaurant begrüßen zu dürfen. Vielen Dank für Ihren Dienst an unserem Land.«

Ich schenke ihr ein Lächeln und nicke. Mehr geht im Moment nicht.

Während ich den Raum mit dem großen, für zwölf Personen gedeckten Tisch betrete, bespricht Muncie mit ihr, wer sich noch zu uns gesellen wird.

»Wir brauchen zwei Plätze mehr, Muncie.«

Er kommt zu mir und lässt seinen scharfen Blick über den Tisch gleiten.

»Wir brauchen noch zwei Plätze mehr«, wiederhole ich etwas leiser. »Bitte, organisier das.«

»Ja, Sir.« Er dreht sich auf dem Absatz um, um sich um meinen Wunsch zu kümmern.

Auf der einen Seite freue ich mich darauf, meine Jungs wiederzusehen, auf der anderen graut mir davor. Obwohl ich es nie laut ausgesprochen habe, habe ich das Gefühl, dass ich sie im Stich gelassen habe, weil Jonesy und Tito bei dem Angriff getötet wurden. Nein, ich habe die Schüsse, die sie umgebracht haben, nicht abgegeben, aber ich habe sie dorthin geführt, und ihr Verlust geht auf meine Kappe. Ich habe mich bei ihren Familien gemeldet, sie wissen lassen, dass ich sie gerne treffen würde, wenn sie es wollen, doch bisher habe ich keine Antwort erhalten. Mein Angebot hat kein Verfallsdatum, und das habe ich ihnen auch geschrieben.

Wir haben eine unglaubliche Reise zusammen unternommen, haben fünf lange Jahre damit verbracht, Al Khad zu suchen, und nach den allgemeinen Standards war seine Gefangennahme ein voller Erfolg. Wir haben den meistgesuchten Terroristen der Welt gefasst. Aber dabei haben wir zwei unserer eigenen Leute verloren, und deshalb ist es für uns nicht derselbe große Erfolg wie für alle anderen.

Ich lehne meine Krücken gegen die Wand, denn ich bin entschlossen, meine Männer ohne sie zu begrüßen. Ich hoffe nur, dass ich nicht umfalle und mich zum Gespött mache. Ich will, dass sie mich als den gleichen starken, entschlossenen Anführer sehen, der ich immer war, selbst wenn es diesen Mann schon lange nicht mehr gibt.

Einer nach dem anderen kommen sie herein: Phillips, Barker, Griff, Tonka, Dunlevy, Martinez, Soares, Turner, Blankenship, Roland. Groß,

klein, weiß, schwarz, Latino – wir sind ein Schmelztiegel der Nationali-
täten, und jeder hat eine andere Geschichte. Einige von ihnen sind wie
ich in der Obhut des Jugendamts aufgewachsen. Dunlevy, ein Star-
schwimmer in seinem Highschool-Team, ist im letzten Schuljahr in
Probleme geraten, als er beim Verkauf von Kokain erwischt wurde.
Wie ich hat er die Navy dem Gefängnis vorgezogen. Heute ist er
Stabsbootsmann und hat eine glänzende Karriere vor sich, wenn er
sich dafür entscheidet, in der Navy zu bleiben – und selbst wenn nicht.

Ich erwidere seine feste Umarmung und hoffe, dass er mir nicht das
Rückgrat bricht. Ich bin nicht mehr der starke Kerl, der ich einst war,
und ich bin mir sicher, dass er das merkt. Dunlevy entgeht so schnell
nichts, was ihn bei unserem Einsatz zu einem unverzichtbaren Aktiv-
posten gemacht hat.

Als er sich zurückzieht, erkenne ich geschockt, dass er Tränen in
den Augen hat. »Es ist so gut, dich zu sehen, Cap. Du hast uns Sorgen
bereitet.«

»Das tut mir leid.«

Dunlevy verzieht das Gesicht und schüttelt den Kopf. »Es waren
für alle ein paar schwere Monate. Wir geht es dir?«

»Ganz gut. Ich gewöhne mich langsam an mein Holzbein und hoffe,
in Kürze auf die Krücken verzichten zu können. Was mich richtig
fertiggemacht hat, war das Koma.«

»Es wird den Jungs guttun, dich auf den Beinen und auf dem Weg
der Besserung zu sehen.«

Ich freue mich, das zu hören. Immerhin bin ich nur deshalb hier.
»Wo ist Pops?« Jimmy Popovicci, ein vierundvierzig Jahre alter Oberstabsbootsmann, ist das älteste Mitglied unseres Teams, und er war
immer mein erster Ansprechpartner für alles.

Mit grimmiger Miene schüttelt Dunlevy erneut den Kopf. »Er ist
vom Radar verschwunden. Seitdem wir zurück sind, hat keiner mehr
etwas von ihm gehört.« Nach dem Debriefing haben alle sechzig Tage
Urlaub bekommen, der erst kürzlich geendet hat.

Ich nehme diese Nachricht mit einem schlechten Gefühl auf. »Ihn
muss der Verlust von Jonesy hart getroffen haben.« Der Junge war wie
ein Sohn für ihn.

»Ja, so wie uns alle. Ich habe es beinahe nicht über mich gebracht, zu kommen, weil ich wusste, dass er und Tito nicht hier sein würden.« Zu sehen, wie dieser Krieger, ein Mann, der mit bloßen Händen getötet hat, die Tränen wegblinzelt, erschüttert mich zutiefst.

»Muss ich mir um Pops Sorgen machen?«

»Ich weiß es nicht.«

Keiner von uns muss extra erwähnen, dass es für Pops vollkommen untypisch ist, sich nicht bei seinen Jungs zu melden, die für ihn so etwas wie eine Familie waren.

»Ich werde ein paar Nachforschungen anstellen«, verspricht Dunlevy.

»Halt mich auf dem Laufenden.«

»Ja, klar. Es ist wirklich gut, dich zu sehen, Cap. Auch wenn ich mich erst noch daran gewöhnen muss, dich so zu nennen.«

»Und ich muss mich daran gewöhnen, es zu hören.« Ich bin während unserer Mission vom Lieutenant Commander zum Commander und dann zum Captain befördert worden. Eine Karriere, von der ich, als ich als einfacher Matrose in die Navy eingetreten bin, nie zu träumen gewagt hätte.

Ich nehme mir ein paar Minuten, um mit jedem der Jungs zu sprechen. Sie scheuen sich alle nicht, ihre Gefühle zu zeigen, nachdem sie sich solche Sorgen gemacht haben, dass ich es nicht schaffen würde.

Kellnerinnen mit Bierkrügen und Platten voller Nachos und Chickenwings kommen herein und werden von den Jungs begeistert empfangen.

Ich werfe einen Blick zu Muncie, der an der Tür steht, bereit, zu helfen, sollte es nötig sein. Ich recke meinen Daumen in die Höhe.

Er lächelt und nickt.

»Komm, David, setz dich zu uns.«

Ich spüre seinen Widerstand, als er zum Tisch geht und sich einen Platz sucht. Ich bin ihm dankbar, dass er nicht einen der beiden Plätze nimmt, von denen er weiß, dass ich sie frei lassen will, sondern sich stattdessen einen weiteren Stuhl an den Tisch zieht. Sofort ist eine Kellnerin zur Stelle und bringt Teller und Besteck für ihn.

»Jungs, das hier ist Lieutenant Commander David Muncie, der das

Pech hat, sich nach … nun ja, nach allem um mich kümmern zu müssen. Er ist einer von den Guten, also seid nett zu ihm.«

Die anderen begrüßen Muncie und setzen sich dann ebenfalls. Sie reden, lachen, reißen Witze, was mich freut. Wir haben dort drüben viel verrückten Scheiß gesehen, und ich habe mir Gedanken darüber gemacht, wie sie zu Hause klarkommen. Aber es scheint ihnen so gut zu gehen, wie man es erwarten kann. Zumindest wirkt es so. Was wirklich in ihnen vorgeht, kann keiner sagen. Sie alle tragen die Wunden dessen, was wir erlebt haben, mit sich herum.

Als alle sitzen, erhebe ich mich und nehme mir eine Sekunde, um einen sicheren Stand zu finden.

Die anderen verstummen, denn sie sind darauf trainiert, zuzuhören, wenn ihr Anführer spricht. »Ich wollte euch allen dafür danken, dass ihr heute hergekommen seid. Es bedeutet mir viel, eure hässlichen Gesichter zu sehen.« Das lässt sie wie erhofft lachen. »Ich habe alle eure Nachrichten erhalten, während ich im Krankenhaus war, und sie haben mir sehr viel bedeutet. Das Wissen, dass ihr für mich da seid, hat mir geholfen, das Schlimmste zu überstehen. Es tut mir leid, dass ich bis heute nicht in der Verfassung war, mich mit euch zu treffen.«

»Keine Sorge, Cap«, sagt Blankenship. »Wir sind einfach nur froh, dich wieder auf zwei Beinen und auf der richtigen Seite des Rasens zu sehen. Du hast uns eine Heidenangst eingejagt.«

»Ja, das tut mir leid.« Ich werfe einen Blick nach links zu den beiden freien Stühlen. »Ich habe die Kellner gebeten, auch für Jonesy und Tito einzudecken. Es kommt mir nicht richtig vor, uns ohne sie und Pops zu treffen.« Ich sammle mich kurz. »Ich werde jetzt ein wenig poetisch und zitiere Shakespeare. Ich hoffe, ihr verzeiht mir, aber dieses Zitat fasst für mich das, was uns ausmacht, ziemlich gut zusammen, und ich hoffe, euch geht es genauso.« Nachdem ich mich geräuspert habe, setze ich zu der St.-Crispins-Tag-Rede aus *Heinrich V.* an, die ich gestern Nacht auswendig gelernt habe:

»Und nie von heute bis zum End' der Welt
Wird der St.-Crispins-Tag vorübergehn,
Dass man nicht uns dabei erwähnen sollte,
Uns wen'ge, unsere Schar von Brüdern;
Denn welcher heut sein Blut mit mir vergießt,

Der wird mein Bruder.«

Gedämpftes Schweigen senkt sich über die sonst so lebhafte Gruppe. »Ich hatte nie leibliche Brüder. Ich habe euch alle, und das gilt fürs Leben. Wenn wir nun unserer getrennten Wege gehen, hoffe ich, dass ihr wisst, dass ihr mich niemals loswerdet, und ich bin ... Ich bin unglaublich dankbar dafür, euch zu haben.« Ich erhebe mein Glas. »Auf uns. Auf das, was wir geschafft haben. Möge es nie vergessen werden.«

Als ich mich setze, klatscht Roland einmal, bevor die anderen einfallen, und bald erheben sie sich zu einer Standing Ovation, von der mir die Augen feucht werden. Wie immer in letzter Zeit lauern meine Gefühle dicht unter der Oberfläche und drohen, mich jede Sekunde in den Abgrund zu ziehen. Irgendwie gelingt es mir, mich zusammenzureißen, obwohl der Applaus mehrere Minuten lang anhält. Er verebbt erst, als die Kellner mit Pizzas, Burgern, weiteren Chickenwings und frischen Bierkrügen kommen.

Muncie hatte recht. Ich habe das hier gebraucht. Die Jungs zu sehen füllt ein Loch in meiner Seele, von dem ich bis zu diesem Moment nichts geahnt hatte. Als sie sich wie Verhungernde auf das Essen stürzen, huscht mein Blick zu den beiden leeren Plätzen, und ich erinnere mich an die Freunde, die immer in meinem Herzen sein werden.

Ich kann immer noch nicht an sie denken, ohne dass es schmerzt. Der einzige Vorteil daran, keine eigene Familie zu haben, ist, dass mir nie genug an jemandem gelegen hat, dass ich seinen Verlust betrauert hätte. Doch in den letzten Monaten hat es viele Zeiten gegeben, in denen die Trauer über den Verlust meiner besten Freunde und den von Ava mich zu verschlingen drohte.

Ich habe, so gut es geht, versucht, diesem Sog zu widerstehen, aber es ist ein täglicher Kampf, meinen Kopf über der Strömung zu halten, die mich immer wieder in die Dunkelheit ziehen will. Manchmal frage ich mich, ob es nicht eine Erleichterung wäre, mich dieser Dunkelheit zu ergeben, doch die Angst vor dem Unbekannten hält mich davon ab, der Verlockung nachzugeben. Ich muss einfach daran glauben, dass auch auf mich noch gute Tage warten, selbst wenn meine Definition von »gut« sich für immer verändert hat.

Die Jungs lassen mich nicht lange in meinen eigenen Gedanken schmoren. Sie locken mich aus der Reserve, indem sie mich mit der Aufmerksamkeit aufziehen, die ich von der Öffentlichkeit bekomme, mit der Pressetour, die bald losgeht, mit den Werbeangeboten und dem Unsinn, der mich umgibt. Mit ihnen zusammen zu sein, wieder Teil von ihnen zu sein hilft sehr, das zu heilen, was in mir zerbrochen ist.

schmoren. Sie locken mich aus der Reserve, indem sie mich mit der Aufmerksamkeit aufziehen, die ich von der Öffentlichkeit bekomme, mit der Pressetour, die bald losgeht, mit den Werbeangeboten und dem Unsinn, der mich umgibt. Mit ihnen zusammen zu sein, wieder Teil von ihnen zu sein hilft sehr, das zu heilen, was in mir zerbrochen ist.

KAPITEL 9

AVA

Spanien ist einfach unglaublich. Das Essen, die Menschen, die Strände, die Architektur ... Es ist alles, was ich mir erhofft hatte, und so viel mehr. Und das Beste daran ist, mit Eric zusammen zu sein. Ungestört Zeit mit ihm zu verbringen, um zu tun, was immer wir tun wollen, ist nach den verrückten letzten Monaten vor unserer Hochzeit ein wahres Geschenk.

Alles in meinem Leben wäre perfekt, wenn da nicht diese lebhaften, mir das Herz zerreißenden Albträume von John wären, die mich mit Erinnerungen quälen, von denen ich dachte, ich hätte sie gut in der Vergangenheit verstaut, wo sie hingehören. Den ersten dieser Träume hatte ich in unserer Hochzeitsnacht, und seitdem kommen sie jede Nacht wieder. Ich wache schweißgebadet in den Armen meines Ehemannes auf, nachdem ich von dem Mann geträumt habe, den ich einmal geliebt habe. Im Gegensatz zu den meisten meiner Träume erinnere ich mich an die von John in quälenden Einzelheiten.

Während der langen Jahre seines Einsatzes habe ich ab und zu von ihm geträumt, aber nicht so wie jetzt. Beinahe alle meine Träume seit der Hochzeit drehen sich um leidenschaftliche Begegnungen. Einige davon hat es in unserem gemeinsamen Leben gegeben, andere sind neu. Ich fühle mich, als würde ich Eric betrügen, indem ich von einem anderen Mann träume, und ich verstehe nicht, warum das jetzt auf einmal passiert.

Eric spürt, dass mich etwas belastet, doch wie kann ich mit ihm darüber reden, ohne in ihm Zweifel zu wecken, ob ich wirklich zu hundert Prozent hinter unserer Ehe stehe? Denn das tue ich. Ich habe mich für ihn entschieden. Ich habe ihn geheiratet. Ich *liebe* ihn. Es würde mich umbringen, ihm wehzutun, insbesondere wenn man bedenkt, was er alles getan hat, um mein gebrochenes Herz wieder zusammenzusetzen.

Das hier würde ihn zutiefst verletzen, also behalte ich es für mich und wünsche mir, ich könnte meine Therapeutin anrufen, um ihre Meinung dazu zu hören. Aber das ist nicht möglich, da Eric und ich jede Sekunde des Tages miteinander verbringen. Ich weiß nicht, wie ich noch zwei weitere Wochen dieser Folter überstehen soll. Die Träume ruinieren mir die Reise, und Eric vermutlich auch.

Nach einem weiteren Traum, der Teile meines Körpers auf eine Weise hat kribbeln lassen, die höchst unangebracht ist, während ich nackt in den Armen meines Mannes liege, ist mein Mund trocken, und meine Hände sind verschwitzt. Ich atme tief ein und versuche, meinen rasenden Herzschlag zu beruhigen und die Panik in den Griff zu kriegen, die jede Faser meines Körpers flutet.

Erics Hand gleitet über meinen Arm. So lässt er mich wissen, dass er wach ist.

Ich hatte gehofft, etwas Zeit zu haben, um mich zu fassen, bevor ich mich ihm stellen muss.

»Ich wünschte, du würdest mir sagen, was los ist.« Sein Tonfall ist genauso sanft wie seine Lippen, die über meine Wange streichen. »Ich habe das Gefühl, dass meine Frau unglücklich ist, und das können wir nicht zulassen.«

Meine Panik nimmt nur noch zu. Ich kann nicht atmen, nicht denken oder irgendetwas anderes tun, als die Tränen zurückzuhalten, die mir mit aller Macht in die Augen steigen. Ich *kann* nicht mit ihm darüber reden. Ich kann es einfach nicht.

»Ava, Honey ... Bitte, verrat mir, was los ist.«

Er klingt so traurig, was mich fast umbringt.

»Was auch immer es ist, gemeinsam kriegen wir es hin, aber du musst es mir sagen. Sonst denke ich noch, du bereust es, mich geheiratet zu haben.«

»Nein«, stoße ich mit einem Schluchzer aus, den ich trotz aller Bemühungen nicht zurückhalten kann.

Eric stützt sich auf einen Arm und dreht mich auf den Rücken.

Ich lege einen Arm über meine Augen, um etwas Zeit zu schinden.

»Baby, was ist los?«

Ich kann nicht zulassen, dass er denkt, es liegt an ihm, denn das tut es nicht.

»Es wird dich traurig machen.« Ich wische mir die Tränen ab, die mir trotz meiner Entschlossenheit, mich um unser beider willen zusammenzunehmen, über die Wangen rollen.

»Ich bin bereits traurig, weil du es bist. Wir sollten eigentlich die beste Zeit unseres Lebens haben, dabei spüre ich schon seit Tagen, dass dich etwas beschäftigt.«

Ich atme noch einmal tief ein und versuche, die Kraft und den Mut zu finden, um ihm die Wahrheit zu sagen, auch wenn uns das beiden wehtun wird. »Ich habe Träume.«

»Schau mich an, Honey.«

Ich nehme den Arm von meinen Augen.

Als er mein Gesicht erblickt, keucht er auf. Es muss schlimmer sein, als ich dachte. Er legt beide Hände an meine Wangen und wischt die Tränen mit den Daumen fort. »Wovon?«

Während ich die Augen schließe, atme ich erneut tief durch. Mir ist schlecht, und ich werde von einer Verzweiflung erfüllt, von der ich glaubte, ich hätte sie hinter mir gelassen. Ich hätte es besser wissen müssen. »Von John.«

Eric wird neben mir ganz still. Nach einer langen Weile sagt er: »Über was genau?«

»Über *alles*.« Meine Träume sind so real, dass ich mich an den Duft und die Textur seiner Haut erinnere, doch das behalte ich für mich, denn es ist schon schlimm genug, dass Eric weiß, dass ich von meinem Ex träume.

Eric lässt sich zurück auf sein Kissen fallen und sieht zum Decken-

ventilator hinauf. Nach einer weiteren langen Pause sagt er: »Hast du
an ihn gedacht?«

»Nein! Ich denke nicht an ihn. Ich denke an *dich* und an *uns* und
unsere Hochzeitsreise, unser Leben. Ich habe keine Ahnung, wieso das
auf einmal passiert.« Ich ersticke beinahe an dem Schluchzer, der sich
aus meiner Brust löst.

»Komm her.« Er zieht mich in seine Arme. »Alles ist gut.«

»Nein, das ist es nicht. Ich habe das Richtige getan. Ich habe dich
geheiratet. Und ich will dich.«

»Warte mal … was? Du ›hast das Richtige getan‹, indem du mich
geheiratet hast? So betrachtest du das?«

»Natürlich nicht! So habe ich das nicht gemeint.«

»Aber genau das hast du gesagt.«

»Bitte, lass uns keine Haarspalterei betreiben. Ich bin so schon
völlig mit den Nerven fertig. Ich habe den Mann geheiratet, den ich
liebe. Den Mann, der mich liebt. Das ist alles.«

»Wenn das nur wahr wäre.« Er seufzt.

»Was soll das heißen?«

»Wir wissen beide, dass es noch wesentlich mehr gibt als nur dich
und mich. Er ist Teil dieser Ehe, ob wir das nun wollen oder nicht.«

Ich ziehe mich von ihm zurück, denn ich muss ihm in die Augen
sehen, während ich ihm antworte. »Nein, das ist er nicht.«

Eric erwidert meinen Blick. Er wirkt traurig und resigniert. »Ist er
nicht? Komm schon, Ava. Es ist ja nicht so, als hättest du dich plötzlich entschieden, dass du nicht mehr mit ihm zusammen sein willst.
Umstände, über die du keine Kontrolle hattest, haben ihn dir weggenommen, und unter solchen Umständen hört man nicht einfach auf,
jemanden zu lieben.«

Verzweiflung überkommt mich. »Ich liebe ihn aber nicht mehr. Ich
liebe *dich*.«

Er verschränkt seine Finger mit meinen und führt meine Hand an
seine Lippen. Dann gibt er mir einen sanften Kuss auf den Handrücken. »Bitte, versteh das nicht falsch – aber ich glaube dir nicht.«

»Wie kannst du das sagen? Ich habe mich *für dich* entschieden. Ich
habe dich *geheiratet*.«

»Ja, das hast du, und für beides werde ich für den Rest meines

Lebens dankbar sein. Aber nur weil du dich für mich entschieden und mich geheiratet hast, heißt das nicht, dass du ihn nicht mehr liebst.«

Diese Worte zu hören verstört mich. Verzweifelt versuche ich, die Möglichkeit zu verarbeiten, dass er recht haben könnte. Liebe ich John noch immer? Nein, ich kann ihn nicht mehr lieben. »Ich will nicht, dass das passiert. Das hier soll *unsere* Zeit sein. Er hat hier keinen Platz.«

»Dein Herz und dein Kopf sagen etwas anderes.«

»Eric, bitte. Du musst mir zuhören.« Mit jeder Sekunde werde ich verzweifelter. »Ich will nicht von ihm träumen. Ich will nicht an ihn denken oder die höllischen Jahre noch einmal durchleben, die ich damit verbracht habe, mich zu fragen, was aus ihm geworden ist. Das alles will ich nicht. Ich will dich und uns und das hier.« Ich zeige auf das wunderschöne Hotelzimmer in Sevilla.

»Du weißt, was du willst, trotzdem können wir nicht einfach so tun, als würden diese Träume nichts bedeuten.« Er schaut mich an und sieht so verstört aus, wie ich mich fühle, obwohl seine Stimme ganz ruhig klingt. »Wir sollten Jess anrufen«, sagt er und meint meine Therapeutin in New York. »Und einen Termin vereinbaren, damit du mit ihr reden kannst.«

»Jetzt? Während wir hier sind?«

»Sofort.«

Sein ernster Ton und der entschlossene Zug um seinen Mund bestürzen mich. Aber am schlimmsten sind seine Augen, in denen sich Schmerz widerspiegelt. Ich ertrage es nicht, dass ich ihm das angetan habe. »Eric ...«

»Was, Honey?«

»Es tut mir so leid.«

»Das muss es nicht. Ich wusste, dass wir, was ihn angeht, noch nicht aus dem Schneider sind.«

»Wirklich?«

»Jap. Eine Geschichte wie diese lässt sich nicht über Nacht lösen. Seitdem du ihn in San Diego gesehen hast, bist du nicht mehr du selbst gewesen.«

»Was? Natürlich bin ich das.«

»Nein, meine Süße, bist du nicht. Seitdem ist ein gehetzter

Ausdruck in deinen Augen, der vorher nicht da war – bevor du ihm erzählen musstest, dass das zwischen euch vorbei ist. Ich habe ihn sogar an unserem Hochzeitstag gesehen.«

Ich schüttele den Kopf und breche in hilflose Schluchzer aus. »Das stimmt nicht! Das war der glücklichste Tag meines Lebens!«

»Ich glaube dir, Ava. Wirklich. Ich bin so froh und dankbar, dass du dich für mich entschieden hast. Doch die Entscheidung hatte für dich und jemanden, den du liebst, einen fürchterlichen Preis. Das werde ich nie vergessen.«

Ich bin so traurig, dass ich nicht reden kann. Durch die Tränen und die Schluchzer hindurch kann ich kaum atmen. Das hier passiert gerade nicht. Ich habe meine Entscheidung getroffen. Als ich Eric geheiratet habe, habe ich die Vergangenheit hinter mir gelassen und eine helle, verheißungsvolle Zukunft begonnen. Wie kann er glauben, ich wollte irgendeinen anderen als ihn?

Er hält mich ganz fest, streicht mir über den Rücken und durch die Haare, bis ich mich ein wenig beruhige. »Lass uns Jess anrufen, und dann sehen wir weiter, okay?«

Ich nicke, aber innerlich bin ich zerbrochen, wieder einmal in tausend Teile zersplittert von einer Situation, über die ich nie die Kontrolle hatte, selbst als ich es glaubte. Ich habe allen Grund, mich zu fragen, ob ich diese Kontrolle jemals wiedererlangen werde.

KAPITEL 10

JULIANNE

»**W**as redest du da? Ich werde ihn ganz bestimmt nicht abgeben.« Ich werfe meine Tasche auf den steifen, gepolsterten Sessel in meinem Hotelzimmer und drehe mich zu meiner Schwester um. »Hast du eigentlich *irgendeine* Ahnung, was es für meine Karriere bedeutet, ihn an Land gezogen zu haben? *Alle* wollten ihn.«

»Super. Dann soll ihn jemand anderes nehmen.«

»Wo kommt das auf einmal her?« Ich bin wirklich überrascht, dass sie mir vorschlägt, den wichtigsten Klienten, den ich je hatte – und vielleicht je haben werde –, abzugeben. »Jeder Fernsehproduzent im Land klopft an meine Tür und bettelt mich um fünf Minuten mit dem Mann der Stunde an. Warum sollte ich das beenden?«

»Weil du Gefühle für ihn hast.«

Mir bleibt der Mund offen stehen. »Wie bitte?«

Amy beugt sich zu mir und wiederholt ganz langsam, als spräche sie mit jemandem, der schwer von Kapee ist: »Du hast Gefühle für ihn.«

Ich beuge mich ebenfalls vor. »Nein. Habe ich nicht!«

»Wie auch immer. Ich habe mitbekommen, wie du ihn während des

Mittagessens angeguckt hast, und diesen Blick habe ich an dir nur einmal zuvor gesehen.«

Die Erinnerung an das einzige Mal, als ich gedacht habe, ich wäre verliebt, trifft mich wie ein Schlag in den Magen. »Nicht«, flüstere ich.

»Ich sage das nicht, um dir wehzutun, Jules. Ich sage es, damit du nicht verletzt wirst. Dieser Mann ist für dich so tabu, er könnte genauso gut radioaktiv sein.«

»Glaubst du, darauf musst du mich hinweisen?« Jetzt bin ich sauer. Wie alt muss ich denn noch werden, bis meine älteren und weiseren Geschwister erkennen, dass ich ganz gut für mich allein denken kann? Ich werde bald dreißig.

»Ich glaube, dir fehlt ein wenig die Perspektive.«

»Das glaube ich ehrlich gesagt nicht. Heute war das erste Mal, dass ich ihn nicht übellaunig und zickig fand.«

»Heute hast du eine andere Seite von ihm kennengelernt, und die hat dir gefallen.«

»Das stimmt. Aber nicht aus den Gründen, die du vermutest. Sondern weil er mir übellaunig und zickig im Fernsehen nichts nützt. Ich habe einen Durchbruch gebraucht, und den habe ich heute erzielt. Was du an mir siehst, ist Erleichterung – und mehr nicht.«

»Wenn du das sagst.« Sie holt ihre Nagelfeile heraus und macht sich an ihrem Zeigefinger zu schaffen.

»Ja, das sage ich. Und ich schwöre bei Gott, wenn du irgendjemandem erzählst, dass du glaubst, ich würde ihn nicht nur als Klienten mögen, bringe ich dich eigenhändig um. Verstanden?«

»Sei nicht so theatralisch.«

»Ja, klar, denn was wäre schon theatralisch daran, wenn so eine Bombe in unserer Familie hochgehen würde?«

»Ich bin froh, dass du dir darüber im Klaren bist, was für eine Bombe es wäre.«

»Gott sei Dank bist du hier, um es mir zu sagen. Da wäre ich allein nie drauf gekommen.«

»Dein Sarkasmus gefällt mir gar nicht.«

»Genauso wenig wie mir deine Annahme, dass ich ihn, nur weil ich ihn als Klienten mag, auch als Mann mögen muss.« Meine Nerven liegen blank bei dem Gedanken daran, was für ein Shitstorm losbrechen würde, wenn das wirklich stimmen würde. Mit einer Sache hat Amy recht: Das darf niemals passieren.

»Ich verstehe, warum du ihn magst. Er ist unglaublich attraktiv, auf viele Arten verletzt und noch dazu ein Nationalheld. Das ist eine Kombination, der man bloß schwer widerstehen kann. Nachdem ich den Nachmittag mit ihm verbracht habe, kann ich nachvollziehen, warum Ava so lange auf ihn gewartet hat.«

»Dann lass uns doch mal über dich und Muncie reden.«

Sie hört auf, ihren Nagel zu feilen, und schaut mich unter zusammengezogenen Augenbrauen an. »Was?«

»Du bist nicht die Einzige, die sehen kann, was vor sich geht.«

»Ich bin mir nicht sicher, was du glaubst, gesehen zu haben, aber wir haben nur ein wenig zusammen gelacht, als er nass geworden ist. Ansonsten gab es da nichts.«

»Wenn du das sagst.«

»Tu ich.«

»Super.« Ich bin es nicht gewohnt, mich mit Amy zu streiten. Früher schon, als wir Kinder waren, und vor allem als Teenager. Da haben wir uns über alles gestritten. Doch mit Anfang zwanzig hat das plötzlich aufgehört, und wir sind beste Freundinnen geworden. Das Gleiche ist mit meinen Brüdern passiert. Ja, wir alle haben auch andere Freunde, die uns viel bedeuten, aber wir vier stehen uns sehr nahe.

Als unser Dad für den Posten des Gouverneurs von New York kandidiert hat, ist das Band zwischen uns noch enger geworden. Und dann, als unsere Mom unseren Dad verlassen hat, waren meine Geschwister die Einzigen, mit denen ich darüber reden wollte. Wenn Rob sich diesen Herbst für die Kongresswahlen aufstellen lässt, werde ich vermutlich viel Zeit mit ihm und seiner Frau verbringen und ihn im Wahlkampf unterstützen. Das ist nicht der richtige Zeitpunkt für einen Streit mit Amy – oder mit meinen Brüdern.

»Hör mal, ich weiß deine Sorge zu schätzen, aber wenn ich dir sage, dass es nichts gibt, worüber du dir Gedanken machen musst, dann ist das mein voller Ernst.«

»Ich weiß.«

Das, was darin unausgesprochen mitschwingt, bringt mich wieder auf die Palme. »Und?«

Sie zuckt die Achseln. »Ich weiß, was ich gesehen habe, Jules, und das war Interesse. Und zwar von beiden Seiten.«

Jetzt muss ich lachen. »Er erträgt meine Anwesenheit nur gerade so.«

»Das stimmt nicht. Er hat dich die ganze Zeit beobachtet und bei jedem deiner Worte an deinen Lippen gehangen.«

Ich schüttle den Kopf, denn das kann auf keinen Fall stimmen. »Wenn überhaupt, würde ich sagen, haben wir heute die Basis für eine Art widerstrebende Freundschaft gelegt, doch was darüber hinausgeht ... Nein. Einfach nein.«

»Pass bitte gut auf dich auf. Ich will dich nicht ärgern, und ich will auch keinen Streit mit dir, das schwöre ich. Ich mache mir einfach nur aufrichtig Sorgen.«

»Verstanden. Aber dafür gibt es keinen Grund.« Ich kann es nicht erwarten, diese seltsame und ungewohnte Spannung zwischen uns aufzulösen. »Komm, suchen wir uns was zu trinken.«

»Ich bin dabei.«

Wir gehen hinunter in die Hotelbar, wo ich einen Bourbon bestelle, während Amy sich einen fruchtigen Rum-Cocktail mixen lässt. Während wir die Drinks genießen, sprechen wir über alles bis auf das, was immer noch zwischen uns steht. Ich habe das, was ich vorhin zu ihr gesagt habe, ehrlich gemeint. Ich bin nicht auf diese Art an John interessiert. Trotzdem kann ich nicht aufhören, daran zu denken, dass sie meinte, er wäre an *mir* interessiert.

Auch das darf nicht passieren.

AM NÄCHSTEN MORGEN IST ALLES ANDERS. ICH MERKE, DASS JOHN sich ehrlich bemüht, mit mir zusammenzuarbeiten, meine Fragen zu beantworten und sich auf die nächste Woche vorzubereiten. Muncie hat einen Termin beim Zahnarzt, also sind wir allein in Johns Wohnung. Ich rede mir ein, dass das keine große Sache ist, aber ich habe immer noch all die Dinge im Ohr, die Amy gestern Abend gesagt hat. Ihre Stimme übertönt beinahe die von John, als wir meine Frageliste durchgehen.

Zusätzlich zu dieser Sorge erschreckt mich, wie schlimm er aussieht. Er hat dunkle Schatten unter seinen rot geränderten Augen und Stoppeln auf seinem sonst immer glatt rasierten Kinn. Selbst seine Haare sind zerzaust.

Nachdem wir eine halbe Stunde über seine Anfangsjahre bei der Navy gesprochen haben, beschließe ich, ihm die wichtigste Frage zu stellen: »Geht es Ihnen gut?«

Lange schaut er mich ausdruckslos an, bevor er schließlich blinzelt. »Ja, alles prima.«

Ich neige den Kopf und mustere ihn. Ich habe das Gefühl, ihn inzwischen ein wenig zu kennen, und nach allem, was ich sehe, geht es ihm nicht prima. »Wirklich?«

Er wendet den Blick ab. »Ich habe letzte Nacht nicht viel geschlafen.«

»Wieso?«

Er zuckt mit den Schultern. »In den letzten paar Monaten fällt mir das schwer.«

»Können Sie nicht irgendwelche Tabletten nehmen?«

»Ich habe ein paar Sachen ausprobiert, doch das hat alles nicht wirklich geholfen.«

Mit dem Zeigefinger tippe ich gegen meine Lippe, während ich überlege, von welchen Hilfsmitteln bei Schlafproblemen ich gehört habe. Ich kann nicht anders – wenn ich ein Problem sehe, will ich es lösen. »Haben Sie es schon mit Melatonin probiert? Mein Bruder Rob schwört darauf.«

»Jap. Manchmal funktioniert es, manchmal nicht.« Ein kleines Lächeln umspielt seine Mundwinkel. »Es ist schon in Ordnung. Ich kriege das wieder hin.«

»Wollen Sie sich ein wenig ausruhen? Wir können später weitermachen. Ich habe noch andere Dinge zu tun.« Nicht wirklich, aber bei Gott, er sieht fürchterlich aus.

»Ich könnte etwas essen. Haben Sie Hunger?«

»Ich kann immer essen.«

Lachend drückt er sich aus dem Sessel und versucht, mithilfe der Krücken sein Gleichgewicht zu finden. »Gut zu wissen.«

»Darf ich etwas fragen, was mich nichts angeht und was nichts mit den anstehenden Interviews zu tun hat?«

»Klar.«

Ich beobachte, wie er sich langsam auf den Tresen zubewegt, der Wohnzimmer und Küche trennt, um sein Portemonnaie und seinen Schlüssel zu holen. Jetzt, wo ich die Erlaubnis habe, die Frage zu stellen, bin ich mir nicht mehr sicher, ob ich es wirklich tun soll.

Auf die Krücken gestützt, mustert er mich aus den blauesten Augen, die ich je gesehen habe. »Was wollen Sie wissen?«

»Wie lange werden Sie die Krücken noch benötigen? Es tut mir leid, wenn das eine Frage ist, die ich besser nicht stellen sollte.«

Er bedeutet mir, zur Tür vorauszugehen. »Ist schon okay. Sie dürfen fragen.«

Ich halte ihm die Tür auf und ziehe sie dann fest ins Schloss. Langsam nähern wir uns dem Fahrstuhl, und ich frage mich, ob er mir wohl antworten wird. Im Fahrstuhl auf dem Weg nach unten sieht er mich an. »Ich bin von der Infektion ziemlich geschwächt, aber die Ärzte sagen, ich werde mich irgendwann davon erholen. Das dauert nur.«

»Haben Sie noch Physiotherapie?«

»Nein, nicht mehr. Allerdings soll ich versuchen, jeden Tag ein wenig Sport zu machen, weil das angeblich helfen soll. Ich habe jedoch das Gefühl, dass es mich lediglich auslaugt.«

»Hilft es nicht einmal beim Durchschlafen?«

»Ich war heute Nacht von zwei bis drei Uhr im Fitnessstudio und habe danach ein paar Stunden schlafen können.«

»Sollten Sie mitten in der Nacht allein im Fitnessstudio sein?«

»Vermutlich nicht, aber ich denke mir, falls ich stürze, wird mich irgendwann schon jemand finden.« Er schaut mich wieder mit diesen eindringlichen blauen Augen an. »Es ist besser, als krampfhaft zu versuchen, einzuschlafen. Ich, äh, leide unter Albträumen.«

Ich bemühe mich, nicht zu heftig zu reagieren, doch in diesem Moment will ich ihn einfach nur umarmen und festhalten, bis dieser gehetzte Ausdruck aus seinen Augen verschwindet. Amys Worte von gestern Abend schießen mir durch den Kopf, und ich würde sie am liebsten anschreien, dass sie endlich den Mund halten und mich in Ruhe lassen soll. »Von der Ergreifung?«

Nickend lehnt er sich gegen die Fahrstuhlwand. »Ja, und davon, angeschossen zu werden, zu sehen, wie meine Freunde getötet werden. Davon, Al Khad zu jagen und zu versuchen, Ava an Orten zu finden, wo sie nicht sein sollte. Es ist ein Durcheinander aus allem möglichen Scheiß, der mich überfällt, sobald ich einschlafe.«

Ich fühle seine Worte und seinen Schmerz tief in meinem Inneren und kämpfe darum, angemessen zu reagieren und meine professionelle Fassade aufrechtzuerhalten.

Ich räuspere mich, schüttle die Gefühle ab und trete aus dem Fahrstuhl. Erst da fällt mir auf, dass ich keine Ahnung habe, wo wir hinwollen und wie wir dort hinkommen, also bleibe ich stehen, damit er vorausgehen kann.

»An der nächsten Straßenecke gibt es einen Diner«, sagt er und nickt in die Richtung. Also machen wir uns langsam auf den Weg, und ich passe mein normalerweise flottes Tempo an seine Schritte an.

Es kostet mich Mühe, so langsam zu gehen und dabei die Flut von Fragen zurückzuhalten, die ich habe. Leidet er unter PTSD? Wird er deswegen behandelt? Gibt es in seinem Leben irgendjemanden, mit dem er darüber reden kann? Gibt es etwas, das ihm etwas Erleichterung verschaffen könnte? In meiner Welt gibt es *immer* etwas, das man tun kann. Noch nie habe ich mich einer Herausforderung nicht gestellt und stets alles gegeben, um sie zu meistern. Probleme zu lösen ist meine Stärke.

Wir brauchen fünfzehn Minuten, um den Diner zu erreichen, und als wir ankommen, bedeckt ein dünner Schweißfilm Johns Stirn, und er ist von der Anstrengung ganz blass geworden.

Mein Herz zieht sich mitfühlend zusammen. Der Boden unter meinen Füßen scheint sich leicht zu neigen und bringt mich aus dem Gleichgewicht. Mein Herz darf sich nicht für ihn zusammenziehen. Amy hat recht. Mir zu erlauben, mehr in ihm zu sehen als nur einen Klienten, wäre auf so vielen Ebenen die totale Katastrophe. Aber ich müsste unmenschlich sein, um kein Mitgefühl mit ihm zu haben, während er versucht, sein Leben wieder auf die Reihe zu kriegen.

Die Frau am Empfang im Diner, eine ältere Dame mit grauen

Haaren und gütigem Gesicht, strahlt, als sie ihn erkennt. »Captain West«, sagt sie. »Was für eine Ehre, Sie hier begrüßen zu dürfen.«

Ich merke, wie unangenehm das John ist. »Vielen Dank. Wenn es geht, wäre es mir lieber, wenn Sie keine große Sache daraus machen würden.«

»Natürlich«, flüstert sie verschwörerisch. »Kommen Sie hier entlang. Ich gebe Ihnen einen Tisch im hinteren Bereich, wo Sie ungestört sind.«

»Vielen Dank.«

Alle Gäste verstummen, als wir an ihnen vorbeikommen und sie ihn erkennen. John geht schneller, als ich es je gesehen habe, um möglichst rasch den Tisch zu erreichen. Als wir endlich sitzen, ist er ganz blass und verschwitzt.

Er leert ein halbes Glas Eiswasser in einem Zug und scheint Probleme zu haben, normal zu atmen.

Ich schweige und gebe ihm die Zeit, die er braucht. Es überrascht mich, wie geschwächt er weiter ist. Natürlich wusste ich, dass er noch nicht wieder völlig genesen ist, aber zum ersten Mal werden mir seine Einschränkungen ganz deutlich bewusst. Wieder schmerzt mein Herz, und es ist mir egal, dass es das nicht tun sollte. Ich hab Fotos von John vor seiner Entsendung gesehen. Die Veränderung in ihm ist dramatisch und herzzerreißend.

Eine Kellnerin bringt Tassen an den Tisch. »Kaffee?«

»Ja, bitte«, antwortet John für uns beide.

Mir fällt auf, wie die Kellnerin sich bemüht, sich in seiner Gegenwart nicht albern zu benehmen, dabei steht sie kurz davor, vor Aufregung zu explodieren.

Ich schaue sie an. »Bitte, sagen Sie niemandem, dass er hier ist.«

»Oh, das würde ich niemals tun.«

O doch, das würdest du. Ich würde sogar Geld darauf wetten, dass sie schon jemandem eine Textnachricht geschickt hat.

»Ich bin gleich zurück, um Ihre Bestellung aufzunehmen.«

Nachdem sie gegangen ist, wende ich mich John zu und sehe, dass er mich beobachtet. »Was ist?«

»Danke, dass Sie daran gedacht haben.«

»Sie wissen, dass sie vorhatte, auf allen sozialen Kanälen zu feuern, sobald sie diesen Tisch verlassen hat.«

»Nein, das wusste ich nicht. Aber Sie schon.«

Ich zucke die Achseln. »Es ist mein Job, solche Dinge vorauszusehen.«

»Das machen Sie sehr gut.«

Im Laufe der Jahre habe ich viele Komplimente wegen meiner Arbeit erhalten, doch ich muss ehrlich sagen, dass mich keines mehr gefreut hat als diese fünf Worte von einem Klienten, der das, womit ich mein Brot verdiene, nicht unbedingt gewollt, sondern vielmehr gebraucht hat. Mein Verlangen, ihn zu beschützen und vor allem abzuschirmen, was seinen Schmerz vergrößern könnte, scheint mit jeder Stunde, die ich mit ihm verbringe, exponentiell zu wachsen.

Ich fühle mich geehrt, weil ich sein Vertrauen gewonnen habe und er meine Gegenwart offensichtlich genießt. So wirkt es zumindest auf mich.

Die Kellnerin kehrt zurück, und wir bestellen beide das Gemüse-Omelett mit Truthahn-Bacon und englischen Muffins.

Als sie wieder geht, grinse ich ihn an. »Nachmacher.«

Er lächelt. »Was denn? Ihre Bestellung klang gut.«

»Das ist ein Familien-Gag zwischen mir und meinen Geschwistern, weil wir uns ständig alles gegenseitig abgeguckt haben – von den Getränken über das Essen bis hin zu Urlaubszielen.«

Mein Handy piepst. Eine Nachricht von Muncie. *Wo seid ihr?*

Frühstücken im Diner.

Wie seid ihr dorthin gekommen?

Zu Fuß.

Wow. Wie geht es ihm?

Ganz okay.

Soll ich zu euch kommen?

Ich glaube, das ist nicht nötig. Außer du willst es. Als ich diese Nachricht schicke, hoffe ich insgeheim, dass er nicht aufkreuzt.

»Wer war das?«, will John wissen und rührt Milch in seinen Kaffee.

»Muncie, der sich fragt, wo wir sind.«

»Ah, mein Wachhund.« Sein Lächeln verrät seine Zuneigung zu Muncie.

»Ich mag ihn. Er scheint ein netter Kerl zu sein.«

»Das ist er. Er hat eine Engelsgeduld, schließlich hat er es geschafft, meinen Mist die ganzen letzten Monate zu ertragen.«

»Ich bin sicher, es ist ihm eine Ehre, mit Ihnen zu arbeiten.«

»Die Vorstellung, dass es für irgendjemanden eine Ehre sein soll, mit mir zu arbeiten, ist immer noch seltsam.«

»Ja, das kann ich mir denken – vor allem nach so vielen Jahren im Verborgenen.«

»Ich hasse es«, erklärt er leise. »Ich hasse es, dass jeder weiß, wer ich bin. Ich hasse es, dass es das Video gibt. Ich hasse alles daran.«

»Das weiß ich.« Ich gebe Milch und Süßstoff in meinen Kaffee. »Meine Großmutter hat immer gesagt, dass man sich nicht aussuchen kann, was einem im Leben passiert. Wir können nur entscheiden, wie wir damit umgehen wollen.«

»Ihre Großmutter war eine weise Frau.«

»Ja, das war sie. Sie ist vor zehn Jahren gestorben, und ich vermisse sie noch immer.«

»Sie haben Glück, dass Sie sie hatten. Ich frage mich ständig, ob ich Großeltern, Tanten, Onkel, Cousins oder Cousinen habe.«

»Sie wissen gar nichts über Ihre Familie?«

Er schüttelt den Kopf.

»Das muss sehr schwierig gewesen sein.«

»Man kann nicht vermissen, was man nie hatte, oder?«

Die Beiläufigkeit, mit der er mir das hinwirft, soll überspielen, wie schmerzhaft es für ihn ist, nicht zu wissen, woher er stammt.

»Wussten Sie«, fährt er fort, »dass ich in meiner gesamten Zeit mit Ava nicht ein einziges Mal mit ihr über meine Kindheit oder mein Leben vor ihr habe sprechen können?«

Wieso freut es mich so, mehr über ihn zu wissen als sie? Ich ermahne mich, dass das gefährliches Terrain ist, aber ich fürchte langsam, dass mit ihm alles gefährliches Terrain ist. »Das muss schwer gewesen sein.«

»Das war es. Ich habe eine Geschichte erfunden, dass ich der Sohn eines pensionierten Generals wäre. Ich habe ihr erzählt, ich hätte überall und nirgends gelebt, obwohl ich in Wahrheit im letzten Schuljahr fast auf die schiefe Bahn geraten bin und das Glück hatte, auf einen Richter zu treffen, der mir einen Ausweg gezeigt hat.«

»Was haben Sie denn gemacht?« Vermutlich sollte ich das nicht fragen, doch ich sterbe fast vor Neugierde.

»Ich habe meinen idiotischen Freunden geholfen, das Auto eines anderen zu stehlen, als Rache dafür, dass der einem meiner Freunde die Freundin ausgespannt hat.«

»Wow.«

»Ich weiß. Total bekloppt. Ich hatte unglaubliches Glück, dass der Richter erkannt hat, dass ich nur Struktur im Leben brauchte. Ich sage immer, dieser Richter und die Navy haben mich vor mir selbst gerettet.«

Unser Frühstück wird serviert, und wir langen zu. Während wir essen, denke ich an all die Dinge, die er mir anvertraut hat, und daran, wie verschieden unsere Leben verlaufen sind.

»Was ist mit Ihnen?«, fragt er zwischen zwei Bissen. »Irgendwelche jugendlichen Vergehen in der Vergangenheit?« Das neckende Grinsen, das diese Frage begleitet, haut mich um. Guter Gott, dieser Mann ist ohnehin schon attraktiv, aber wenn er lächelt …

Ich unterdrücke ein Seufzen. »Ich habe nie ein Auto gestohlen, wenn Sie das meinen, doch ich bin mal dabei erwischt worden, wie ich an Halloween Häuser mit Eiern beworfen habe. Mein Dad hat mich am nächsten Tag gezwungen, zurückzugehen und jedes Haus zu putzen. Wussten Sie, dass sich Eigelb wahnsinnig schwer entfernen lässt, nachdem es getrocknet ist?«

Er lacht – laut und aus vollem Herzen –, und sofort bin ich wieder gefesselt von der Veränderung in ihm, die das mit sich bringt. Ich erhasche einen Blick auf den Mann, der er vor dem Einsatz gewesen sein muss. Dieser Mann war jung, fröhlich und umwerfend.

Mich beschleicht ein unangenehmes Gefühl. Amy hat recht. Ich fühle mich zu ihm hingezogen – und das schon, als er noch ein echter Idiot gewesen ist. Mein Magen krampft sich schmerzhaft zusammen, und ich schiebe meinen Teller John zu.

»Sind Sie schon satt?«

Ich nicke, trinke einen Schluck Kaffee und versuche, meine wild durcheinanderwirbelnden Gedanken zu stoppen. Er ist Avas Ex. Eric ist mit ihr so glücklich. Das Letzte, was die beiden nach allem, was sie durchgemacht haben, gebrauchen können, ist, dass ich Gefühle für den Mann entwickle, dessentwegen sie durch die Hölle gegangen ist – auch wenn das von ihm nicht beabsichtigt war. Amy hat hundertprozentig recht. Das darf nicht passieren. Nur ist es das bereits. Ich bin mir nicht sicher, wann und wie … Doch die Gefühle sind da, sosehr ich mir auch wünschte, sie wären es nicht.

Obwohl, um fair zu mir zu sein, wie könnte ich nicht von ihm, seiner Geschichte oder seinem tapferen Versuch, trotz des verstörenden Verlustes weiterzumachen, berührt sein?

Das sind alles gute Argumente, Jules, aber um Himmels willen, reiß dich zusammen!

Nachdem er sein Omelett aufgegessen hat, nimmt John sich meine Reste vor und isst sie fast auf, bevor er sich geschlagen gibt. »Ich kriege keinen weiteren Bissen runter. Ich glaube, so viel habe ich in den letzten Monaten zusammengenommen nicht gegessen.«

»Das hilft Ihnen, zu Kräften zu kommen.«

Er reibt sich den Magen. »Und zu einem Bauch.«

Soweit ich das sehen kann, besteht er nur aus Muskeln und hat kein Gramm zu viel am Leib. Sobald all diese Muskeln zu ihrer vollen Stärke zurückgefunden haben, wird er wieder in Topform sein. Dann wird unsere Zusammenarbeit schon längst beendet sein, und das ist vermutlich auch besser so.

»Ich übernehme das«, erkläre ich, als die Kellnerin die Rechnung bringt.

»Auf keinen Fall. Das geht auf mich.«

»Sie haben schon gestern für uns alle bezahlt.«

Er stützt die Ellbogen auf den Tisch, beugt sich vor und sagt leise: »Wissen Sie, was passiert, wenn Sie als Navy-Offizier für beinahe sechs Jahre entsendet werden?«

Ich muss mich vorlehnen, damit ich ihn verstehen kann. »Nein. Was denn?«

»Man spart eine Menge Geld. Also übernehme ich das hier.«

Ich schaue ihm einen Herzschlag länger in die Augen, als nötig gewesen wäre. »Danke.«

Er erwidert meinen Blick, ohne zu blinzeln. »*Ich* sollte *Ihnen* für alles danken, was Sie für mich tun. Das Frühstück zu übernehmen ist das Mindeste, was ich tun kann.«

Ich will, dass er sich wieder wie ein Vollidiot benimmt. Mit dem Mann konnte ich umgehen. Dieser hier jedoch ... Ich bin vollkommen hilflos angesichts des bescheidenen, verletzlichen, verwundeten Kriegers, der sich langsam, aber sicher in mein Herz schleicht.

KAPITEL 11

JOHN

Trotz meiner beinahe schlaflosen Nacht ist heute ein guter Tag. Nach dem Frühstücksausflug mit Jules kehren wir in meine Wohnung zurück und machen gute Fortschritte mit ihrer mir endlos erscheinenden Liste möglicher Fragen, die mir auf der Pressetour gestellt werden könnten. Dabei fällt es mir immer leichter, über die Dinge zu reden, die ich normalerweise meide.

Ich versuche, mich damit abzufinden und der Navy das zu geben, was sie haben will, damit ich schneller das bekomme, was *ich* will: eine Pensionierung bei vollen Bezügen. Ich habe keine Ahnung, was ich danach tun werde, aber das muss ich heute auch nicht entscheiden.

Am späten Nachmittag holt mich die schlaflose Nacht langsam ein. Und ich bin mir sicher, dass Jules zu ihrer Schwester zurückwill.

»Wie wäre es, wenn wir morgen nach der Arbeit eine der Craft-Beer-Brauereien besuchen?«, schlage ich vor.

»Gerne. Das macht bestimmt Spaß.«

Ich will nicht, dass sie geht, doch ich möchte auch nicht egoistisch sein und sie von ihrer Schwester fernhalten. Außerdem erinnere ich mich an das, was Muncie darüber gesagt hat, dass ich das mit Jules angesichts dessen, wer ihre Schwägerin ist, auf einer professionellen Ebene belassen sollte. Während ich das denke, merke ich, dass ich seit Stunden nicht an Ava gedacht habe – das muss ein neuer Rekord sein.

Und all das habe ich Jules zu verdanken, die ein wahrer Sonnenstrahl ist in der trostlosen Landschaft, zu der mein Leben geworden ist. Jules ist immer so gut gelaunt und optimistisch – zwei Eigenschaften, die ich ebenfalls besaß, bevor mir das Leben in die Eier getreten hat.

Muncie ist vor einer Stunde gegangen, weil er ein Meeting auf dem Stützpunkt hat. Die Aussicht auf eine weitere Nacht allein macht mich angespannt, aber ich werde es überstehen. Ich habe ja auch keine andere Wahl. Von jetzt an werde ich viel Zeit allein verbringen, also sollte ich mich besser daran gewöhnen.

»Ich habe gestern Abend die Nachrichten auf Ihrem Handy abgehört.« Jules reicht mir einen Zettel, den sie aus ihrem stets präsenten Notizbuch herausgerissen hat. »Unmengen von Leuten wollen mit Ihnen über Schirmherrschaften, Buch- und Werbeverträge und Vorträge reden. Was auch immer Sie sich vorstellen können – man will Sie dafür haben.«

»Gott sei Dank kümmern Sie sich jetzt darum. Was antworten Sie ihnen?«

»Dass Captain West nach Abschluss der anstehenden Pressetour über zukünftige Engagements nachdenken wird und ich mich dann bei ihnen melden werde. Ist das in Ordnung?«

»Ja, schätze schon. Aber machen Sie ihnen nicht allzu viel Hoffnung. Ich bin mir nicht sicher, was ich tun werde, wenn die Navy mit mir fertig ist.« Mich in unmittelbarer Zukunft in New York und Los Angeles aufzuhalten kann ich mir vorstellen. Danach sehe ich allerdings nur ein großes weißes Blatt mit einem riesigen Fragezeichen darauf. Werde ich in San Diego bleiben oder mich in eine einsame Ecke von Idaho oder sonst wohin zurückziehen, wo niemand mich kennt? Gibt es überhaupt irgendeinen Ort, an dem mich niemand kennt? Ich habe keine Ahnung.

Vor meiner Entsendung hat es eine Zeit gegeben, in der nicht zu wissen, was als Nächstes kommt, aufregend war. Doch diese Tage sind vorbei. Ich dachte, ich hätte einen Plan für mein Leben nach der Navy, aber dieser Plan ist an dem Tag in tausend Fetzen gerissen worden, an dem Ava mir erzählt hat, dass sie einen anderen heiraten würde.

Jules' Bruder.

Das darf ich nicht vergessen. Ava ist mit Jules' Bruder verheiratet, und als ich Jules beobachte, wie sie ihre Sachen einsammelt und in ihrer riesigen Tasche verstaut, sage ich mir, dass ich Jules niemals, niemals, *niemals* als etwas anderes denn als Kollegin oder Freundin betrachten darf.

Sie kann nicht mein Sonnenstrahl sein. Vielleicht wird es jemand anderes irgendwann werden, aber nicht sie. Egal, wie hübsch ich sie finde, egal, wie beruhigend sie auf mich wirkt, egal, wie sehr ich ihre Gesellschaft genieße.

Das darf einfach nicht passieren.

Das scheint in letzter Zeit die Geschichte meines Lebens zu sein. Es ist, als dürfte ich nicht mehr wollen, als einen weiteren Tag zu überleben.

Als sie zum Gehen bereit ist, schaut sie mich noch einmal an. »Was steht bei Ihnen heute sonst auf dem Programm?«

»Äh, nicht viel. Ein kleiner Ausflug ins Fitnessstudio und vielleicht ein Nickerchen.«

»Wollen Sie später mit mir und Amy zusammen zu Abend essen?«

Ja, bei Gott, das will ich. Wenn Amy auch mitkommt, ist daran doch nichts falsch, oder? Es ist ja nicht so, als hätte ich ein Date mit Jules oder so. Es ist so lange her, dass ich mit jemandem ausgegangen bin, dass ich schon gar nicht mehr weiß, was genau zu einem Date gehört. »Hm, klar. Das wäre nett.«

»Wir rufen uns ein Uber und kommen gegen halb sieben vorbei, wäre das in Ordnung?«

Damit bleiben mir drei Stunden dafür, zu trainieren, ein Nickerchen einzulegen und mich frisch zu machen. »Klingt gut. Wir treffen uns unten.«

Ihr strahlendes Lächeln könnte direkt aus einer Zahnpasta-Reklame stammen. »Dann bis später.«

Sie geht und nimmt alle Energie aus dem Raum mit. Ich hasse es, mit meinen Gedanken allein zu sein. Das ist das Schlimmste. Durch meinen Kopf wirbeln all die schlimmen Dinge, der verstörende Angriff auf die *Star of the High Seas*, die Jahre der Suche nach Al Khad, der Verlust meiner beiden besten Freunde, die Verletzung, die mir mein Bein genommen hat, die endlosen Wochen im Krankenhaus und das Wiedersehen mit Ava, das mich am Boden zerstört zurückgelassen hat. Ich erlebe das alles wieder und wieder, wie einen Horrorfilm, der niemals endet.

In meinem Medizinschränkchen befinden sich ausreichend Schmerzmittel, um ein Pferd zu töten. Es wäre nicht viel nötig, um einen verletzten Mann von neunzig Kilo umzubringen, der vor gar nicht allzu langer Zeit noch hundertfünf Kilo gewogen hat. Doch dann denke ich an Ava und die Jahre, in denen sie auf meine Rückkehr gewartet hat, und an das Glück, das sie gefunden hat, auch wenn es nicht das Happy End ist, das ich mir immer für sie vorgestellt habe – und für mich. Das kann ich ihr nicht kaputtmachen, denn es würde sie zerstören, wenn ich mir das Leben nähme.

Ich werde es nicht tun, aber ich mag die Vorstellung ein wenig zu sehr. Ich denke an die Erlösung von den Qualen der letzten Monate, die mir der Tod schenken würde, ganz zu schweigen von all den Monaten, die noch vor mir liegen und in denen ich lernen muss, ohne die eine Frau zu leben, die ich je geliebt habe. Ich kann mir nicht vorstellen, eine andere jemals so zu lieben wie Ava.

Ich habe nicht einmal ein Foto von ihr. Alles, was ich nach meiner Entsendung zurückgelassen habe, ist eingelagert. Ich habe nur meine Erinnerungen an sie und uns – an die glücklichste Zeit in meinem Leben. *Glücklich* ist ein Wort, das auf mein Leben bloß selten zugetroffen hat, doch die Jahre mit ihr waren reine Glückseligkeit. Besser kann ich es nicht beschreiben.

Ich muss nur die Augen schließen und bin sofort wieder in diesem Leben: Ich eile nach der Arbeit nach Hause, um ja keine Sekunde mit ihr zu verpassen. Wir haben alles zusammen gemacht – einkaufen, kochen, putzen, Wäsche waschen, wandern, Fahrrad fahren. Wir haben ganze Wochenenden im Bett verbracht und uns vom Lieferservice bedienen lassen, während wir nicht genug voneinander bekommen konnten. Gott, wie sehr ich das vermisse. Ich vermisse es, mit ihr alles und nichts zu tun.

Ohne sie weiß ich nicht, was ich mit mir anstellen soll. Vor allem in dieser Stadt, in der wir gemeinsam gelebt haben. Das hier war unser Ort, unsere Heimat. Jetzt weiß ich nicht mehr, wo mein Zuhause ist oder wie ich mich jemals wieder mit jemandem so fühlen soll, wie ich es mit ihr getan habe. Bis ich sie kennengelernt habe, hatte ich nie ein echtes Zuhause.

Nicht nur mein Herz schmerzt, sondern auch mein amputiertes Bein tut höllisch weh, vermutlich aufgrund des Spaziergangs mit Jules. Ich verwerfe die Idee, aufs Laufband zu gehen, und rapple mich aus dem Sessel auf. Selbst das ist eine Qual. Im Badezimmer finde ich die Schmerztabletten, die zumindest kurzfristig helfen. Noch im Krankenhaus hatte ich aufgehört, sie zu nehmen, weil ich nicht abhängig werden wollte. Auf die Krücken gestützt nehme ich zwei davon.

Ich hasse es, Tabletten zu schlucken. Aber heute sind die Schmerzen zu schlimm. Wie, frage ich mich, kann ein Bein, das nicht mehr da ist, so wehtun? Man nennt das Phantomschmerz, mein Gehirn hat noch nicht verstanden, dass da nichts mehr ist. Ich humple ins Schlafzimmer und lasse mich aufs Bett sinken. Ich bin total erschöpft. Hoffentlich setzt die Wirkung der Tabletten bald ein, sodass ich eine kleine Atempause erhalte und ein wenig schlafen kann.

Ich bin kein gläubiger Mensch, doch wenn es einen Gott gibt, hoffe ich, dass er in seinem Herzen ein klein wenig Erbarmen für mich findet.

Ich habe genug gelitten. Mehr ertrage ich nicht.

———

JULIANNE

Das Abendessen mit John ist ein Riesenfehler, vor allem, weil Amy mich die ganze Zeit beobachtet – genau wie ihn. Er hat einen großen Umschlag mit Briefen der Hinterbliebenen der *Star of the High Seas* mitgebracht.

»Ich glaube, allein schaffe ich das nicht, also hatte ich gehofft, dass Sie beide mir dabei helfen.«

»Natürlich.« Angesichts der anderen Gefühle, die ich in seiner Gegenwart empfinde, bin ich mir zwar nicht sicher, ob ich wirklich in der Lage bin, durch dieses zusätzliche Minenfeld zu navigieren, aber ich tue es für ihn.

Wir sind in einem Steakhaus, an das er sich noch von seiner Zeit vorher erinnert, und nachdem wir bestellt haben, nehmen wir uns die Briefe vor.

Der erste zerreißt mich förmlich.

Lieber Captain West,

bitte nehmen Sie diesen Brief als Zeichen unserer aufrichtigen Wertschätzung für die Rolle an, die Sie bei der Ergreifung des Mannes gespielt haben, der unsere Tochter, unseren Schwiegersohn und unsere drei wundervollen Enkelkinder getötet hat.

Wie kann man über so etwas jemals hinwegkommen? Vermutlich gar nicht, aber irgendwie werden sie einen Weg finden müssen, mit ihrer fürchterlichen Trauer zu leben.

Der nächste Brief ist nicht viel besser ...

Lieber Captain West,

die Nachricht, dass Sie und die anderen mit Ihrer Mission erfolgreich waren, das Monster Al Khad aufzuspüren und festzunehmen, war das Beste, was seit jenem schrecklichen Tag passiert ist, an dem meine Eltern an Bord der Star of the High Seas *gestorben sind.*

Amy keucht auf. »Der hier ist von Miles!«

John schaut von dem Brief auf, den er liest. »Wer ist Miles?«

»Avas Boss in New York. Er hat seine Verlobte und deren Eltern auf dem Schiff verloren und ist seitdem sehr aktiv in der Hinterbliebenengruppe. Er hätte mit auf die Reise gehen sollen, doch dann hat sein Vater Herzprobleme bekommen. Miles hat die anderen gedrängt, ohne ihn zu fahren.«

»Mein Gott.« John trinkt einen großen Schluck Wasser, weil er, wie er gesagt hat, vorhin Schmerztabletten genommen hat und deshalb auf Alkohol verzichten möchte. Ich will wissen, ob er immer noch Schmerzen hat, traue mich aber nicht, zu fragen. »So viele Geschich-

ten, von denen ich die meisten heute zum ersten Mal höre. Ich habe
mir nie irgendwelche der Berichte angesehen.«

»Die wurden monatelang gesendet«, meint Amy. »Vierundzwanzig
Stunden am Tag.«

»Das werde ich nie vergessen«, füge ich hinzu. »Noch Monate
danach liefen alle, die ich kenne, mit diesem geschockten Ausdruck im
Gesicht herum, als allen bewusst wurde, dass niemand von uns sicher
ist. Zuerst 9/11, dann das. Es war beinahe zu viel.«

Amy nickt. »Ja, genau so ist es gewesen. Die Leute haben über
nichts anderes gesprochen – auf der Arbeit, im Freundeskreis. Wieder
und wieder habe ich das Gleiche gehört: ›Ich hoffe nur, dass sie den
Mistkerl schnappen, der das getan hat.‹ Da Sie das alles verpasst haben,
können Sie sich vermutlich gar nicht vorstellen, wie viel es den Leuten
bedeutet, dass Sie ihn gefasst haben.«

»Das ist die Perspektive, die ich brauche. Natürlich wusste ich, dass die
Menschen zu Hause hinter uns gestanden und uns die Daumen gedrückt
haben, dass wir ihn fassen. Doch diese Geschichten der Familien zu hören
ist eine gute Erinnerung daran, was an dem Tag verloren gegangen ist.« Er
trinkt noch einen Schluck. »Darf ich den Brief von Avas Boss mal sehen?«

Amy reicht ihm das Schreiben.

Ich sitze neben ihm und lehne mich ein wenig vor, um mitzulesen.

Lieber Captain West,

*ich schreibe Ihnen an dem Tag, nachdem das Video von der Stürmung des
Al-Khad-Lagers veröffentlicht wurde und die Welt Ihren Namen erfahren hat.
Meine wunderschöne, kluge, talentierte, humorvolle Verlobte Emerson Phillips
und ihre Eltern Gary und Margaret Phillips sind bei dem Angriff auf die* Star
of the High Seas *ums Leben gekommen. Ich hätte eigentlich bei ihnen sein
sollen, aber einige Tage vor unserer geplanten Abreise, auf die wir uns monatelang gefreut hatten, hat mein Vater einen vermeintlichen Herzinfarkt erlitten.
Sofort habe ich meine Pläne geändert, um nach Minnesota zu fahren und bei
meiner Familie zu sein. Ich habe Emmie zum Abschied geküsst, ihr eine
wundervolle Zeit mit ihrer Familie gewünscht und sie nie wiedergesehen.*

*Es gibt einfach keine Worte, um das entsetzliche Gefühl zu beschreiben,
wenn man seinen Seelengefährten verliert.*

Sichtlich berührt von Miles' Worten reibt John sich über die Stoppeln an seinem Kinn. Ich frage mich, ob er an seine Seelengefährtin denkt, die er dank Al Khad verloren hat.

Seit diesem schrecklichen Tag kämpfe ich, wie so viele andere Familienangehörige und Freunde derer, die bei diesem grauenhaften, sinnlosen, feigen Angriff ums Leben gekommen sind, damit, ohne die geliebten Menschen, die wir verloren haben, weiterzumachen. Die ersten Jahre waren ein Nebel aus Trauer und Fassungslosigkeit, dass so etwas überhaupt hatte passieren können. Danach kam die Wut, zusammen mit dem brennenden Verlangen nach Vergeltung, in welcher Form auch immer. Sie und die anderen, die so viele Opfer gebracht haben, um diesen Terroristen seiner gerechten Strafe zuzuführen, haben uns die schließlich gegeben, und dafür werden wir Ihnen für immer dankbar sein.

Ich kann nur hoffen, dass Sie in den nächsten Tagen und Wochen Trost in dem Wissen finden, dass Sie Tausenden von Menschen, die es dringend gebraucht haben, einen Abschluss geschenkt haben.

Mit aufrichtigem Dank

Miles Ferguson

New York City

Mit einer Serviette tupfe ich mir die Augen ab. Ich kenne Miles, ich habe seine Geschichte schon oft gehört, doch sie in seinen eigenen Worten zu lesen ist zutiefst ergreifend.

John reibt sich weiter das Kinn. In seiner Wange zuckt ein Muskel.

Ich wünschte, ich dürfte die Hand ausstrecken und ihn berühren, sie ihm auf die Schulter legen, um ihm ein wenig Trost zu spenden. Wenn Amy nicht hier wäre, würde ich es tun, ob ich das Recht dazu habe oder nicht. Aber so kann ich es nicht. Nicht, wo sie meine komplizierten Gefühle für diesen Mann, die mit jeder Minute in seiner Gegenwart noch komplizierter werden, so klar erkennt. »Ich hoffe, es hilft Ihnen, zu wissen, wie viel das, was Sie getan haben, den Menschen bedeutet«, sage ich leise.

»Ja, das tut es.« Seine Stimme ist rau vor Emotionen, die er im Griff zu behalten versucht. »Das bringt mir zwar weder meine Freunde noch mein Bein zurück, aber es hilft, zu wissen, dass es nicht umsonst war.«

Der Kellner kommt mit den Salaten, und die Unterbrechung reißt uns aus diesem intensiven Moment und bringt uns zurück in die Realität.

Ich werfe Amy über den Tisch einen Blick zu und bemerke, dass sie mich mit Augen beobachtet, die viel zu viel sehen. Auch wenn ich weiß, dass es falsch ist, mich emotional auf diesen Mann einzulassen, kann ich nicht anders. Zu meiner Verteidigung muss ich sagen, dass ich herzlos sein müsste, um nicht mit ihm zu fühlen, und ich bin alles andere als das. Ich bin nahezu das Gegenteil von herzlos, weshalb meine Geschwister mir ständig damit in den Ohren liegen, dass ich zu Leuten, die ich kaum oder gar nicht kenne, zu nett bin. Sie fürchten um meine körperliche Unversehrtheit, aber im Moment mache ich mir mehr Sorgen um meine emotionale Verfassung. Nachdem ich diese Briefe gelesen und Johns Reaktion darauf gesehen habe, fühlt sich mein Herz an, als hätte es jemand durch den Fleischwolf gedreht.

Ich zwinge mich, den Caesar Salad zu essen, das kleine Filet mignon und die Bratkartoffeln, doch ich könnte genauso gut Asche zu mir nehmen, so wenig schmecke ich über das Hämmern meines Herzens hinweg, das Rauschen des Bluts in meinen Adern und das überwältigende Verlangen nach mehr von ihm, das ich nicht länger leugnen kann.

Ich will ihn auf eine Weise, wie ich nie zuvor jemanden gewollt habe, und natürlich ist er der letzte Mann auf Erden, den ich wollen sollte.

KAPITEL 12

ERIC

Es dauert ein paar Tage, einen Termin mit Jessica zu vereinbaren, zu dem sie per Skype mit uns reden kann. Als es schließlich so weit ist, ist es in Spanien mitten in der Nacht. Uns stört das nicht weiter, da keiner von uns viel Schlaf gefunden hat, seit Ava mir ihre Qualen gestanden hat. Ich habe ihr angeboten, sie allein zu lassen, aber sie hat mich gebeten, dabei zu sein. Sie hält meine Hand ganz fest, als sie Jessica begrüßt.

Jessicas Miene ist voller Mitgefühl. »Du siehst mitgenommen aus, meine Liebe.«

Ava blinzelt die Tränen fort. »Es waren ein paar harte Tage.«

Das ist noch milde ausgedrückt. Was die glücklichste Zeit unseres Lebens hätte sein sollen, war die bisher schlimmste Phase unserer Beziehung. Wir sind auf Zehenspitzen um die Bombe herumgetänzelt, die droht, alles zwischen uns in Fetzen zu reißen.

Ich schätze, es war dumm von mir, zu glauben, dass sich alle Probleme, die es von Anfang an zwischen uns gegeben hat, auflösen würden, sobald wir »Ja, ich will« sagten. Ich hatte geglaubt, danach könnten wir, frei von der Vergangenheit, glücklich bis ans Ende unserer Tage leben. Ja, klar. Das wird nicht passieren, sosehr wir beide es auch gehofft haben.

Ava hat aus ihrer Beziehung mit John tiefe Narben mit in unsere Ehe gebracht, und genau wie schon vor der Hochzeit sitzt er mitten in unserer Beziehung.

»Erzähl mir, was los ist. In deiner Nachricht hast du Träume erwähnt.«

Ava nickt gequält. »Sie sind so lebhaft und real«, erklärt sie leise. »Und ich erinnere mich danach an jede Einzelheit, was für mich ungewöhnlich ist. Ich erinnere mich sonst kaum an meine Träume.«

»Ach je. Das erklärt, warum du so abgespannt aussiehst, obwohl du doch Spaß haben und das Leben feiern solltest.«

»In den letzten paar Tagen gab es nicht viel zu feiern.«

Damit hat sie recht. Wir haben einander seit ihrem Geständnis kaum berührt. Sie bringt es nur selten über sich, mich anzusehen, und ich stehe kurz davor, auszuflippen, selbst wenn ich mich bemühe, um ihretwillen ruhig zu bleiben. Ich sage mir immer wieder, dass sie mich geheiratet hat, aber ich kann nicht vergessen, dass er noch irgendwo da draußen ist – verwundet und weiter sehr verliebt in meine Frau. Es hilft auch nicht, dass ich im Internet ständig auf sein Gesicht und seine Geschichte stoße.

Er ist ein Held. Ich frage mich wieder einmal, wie um alles in der Welt ich damit konkurrieren soll.

»Erzähl mir von den Träumen«, bittet Jessica.

»Äh ...« Sichtlich aufgewühlt wirft Ava mir einen Blick zu.

»Nur zu«, sage ich. »Sie kann uns nicht helfen, wenn sie nicht weiß, was los ist.«

Es zerreißt Ava förmlich, vor mir darüber zu reden. Ich muss daran denken, dass sie genauso aussieht wie an jenem grauenhaften Tag in San Diego, als sie John erzählen musste, dass sie sich in mich verliebt hatte und wir verlobt waren. Ich hatte gehofft, sie nie wieder so gehetzt und am Boden zerstört zu sehen, doch nun sitzt sie vor mir.

Ich kann nicht still bleiben, sosehr ich auch für sie da sein möchte. Ich lasse ihre Hand los und stehe auf. Ich muss mich bewegen oder irgendetwas mit der Energie tun, die in mir pulsiert. Gott verhüte, dass ich den Schreibtischstuhl durch die Terrassentür schleudere, wie ich es am liebsten tun würde. Vielleicht würde ich mich besser fühlen, wenn ich etwas kaputt mache, aber ihr würde das nicht im Mindesten helfen.

Mein plötzlicher Rückzug verstört Ava, doch ich bringe es nicht über mich, mich wieder neben sie zu setzen. Ich kann sie jetzt nicht trösten, das geht einfach nicht.

»Ich, äh ... ich träume, dass wir wieder in unserer Wohnung in San Diego sind und zusammenleben.« Jedes Wort kostet sie etwas, während es mir Pfeile ins Herz schießt. »Einige von den Sachen sind wirklich passiert, aber anderes ist neu.«

»Dann lass uns über das Neue reden.«

O Gott, müssen wir das wirklich? Ich bin mir nicht sicher, ob ich das mit anhören kann.

»Ich, äh ...« Ava wirft mir einen Blick zu, bevor sie wieder Jessica auf dem Bildschirm meines Laptops anschaut.

Jetzt wünschte ich, ich hätte den verdammten Computer nicht mitgenommen, doch da zu Hause ein großer Deal kurz vor dem Abschluss steht, muss ich mich alle paar Tage melden.

»Sollen wir Eric bitten, zu gehen, während wir darüber reden?«, fragt Jess.

»Nein«, antwortet Ava in diesem panischen Tonfall, der mir in den letzten Tagen so vertraut geworden ist. »Ich will ihn bei mir haben. Ich will, dass er weiß ...« Ihre Stimme bricht.

Es ist kaum auszuhalten.

»Was soll er wissen, Ava?«, fragt Jess sanft.

»Wie sehr ich ihn liebe.« Ava vergräbt das Gesicht in den Händen. »Ich liebe ihn so sehr. Ich will von niemand anderem träumen als von ihm.«

»Erinnerst du dich noch, dass wir über das Konzept der unerledigten Themen in Bezug auf John und seine Rolle in deinem Leben gesprochen haben?«

Ava nickt und wischt sich die Tränen ab.

»Wir haben es nur angerissen, aber wir haben darüber geredet, dass das mit John sich vielleicht aufgrund der Art und Weise, wie es zwischen euch geendet hat, nicht abgeschlossen anfühlt. Ihr habt euch nicht getrennt, weil euch nichts mehr aneinander lag, sondern aufgrund von Umständen, über die ihr keine Kontrolle hattet.«

»Wird das Ganze angesichts dessen, wie es passiert ist, nicht immer unvollendet bleiben?« Ich kann nicht stumm danebenstehen, wenn ich das Gefühl habe, um mein Leben kämpfen zu müssen in einer Schlacht, die ich längst gewonnen geglaubt hatte.

»Das kann sein«, gibt Jess zu.

Na super.

»Ich ... ich will ihn hinter mir lassen«, gesteht Ava. »Ich dachte, das hätte ich, doch dann haben diese Träume angefangen. Sie sind so lebhaft und real. Es ist, als wäre er mit im Raum.«

»Hast du in diesen Träumen Sex mit ihm?«

Mein Mund wird ganz trocken und meine Handflächen feucht. Das ist beinahe so unerträglich wie an dem Tag, an dem ich nach ihrem Besuch bei ihm auf sie warten musste. Nein, es ist schlimmer. Sehr viel schlimmer, weil ich gehofft hatte, das läge ein für alle Mal hinter uns. Ich hätte es besser wissen müssen.

»Ja«, antwortet Ava und bricht damit mein Herz und auch ihres.

Ich höre, wie ihre Seele unter diesem einen Wort zersplittert. Ich glaube ihr, wenn sie sagt, dass sie das nicht will. Wer würde das schon, nach allem, was sie seinetwegen bereits durchgemacht hat?

»Warum passiert das, Jess?«, fragt Ava zwischen zwei Schluchzern. »Ich dachte, damit sei ich fertig. Ich verstehe es nicht.«

»Das Gehirn ist ein kompliziertes und seltsames Ding«, erwidert Jess seufzend. »Es ist schwer, zu sagen, warum etwas passiert, aber ich schätze, er ist noch in deinen Gedanken, und die Träume sind eine Manifestation deines Unterbewusstseins.«

»Er ist *nicht* in meinen Gedanken!«

»Wirklich? Du fragst dich nicht, wie es ihm geht, seitdem du ihm das Herz hast brechen müssen? Oder wie er sich von seinen Verletzungen erholt, wie er sein Leben nach dem Verlust seines Beins meistert? Du bist nicht neugierig, wie er mit dem großen Medieninteresse an seiner Geschichte umgeht? An all diese Dinge denkst du nicht? Denn ich stelle mir diese Fragen, und ich war nie in ihn verliebt.«

Ava wischt sich die Tränen ab, die ihr über die Wangen strömen.

»Natürlich frage ich mich manchmal, wie es ihm geht, allerdings nur nebenbei. Ich denke nicht intensiv darüber nach.«

»Versteh mich nicht falsch, Ava. Ich sage das nicht, um es noch schlimmer zu machen, doch wie ist es möglich, dass du nicht intensiv über das letzte Treffen mit ihm nachdenkst?«

»Ich weiß es nicht! Ich tue es einfach nicht. Vielleicht bin ich ein schlechter Mensch, aber ich kann nicht darüber nachdenken, sonst ...«

»Sonst was?«, fragt Jess in diesem sanften Ton, der so effektiv ist.

Ava schüttelt den Kopf. »Nichts.«

»Ava, du musst es aussprechen, sonst wirst du das niemals überwinden.«

»Ich kann nicht.« Sie weint leise, als hätte sie Angst, mich das Ausmaß ihrer Qualen sehen zu lassen.

Ich würde am liebsten laut aufschreien, als ich erkenne, wie hart sie daran gearbeitet hat, das vor mir und allen anderen zu verbergen. Wenn sie mich nicht getroffen hätte, wäre sie jetzt mit ihm zusammen und nicht mit mir in Spanien. Vielleicht habe ich mich in meinem eigenen Zustand der Leugnung befunden, aber es ist das erste Mal, dass mir das so klar wird. Wenn es keinen Eric gäbe, wären sie und John wieder zusammen.

Ich muss mich aufs Sofa setzen, weil ich fürchte, dass meine Beine gleich unter mir nachgeben.

»Sag mir, warum du nicht über John nachdenken kannst, Ava.«

»Weil es nicht richtig wäre! Ich habe Eric geheiratet. Ich liebe ihn, und ich will mir ein Leben mit ihm aufbauen. Ich will nicht mehr in der Vergangenheit leben.«

»Wenn du sagst, es wäre nicht richtig, über John nachzudenken, was meinst du damit?«

Ava streicht sich mit zittrigen Händen durch ihre langen, dunklen Haare. »Es wäre, wie Eric zu betrügen.«

»Du weißt, dass das nicht stimmt, oder? Es ist kein Betrug, wenn du dir erlaubst, dich zu fragen, wie es John geht.«

»Es ist einfach besser, wenn ich gar nicht an ihn denke.«

»Hattet ihr nicht vereinbart, in Kontakt zu bleiben?«

»Ja, allerdings nicht regelmäßig, sondern nur ab und zu.«

»Hm ...«

»Was?«, fragt Ava.

»Ich glaube einfach, dass das unrealistisch von dir ist. Und hör mich bitte bis zum Ende an, bevor du mir widersprichst. Du hast diesen Mann acht Jahre lang geliebt. Sechs davon hast du nicht gewusst, wo er war oder ob er überhaupt noch lebt. Aber du bist deinen Gefühlen für ihn treu geblieben, richtig?«

»Bis ich Eric getroffen und mich in ihn verliebt habe.«

»Dann hast du also, nachdem du dich in Eric verliebt hast, keine Gefühle mehr für John gehabt?«

»So würde ich das nicht ausdrücken, doch meine Gefühle für John haben sich verändert, nachdem ich Eric kennengelernt hatte.«

»Trotzdem sind sie nie ganz verschwunden, oder?«

»Nein, aber ... das bedeutet nicht ...« Sie schaut mich über ihre Schulter hinweg an, als versuche sie, den Schaden abzuschätzen, den ihre Worte anrichten.

Ich behalte eine vollkommen neutrale Miene bei, aber innerlich ... innerlich blute ich.

»Es ist in Ordnung, weiter Gefühle für John zu haben, Ava. Du machst nichts falsch, wenn du sie hast oder eingestehst. Doch indem du sie leugnest, gibst du ihnen die Erlaubnis, in deinem Unterbewusstsein aufzublühen, wo du keine Kontrolle über sie hast.«

»Wenn diese Gefühle in Avas Unterbewusstsein aufblühen, bedeutet das, dass sie eigentlich ihn will?«, frage ich.

Ava wirbelt auf ihrem Stuhl herum. Der Schock steht ihr offen ins Gesicht geschrieben.

»Nein«, antwortet Jess. »Das bedeutet es nicht. Ava ist wach und bewusst und ganz im Augenblick, wenn sie dir sagt, dass sie dich liebt. Dass sie sich für dich entschieden und dich geheiratet hat, weil sie dich will. Du solltest ihr glauben, wenn sie das sagt.«

Ich schaue zu Boden. »Es ist nur, ich kann nicht anders, als mich zu fragen ...«

»Was?« Ava klingt verzweifelt und aufgelöst. »Was fragst du dich?«

»Ob du die Hochzeit durchgezogen hast, weil du es wolltest oder weil du geglaubt hast, es tun zu müssen.«

Sie keucht auf und starrt mich entsetzt an. »Eric ...«

»Leute, hört mal.« Jess muss sich in diesem Moment wie die unfreiwillige Zeugin einer herannahenden Katastrophe fühlen. »Wenn ihr zurück seid, müssen wir uns zusammensetzen und das alles durcharbeiten. Die Situation, in der ihr euch befindet, ist nahezu einzigartig – zumindest, was meine berufliche Erfahrung betrifft. Es gibt keinen vorgezeichneten Weg, der euch hübsch ordentlich vorgibt, wie ihr von hier aus weitermachen sollt. Ihr müsst diesen Weg selbst finden. Das können wir gemeinsam tun, aber es wird ein hartes Stück Arbeit.«

»O-okay«, erwidert Ava. »I-ich melde mich bei dir, wenn wir wieder in New York sind.«

»Bitte tu das. Und ruft mich an, wenn ihr mich vorher noch mal braucht.«

»In Ordnung.«

»Haltet durch. Und passt auf, dass ihr nichts sagt, was nicht wieder zurückgenommen werden kann. Das hier ist nur ein Stolperstein auf eurem Weg. Alles wird gut. Es braucht bloß etwas Zeit und Durchhaltevermögen und harte Arbeit. Niemand verrät uns vorher, wie viel Mühe eine Ehe macht.«

Jessica hofft vermutlich, dass wir nicht durchdrehen, bevor wir wieder nach Hause fahren, und ich weiß ihre Bemühungen zu schätzen. Doch die Sache mit Ava und mir ist, dass es zwischen uns bisher immer so leicht war. Wenn man die externen Faktoren wegnimmt, mit denen wir es zu tun haben, bleibt reine Perfektion übrig. Zumindest habe ich das immer geglaubt.

Aber wer kann das jetzt schon noch mit Sicherheit sagen?

Ava beendet den Anruf, und wir sitzen einige schmerzhafte Minuten lang schweigend da.

Ich räuspere mich und richte mich ein wenig auf. »Ich denke, wir sollten nach Hause fliegen.«

»Jetzt?«

Ich nicke.

»Wir haben doch noch zwei Wochen ... Es ist unsere Hochzeitsreise.«

»Ich schätze, die Flitterwochen sind vorbei, oder was meinst du?«

»Nein! Das sind sie nicht. Außer du willst es so.«

»Ich will auch nicht, dass sie vorbei sind, aber das hier ... Das ist einfach zu viel, Ava, und hier in Spanien zu sein macht es nur noch schwerer. Es ist, als würde die schöne Umgebung uns verspotten, weil alles andere so ein Durcheinander ist.«

»Ich hätte dir nicht von den Träumen erzählen sollen.«

Ich sehe sie fassungslos an. »Natürlich, das musstest du.«

»Nein.« Sie schüttelt den Kopf, die Lippen fest zusammengepresst. »Hätte ich nicht. Es ging uns besser, als du noch nichts davon gewusst hast.«

»Ich wusste schon seit Tagen, dass mit dir irgendetwas nicht stimmt. Vergiss nicht, dass ich dich besser kenne als jeder andere, und wenn du glaubst, ich würde es nicht bemerken, wenn du dich quälst, dann kennst du *mich* nicht sonderlich gut.«

»Es tut mir leid«, sagt sie leise, und ihre Augen füllen sich erneut mit Tränen. »Das alles tut mir so, so leid.«

»Das muss es nicht. Wir finden schon einen Weg. Doch das geht nicht hier. Das kann ich einfach nicht. Ich will nach Hause.«

»Okay.« Sie klingt so niedergeschlagen, wie sie aussieht, und ich fühle mich deshalb schrecklich. »Lass uns nach Hause fliegen.«

KAPITEL 13

JULIANNE

Nach ein paar weiteren Tagen mit intensiven Fragen und Antworten habe ich das Gefühl, dass John langsam gut vorbereitet ist. Morgen früh machen wir uns mit einem Charterflug vom Militär, den Muncie für uns arrangiert hat, auf den Weg nach New York, damit John nicht mit einer normalen Fluglinie fliegen muss. Muncie hat die Erlaubnis dafür beantragt, dass Amy und ich sie begleiten, und schien überrascht, als er mir telefonisch mitteilte, dass er sie erhalten habe.

»Das zeigt, dass die Navy Captain West im Moment alles gibt, was er will«, meint er.

»Solange er bei ihrem Zirkus mitspielt.«

»Stimmt.«

»Wie geht es ihm?«

Muncie hat mich früh am Morgen angerufen, um mir zu sagen, dass John sich nicht gut fühle und sich den Tag gerne freinehmen wolle. Amy und ich haben daraufhin beschlossen, zum Coronado zu fahren, wo wir das berühmte Hotel besichtigt und ein paar Stunden am Strand gesessen haben, um die vom nahe gelegenen Stützpunkt startenden und landenden Militärmaschinen zu beobachten. Den ganzen Tag über habe ich mir Sorgen gemacht, ob John wirklich krank ist, mich einfach leid ist oder es ihm nach dem Lesen der emotional aufgeladenen Briefe nicht gut geht. Und wenn er wirklich krank ist, welche Auswirkungen wird das dann auf unsere Reise sowie die Interviews haben, die übermorgen beginnen?

»Es scheint ihm besser zu gehen. Er hat vor, mit dir und Amy einen Ausflug zu einer der Craft-Beer-Brauereien zu machen, bevor wir fliegen. Also, falls ihr immer noch Lust darauf habt.«

»Klar, klingt super.«

»Gut. Dann holen wir euch in einer Stunde ab.«

»Wir werden auf euch warten.«

Ich lege auf und werfe Amy einen Blick zu, die gerade dabei ist, sich nach dem Föhnen die Haare zu bürsten.

»Es geht ihm also besser?«, fragt sie.

»Laut Muncie ja. In einer Stunde kommen sie her, um mit uns eine Craft-Beer-Brauerei zu besuchen.«

»Ich hoffe, da gibt es was zu essen. Ich bin kurz vorm Verhungern.«

»Ich auch.«

Wir machen uns fertig und warten schon vor dem Hotel, als Muncie auf die Minute genau vor dem Eingang vorfährt. Das ist einer der Vorteile, wenn man mit Militärangehörigen zusammenarbeitet: Sie sind extrem pünktlich.

Ich sitze hinter John und kann somit nicht erkennen, wie er aussieht. Ich würde Amy ja gerne per Textnachricht um einen kurzen Bericht bitten, aber damit würde ich riskieren, dass sie mir wieder die vielen Gründe vorhält, warum es mir egal sein sollte. Also muss ich wohl warten, bis wir an unserem Ziel angekommen sind, um mich mit eigenen Augen davon zu überzeugen.

»Im Großraum San Diego gibt es um die siebzig Brauereien«, bricht John das Schweigen. »Die, zu der wir jetzt fahren, war früher meine Lieblingsbrauerei, doch wenn man hundert Leute fragt, bekommt man hundert verschiedene Lieblingsläden genannt. Ich schätze, euch beiden ist es mehr oder weniger egal, wie das Bier hergestellt wird, richtig?«

»Richtig«, bestätigt Amy. »Wir trinken es nur gerne.«

Beide Männer lachen.

»In dem Fall werden wir die Führung durch die Brauerei ausfallen lassen und uns direkt in den Verkostungsraum in Little Italy begeben. Da gibt es auch was zu essen. Dieser Teil der Brauerei ist erst dazugekommen, als ich schon weg war, also ist es auch mein erster Besuch dort.«

»Klingt perfekt«, sagt Amy. »Wir sind beide kurz vorm Verhungern.«

»Das Essen ist einfach, soll allerdings gut sein.«

»Wir brauchen nichts Ausgefallenes.« Amy wirft mir einen Blick zu, und ich spüre, dass sie sich fragt, warum ich so still bin.

Dabei bin ich nicht still. Ich bin panisch. In der Sekunde, in der ich ihn auf dem Beifahrersitz habe sitzen sehen, hat mein gesamter Körper angefangen zu summen. Ich wünschte, ich könnte das abstellen, aber ich habe keine Kontrolle darüber und kann es auch nicht ignorieren. Seit er zu sprechen begonnen hat, wurde das Summen immer intensiver, bis ich mich schließlich so fühle, als hätte man mich an einen Atomreaktor oder Ähnliches angeschlossen.

Amy hat recht. Ich sollte ihn als Klienten abgeben und mich von ihm fernhalten. Ich versuche, mir vorzustellen, was passiert, wenn ich das tue. Zuerst einmal würde ich meinen Job verlieren, und die meisten meiner neuen Pressekontakte würden mich zukünftig meiden, wenn ich mich aus der von mir organisierten Pressetour zurückziehe. Und zweitens fängt mein Herz an, fürchterlich zu schmerzen, wenn ich daran denke, John im Stich zu lassen, der mir vertraut und darauf baut, dass ich ihn durch die nächsten Wochen begleite.

Das kann ich nicht machen. Das geht einfach nicht.

Mein Handy vibriert mit einer Nachricht von Amy. *Was ist los? Du siehst aus, als würdest du gleich in Ohnmacht fallen.*

Alles ist los, und es gibt nichts, was ich dagegen tun kann.

Nichts, antworte ich.

Blödsinn.

Ich bedenke sie mit einem finsteren Blick.

Sie erwidert ihn genauso finster und schaut mich an, wie nur eine Schwester es kann. Normalerweise mag ich es, dass ich eine so enge Verbindung zu meinen Geschwistern habe. Aber diese Verbindung könnte in Gefahr sein, wenn ich zulasse, dass die aufkeimenden Gefühle für John stärker werden. Das muss aufhören, und zwar sofort.

Ich atme tief ein und halte die Luft für eine halbe Minute an, bevor ich sie ganz langsam und leise wieder ausstoße, damit Amy es nicht merkt.

Meine Familie bedeutet mir zu viel, als dass ich sie kränken würde. Ich höre Eric schon: *Von all den Männern auf der Erde musstest du dich ausgerechnet für ihn entscheiden?* Und damit hätte er natürlich absolut recht. Ganz zu schweigen von meiner Karriere, für die ich mir den Hintern aufgerissen habe. Marcie wäre entsetzt, wenn sie wüsste, dass der wichtigste Klient, den wir je an Land gezogen haben, meinen Körper vor Verlangen vibrieren lässt, selbst wenn er nicht in meiner Nähe ist. Ich muss nur an ihn denken, und mein gesamtes System läuft Amok.

Es reicht, Julianne. Hör sofort damit auf. Ich halte mir eine ernste Standpauke, die erst zu Ende ist, als wir an unserem Ziel ankommen. Da ich auf der gleichen Seite sitze wie John, halte ich ihm die Tür auf und reiche ihm die Krücken an, die Muncie aus dem Kofferraum geholt hat.

John steigt aus, richtet sich auf und sieht mich an. Unsere Blicke treffen sich, und ich spüre die Qualen, die er leidet, tief in meinem Inneren. Es ist wie ein Schlag in den Magen. »Geht es Ihnen gut?«

Er nickt kurz, aber es stimmt nicht, und ich möchte gerne wissen, warum. Was ist seit unserem letzten Treffen passiert, das ihn so erschüttert hat? Und, Himmel, er hat sich die Haare schneiden lassen, wodurch er noch sexyer aussieht – wenn das überhaupt möglich ist.

Wir folgen ihm in seiner Geschwindigkeit, die mir langsamer vorkommt als an dem Tag, an dem wir die Straße hinunter zum Frühstücken in den Diner gegangen sind. Hatte er wegen dieses Ausflugs einen Rückfall?

Als wir an dem Tisch in dem höhlenartigen Speisesaal Platz genommen haben, schlägt John vor, dass wir das Probiermenü bestellen, damit wir verschiedene Biersorten verkosten können.

Ich will weder Bier noch was zu essen oder sonst etwas. Ich will einfach nur wissen, was mit ihm los ist. Doch mit Muncie und Amy am Tisch kann ich ihn nicht fragen, denn die beiden blähen alles, was ich sage, zu einer Riesensache auf. Was ist, wenn Amy nach Hause fährt und unseren Brüdern erzählt, dass ich für meinen Klienten schwärme? Mein Magen zieht sich zusammen. Das tut sie besser nicht, sonst muss ich sie umbringen.

»Ist alles in Ordnung, Jules?« John schaut mich mit seinen strahlend blauen Augen quer über den Tisch an. Mir wird ganz warm, als wäre die Sonne gerade durch die Wolken gebrochen und hätte sich entschieden, direkt auf mich zu scheinen.

»Äh, ja. Alles gut. Und bei Ihnen?«

»Jetzt geht es mir besser«, erwidert er, den Blick weiterhin auf mich gerichtet.

Was meint er damit? Meine Gedanken rasen, und mein Herz schlägt so schnell, dass ich fürchte, gerade eine Art Panikattacke zu erleiden. Ich stehe auf und stoße in meiner Eile, wegzukommen, meinen Stuhl um.

»Sorry«, murmle ich den Gästen am Nebentisch zu, die beinahe von dem umkippenden Stuhl getroffen worden wären. Nachdem ich ihn wieder hingestellt habe, schnappe ich mir meine Handtasche und sage den anderen, dass ich gleich zurück bin. Dabei sehe ich keinen von ihnen an.

Ich spüre, dass sie mich anschauen, als wäre ich verrückt geworden. Und ich verstehe, warum das so wirkt. Mit den Augen bitte ich Amy, am Tisch sitzen zu bleiben und mir nicht zu folgen. Aber das ist natürlich zu viel erhofft. Sie ist mir direkt auf den Fersen, als ich nach draußen trete. Erst in der kühlen Abendluft merke ich, dass mein Gesicht vor Demütigung und Verzweiflung ganz heiß ist. Ich bin beinahe dreißig Jahre alt, und noch nie habe ich auch nur ansatzweise so etwas gefühlt wie eben, als er mich mit diesen Augen angeblickt hat, die scheinbar direkt in mich hineinsehen können.

Amy umfasst meinen Arm und versucht mich zu zwingen, sie anzuschauen. »Was zum Teufel ist mit dir los?«

»Ich weiß es nicht. Mir ist auf einmal übel geworden.«

»Dir wird nie übel. Was ist wirklich los, Jules?«

Ich schüttle sie ab. »Mir darf doch wohl mal übel sein, auch wenn das sonst nie passiert.« Gierig sauge ich die frische Luft in meine Lungen und hoffe, damit das zu lindern, was mich schmerzt.

»Glaubst du wirklich, du könntest mir etwas vormachen? Ich weiß genau, was mit dir los ist, und deshalb habe ich dir gesagt, du sollst von diesem Auftrag die Finger lassen, bevor es zu spät ist.«

Ich bin fast schon so weit, mich mit ihr zu streiten, sie zu fragen, wovon sie da redet, aber das wäre dumm. Wir beide wissen genau, was sie meint. »Ich kann nicht«, flüstere ich ganz leise.

»Doch, du kannst. Und du musst.«

»Das ist wirklich nicht möglich, Amy.«

»Du könntest einen anderen Auftrag annehmen.«

»Wenn ich diesen Klienten jetzt im Stich lasse, werde ich in dieser Branche nie wieder einen Auftrag kriegen. Aber das ist nicht der Grund.«

Sie verschränkt die Arme vor der Brust und sieht mich an. »Was dann?«

»Es liegt an ihm. An dem, was er durchgemacht hat. Er hat alles verloren, was ihm je wichtig war, Amy. Er setzt sein Vertrauen in mich – und dieses Vertrauen musste ich mir hart erarbeiten. Wenn ich ihn jetzt im Stich lasse, muss er sich allein durchquälen, und das kann ich ihm nicht antun. Sie werden ihn bei lebendigem Leib verschlingen.« Meine Kehle schnürt sich zu, als die Gefühle mich übermannen.

Ich mache so etwas nicht. Ich wahre bei meinen Klienten immer die notwendige Distanz. Die meisten von ihnen haben mein emotionales Engagement auch gar nicht verdient. Aber dieser hier ...

Ich schaue meine ältere Schwester an, die immer die Antwort hat, die ich brauche. »Was soll ich bloß tun?«

Sie legt einen Arm um meine Schultern und führt mich ein Stück von den Jungs weg, die für die Gäste die Autos parken und ein wenig zu viel Interesse an uns zeigen. »Du erledigst deinen Job – und nur deinen Job.«

Ich nicke. Das kann ich.

»Du bist eine kluge Frau. Du weißt genauso gut wie ich, dass es eine Katastrophe epischen Ausmaßes werden würde, also musst du es im Keim ersticken.«

»Ich weiß. Ich wünschte bloß, ich wüsste, wie ich das anstellen soll.« Ich packe ihren Arm. »Wie kann ich dafür sorgen, dass das aufhört, Amy?«

»Denk zurück zu der Zeit, als du ihn nicht mochtest. Erinnerst du dich noch, dass du ihn ›Captain Griesgram‹ genannt hast? Ruf diese Version von ihm in dir auf, wann immer du eine Erinnerung daran brauchst, warum es keine gute Idee ist, mehr in ihm zu sehen als nur einen Klienten.«

»Nur ein Klient«, wiederhole ich und hoffe, dass die Worte sich in meinem zerfransten Gehirn festsetzen. »Das kann ich.«

»Du kannst es nicht nur, du *musst* es.«

»Okay, das schaffe ich. Du musst mir glauben. Ich will mich nicht so fühlen. Das ist wirklich das Letzte auf der Welt, was ich will.«

»Sag dir das immer wieder. Jedes Mal, wenn es nötig ist. Und halte dich verdammt noch mal von ihm fern, wenn ihr nicht miteinander arbeitet. Wenn das nicht funktioniert, denk an Eric und Ava und daran, was die beiden davon halten würden.«

Ihre Namen haben die Wirkung eines Kübels Eiswasser auf meinem Kopf. Ich habe aus der ersten Reihe mit angesehen, welche Qualen sie desselben Mannes wegen durchlitten haben, der meinen Körper nun zum Summen bringt. »Ja, okay.«

»Gönn dir eine Minute. Reiß dich zusammen. Ich kümmere mich um die Jungs.«

»Danke, Amy.«

Sie drückt meine Schulter und verschwindet wieder im Lokal, um mich zu entschuldigen.

Einer der Angestellten vom Parkservice nähert sich mir. »Entschuldigen Sie.«

»Ja?«

»Der Mann, der mit Ihnen kam. Der mit den Krücken. Ist das der SEAL aus dem Video?« Seinen Augen funkeln interessiert.

Das hier, dieser Moment, ist der Grund, warum John mich braucht. »Nein, ist er nicht. Aber er wird ständig mit ihm verwechselt.«

Enttäuschung zeichnet sich auf seiner Miene ab. »O verdammt. Dabei war ich mir so sicher.«

Ich schüttle den Kopf, atme tief ein und versuche, meine Mitte zu finden, die mich bisher durchs Leben und durch meine Karriere geleitet hat. Ich kenne den Unterschied zwischen Richtig und Falsch. Unsere Eltern haben uns das zusammen mit hohen Erwartungen an akademische und berufliche Erfolge eingetrichtert. Jeder von uns hat diesen Erfolg erreicht, und ich weigere mich, diejenige zu sein, die die anderen enttäuscht.

Meine Gefühle für John würden Eric zerstören, und ich liebe meinen Bruder zu sehr, um ihn so zu verletzen. Ich nehme ein paar weitere tiefe Atemzüge, um mich zu beruhigen, bevor ich an unseren Tisch zurückkehre. Als ich mich einigermaßen bereit fühle, gehe ich wieder hinein. Obwohl mein Magen sich nervös zusammenzieht, hoffe ich, dass ich etwas essen kann.

»Tut mir leid.« Ich frage mich, ob mein fröhlicher Tonfall überzeugend wirkt. »Ich musste noch einen Anruf annehmen, nachdem ich auf der Toilette war. Was habe ich verpasst?«

Muncie hält ein Glas mit einem dunklen Bier hoch. »Die Bierlieferung.«

Ich schaue auf die Auswahl von sechs kleinen Gläsern, die an meinem Platz steht, bevor ich einen zögerlichen Blick zu John wage.

Er mustert mich auf seine eindringliche, wissende Art, die ihn vermutlich zu einem sehr guten SEAL gemacht hat. Ihm entgeht nichts.

»Welches magst du am liebsten?«, frage ich Amy und bemühe mich verzweifelt, überallhin zu schauen, nur nicht zu ihm.

»Das leichtere Ale.« Sie zeigt auf das Glas mit der hellsten Flüssigkeit darin. »Die schwereren sind nichts für mich.«

»Ich nehme sie dir gerne ab«, schlägt Muncie vor.

Amy lächelt und schiebt die drei rechten Gläser ihres Probiersets über den Tisch zu ihm.

»Ganz ruhig, Matrose«, sagt John. »Du bist heute der Fahrer.«

»Keine Sorge. Ich trinke jeweils nur ein bisschen.«

Das Summen in meinem Körper ist so laut, dass mir die Ohren klingeln. Was würde ich nicht dafür geben, zu wissen, wie ich diese ungewollte Reaktion stoppen kann? Ich versuche, das Summen und Kribbeln zu ignorieren, aber mein Herz rast förmlich, und meine Handflächen werden schweißfeucht, was mir sonst nie passiert. Ich studiere die Speisekarte in dem Versuch, etwas zu finden, das mich anspricht. Vor einer Stunde noch hätte ich vor Hunger sterben können, doch jetzt verursacht mir allein der Gedanke an Essen Übelkeit. »Was nehmt ihr?«

Die Männer wollen Burger, und Amy hat sich für einen Caesar Salad entschieden.

Mein Handy und das von Amy piepsen wegen eingehender Nachrichten.

Sie keucht auf. »O mein Gott.«

»Was?« Ich fürchte mich beinahe vor dem, was sie sagen wird.

»Rob hat uns beiden gerade geschrieben, dass Eric und Ava vorzeitig aus Spanien zurückkommen.«

»Warum?«

Amys Finger fliegen über die Tastatur, als sie Rob antwortet. »Das hat er nicht verraten.«

Auf einmal scheinen wir beide uns bewusst zu sein, wo wir sind und mit wem. Amy legt ihr Handy mit dem Display nach unten auf den Tisch. »Sorry. Ich habe nicht nachgedacht.«

»Das muss Ihnen nicht leidtun«, erklärt John. »Ich hoffe, es geht den beiden gut.«

»Ich auch«, pflichtet sie ihm bei.

»Sie können ruhig Ihre Nachrichten checken«, fährt John fort. »Jetzt wollen wir alle wissen, was los ist.«

Die Kellnerin kommt an unseren Tisch, und wir geben unsere Bestellung auf. Ich nehme ebenfalls den Caesar Salad und hoffe, dass ich ihn runterkriege.

Mit Johns Segen nimmt Amy ihr Handy wieder zur Hand. »Rob meint, Eric hätte ihm weiter nichts gesagt. Nur, dass sie morgen früh landen.«

Warum sollten sie ihre Flitterwochen, die sie so sorgfältig geplant und auf die sie sich monatelang gefreut haben, abbrechen? Eine ungute Vorahnung überkommt mich, als mir verschiedene Antworten auf diese Frage durch den Kopf schießen.

Ich habe keine Ahnung, wie ich die nächste Stunde überstehe. Ich bin so angespannt und verzweifelt, und meine Ohren ... Das Summen lässt einfach nicht nach, und nun fühlt sich auch meine Haut heiß und kribbelig an. Wenn ich nicht wüsste, was die Ursache dafür ist, würde ich denken, ich hätte Fieber.

Wieder einmal besteht John darauf, die Rechnung zu begleichen. Danach folgen wir ihm aus dem Restaurant.

Mehrere Köpfe drehen sich zu ihm um, als er an den Tischen vorbeigeht. Ein Mann steht auf, um ihn anzusprechen, aber ich schüttle den Kopf. Er bedenkt mich mit einem finsteren Blick, bevor er sich wieder auf seinen Stuhl sinken lässt. Draußen warten wir, bis Muncies Wagen vorgefahren wird.

Der gleiche Junge, der mich vorhin angesprochen hat, keucht auf. »Er ist es doch! Ich wusste es. Er hat bei dem Raid ein Bein verloren. Deshalb geht er an Krücken.«

Ich wende mich ihm zu. »Halten Sie sich bitte fern, und kümmern Sie sich um Ihre Angelegenheiten.«

»Warum haben Sie mich angelogen?«

Zum Glück kommt der Wagen, bevor ich mich erklären muss.

»Was war das denn?«, fragt John, als wir im Auto sind.

Dieses Mal sitze ich hinter Muncie, also kann ich die linke Seite von Johns Gesicht sehen. »Er hat herausgefunden, wer Sie sind, und wollte das herausposaunen.«

»Oh. Danke, dass Sie das verhindert haben.«

»Gern geschehen.«

»So, morgen früh«, sagt Muncie, »hole ich euch gegen sieben Uhr ab, wenn das in Ordnung ist.«

Die Erinnerung an unseren anstehenden Trip nach New York, bei dem ich ständig an Johns Seite sein werde, schnürt meinen sowieso schon verkrampften Magen noch mehr zusammen. Ich räuspere mich und zwinge mich zu einer Antwort. »Ja, das passt. Danke.«

»Und danke, dass ich mitdarf«, sagt Amy.

Muncie lächelt sie im Spiegel an. »Es ist uns ein Vergnügen. Aber der Dank gilt dem Captain. Die Navy gibt ihm im Moment alles, was er will. Eine Freundin auf dem Flug mitzunehmen ist das Geringste, was sie für ihn tun können.«

»Dann vielen Dank an euch beide«, erklärt Amy.

»Ich freue mich, Sie dabeizuhaben.« John klingt müde und gestresst.

Ihm muss vor dieser Reise grauen. Vor allem vor der Aufmerksamkeit. Er wird noch bekannter werden, was das Letzte sein muss, was er will.

Ich tue das Richtige, wenn ich bei ihm bleibe und mein Bestes gebe, um ihm die Sache zu erleichtern. Ich hoffe nur, dass ich dabei nicht mein eigenes Leben und meine Karriere zerstöre.

KAPITEL 14

JOHN

Jules ist heute Abend nicht sie selbst. Ich bin so an ihre fröhliche, optimistische Art gewöhnt, dass es mich beunruhigt, sie so aufgelöst zu sehen. Ich will wissen, was los ist. Und ich will auch wissen, warum Ava ihre Flitterwochen vorzeitig abgebrochen hat.

Natürlich geht mich das nichts an, das weiß ich. Aber ich will es trotzdem wissen. Gibt es Ärger bei den beiden, oder ist einer von ihnen krank geworden? Mehr als alles andere will ich, dass es ihr gut geht. Ich habe sie freigegeben, als sie mich darum gebeten hat, doch das bedeutet nicht, dass mir nichts mehr an ihr liegt. Es wäre schön, wenn es so einfach wäre.

Als wir am Hotel ankommen, verabschieden sich die Schwestern und danken mir noch mal für das Dinner.

»Wir sehen uns morgen früh«, meint Muncie.

»Wir stehen pünktlich bereit«, erwidert Amy.

Jules steigt aus, geht hinein und schaut nicht einmal zurück.

Amy rennt hinter ihrer Schwester her, dann schließen sich die Türen hinter ihr.

»Haben wir irgendetwas Falsches gesagt?«, frage ich Muncie, als wir vom Parkplatz auf die Hauptstraße fahren.

»Was meinst du?«

»Von der Minute an, in der wir sie abgeholt haben, war Jules heute irgendwie komisch.«

»Du kennst ›Jules‹ gut genug, um zu wissen, wann sie komisch ist?«

»Ich habe in den letzten zwei Wochen unzählige Stunden mit ihr verbracht. Sie war heute komisch. Irgendetwas stimmt nicht.«

»Du weißt schon, dass es dich nichts angeht, wenn irgendetwas bei ihr nicht stimmt, oder?« Nach einer Pause fügt er an: »Sir?«

Ich lache laut auf. »Der Versuch, die ›Insubordination‹ aus deinem Leistungsbericht rauszuhalten, kommt zu spät.«

»Dann kann ich vermutlich auch alles auf eine Karte setzen und dir sagen, dass du sie ansiehst wie ein Mann, der seit zwanzig Jahren kein Steak hatte – und als ob sie ein Filet wäre.«

Eins muss ich ihm lassen, das ist vermutlich ziemlich treffend. »Tja, da ich seit über sechs Jahren weder ein ›Steak‹ noch sonst irgendeine Art rotes Fleisch hatte, musst du schon entschuldigen, wenn ich mich zu einer attraktiven Frau hingezogen fühle.«

»Die zufällig die Schwägerin deiner Ex ist.«

»Verdammt, ist sie das? Das hatte ich ganz vergessen. Also danke für die Erinnerung.«

»Den Sarkasmus mal beiseitelassend, sie ist nicht das Filet, auf das du deine Soße konzentrieren solltest.«

Ich stöhne. »*Soße?* Wirklich? Jetzt hast du die schöne Metapher zerstört.«

»Du weißt, was ich meine.«

Ja, das tue ich, und er hat natürlich recht. Aber ich komme nicht umhin, mich zu fragen, was Jules so aufwühlt – und ob es etwas mit mir zu tun hat. »Ich vergesse immer, es jede Stunde eines jeden Tages zu wiederholen – danke für alles. Das meine ich aufrichtig.«

»Ich mache nur meinen Job, Sir.«

»Und das tust du außergewöhnlich gut.«

»Danke, freut mich.« Er hält vor meinem Gebäude an, schaltet den Motor aus und springt raus, um meine Krücken zu holen.

Als ich mit den Krücken sicher stehe, strecke ich meine Hand aus, um seine zu umfassen. »Du bist ein guter Freund gewesen, als ich einen gebraucht habe. Auch dafür danke ich dir.«

Er schüttelt meine Hand. »Es ist mir eine Ehre und ein Privileg, Sir.«

»Wir sehen uns morgen früh.«

Ich gehe hinein, wobei ich mir bewusst bin, dass er wartet, bis ich am Aufzug angekommen bin, bevor er losfährt. Er nimmt seinen Job wirklich ernst – und dieser Job bin zufällig ich. Während der Lift mich in den vierten Stock bringt, denke ich über das nach, was Muncie gesagt hat. Mir ist zwar klar, dass ich mich von Jules fernhalten soll, aber ich muss trotzdem wissen, was mit ihr los ist und ob sie es bedauert, mich als Klienten angenommen zu haben.

Was, wenn ja? Sollte ich sie dann vom Haken lassen? Und wäre das überhaupt noch möglich, wo morgen der Pressealbtraum losgeht, den sie für mich arrangiert hat? Ich habe keine Ahnung, doch ich kann diese Reise nicht antreten, bevor ich nicht weiß, ob ich etwas gesagt oder getan habe, das sie verärgert hat. Vor nicht allzu langer Zeit fand ich sie nervtötend fröhlich und wollte, dass sie mich in Ruhe lässt. Seitdem habe ich entdeckt, dass in ihr wesentlich mehr steckt, als man auf den ersten Blick vermuten würde. Wenn sie aufgebracht ist, will ich wissen, warum. So einfach ist das.

Und so kompliziert.

In meiner Wohnung gehe ich sofort zur Kommode, um das Handy zu holen, das Muncie ans Ladekabel gehängt hat. Ich suche in meinen Kontakten, finde Jules' Nummer aber nicht. Ich glaube, ich habe sie in meinem alten Handy nie gespeichert.

Mist.

Warte mal. Ava hat mir Jules' Nummer geschickt. Ich habe Muncie gebeten, die Informationen auszudrucken, die ich per E-Mail von Ava erhalten habe. Ich durchsuche die ganze Wohnung danach und finde den Zettel schließlich in einer Küchenschublade. Da steht die Nummer, die ich brauche, unter der Nachricht, die Ava mir geschrieben hat.

Ich will ganz offen sein: Sie ist Erics Schwester, aber sie ist großartig in ihrem Job und ein wirklich netter Mensch. Bei ihr bist du in guten Händen.

All das stimmt. Ich will Ava eine Nachricht schicken und sie fragen, warum sie ihre Flitterwochen abgebrochen hat, doch das kann ich nicht tun. Vermutlich sollte ich nicht einmal wissen, dass sie auf dem Heimweg ist. Und wenn es Probleme zwischen den Frischverheirateten gibt? Was dann?

»Nichts. Zwischen ihr und dir ist es aus, egal, was bei den beiden los ist.« Das muss ich mir wieder und wieder sagen, denn es ist die Wahrheit. Sie hat ihre Wahl getroffen. Sie hat sich für ihn entschieden. Sie ist mit ihm verheiratet. Aber was wäre, wenn sie ihre Meinung auf einmal geändert hat?

Ich muss mich aufs Bett setzen, denn diese Möglichkeit macht mich schwindelig. Auf keinen Fall hat sie ihre Meinung geändert.

Oder?

Ich tippe Jules' Nummer in meine Kontaktliste und schicke ihr eine Nachricht.

Hier ist John. Geht es dir gut?

Ganze fünf Minuten lang starre ich die Worte an, bevor ich auf »Senden« drücke. Danach starre ich für weitere fünf Minuten auf das Display, in der Hoffnung auf eine Antwort. Doch die kommt nicht. Die Nachricht wird als gesendet, aber noch nicht gelesen angezeigt. Als ich aufstehe, um mir eine Jogginghose und ein T-Shirt anzuziehen und meine restlichen Sachen für die Reise zu packen, widerstehe ich dem Drang, ständig nachzuschauen, ob sie was geschrieben hat.

Es ist so seltsam, wieder ein Handy zu haben. Das war das Schlimmste bei dem Einsatz – so vollkommen von Ava abgeschnitten zu sein. Natürlich war das notwendig, um die Mission nicht zu gefährden und um sie zu schützen. Unsere Einheit musste bereit sein, von einer Sekunde auf die andere so lange zu verschwinden, wie es nötig war, um den Job zu erledigen. Jetzt könnte ich sie jederzeit anrufen, wenn ich will, nur kann ich es nicht, weil sie nicht mehr zu mir gehört. Sie ist die Frau eines anderen und damit für mich tabu.

Vielleicht habe ich irgendwann angefangen, das zu akzeptieren, weshalb Muncie mir vorgeworfen hat, ich würde Jules anschauen wie ein Verhungernder ein Filetsteak. Oder was auch immer er gesagt hat, bevor er es mit dem ekligen Soßenkommentar vermasselt hat.

Ich hole meine Ausgehuniform aus dem Schrank, bürste den Staub von den Schultern und betrachte die Uniform, die mein Leben als

Erwachsener definiert hat, sorgfältig, um sicherzugehen, dass alles da ist, wo es hingehört. Zufrieden mit der Musterung packe ich sie in einen Kleiderbeutel, den ich zumache und über den Koffer lege, der alles andere enthält, was ich für diese letzte Mission benötige – meine letzte Mission im Auftrag der Navy.

Ich gehe ins Badezimmer, putze mir die Zähne und wasche mir Hände und Gesicht. Erst danach kehre ich ins Schlafzimmer zurück und gestatte mir, zu gucken, ob Jules geantwortet hat.

Hat sie. *Nichts! Alles ist gut. Wir sehen uns morgen früh.*

Ich glaube ihr nicht.

Mit dem Telefon in der Hand setze ich mich auf die Bettkante, um meine Prothese abzunehmen, denn mein Stumpf schmerzt höllisch. Meistens behalte ich die Prothese nachts an, weil ich den Gedanken nicht ertrage, dass ich es ohne sie nicht nach draußen schaffe, sollte ich das müssen. Das kommt davon, wenn man jahrelang in irgendwelchen Höhlen und an anderen unsicheren Orten geschlafen hat, wo man ständig bereit sein musste, innerhalb von Sekunden wieder aufzubrechen.

Ich lege mich ins Bett und versuche, mich davon zu überzeugen, dass ich das mit Jules auf sich beruhen lassen soll. Ich muss Muncies Rat befolgen und mich daran erinnern, wer sie ist – und wer sie niemals für mich sein kann.

Und dann schiebe ich alle Gründe, aus denen es eine schlechte Idee ist, beiseite und tippe meine Antwort ein: *Sind Sie nicht diejenige, die mir gesagt hat, wir müssten ehrlich miteinander sein? Warum lügen Sie?*

Den letzten Satz lösche ich wieder und schicke die Nachricht ab.

Sofort erscheinen die Häkchen, die mir verraten, dass sie sie gelesen hat.

Während ich auf ihre Antwort warte – und hoffe –, kann ich kaum atmen. Bin ich zu weit gegangen, indem ich sie auf ihre Unaufrichtigkeit angesprochen habe? Wird sie mir sagen, was los ist, oder habe ich sie verärgert?

Ich erschrecke, als das Handy klingelt. Es ist Jules.

»Hey.«

»Hi.«

Ich kann sie kaum hören. »Warum flüstern Sie?«

»Ich bin im Bad. Amy ist nach zu viel Sonne und Cocktails eingeschlafen.«

»Ah, okay.«

»Ich, äh, ich wollte Sie anrufen, weil … Nun, es tut mir leid, dass ich heute Abend ein wenig neben mir stand. Das wird nicht wieder vorkommen, versprochen. Wir haben ein paar anstrengende Wochen vor uns, und ich will das für uns so leicht machen, wie es nur geht.«

»Wie lange haben Sie gebraucht, um sich diese kleine Bullshit-Rede auszudenken?«

»Das ist kein Bullshit.« Sie klingt verletzt, was mir nicht gefällt, mich aber auch nicht davon abhält, nachzuhaken.

»Ist es wohl. Ich will wissen, warum Sie heute neben sich gestanden haben.«

»Das ist nicht wichtig. Es ist vorbei, und ich bin jetzt bereit, ein wenig zu schlafen, um morgen nach New York zu fliegen.«

»Es ist sehr wohl wichtig. Es ist mir wichtig, wenn Sie wegen irgendetwas aufgebracht sind. Vor allem, wenn es meine Schuld ist.«

Schweigen.

»Jules?«

»Es ist nicht Ihre Schuld.«

»Können Sie herkommen?«

»*Was?* Jetzt?«

»Ja. Jetzt.«

»Nein. Nein, ich kann nicht zu Ihnen kommen.«

Die Panik in ihrer Stimme passt zu der Panik, die in mir aufsteigt. Ich bin mir bewusst, warum das eine schlechte, fürchterliche, katastrophale Idee ist, aber das ist mir egal. Ich muss sie sehen. »Warum nicht?«

»Weil es beinahe Mitternacht ist und …«

»Bitte? Ich möchte mit Ihnen reden. Dann komme ich zu Ihnen.«

»Nein!« Nach einer angespannten Sekunde spricht sie etwas ruhiger weiter. »Bitte kommen Sie nicht her.« Eine weitere lange Pause entsteht, in der ich sie fragen will, was sie gerade denkt – und noch mehr will ich wissen, was mit ihr los ist. »Ich komme zu Ihnen.«

»Okay.«

Sie legt auf.

Ich setze mich hin, greife nach meiner Prothese und lege sie an. Als sie mit dem Stumpf in Kontakt kommt, zucke ich zusammen. Ich würde am liebsten eine Schmerztablette nehmen, doch ich muss einen klaren Kopf haben, wenn Jules hier eintrifft. Ein Drink. Das ist es, was ich brauche. Nachdem ich mich mühsam hingestellt und eine Sekunde gewartet habe, bis mein Bein aufhört, protestierend zu pulsieren, gehe ich in die Küche und durchsuche die Schränke.

Muncie hat an fast alles gedacht, aber Alkohol ist hier nirgends zu finden.

Während ich auf Jules warte, stehe ich in der Küche und versuche, mir zu überlegen, wann genau ich aufgehört habe, in jeder Sekunde des Tages an Ava zu denken, und stattdessen angefangen habe, in Jules mehr als die PR-Agentin zu sehen, die für mich die Haie in Schach hält.

Es war der Tag, an dem wir uns auf der Bank an der Promenade unterhalten haben. Damals hat sich etwas zwischen uns verändert – und nicht nur für mich. Sie hat es ebenfalls gespürt, darauf würde ich wetten. Seitdem ist es anders zwischen uns, und ich freue mich darüber, weil es mir Erleichterung von den quälenden Gedanken verschafft, die mich plagen, seitdem mir mein Leben um die Ohren geflogen ist.

Für Jules Gefühle zu entwickeln ist ausgeschlossen.

Und doch empfinde ich etwas. Ich mag mich irren, aber ich glaube, ihr geht es genauso, und ich schätze, deshalb stand sie heute Abend so neben sich.

Wenn ich mich irre – nun gut. Ich habe Schlimmeres überlebt. Selbst die Vorstellung, dass es nach dem heutigen Abend in den nächsten paar Wochen sehr unangenehm zwischen uns werden könnte, hält mich nicht davon ab, ihr eine Viertelstunde später die Tür aufzumachen. Es hält mich nicht davon ab, sie in meine Wohnung zu lassen und jedes Detail an ihr förmlich aufzusaugen – von den hoch auf ihrem Kopf zusammengebundenen Haaren bis zu der eng anliegenden Sporthose und der Sweatshirtjacke, von den rosig glühenden Wangen bis zu ihrem sich heftig hebenden und senkenden Brustkorb, als wäre sie außer Atem oder vielleicht ...

»Jules.«

»John.«

»Was ist los?«

»Das habe ich Ihnen doch schon gesagt. Nichts.«

»Habe ich etwas falsch gemacht?«

»Nein.« Sie ist so angespannt, dass ich fürchte, dass sie zusammenbrechen oder gar anfangen könnte, zu weinen.

Wenn ich nicht *Tage* mit der coolen, kompetenten, unerschütterlichen Jules verbracht hätte, würde mir der Unterschied nicht auffallen. So aber tut er es, und ich muss wissen, ob ich der Grund dafür bin. Ich mache einen Schritt auf sie zu.

Sie weicht zurück und stößt mit dem Rücken gegen die Wand.

»Sag mir, was dich so verstört hat.«

Nur weil ich sie so genau beobachte, fällt mir der schnell pochende Puls an ihrem Hals auf. Ihr Blick zuckt von meinen Augen zu meinen Lippen.

Oh.

»Rede mit mir, Jules.« Ich stütze mich mit einem Arm an der Wand neben ihr ab und hoffe, dass ich in den nächsten Minuten nicht umfalle. Ich habe das Gefühl, dass sie mich auffangen würde, sollte ich stürzen. Darauf würde ich sogar wetten.

»Es geht nicht. Du bist mein Klient und Avas Ex und ... *Es geht nicht.*«

»Vergiss, dass ich dein Klient oder Avas Ex bin, und sag mir, was dich so aufgewühlt hat.«

»*Du!* Du hast mich aufgewühlt. Das tust du immer noch. Und ich kann nicht ...«

Ich bin mir nicht sicher, was mich gerade überkommt, aber ich hebe eine Hand an ihre Wange, und dann küsse ich sie. Es ist ein ziemlich platonischer Kuss, nur Lippen, keine Zunge. Noch nicht zumindest. Ich habe das Gefühl, dass sie weglaufen wird, wenn es zu schnell zu viel wird, und das ist das Letzte, was ich will.

Sie erwidert den Kuss mit Lippen, die so sanft und zärtlich sind, dass ich in ihrer Süße ertrinken möchte. Bis sie sich mit einem leisen Wimmern abwendet und ich schreien könnte. »Bitte, John. Das geht nicht.« Sie legt mir ihre zitternden Hände auf die Brust, um mich davon abzuhalten, sie ein weiteres Mal zu küssen.

»Warum nicht?« Ich fühle mich in diesem Moment so lebendig wie seit dem Aufwachen im Krankenhaus nicht mehr.

Sie bedenkt mich mit einem vernichtenden Blick. »Das weißt du ganz genau.«

»Ava ist nicht mehr Teil meines Lebens. Sie ist verheiratet.«

»Mit meinem Bruder!«

»Ich weiß, aber das heißt doch nicht, dass wir nicht ...«

»Doch, genau das heißt es. Wirklich.«

»Jules.« Ich lege einen Arm um sie und ziehe sie an meine Brust. Sie riecht unglaublich, nach Sonnenschein und Blumen und frischer Luft und dem Leben an sich, und ich will sie förmlich einatmen. Ich kann meine natürliche Reaktion darauf, ihr so nah zu sein, nicht verbergen, genauso wenig wie die Erleichterung darüber, zu spüren, dass ich da unten doch nicht tot bin. Es ist so verdammt lang her, dass ich eine Frau berührt habe. Aber ich will nicht irgendeine Frau. Mein Körper schmerzt, weil ich *diese* Frau will. »Sag mir, dass du es auch fühlst.« Die Anziehung, das Verlangen.

»Ich ... Ich kann nicht ...«

Gestärkt von dem Wissen, dass ich mit meinen Gefühlen nicht allein dastehe, fange ich an, ihren Hals zu küssen, worunter sie erschauert. Ich umfasse sie fester. »Alles gut. Ich hab dich. Halt dich an mir fest.«

Ganz zögerlich legt sie ihre Arme um meine Taille, und ich atme langsam die Luft aus, die ich unwillkürlich angehalten hatte, während ich angespannt darauf gewartet habe, was sie tun würde.

Mit ihr in meinen Armen fühle ich mich stärker als seit Monaten. Ich habe keine Ahnung, wie lange wir so dastehen. Ich will mehr von ihr. Ich will mehr von diesen Gefühlen, die sie in mir weckt, wenn sie in meiner Nähe ist – ruhig, optimistisch, geborgen. Sicher. Das Letzte ist es, wonach ich mich nach allem, was ich durchgemacht habe, am meisten sehne.

»Ich ... Ich sollte gehen.«

Ich streichle in kleinen Kreisen über ihren Rücken. »Geh nicht. Bleib bei mir.«

Erneut überläuft sie ein Schauer, und sie hält sich stärker an mir fest.

Und dann überkommt mich tiefe Ruhe. Es ist so lange her, dass ich auch nur ansatzweise ruhig war, dass ich das Gefühl beinahe nicht erkenne. Mein Bein schmerzt höllisch, aber ich will mich um nichts in der Welt vom Fleck rühren.

»Du solltest dein Bein entlasten«, sagt sie leise.

Ich liebe es, dass sie so um mich besorgt ist. Abgesehen von Ava hatte ich nie jemanden, dem so viel an mir lag, und das hat mir gefehlt. »Mir geht es gut.«

»Es tut doch bestimmt weh.«

»Ich fürchte, wenn ich dich loslasse, wirst du mir nie wieder erlauben, dich so zu halten.«

»Doch, das werde ich.«

»Versprochen?«

Sie nickt, aber in dieser Geste liegt keine Freude.

Ich lasse sie langsam los, bis ich sicher bin, dass ich nicht falle. Dann nehme ich ihre Hand und gehe in Richtung meines Schlafzimmers. Ich möchte mich mit Jules an meiner Seite auf dem Bett ausstrecken. Es macht mir nichts aus, wenn wir nicht mehr tun, als zu reden und zu schlafen. Ich will sie einfach bei mir haben.

Ich setze mich auf die Bettkante.

Jules lässt sich neben mir nieder.

Ich lege meine Hand an ihre Wange, genieße das Gefühl ihrer weichen Haut unter meinen Fingern. »Du bist so bezaubernd.«

»Das kann man von dir auch sagen.«

Ich lächle leicht und beuge mich für einen Kuss vor. »Mach es dir bequem.«

Sie schlüpft aus den Flipflops und streckt sich auf dem Bett aus.

Ich lege mich neben sie und breite einladend die Arme aus. Wir überschreiten eine Grenze nach der anderen. Ich weiß es. Sie weiß es. Und wir tun es trotzdem.

Mit ihrem Kopf auf meiner Brust und ihrem warmen Körper an meinem entspanne ich mich, auch wenn ein Teil von mir alles andere als entspannt ist. Ich versuche, das Verlangen zu ignorieren, das durch meinen Körper pulsiert und mich daran erinnert, wie lange es her ist, dass ich eine Frau berührt habe oder von einer berührt worden bin.

Jules legt eine Hand auf meinen Bauch. »Selbst deine Muskeln haben Muskeln.«

»Die mir im Moment leider gar nichts nützen.«

»Bald wirst du wieder zu deiner alten Stärke zurückgefunden haben. Es dauert nur ein wenig, vollkommen zu genesen und zu heilen.«

»Das sagen die Ärzte auch – die einzige Behandlung, die mir jetzt noch bleibt, ist die Zeit. Es ist schwer, geduldig zu sein, wenn man früher alles tun konnte und einen jetzt schon der Weg zum Diner an der Ecke erschöpft.«

»Ich wusste, dass wir das nicht hätten tun sollen.«

Ich drücke ihren Arm. »Es war gut. Je mehr ich solche Dinge tue, desto besser werde ich darin. Ich hasse es nur ...«

»Was?«

»Dass ich dich in diesem Zustand kennengelernt habe. Dass du mich nicht so sehen kannst, wie ich früher war.«

»Das ist mir offensichtlich vollkommen egal. Schau mich doch an – ich bin gerade an dem letzten Ort auf der Welt, an dem ich sein sollte.«

»Wirklich?«

»Das weißt du ganz genau.«

Ein Lächeln umspielt meine Lippen. »Und dennoch ...«

»Und dennoch ...«

»Wenn ich aus allem, was passiert ist, eins gelernt habe, dann dass das Leben kurz und das Glück nur schwer zu finden ist. Wenn man jemanden trifft, in dessen Gegenwart man sich glücklich fühlt, sollte man das nicht als selbstverständlich betrachten.«

Sie stöhnt und schlägt mit ihrem Kopf sanft gegen meine Brust. »Das ist nicht fair.«

»Wieso nicht?«

»Du machst es mir unmöglich, mich an die unzähligen Gründe zu erinnern, aus denen das hier eine ganz schlechte Idee ist.«

»Gut.«

»Nein, nicht gut.«

Ich löse das Gummi aus ihrem Zopf und fahre mit den Fingern durch ihre Haare. »Doch, sehr, sehr gut.«

»John ...«

»Was?«

»Ich versuche, das alles zu verstehen, aber es gelingt mir nicht. Wie sind wir hier gelandet? Du mochtest mich anfangs nicht einmal. Und ich dich auch nicht.«

»Ich habe nie *dich* nicht gemocht. Ich habe lediglich die Situation nicht gemocht, die mich dazu gezwungen hat, deine Hilfe in Anspruch zu nehmen.«

»Nur fürs Protokoll: Ich habe dich wirklich nicht leiden können.«

Ich lache laut auf. »Das kann ich dir ehrlich gesagt nicht vorwerfen. Ich war ein Idiot. Dabei hatte das nichts mit dir zu tun. Du bist nie das Problem gewesen. Als ich dich das erste Mal gesehen habe, habe ich mich gefragt, warum mir Ava eine verdammte Mary Poppins geschickt hat.«

Sie kichert. »Was?«

»Du hast so etepetete ausgesehen. Das war mein erster Gedanke.« Ich streiche mit der Hand über ihren Rücken. »Aber dann habe ich gemerkt, dass unter Mary Poppins' korrektem Äußeren eine wunderschöne, sexy, kluge, umwerfende, fürsorgliche, mitfühlende Frau steckt, die ich näher kennenlernen wollte.«

»Ich fasse es nicht, dass du mich als Mary Poppins betrachtet hast.«

»Glaub es mir, Poppy.«

»Poppy?«

»So werde ich dich von jetzt an nennen.« Die Unterhaltung ist albern, aber ich verspüre Glück, Freude, Erwartung und Verlangen – alles gleichzeitig. Ich bin durch die Feuer der Hölle gegangen und am Ende als veränderter Mensch herausgekommen. Aber ich bin immer noch hier – und sie auch. Ich ziehe sie enger an mich. »Meine Poppy.«

»Ich habe fürchterliche Angst.«

»Vor mir?« Das wäre furchtbar.

Sie nickt.

»Warum?«

»Musst du das wirklich fragen? Allein hier bei dir zu sein ist ein Risiko für meine Karriere, meine Beziehung zu meinen Geschwistern, ganz zu schweigen von der Freundschaft mit meiner Schwägerin, die ich sehr mag. Ich frage mich ...«

»Was?«

»Ob ich nur, du weißt schon ...«

»Nein, weiß ich nicht.«

»Ob ich gerade gelegen komme.«

Der Schock macht mich sprachlos. »Das ist es nicht. Ich schwöre bei Gott, das Letzte, was ich wollte, als ich dich kennengelernt habe, war, mich zu dir – oder überhaupt irgendjemandem – hingezogen zu fühlen. Es ist einfach passiert, Jules. Und es ist *deinetwegen* passiert, nicht weil du zufällig da warst. Es ist passiert, weil du unglaublich und mitfühlend und furchtlos und so verdammt gut bist in dem, was du tust – was mich ziemlich anmacht.«

Sie atmet tief ein und ganz langsam wieder aus.

»Sag mir, dass du mir glaubst.«

»Das würde ich gerne.«

»Ich schwöre dir, das kannst du auch.«

»Was ist mit Ava?«

»Was soll mit ihr sein?«

»Du kannst auf keinen Fall über sie hinweg sein.«

»Ich denke, ich werde niemals über das hinwegkommen, was mit ihr passiert ist – oder wie es passiert ist. Sie ist ein großes Kapitel in der Geschichte meines Lebens, und ein Teil von mir wird sie immer lieben. Aber ich kann sie nicht haben, und ich habe keine andere Wahl, als das zu akzeptieren.«

»Was wäre, wenn du sie haben könntest?«

»Äh ... Wie meinst du das?«

»Nun, sie haben ihre Flitterwochen vorzeitig abgebrochen. Was, wenn es daran liegt, dass sie erkannt hat, dass sie einen Fehler gemacht hat, und sie zu dir zurückkommt? Was würdest du dann tun?«

»Das wird nicht geschehen.«

»Aber was, wenn doch?«

»Jules ... Bist du je verliebt gewesen? So richtig verliebt?«

»Ich dachte einmal, ich wäre es.«

»Was ist passiert?«

»Er hat unsere Hochzeit drei Wochen vor dem großen Tag abgesagt.«

»O Gott. Das tut mir so leid, Süße. Das ist schrecklich.«

»Ja, das war es. Er hat sich fürchterlich gefühlt. Er hat geweint, als er mir gestanden hat, dass er mich zwar mehr liebt als alles andere auf der Welt, sich aber noch nicht bereit fühlt für die Ehe.«

»Wie lange ist das her?«

»Drei Jahre.«

»Denkst du noch an ihn?«

»Manchmal. Allerdings nicht mehr so oft wie früher.«

»Wenn er zurückkäme und dich um eine zweite Chance bitten würde, was würdest du dann tun?«

»Das kann ich dir ehrlich nicht sagen. Seit jenem Tag habe ich mir diese Szene zwar oft vorgestellt, aber ich habe schon vor einer Weile aufgehört, darauf zu hoffen.«

»Also weißt du, wie es ist, wenn eine Beziehung scheitert und du danach nie wieder ganz dieselbe bist.«

»Ja.«

»Ich sitze nicht hier und warte darauf, dass Ava mich anruft. Das schwöre ich dir.«

»Aber was, wenn sie dich anruft?«

»Ich vermute, irgendwann wird sie sich melden. Und sei es nur, weil sie meine Sachen eingelagert hat.«

»Was wäre, wenn sie dich in diesem Moment anruft und erklärt: ›John, ich habe einen Fehler gemacht, als ich Eric geheiratet habe. Gibst du mir noch eine Chance?‹ Was würdest du dann tun?«

»Das wird nicht passieren. Du warst bei ihrer Hochzeit. Du hast mir selbst gesagt, dass die beiden miteinander glücklich sind.«

»Aber was wäre, wenn es doch passiert?«

»Ich weiß es nicht.«

Sie setzt sich auf und streicht sich die Haare mit den Fingern glatt. »Ich gehe jetzt.«

»Warum?«

»Weil ich ein Gefühl habe, als würden wir mit Dynamit spielen. Du kannst mir nicht glaubhaft versichern, dass du die Frau meines Bruders wegschicken würdest, wenn sie ihre Meinung darüber ändert, mit wem sie zusammen sein will. Und ich dir nicht, dass ich meinen Ex-Verlobten nicht doch noch haben wollte, sollte er unvermittelt auftauchen. Hinzu kommt, dass du mein Klient bist, ich meine Arbeit liebe und das hier meine Karriere beenden könnte.«

Sie steht auf, schlüpft in ihre Flipflops und bindet sich die Haare wieder zusammen.

»Habe ich dazu gar nichts zu sagen?«

Die Hände in die Hüften gestemmt, schaut sie mich an. »Doch, klar.«

»Bevor ich dich kennengelernt habe, war ich am Ertrinken. Seitdem ich dich kenne, fühle ich mich wieder lebendig. Und das Einzige, was sich in meinem Leben verändert hat, bist *du*. Du bist hier aufgetaucht und hast alles besser gemacht. Kannst du mir vorwerfen, dass ich mehr von dem Menschen haben will, der das für mich getan hat?«

Ihre Schultern verlieren etwas von der Anspannung. »Das ist nicht fair.«

»Wieso nicht?«

»Ich versuche, das Richtige zu tun.«

»Du versuchst, für alle außer uns beiden das Richtige zu tun.« Ich strecke ihr meine Hand hin. »Komm zurück.«

Sie schüttelt den Kopf. »Ich kann nicht. Ich muss los. Wir sehen uns morgen früh.«

Bevor ich etwas erwidern kann, hat sie das Schlafzimmer bereits verlassen. Eine Sekunde später fällt die Wohnungstür hinter ihr ins Schloss.

Ich sinke wieder in die Kissen und atme aus. Ich verstehe total, was sie meint, aber trotzdem bin ich enttäuscht. Sie zu küssen war umwerfend, und nicht nur, weil ich seit sechs Jahren keine Frau mehr geküsst habe, sondern wegen ihrer Reaktion. Und wegen der Art, wie es sich angefühlt hat. Sie bringt eine Leichtigkeit in mein Leben, die mir zuvor gefehlt hat, und nachdem ich dieses Gefühl nun einmal erlebt habe, sehne ich mich nach mehr.

Ich bin enttäuscht, bis mir einfällt, dass wir die nächsten paar Wochen zusammen verbringen werden. Vielleicht kann ich sie während dieser Zeit davon überzeugen, uns beiden eine Chance zu geben, glücklich zu sein.

KAPITEL 15

JULIANNE

Am Morgen bin ich total durcheinander. Ich renne im Zimmer hin und her und versuche, meinen Koffer zu packen, während ich mir gleichzeitig die Haare föhne, mich schminke, um die dunklen Ringe unter meinen Augen zu verbergen, und so viel schlechten Hotelkaffee trinke, wie ich nur kann, bevor wir losmüssen.

Amy hat nicht viel gesagt, seitdem der Wecker um sechs Uhr geklingelt hat, aber das ist nicht ungewöhnlich. Meine Schwester ist definitiv kein Morgenmensch.

»Hast du das Shampoo aus dem Bad eingesteckt?«, fragt sie.

»Ja, das ist in meiner Tasche.«

»Ich fasse es nicht, dass du immer noch Hotelshampoos sammelst.«

»Warum nicht? Ich probiere gern Neues aus.«

»Hast du immer noch zehntausend kleine Fläschchen wie damals, als wir Kinder waren?«

»Nein, so viele nicht mehr.« Eher fünftausend, doch das muss sie nicht wissen. Ich spende viele davon an ein Obdachlosenheim. Die Bewohner lieben es, wenn ich von meinen Reisen etwas für sie mitbringe. Solange Amy sich auf meine Hotelshampoo-Obsession konzentriert, fragt sie wenigstens nicht, wo ich gestern Nacht gewesen bin.

Bevor ich gegangen bin, habe ich ihr eine Nachricht geschickt, dass ich nicht schlafen könne und auf einen Drink an der Hotelbar sei. Nur für den Fall, dass sie aufwachen und merken würde, dass ich nicht da war. Bisher hat sie es nicht erwähnt, aber ich bin sicher, das kommt irgendwann, und das verstärkt meine Anspannung weiter.

Ich kann immer noch nicht glauben, dass ich ihn tatsächlich geküsst habe. Mein Gott. Was habe ich mir bloß dabei gedacht? Gar nichts. Und das ist das Problem. Ich hätte nie hinfahren oder die Dinge sagen sollen, die ich gesagt habe. Und ich hätte ihn definitiv nicht küssen dürfen.

Nur ... Es war ein guter Kuss. Ein bedeutungsvoller Kuss. Doch der Versuchung nachzugeben hat alles bloß schlimmer gemacht. Denn jetzt, wo ich weiß, wie es ist, ihn zu küssen, kann ich nur noch daran denken, ob ich wohl ein weiteres Mal die Gelegenheit dazu erhalten werde. Mit einem tiefen Atemzug versuche ich, meine Nerven, Hormone und rasenden Gedanken zu beruhigen.

Ich sollte mich einzig auf die Pressetour konzentrieren, die heute Abend mit dem Auftritt bei Jimmy Fallon in New York beginnt und morgen ernsthaft losgeht, mit einer Woche voller Interviews in allen wichtigen Frühstücks- und Late-Night-Shows. Marcie hat mir über Nacht eine E-Mail geschickt. Schläft die Frau eigentlich nie? Sie will ein Update bezüglich der Tour und hat noch einmal betont, dass sie John unbedingt persönlich treffen möchte. Glaubt sie, dass ich das bei den zweiundsiebzig Malen, die sie das vorher erwähnt hat, nicht mitbekommen habe?

Zu allem Überfluss hat einer meiner anderen Klienten ein Problem, um das ich mich während des Fluges kümmern muss. Aber im Moment kann ich nur an Johns Lippen, seine Augen und diese unglaublichen Bauchmuskeln denken, die ich unter seinem T-Shirt gespürt habe. Ich will sie sehen. Mit meiner Zunge darüberlecken.

Stopp, Jules. Lass das!

Ich höre, wie die Dusche abgestellt wird, und werfe meine letzten

Sachen in den Koffer. Ich bin gerade dabei, ihn zu schließen, als Amy mit je einem Handtuch um Kopf und Körper aus dem Bad kommt.

»Wirst du mir erzählen, wo du letzte Nacht wirklich gewesen bist?«

Ich wende ihr weiter den Rücken zu, denn mein Gesicht verrät mich immer, wenn ich mich um die Wahrheit herummogeln will. Das Problem habe ich schon mein ganzes Leben. »Das habe ich dir doch geschrieben.«

»Lustig, denn als ich aufgewacht bin und deine Nachricht gelesen habe, habe ich beschlossen, mich an der Bar zu dir zu gesellen. Zu meiner Überraschung warst du nicht da.«

Verdammt, verdammt! »Ich war erst da und bin dann ein wenig spazieren gegangen.«

»Ganz allein, im Dunkeln, in einer fremden Stadt, ohne dass jemand weiß, wo du bist? So ein Quatsch.«

Ihr ist klar, dass ich so etwas in New York niemals tun würde, also würde ich es hier auch nicht machen.

»Warst du bei ihm?«

Ich lege meine Sachen sorgfältig zusammen, um etwas zu tun zu haben, während ich ihr weiter den Rücken zuwende. »Nur für ein paar Minuten. Er hatte ein Problem und hat meine Hilfe gebraucht.«

»Was für ein Problem?«

»Eines, das allein meinen Klienten und mich etwas angeht.«

»Also arbeitest du jetzt auch nachts?«

»Ich tue, was mein Arbeitgeber mir sagt, und kümmere mich um alles, was er braucht.«

»Du redest so einen Unsinn, dass es schon nicht mehr lustig ist. Und du spielst mit dem Feuer.« Sie kommt zu mir, packt meine Arme und zwingt mich, sie anzusehen. »Hast du heute Morgen die Nachricht von Rob gelesen?«

Ich habe bisher nicht auf mein Handy geschaut, was ziemlich untypisch für mich ist. Ich möchte gar nicht wissen, was für Katastrophen meiner Klienten dort auf mich warten. »Noch nicht.«

»Eric hat ihn von Heathrow aus angerufen. Der Grund für ihre verfrühte Heimreise ist, dass Ava von John träumt und sie das beide so verunsichert, dass sie ihre Flitterwochen nicht mehr fortsetzen wollten.«

Der Schock lähmt mich. Wie bitte? Ava träumt von John, und das hat ihre Flitterwochen ruiniert?

»Hast du dazu nichts zu sagen?«, fragt Amy und sieht mich unter zusammengezogenen Brauen an.

»Ich ... Es tut mir wahnsinnig leid für die beiden. Aber was hat das mit mir zu tun?«

Jetzt hebt sie die Augenbrauen ungläubig. »Fragst du das ernsthaft? Unser Bruder und seine frisch angetraute Frau sind wegen dieses Mannes so aufgebracht, dass sie zwei Wochen früher von ihrer Hochzeitsreise zurückkehren. Du warst bei ihm – ganz allein, mitten in der Nacht – und hast weiß Gott was gemacht, nachdem du mir gestanden hast, dass du Gefühle für ihn hegst. Und jetzt siehst du das Problem nicht?«

Ich sehe das Problem. Ich sehe es nur allzu deutlich. »Was mich betrifft, gibt es nichts, was dich beunruhigen muss. Wir haben uns bloß unterhalten, mehr nicht.«

Ihr Blick wird schärfer. »Das glaube ich dir nicht.«

»Tja, das ist nicht mein Problem. Du solltest dich besser anziehen. In zwanzig Minuten werden wir abgeholt.«

Es ist total ungewöhnlich, dass meine Schwester und ich uns streiten, und das führt nicht unbedingt dazu, dass ich mich besser fühle.

»Hör mal, Jules. Du musst dich wirklich von ihm fernhalten. Erinnerst du dich noch an das, was wir gesagt haben, als Mom damals Dad verlassen hat?«

»Da haben wir eine Menge gesagt.«

»Ja, aber vor allem haben wir darüber gesprochen, wie die Leute ein totales Chaos in ihrem Leben stiften und sich dann, wenn sie inmitten der Trümmer sitzen, wundern, wie das hat passieren können. Erinnerst du dich an diese Unterhaltung?«

»Ja.«

»Genau das tust du, indem du dieser Fantasie nachhängst, dass er jemals mehr für dich sein könnte als nur ein Klient. Wenn du diesen Weg weiter beschreitest, wirst du selbst bald inmitten deiner Trümmer sitzen und dich wundern, wie es so weit kommen konnte.«

»Das ist nichts, worüber du dir Gedanken machen müsstest.« Ich bemühe mich um einen leichten, unbesorgten Tonfall. »Er trauert immer noch um Ava.«

»Das hat er dir gesagt?«

»Ja. Auch wenn er das nicht laut hätte aussprechen müssen. So, wie er jedes Mal reagiert, wenn ihr Name fällt, ist es offensichtlich. Ich bin nicht dumm, Amy. Ich weiß, was auf dem Spiel steht.«

»Dann vergiss das nicht, egal, wie intensiv die nächsten paar Wochen werden. Erledige deinen Job, und wende dich dann deinem nächsten Klienten zu. Wenn du dich auf ihn einlässt, wirst du es bitter bereuen.«

»Ich weiß. Und jetzt zieh dich an, damit wir fertig sind, wenn sie kommen.«

Sie tut, worum ich sie gebeten habe, aber ihre Worte lassen mich innerlich zittern. Ich erinnere mich an die Unterhaltung, nachdem unsere Mom ihre Ehe und unsere Familie letzten Sommer auf so dramatische Weise verlassen hat, indem sie sich von ihrem jungen Geliebten hat abholen lassen, während wir alle zu Hause waren. Das war grausam, und es hat nicht lang gedauert, bis sie es bereut hat. Vor allem, nachdem Eric ihr nicht erlaubt hat, zur Hochzeit zu kommen, wenn sie *ihn* mitbringt. Das Letzte, was ich gehört habe, war, dass sie und der Typ »eine Pause einlegen, um ihre Beziehung zu überdenken«. Was auch immer das heißen soll. Einige Dinge kann man nicht ungeschehen machen, und das gehört eindeutig dazu.

Ich erinnere mich auch daran, dass sie mir leidgetan hat, weil alle so sauer auf sie waren. Natürlich habe ich das niemandem gesagt. Meine Gefühle für sie sind kompliziert. Ich kann das, was sie meinem Dad und uns angetan hat, nicht gutheißen, aber trotzdem liebe ich sie.

Amy kümmert sich um mich, wie sie es mein ganzes Leben lang getan hat, und dafür liebe ich sie, auch wenn ich die Wahrheit nicht hören will, während ich noch dabei bin, das zu verarbeiten, was letzte Nacht passiert ist. Als wir das Hotelzimmer verlassen und nach unten gehen, um auszuchecken und auf die Jungs zu warten, drehen sich meine Gedanken immerzu um die Stunde, die ich mit John verbracht habe.

Ich bin nervös und frage mich, ob das Zusammentreffen mit John seltsam wird oder ob er etwas tun oder sagen wird, das weiteres Wasser auf Amys Mühlen gießt.

Das Letzte, was ich will, sind Schwierigkeiten mit meinen Geschwistern. Und Amy hat recht, die Geschichte bietet Potenzial für massive Probleme. Ich würde gerne von mir glauben, dass ich ein kluger Mensch bin, der keine Dummheiten macht, von denen ich genau weiß, dass sie mich oder meine Familie in einen Albtraum stürzen könnten.

Doch dann fährt er vor, und das Summen beginnt erneut. Es ist sogar noch intensiver als zuvor. Und als ich sehe, dass er seine Uniform trägt, breche ich beinahe zusammen, weil er so unglaublich attraktiv ist. Mein Herz fühlt sich an, als würde jemand es zusammendrücken, und ich kann kaum atmen, während ich Muncie helfe, unser Gepäck im Kofferraum zu verstauen, ehe ich mich neben Amy auf die Rückbank setze. Ich wähle absichtlich den Platz hinter John, damit ich nicht versucht bin, ihn anzustarren.

Während der kurzen Fahrt zum Flughafen, der mitten in San Diego liegt, checke ich meine Nachrichten und lese die von Rob zuerst.

*Das ist so eine Sch***, Leute. Sie kommen nach Hause, weil Ava von John geträumt hat (offenbar ziemlich lebhaft), und sie sind beide so verstört, dass sie ihre Flitterwochen abbrechen. Was zum Teufel?!?*

Auch wenn ich es schon von Amy gehört habe, verdeutlichen Robs Worte noch mal, wie hoch die Einsätze für alle Beteiligten sind.

Ich schwöre mir, mich auf den Job zu konzentrieren und nicht auf den Mann, der im Zentrum dieses Jobs steht. Er ist nur ein Klient, wie alle anderen, die vor ihm kamen und die nach ihm kommen werden. Meine Arbeit hat mich gerettet, nachdem Andy unsere Hochzeit abgesagt hat. Wenn ich mich nicht in meine Arbeit hätte stürzen können, hätte ich die Enttäuschung und den Herzschmerz niemals überstanden.

Unter keinen Umständen will ich mich jemals wieder so fühlen wie in den Wochen nach unserer Trennung. Und doch bin ich auf direktem Weg dorthin, wenn es mir nicht gelingt, mich zusammenzureißen. Ich bin kein Teenager mehr, der bis über beide Ohren in den Captain des Footballteams verknallt ist. Ich muss dem Einhalt gebieten, solange ich noch kann. Das Risiko ist groß, und Selbstbeherrschung ist das Motto des Tages.

Am Flughafen angekommen, fahren wir direkt aufs Rollfeld, wo schon ein Militärjet auf uns wartet. Ein Mann und eine Frau in Navy-Uniform begrüßen uns, salutieren vor John und Muncie und nehmen dann unsere Taschen, bevor sie uns in die Maschine führen.

Ich bin schon mit anderen Klienten in schickeren Privatjets geflogen, aber das hier ist besser, als sich durch die Security zu quälen und in zu enge Sitzreihen gepfercht zu werden.

»Das hier ist Petty Officer Matson«, stellt die Frau den Mann neben ihr vor. »Und ich bin Chief Petty Officer Schroder. Wir werden uns ums Sie kümmern, und ich darf sagen, dass es eine Ehre ist, Sie an Bord zu haben, Captain West.«

»Danke.«

Sie bieten uns Kaffee und Orangensaft an.

Ich entscheide mich für einen Kaffee, genau wie John. Amy und Muncie wollen Orangensaft.

»Gibt es im Flugzeug WLAN?«, frage ich hoffnungsvoll.

»Natürlich.« Schroder gibt uns das Passwort.

Gott sei Dank. Ich kann mich während des viereinhalbstündigen Flugs mit meiner Arbeit beschäftigen, was gut ist, denn ansonsten würde ich wahnsinnig werden bei dem Versuch, nicht an ihn zu denken.

Wir setzen uns an einen Tisch. Jeder unserer Sitze hat einen Sicherheitsgurt, den wir für den Start anlegen müssen. Danach werden uns unsere Getränke serviert.

Muncie schaut aus dem Fenster. »Eine sehr zivilisierte Art des Reisens«, merkt er an.

»Auf jeden Fall besser als die C-141 und die C-5.«

»Allerdings. Diese Netzsitze sind auf langen Flügen die Hölle.«

John lacht. »Ja, da schmerzt der Hintern schnell. Einmal bin ich zehn Stunden in einer 141 geflogen, mit einem Sarg auf dem Boden zwischen den Sitzen. Wir wurden extra darauf hingewiesen, dass wir weder die Füße darauf abstellen noch ihn während des Flugs als Tisch benutzen dürften.«

Muncie lacht. »Ja, ich kann mir vorstellen, dass das extra gesagt werden musste.«

»Ich schätze, sie haben schlechte Erfahrungen mit Leuten gemacht, die Särge als Fußstütze benutzen.«

Auch wenn ich die Augen fest auf mein iPad gerichtet habe und versuche, mich auf meine E-Mails zu konzentrieren, lausche ich ihrem Gespräch, weil mich jeder kleine Einblick in das Leben, das er geführt, und die Dinge, die er gesehen hat, fasziniert. Seine Erfahrungen sind so anders als meine, dass mein Interesse vermutlich ganz normal ist.

Ich spüre, dass er mich anschaut. Vermutlich hofft er, dass ich den Kopf hebe und ihn ansehe, aber das werde ich nicht tun. Ich mache meine Arbeit und halte meine Augen und alles andere von ihm abgewandt.

Die Uniform ist umwerfend, oder besser gesagt, er ist es in der Uniform. Auf der Pressetour werden die Frauen sich reihenweise in ihn verlieben. Wenn alles vorbei ist, wird er ein Star sein und sich aussuchen können, mit wem er seine Zeit verbringt. Was auch immer dieser Moment des Wahnsinns zwischen uns ist, das Scheitern ist schon vorherbestimmt, unter anderem weil sein Leben sich nach dieser Reise auf eine Weise verändern wird, die er sich jetzt noch nicht einmal ansatzweise vorstellen kann.

Es ist besser so, rede ich mir ein, während ich eine E-Mail von einer meiner anspruchsvollsten Klientinnen beantworte – eine Instagram-Influencerin mit fünf Millionen Followern. Um ihren Ansprüchen gerecht zu werden, müssen sich jetzt zwei Kollegen um all das kümmern, was ich normalerweise allein erledige. Ich gebe ihnen ein paar Tipps, wie sie mit Drucilla umgehen können, und weise sie darauf hin, dass ich es gar nicht zu schätzen wüsste, wenn sie die Sache vermasseln. Sie als Klientin zu gewinnen war vor der Sache mit Captain West der größte Coup meiner Karriere.

Solange ich mir Sorgen um Drucilla mache und sicherstelle, dass all ihre Wünsche erfüllt werden, muss ich mich nicht mit John beschäftigen oder ihn in dieser umwerfenden Uniform anschauen. Bisher haben Uniformen mich verhältnismäßig kalt gelassen, aber im Moment sind meine Hormone in höchster Alarmbereitschaft, und ich muss gegen den Drang ankämpfen, ihn mit den Augen zu verschlingen wie ein albernes Mädchen, das nie zuvor einen sexy Mann zu Gesicht bekommen hat.

Meine Messenger-App zeigt mir, dass ich eine Nachricht von ihm habe. *Warum ignorierst du mich?*

Ich habe plötzlich das Gefühl, als wäre ich zu nah ans Feuer geraten. Gerade so kann ich mich davon abhalten, zusammenzuzucken. Das Summen in meinen Ohren übertönt das Dröhnen der Flugzeugmotoren. *Tu ich doch gar nicht.*

O doch.

Sorry, ich muss mich um ein paar Klienten kümmern.

Ich brauche dich heute. Beim Gedanken an das, was mir bevorsteht, bekomme ich langsam Panik.

Du wirst das super machen. Du bist optimal vorbereitet, und die Uniform ist ... Mein Gott, wie kann ich das ausdrücken, ohne zu klingen wie eine vernarrte Fünfzehnjährige?

Was? Stimmt damit was nicht? Ich muss sie tragen, wenn ich für die Navy unterwegs bin.

Mit der Uniform ist ALLES in Ordnung.

Er antwortet nicht sofort, und ich starre auf den Bildschirm und versuche, John per Gedankenkraft zu zwingen, etwas zu erwidern. Nach einer gefühlten Stunde sehe ich die verräterischen Punkte, die anzeigen, dass er etwas schreibt.

Also gefällt dir die Uniform?

So kann man es auch ausdrücken ...

Aus dem Augenwinkel erkenne ich, wie sein Gesicht sich unter einem Lächeln erhellt. Ich muss mich zusammenreißen, um nicht laut zu seufzen. *Ich weiß, die Situation ist schwierig, aber du sollst wissen ...*

WAS? Was soll ich wissen? Meine Gedanken drehen durch, während ich darauf warte, dass er den Satz beendet.

Wenn du in meiner Nähe bist, fühle ich mich so gut wie schon sehr lange nicht mehr.

Beinahe wünschte ich, er hätte mir das nicht gesagt. Wie soll ich vernünftig rüberbringen, was er damit in mir auslöst? Das kann ich nicht, also beschränke ich mich auf ein einfaches: *Danke.*

Nein, ich danke dir. Für alles.

Nach ein paar Tagen in New York wirst du das vielleicht noch mal überdenken.

Nichts, was dort passiert, ist deine Schuld. Für alle negativen Aspekte dieser Reise mache ich allein die Navy verantwortlich.

Wenigstens wird diese Mission luxuriöser als die letzte. Die Navy hat keine Kosten gescheut und uns im verdammten *Four Seasons* untergebracht. Ich habe Marcie mitgeteilt, dass ich in meinem Apartment bleiben kann, aber sie meinte, ich solle tun, was die Navy will, also wohne ich auch im Hotel. Was vermutlich ganz gut ist, denn bei einer so großen Tour gibt es immer irgendetwas, worum ich mich kümmern muss. Zumindest habe ich das von Kollegen gehört, die so etwas schon mal gemacht haben.

Zusätzlich zu der erstklassigen Unterbringung haben sie John und Muncie Kreditkarten für alle anfallenden Ausgaben ausgehändigt, und als Muncie nach dem Limit gefragt hat, haben sie ihm geantwortet, es gäbe keines. Was laut Muncie in den zwölf Jahren seiner Zugehörigkeit zur Navy noch nie vorgekommen ist.

Ich erhalte eine weitere Nachricht von John. *Alles ist luxuriöser als das, was war, doch du hast recht. Dieser Teil wird wenigstens nicht ätzend sein.*

Du solltest versuchen, dich zu entspannen und das Abenteuer zu genießen. Du hast die Aufmerksamkeit und den Beifall verdient, die du bekommen wirst. Und es ist eine super Chance, auf die Opfer aufmerksam zu machen, die deine Freunde und deine Kameraden jeden Tag bringen.

Stimmt. Darauf freue ich mich. Wirst du mir während der gesamten Reise aus dem Weg gehen oder nur für den Flug, weil deine Schwester dich mit Argusaugen beobachtet?

Ich gehe dir nicht aus dem Weg.

Wie du meinst.

Was gestern Abend passiert ist ... Ich fürchte mich beinahe davor, es in Worte zu fassen, die weitergeleitet werden könnten. Nicht, dass er das jemals tun würde. Aber ich habe gelernt, misstrauisch zu sein. *Das darf nicht noch einmal passieren. Es tut mir leid. Es liegt nicht daran, dass ich es nicht will ... Es ist nur sehr kompliziert, wie du weißt.* Mein Finger schwebt einen Moment über dem Senden-Knopf, bevor ich daraufdrücke. Sobald die Worte raus sind, kann ich sie nicht mehr zurücknehmen.

Er antwortet nicht, und ich bin mir nicht sicher, was ich davon halten soll. Ich beschließe, es für den Moment gut sein zu lassen. Ich habe ihm die Wahrheit gesagt und habe vor, mich dementsprechend zu verhalten. Alles, was Amy vorgebracht hat, ist wahr. Die Beziehung zu meinen Geschwistern ist mir zu wichtig, als dass ich sie für diese Sache mit ihm aufs Spiel setzen würde. Vor allem, da Eric und Ava mit ihm zusammenhängende Probleme haben und aufgrund derer auf dem Rückweg nach New York sind.

Das Letzte, was sie jetzt gebrauchen können, ist, dass ich alles nur komplizierter mache, indem ich Gefühle für Avas Ex entwickle – oder denen, die schon da sind, nachgebe.

Doch wenn ich ganz ehrlich zu mir bin – und was hätte es für einen Sinn, mich anzulügen? –, muss ich sagen, dass selbstlos zu sein manchmal echt ätzend ist. Ich zerbreche mir ständig den Kopf über die Gefühle anderer Leute – die meiner Klienten, meines Bosses, meiner Geschwister, meiner Freunde. Wann ist denn endlich mal der Zeitpunkt gekommen, zu dem ich mich mit meinen eigenen Gefühlen auseinandersetzen darf?

Nun ja, jetzt nicht, so viel steht fest. Wenn ich daran denke, was Ava wegen dieses Mannes durchgemacht hat, wie hart sie um ihr Happy End mit Eric gekämpft hat, kann ich nicht rechtfertigen, dass mein Mund in seiner Nähe wie ausgetrocknet ist, mein Herz rast, meine Ohren unter dem konstanten Summen in meinem Körper klingeln. Ich denke daran, dass er sich besser fühlt, wenn ich bei ihm bin. Und das kann ich für ihn tun. Ich kann ihm etwas geben, das er braucht, und …

Und ich war besser dran, bevor ich das wusste.

Nachdem ich ihn jetzt richtig kennengelernt habe, möchte ich, dass es ihm nach den schlimmen Verlusten, die er erlitten hat, besser geht. Ich will, dass er die Nächte durchschlafen kann, ohne von Albträumen geplagt zu werden. Ich will, dass er zu seiner einstigen Stärke zurückfindet und ohne die von ihm so gehassten Krücken mit seiner Prothese laufen kann. Ich will, dass er glücklich ist, denn bei Gott, der Mann hat so viel Glück verdient, wie er kriegen kann.

All das wünsche ich mir für ihn, aber nicht auf Kosten von allem, was mir lieb und teuer ist. Doch genau das wäre der Preis, wenn ich stärker in sein Leben eingebunden wäre als bloß als die PR-Agentin für seine Pressetour. Mehr kann ich nicht für ihn sein, und das muss uns beiden reichen.

Als ich einen Blick über den Tisch zu ihm riskiere, sehe ich, dass seine schockierend blauen Augen mich mit einer Intensität mustern, wie ich sie bisher bei keinem anderen Mann erlebt habe. Nicht einmal bei dem, den ich beinahe geheiratet hätte. Obwohl ich vorhabe, die Sache zwischen uns rein platonisch zu halten, erkenne ich, dass *er* davon erst noch überzeugt werden muss.

KAPITEL 16

JOHN

Ich bin seit Jahren nicht mehr in New York gewesen, aber es ist noch genau so, wie ich es in Erinnerung habe – schmutzig, voll, verstopft und quirlig. Hier herrscht eine Energie, die man nirgendwo anders findet. Es ist ein Irrenhaus. All das nehme ich durch das Fenster auf der Rückbank der Limousine wahr, die uns am Flughafen Teterboro in New Jersey abgeholt hat.

»Home sweet home«, sagt Amy, als wir eine der vielen Brücken überqueren, die nach Manhattan führen.

Ich bin mir nicht sicher, welche Brücke es ist, es ist mir auch nicht wichtig genug, um sie zu fragen. Allerdings habe ich eine andere Frage: »Wie könnt ihr es ertragen, hier zu leben?«

»Äh, für uns ist es unser Zuhause«, erwidert Amy. »Ich liebe New York. Ich wollte niemals irgendwo anders leben.«

Während ich die Stadt an mir vorbeiziehen sehe, die Graffiti, den Müll, das Chaos, kann ich mir nicht vorstellen, immer hier zu leben. »Ich würde hier nach spätestens zwei Wochen verrückt werden.«

»Man gewöhnt sich daran«, meint sie.

»Ich nicht.«

»Ich weiß nicht, ob ich es könnte«, wirft Muncie ein. »Ich verstehe, warum die Leute gerne herkommen, doch ich glaube nicht, dass ich hier leben könnte.«

»Das habe ich anfangs auch gedacht«, gesteht Jules zögernd. »In den ersten sechs Monaten hatte ich panische Angst, irgendwo allein hinzugehen.«

»Wirklich?« Amy wirkt erstaunt. »Du hast nie was gesagt.«

Jules zuckt mit den Schultern. »Ich wollte nicht, dass ihr mich für einen Feigling haltet.«

»Zu spät. Das haben wir sowieso getan.«

Ich will Jules verteidigen. Will erklären, dass sie so weit von einem Feigling entfernt ist, wie es nur geht. Soweit ich das beurteilen kann, ist sie vollkommen furchtlos, aber ich schätze, sie würde es nicht sonderlich zu schätzen wissen, wenn ich ihr so beispringen würde.

Jules lacht und stößt ihre Schwester mit dem Ellbogen an. »Ach, sei still.«

Sie braucht weder mich noch sonst jemanden dafür, sie zu verteidigen. Das kriegt sie ganz gut allein hin. Außerdem ist sie es vermutlich gewohnt, von ihren Geschwistern aufgezogen zu werden, selbst wenn ich es nicht bin.

»Aber es stimmt, man gewöhnt sich nach einer Weile daran«, fügt Jules an.

»Ich glaube, ich nicht.« Es gibt ein paar Dinge in meinem neuen Leben, derer ich mir sehr sicher bin. Und das ist eins davon. Ich würde das entspannte Dasein in San Diego diesem Zoo hier jederzeit vorziehen.

»Es gefällt mir, dass man hier jederzeit alles kriegen kann, was man will«, bemerkt Jules. »Tacos um Mitternacht? Kein Problem. Sushi zum Frühstück? Bedien dich.«

Ich merke mir, dass sie mitternächtliche Tacos und Sushi zum Frühstück mag.

»Und die Pizza!«, sagt Amy.

»Himmlisch.«

Ich spüre Jules wohlig erschauern, und das in jeder Faser meines Körpers – selbst in meinem Schwanz, was in mir kurz den Wunsch weckt, ihm ein »Willkommen zurück im Leben« zuzurufen. Er hat mir gefehlt. Trotzdem weiß ich natürlich, dass das hier weder der richtige Zeitpunkt noch der richtige Ort ist, um seine Anwesenheit kundzutun.

Von der Minute an, in der wir am *Four Seasons* ankommen, erlebe ich aus erster Hand, wie mein Leben von jetzt an sein wird. Also, es ist definitiv nicht schlecht, ein Upgrade in die Präsidentensuite zu kriegen, als Dank des Hotels für meine Dienste. Damit kann ich leben. Doch das Angaffen, das Winken, das Rufen, die Autogrammjäger – es wird eine Zeit lang dauern, bis ich mich daran gewöhnt habe.

Muncie meinte, die Navy-Führung hätte gedacht, man würde mich in Ruhe lassen, wenn sie mich in einem Luxushotel einquartieren. Tja, da haben sie falsch gedacht. Jeder hat mir etwas zu sagen, vom Portier, der uns begrüßt, über die Mitarbeiter an der Rezeption und die Frau, die dort neben uns steht, bis hin zu dem Mann, der uns das Gepäck aufs Zimmer bringt, obwohl wir ihm versichern, dass wir uns allein darum kümmern können. Aber davon will er nichts wissen.

Mit dem Fahrstuhl fahren wir in den einundfünfzigsten Stock hinauf, und die ganze Zeit redet der Gepäckträger. Ich fange Jules' Blick auf und verdrehe die Augen, um sie wissen zu lassen, was ich davon halte. Ich spüre, dass sie kichern will, doch sie beherrscht sich. Sie ist so professionell wie immer.

»Hier entlang, Captain West.«

Der Mann hat eine Uniform mit Messingknöpfen und Kordeln, die meine Kluft fast ein wenig schäbig aussehen lässt. Vielleicht kann ich nach meiner Entlassung aus der Navy einen Job als Gepäckträger oder Portier annehmen. Immerhin kann ich dann weiter Uniform tragen.

Er stößt die Tür zu einer Suite auf, die sich jeder Beschreibung entzieht. So etwas habe ich noch nicht gesehen, und ganz sicher habe ich noch nie in irgendetwas übernachtet, das dem hier auch nur im Entferntesten geähnelt hätte. Die über drei Meter hohen Fenster, der Stutzflügel, die luxuriösen Möbel und der Blick über das südliche Manhattan überwältigen mich. Als der Hotelangestellte uns die Terrasse, das Schlafzimmer und das große Badezimmer mit der Badewanne zeigt, von der Jules sagt, sie könnte problemlos darin wohnen, bemühe ich mich, nicht an die spätere Aufzeichnung von *Jimmy Fallon* zu denken. Ich befolge Jules' Rat, einfach eine Minute nach der nächsten zu nehmen und das Abenteuer zu genießen.

»Du darfst die Badewanne gerne benutzen, während wir hier sind.« Ich versuche, sie mir nicht nackt und mit Schaum bedeckt vorzustellen.

»Vielleicht komme ich auf das Angebot zurück.«

Ich schaue sie kurz an und bemerke den verstörten Blick, den Amy ihr zuwirft.

»Ich sage das nicht gerne«, erklärt Amy, »aber ich muss jetzt los. Morgen heißt es für mich: zurück in die Realität. Deshalb gehe ich besser nach Hause und bereite mich vor.«

»Sehen wir uns noch, bevor wir wieder abreisen?«, fragt Muncie hoffnungsvoll.

»Äh, sicher. Das lässt sich bestimmt einrichten.«

»Lasst uns doch zusammen essen gehen«, schlage ich vor, auch wenn ich insgeheim froh bin, dass Amy nicht weiter bei uns sein wird, um auf Jules aufzupassen. Mir hat nämlich gefallen, wie sie gestern Abend war, als sie sich an mich geklammert und mich geküsst hat.

»Viel Glück heute Abend und mit den anderen Interviews, John. Und danke noch mal für alles, was du für uns getan hast.« Amy überrascht mich, indem sie sich auf die Zehenspitzen stellt und mir einen Kuss auf die Wange gibt. »Ich melde mich später bei dir«, sagt sie zu Jules und verlässt die Suite.

»Ich sollte jetzt auch auf mein Zimmer gehen.« Jules nimmt ihren Koffer in die Hand. »Wir müssen um vier Uhr los.«

Es ist kurz nach zwei, Zeit genug, um ein Nickerchen zu machen oder ein wenig zu trainieren. Letzteres würde ich lieber tun, aber für mein Training und eine Dusche reicht die Zeit vermutlich nicht, und ich will im landesweiten Fernsehen nicht total abgekämpft aussehen. »Willst du noch was essen?« Nicht nur meine Libido ist neu erwacht, sondern auch mein Appetit.

»Wir können was beim Zimmerservice bestellen.« Muncie grinst wie ein kleines Kind. »Geht alles auf Kosten der Regierung.«

»Klar.« Jules reckt den Daumen in die Höhe. »Klingt gut.«

»Ich suche mal die Speisekarte.«

Muncie lässt uns in dem riesigen Schlafzimmer mit dem Kingsize-Bett allein. Ich werfe einen Blick darauf und wünsche mir, wir hätten

Zeit und keine der Komplikationen, die das Aufregendste, was mir seit Langem passiert ist, unmöglich machen.

Mit einem Mal scheint Jules zu realisieren, wo wir uns befinden, was ich denke und dass wir allein sind. »Ich sollte meine Sachen auf mein Zimmer bringen.«

»Geh nicht.«

Sie schaut weg, atmet tief ein und zwingt sich dann offensichtlich, mich wieder anzusehen. »Bitte nicht. Ich kann das nicht, John.«

Ich verstehe, dass sie das sagt. Aber ich spüre auch, wie gerne sie es will.

——

JULIANNE

Diese paar aufgeladenen Sekunden im Schlafzimmer seiner Suite, als ich ihn dabei ertappt habe, wie er das Bett gemustert hat wie ein Mann, der seit sechs Jahren keinen Sex hatte, haben mich total durcheinandergebracht. Es muss in der Zeit doch irgendjemanden gegeben haben ... Aber als ich mich daran erinnere, wie der Verlust von Ava ihm das Herz gebrochen hat, bin ich mir sicher, dass dem nicht so war. Eine Erkenntnis, die nicht hilft, das Feuer einzudämmen, das in mir lodert.

Die Situation ist völlig aus dem Ruder gelaufen, und ich kann nicht mehr so tun, als wäre dem nicht so.

Zwei kleine Worte von ihm – »Geh nicht« – haben mich und meine Selbstkontrolle entzweigerissen. Ich wollte mich ihm an den Hals werfen, die Arme um ihn schlingen und ihm alles geben, was er für den Rest seines Lebens braucht.

Ich will ihm *alles* geben, und es ist mir vollkommen schnuppe, warum das das Schlimmste ist, was ich tun könnte. Eric, Ava, meine Karriere und sogar mein Ruf sind mir egal. Wichtig ist mir nur, was er braucht. Also ja ... vollkommen aus dem Ruder gelaufen.

Dabei muss ich im Moment alles unter Kontrolle haben, damit ich meinen verdammten Job erledigen kann. Ich begleite den wichtigsten

Klienten, den ich je hatte, zu *The Tonight Show Starring Jimmy Fallon*, und dafür muss ich in Bestform sein.

Auf dem kurzen Weg zum Rockefeller Center, wo die Sendung im NBC-Gebäude aufgezeichnet wird, rede ich mir ins Gewissen. Der Sender hat uns einen Wagen geschickt – diese Forderung habe ich an alle Sender gestellt, schließlich ist mein Klient ein Mann mit Beinprothese, aber ich weiß, sie hätten es sowieso getan.

Vor dem Gebäude werden wir von einer Produktionsassistentin in Empfang genommen, die sehr professionell ist, auch wenn ich spüre, dass sie kurz vorm Durchdrehen steht. Ich kann es ihr nicht verdenken. John spielt quasi in einer eigenen Liga. Diese Frau verdient ihren Lebensunterhalt damit, sich um Prominente zu kümmern, und doch kann sie sich in Johns Gegenwart kaum zusammenreißen. Ich frage mich, ob ich die Größe dieser Tour und des Empfangs, der John erwartet, unterschätzt habe.

Fallon persönlich begrüßt uns an der Rezeption, und auch wenn ich noch nie mit einem Klienten in dieser Sendung war, schätze ich, dass das eher ungewöhnlich ist. John stellt ihm Muncie und mich vor. Jimmy umarmt John und dankt ihm für seinen Dienst.

Ich bemerke, dass John überwältigt ist. Verdammt, ich bin auch überwältigt. Dennoch bewahrt John Haltung, als er weiteren Mitarbeitern die Hand gibt und noch ein paar Umarmungen über sich ergehen lässt.

Der Sender hat für uns den roten Teppich ausgerollt. Wir werden in einen Raum geführt, in dem wir warten können und wo uns ein breites Angebot an Getränken, Snacks und Gebäck zur Verfügung steht.

John wirkt ernsthaft überrascht. »Das ist verrückt.«

»Gewöhn dich dran, Superstar.« Muncie nimmt sich eine Cola und reicht John ein Wasser. »Jules? Es gibt hier Eistee.«

»Klingt gut.« Ich bin noch satt von unserem Mittagessen, das wir in die Suite bestellt hatten, und erschöpft von der Schlacht, die ich mit meinen Gefühlen schlage. Ich bin es nicht gewohnt, mich so zu fühlen – so kenne ich mich nicht.

Die verschiedenen Producer der Sendung kommen herein, um Hallo zu sagen, John dafür zu danken, dass er ihre Sendung als Startpunkt für seine Tour ausgewählt hat. Eine Frau nähert sich und pudert Johns Gesicht ein wenig, damit es unter den Scheinwerfern im Studio nicht glänzt.

John schneidet eine Grimasse. »Das ist aber kein Make-up, oder?«

Sie lacht. »Natürlich nicht. Das würden wir Ihnen niemals antun.« Als sie fertig ist, verkündet sie, dass es in zehn Minuten losgeht.

Kurz darauf kommt auch schon eine weitere Assistentin, um uns abzuholen. »Showtime.«

Sie erklärt uns, wo Muncie und ich uns die Aufzeichnung anschauen können. Ich habe darum gebeten, in Johns Nähe bleiben zu dürfen, nur für den Fall. Für welchen Fall, weiß ich auch nicht, doch diese Bitte ist an alle Sendungen rausgegangen, in denen er auftreten wird.

Beide Krücken in einer Hand, steht John auf und findet sein Gleichgewicht. Dann wendet er sich an Muncie. »Ist mit der Uniform alles in Ordnung?«

Muncie stellt sich vor ihn, richtet ihm die Krawatte und wischt ein Staubkörnchen von seinem Ärmel. »Alles makellos.«

»Danke.« Er sieht mich an und verzieht das Gesicht. »Tja, jetzt geht's los.«

Ich schaue zu ihm auf. »Atme einfach weiter, während du da draußen bist. Stell dir vor, du sitzt mit Jimmy in seinem Wohnzimmer und quatschst wie mit einem alten Freund. Mehr ist es nicht.«

Er nickt und schenkt mir dieses strahlende Lächeln, das er viel zu selten zeigt, bei dem aber jede Frau in Amerika sofort seine Telefonnummer würde haben wollen. Nach dem heutigen Abend werde ich ihn mit der Welt teilen müssen, und ich bin mir nicht sicher, wie ich das finde.

»Captain West.« Die Produktionsassistentin signalisiert ihm, ihr zu folgen. »Wir sind dann so weit.«

Wir gehen den kurzen Weg zur Tonbühne, wo John warten soll, bis er angekündigt wird.

Er reicht Muncie die Krücken.

»Bist du sicher?« Muncies Stimme klingt angespannt.

Gott sei Dank hat er gefragt, sonst hätte ich es getan.

John nickt. »Bin ich.«

Mein Stresslevel steigt um das Tausendfache. Wenn er vor all diesen Menschen hinfällt, wird er nie darüber hinwegkommen – und ich auch nicht.

Jimmy steht vor seinem Publikum, vibriert förmlich. »Es ist mir eine große Ehre, heute als meinen einzigen Gast jemanden zu begrüßen, der nicht extra vorgestellt werden muss. Er und sein SEAL-Team haben mehr als fünf Jahre damit zugebracht, den meistgesuchten Mann der Welt aufzuspüren und ihn schließlich gefangen zu nehmen. Das hat unseren Gast ein Bein und zwei seiner engsten Freunde das Leben gekostet. Ladys und Gentlemen, bitte begrüßen Sie einen echten amerikanischen Helden: Captain John West.«

Ich halte den Atem an, als John einen zögerlichen Schritt vorwärts macht, und dann noch einen und einen weiteren. Beim dritten Schritt scheint er sicher zu sein, dass sein Körper ihn nicht im Stich lässt. Ich packe Muncies Arm, weil ich mich an etwas festhalten muss, um nicht ohnmächtig zu werden oder mich zu übergeben oder sonst etwas zu tun, das für mich oder meinen Klienten peinlich wäre.

Muncie legt seine Hand auf meine. Wir atmen beide kaum, als John zu tosendem Applaus das Studio betritt. Es gibt kein anderes Wort, um seinen Empfang zu beschreiben.

John ist großartig – liebenswürdig, bescheiden und offensichtlich überwältigt von dem mehrere Minuten anhaltenden Applaus.

»Er muss sich hinsetzen«, flüstert Muncie mir zu.

Meine Angst schießt wieder in die Höhe, und ich will gerade die Produktionsassistentin auf mich aufmerksam machen, als John ganz subtil aufs Sofa zeigt und Jimmy ihm bedeutet, sich zu setzen.

Sobald er Platz genommen hat, stoße ich den angehaltenen Atem aus, klammere mich aber weiter an Muncie fest.

»Ich freue mich so, Sie hier bei mir zu haben«, sagt Jimmy. »Danke, dass Sie sich für Ihren ersten Auftritt für uns entschieden haben.«

»Es ist mir ein Vergnügen, hier zu sein. Ich bin ein großer Fan Ihrer Sendung. Und danke an alle für den herzlichen Empfang.«

Jimmy beugt sich zu John. »Haben Sie eine Ahnung, *wie* dankbar die Leute Ihnen für das sind, was Sie getan haben?«

»Nach diesem Empfang habe ich eine kleine Vorstellung.« John trifft genau den richtigen Ton und lässt dieses umwerfende Lächeln aufblitzen. *Guter Gott*, dieses Lächeln. Ich höre beinahe, wie jede heterosexuelle Frau in Amerika seufzt und alle schwulen Männer ein Dankgebet gen Himmel schicken. »Aber zuerst möchte ich sagen, dass ich das nicht allein war. Es waren viele Menschen beteiligt, Menschen, die so viele Jahre ihres Lebens für diese Mission geopfert haben. Vor allem Lieutenant Commander Daniel Jones und Lieutenant Commander Miguel Tito.«

Wie abgesprochen werden ihre Fotos auf den Monitoren eingeblendet, als er ihre Namen erwähnt. Er hat darauf bestanden, dass sie auf dieser Tour geehrt werden, und ich bin dieser Bitte nur zu gerne nachgekommen.

Eine weitere Runde Applaus erklingt.

»Sie waren Ihre Freunde?«, fragt Jimmy.

»Meine besten Freunde. Wir waren wie Brüder.«

»Mein aufrichtiges Beileid.«

»Danke. Es war ein harter Schlag für unser gesamtes Team.«

»Was können Sie uns über die Bemühungen erzählen, *ihn* zu finden? Ich weigere mich, seinen Namen auszusprechen.«

»Das kann ich Ihnen nicht verdenken. Wenn ich seinen Namen nie mehr hören müsste, wäre ich sehr glücklich. Was ich über die Mission sagen kann, deren Einzelheiten weiter unter Verschluss sind, ist, dass es eine Teamleistung war, zu der alle Teile der Streitkräfte, die Nachrichtendienste und die Unterstützung unserer Alliierten beigetragen haben. Niemand von uns macht das, was wir tun, um der Aufmerksamkeit willen, die man damit erregt.« Er hebt seinen Arm zu einer Geste, die das Publikum und die Tonbühne mit einschließt. »In der Öffentlichkeit über meine Arbeit zu reden widerspricht ehrlich gesagt sogar allem, was ich in meiner Ausbildung gelernt habe.«

»Es muss ein Schock gewesen sein, als Sie gehört haben, dass Sie von der anderen Seite geoutet wurden.«

»Das war es. Ich bin nach einem Monat im Koma aufgewacht und habe erfahren, dass mein Name in den USA und der ganzen Welt bekannt ist. Ich muss wohl nicht betonen, dass es einige Zeit dauern wird, bis ich mich daran gewöhnt haben werde.«

»Die Menschen sind Ihnen so unglaublich dankbar.«

»Ich weiß, und glauben Sie mir, das wissen wir zu schätzen. Ich habe von Familienmitgliedern der Opfer gehört, die auf der *Star of the High Seas* gestorben sind. Ihre Briefe haben mich zutiefst berührt. Dass wir ihnen einen Abschluss haben geben können ... Das bedeutet mir und allen, die beteiligt waren, unendlich viel.«

Das Publikum klatscht enthusiastisch.

»Wir haben eine Überraschung für Sie.« Man merkt Jimmy seine Vorfreude an.

Ich schaue Muncie an. »Was für eine?«

»Ich dachte, du wüsstest davon.«

»Nein.«

Ich beobachte, wie Miles Ferguson die Bühne betritt. »Captain West, ich möchte Ihnen Miles Ferguson vorstellen, der seine Verlobte Emerson Phillips und deren Eltern auf der *Star of the High Seas* verloren hat.«

Ich werde panisch. »Wird er aufstehen können?«

»Ich helfe ihm.« Geschmeidig wie eine Katze taucht Muncie hinter Johns Sofa auf und reicht ihm die Krücken.

Von meinem Standpunkt aus bemerke ich den dankbaren Blick, den John ihm zuwirft. Er stemmt sich hoch und schüttelt Miles die Hand.

»Danke«, sagt Miles, nachdem das Publikum sich beruhigt hat. »Im Namen aller Familien der Opfer der *Star of the High Seas* möchte ich Ihnen von Herzen danken.«

Tränen laufen mir über das Gesicht. Ich weiß, wie sehr beide Männer gelitten haben, und sie nun zusammen zu sehen ist einfach unglaublich. Ich dachte, ich wüsste, was mich erwartet, aber wie sich herausstellt, hatte ich keine Ahnung.

KAPITEL 17

AVA

Nach einer mir endlos erscheinenden Heimreise kommen wir endlich in Erics Wohnung in Tribeca an, die nun unsere ist, nachdem ich kurz vor der Hochzeit bei ihm eingezogen bin. Es fühlt sich an, als wäre das ein ganzes Leben her, dabei war es nur ein Monat. Während ich Wasser für Tee aufsetze – mehr um etwas zu tun zu haben, als weil ich wirklich einen Tee trinken will –, verschwindet Eric mit unseren beiden Koffern im Schlafzimmer.

Ich rühre gerade Honig in meinen Tee, als er wieder auftaucht, in der Hand seinen Koffer, den er gerade eben ins Schlafzimmer getragen hat.

Mein Herzschlag verlangsamt sich, und Furcht breitet sich in mir aus. Ich will ihn fragen, was er da macht, aber ich bringe es einfach nicht über die Lippen.

»Ich bleibe ein paar Tage bei Rob.«

Nein! Dieses eine Wort steigt in mir auf, doch ich kann es nicht an dem riesigen Kloß in meiner Kehle vorbeizwängen. Ich schüttle den Kopf.

»Es ist nicht für immer, und ich verlasse dich nicht, Ava. Ich brauche nur etwas Raum und Zeit, um nachzudenken, und das kann ich hier nicht.«

Ich will ihn anflehen, zu bleiben. Wir können das nicht lösen, wenn wir nicht zusammen sind. Tränen laufen mir über die Wangen, aber immer noch kann ich vor Panik und Verzweiflung nicht sprechen.

Er kommt zu mir, wischt mir die Tränen ab und legt die Arme um mich. »Das alles tut mir so leid, Ava. Ich liebe dich, und ich gebe uns nicht auf. Das schwöre ich.« Er hält mich sehr lange fest, bevor er mich auf die Stirn küsst und sich zum Gehen wendet. »Ich melde mich.«

Bevor mir einfällt, wie ich ihn aufhalten kann, ist er verschwunden.

Ich lasse mich auf die Knie sinken, rufe schluchzend nach ihm, doch er kann mich nicht hören, weil er weg ist. Er hat gesagt, er verlässt mich nicht, aber er ist nicht hier. Und er ist zu Rob gefahren, der mit meiner Schwester verheiratet ist, also wird sie in Kürze bei mir auftauchen, dessen bin ich mir sicher.

Ich kann das nicht. Ich dachte, ich hätte den ganzen Mist hinter mir gelassen, und doch liege ich jetzt wieder zusammengekrümmt auf dem Boden, und mein Herz ist gebrochen. Wie oft kann ein Herz brechen, bis man es nicht wieder zusammensetzen kann?

Ich bin mir nicht sicher, ob Minuten, Stunden oder Tage vergehen, während ich schluchzend auf dem Fußboden kauere. Ich höre mein Handy klingeln und ignoriere es.

Es klingelt erneut, und ich schalte es aus. Der einzige Mensch, von dem ich hören will, ist nicht der, der anruft. Aber ich will mit sonst niemandem sonst sprechen. Schließlich rapple ich mich auf, wanke zur Tür, um sie abzuschließen, und gehe ins Schlafzimmer, wo ich in den Klamotten, die ich seit gefühlt einer Woche anhabe, aufs Bett sinke. Die Heimreise war endlos und unbehaglich und verlief zum größten Teil in Schweigen.

Mir ist alles egal. Ich will einfach bloß allein sein. Ich will, dass meine Gedanken mich in Ruhe lassen und aufhören, alles nur schlimmer zu machen. Ich will zu dem Tag zurückkehren, bevor die *Star of the High Seas* in die Luft geflogen ist, zu dem Tag, als mein Leben noch einen Sinn hatte, der ihm seitdem abhandengekommen ist.

Ich sehne mich nach der Erlösung, die der Schlaf bringt, doch ich habe im Flugzeug viel geschlafen, und mein Körper hat keine Ahnung, wie viel Uhr es gerade ist. Nachdem ich mich eine Weile hin und her gewälzt habe, stehe ich auf, um mir ein Glas Wasser zu holen und eine Tablette gegen die hämmernden Kopfschmerzen zu nehmen, die das Weinen verursacht hat.

Ich hasse es, mich so zu fühlen – am Boden zerstört, mutlos, todunglücklich. Ich habe so hart daran gearbeitet, das alles hinter mir zu lassen, nur um wieder genau da zu landen, wo ich angefangen habe. Als wäre diese schwere Zeit nie passiert. Ich überlege, mich bei Jess zu melden, aber es ist schon spät, und sie hat Kinder.

Nachdem ich mir noch einmal Wasser nachgeschenkt habe, kehre ich ins Bett zurück und schalte aus Verzweiflung den Fernseher ein. Ich brauche etwas, das mich von der erneuten Katastrophe ablenkt, die mein Leben hat implodieren lassen. Ich will, dass Eric nach Hause kommt und mir erklärt, dass alles gut wird, so wie er es von Anfang an getan hat. Bei ihm habe ich mich sicher, beschützt und endlich wieder glücklich gefühlt, bis ich alles kaputtgemacht habe, indem ich mich, wenn auch unbewusst, mit Gedanken an meinen Ex gequält habe.

Ich wünschte, ich würde besser verstehen, wie das Gehirn funktioniert. Dann könnte ich vielleicht erklären, wie es möglich ist, dass Gedanken, die ich nie wirklich hatte, meine Ehe zerstören konnten.

Mit der Fernbedienung in der Hand zappe ich durch die Sender und achte nicht wirklich darauf, was ich sehe, bis mein Blick auf ein Gesicht fällt, das ich nicht vergessen kann.

John ist heute bei *Jimmy Fallon.*

Ich richte mich auf und stelle es lauter, damit ich die Ankündigung für die heutige Sendung hören kann. Er spricht über die Männer, die mit ihm gedient haben, und die vielen Menschen, die dazu beigetragen haben, den Terroristen seiner gerechten Strafe zuzuführen. Er ist bescheiden, freundlich, umwerfend in seiner Uniform. Und er steht kurz davor, ein echter Star zu werden, auch wenn ihm das vermutlich noch nicht bewusst ist. Das wird nach dieser Sendung kommen. Ich hoffe, dass Jules ihn auf das vorbereiten konnte, was ihn erwartet.

Fallon, der täglich mit Promis zu tun hat, ist offensichtlich ganz hin und weg von John. Und zu Recht. Die Ankündigung dauert keine dreißig Sekunden, aber das reicht, um mich noch mehr durcheinanderzubringen, als ich es sowieso schon bin.

Sechs Jahre habe ich damit zugebracht, mich zu fragen, was aus diesem Mann geworden ist. Als ich ihn nun lebendig, wohlauf und lächelnd auf dem Bildschirm sehe, überwältigen mich die Gedanken daran, was hätte sein können, was hätte sein sollen und was tatsächlich ist.

An jenem Tag, als wir uns in San Diego getroffen haben, habe ich ihm gesagt, dass das mit uns vorbei ist. Ich habe ihm erzählt, dass ich in Eric verliebt und mit ihm verlobt sei und dass ich ihn heiraten würde, obwohl John wiederaufgetaucht war. Er war am Boden zerstört. Ich habe das Salz seiner Tränen förmlich schmecken können und habe sein gebrochenes Herz gewissermaßen mit nach Hause genommen, mit nach New York, wo ich offensichtlich nicht sonderlich gut darin war, so zu tun, als hätte sich die Erde nicht unter mir aufgetan und als würde ich nicht im freien Fall durch das Universum stürzen.

Ich liebe ihn immer noch.

Natürlich liebe ich ihn noch. Er hat nie etwas getan, das meine Liebe für ihn getötet hätte. Hat er mir Sachen verheimlicht, die zu wissen mein Recht gewesen wäre? Ja, das hat er, allerdings nur, weil er es musste, und nicht, weil er es wollte.

Ich liebe ihn immer noch. Und ich liebe Eric. Er ist derjenige, der vor mir auf die Knie gegangen ist und mich gebeten hat, seine Frau zu werden, was John nie getan hat. Eric hat vor unseren Familien und Freunden gestanden und versprochen, mich für immer zu lieben. Auch das hat John nie getan. Ich habe die beste Entscheidung getroffen, die ich in einer unerträglichen Situation treffen konnte, und ich verspüre keine Reue.

Eric zu heiraten war das Richtige, selbst wenn ich immer noch Gefühle für John habe. Die werde ich immer haben. Er war meine erste Liebe. Aber Eric ist der Mann, mit dem ich mir ein Leben aufbauen will, und irgendwie muss ich es schaffen, ihn davon zu überzeugen. Ich darf das hier nicht zulassen. Unsere Ehe darf nicht zerbrechen, bevor sie überhaupt die Chance hatte, richtig zu beginnen. Das würde ich nicht überleben und Eric auch nicht.

Ich steige aus dem Bett, ziehe mich auf dem Weg ins Badezimmer aus und springe unter die Dusche. Unter dem heißen Wasserstrahl wasche ich mir die Reise ab, den Aufruhr, die Tränen und trete dann

darunter hervor, bereit, um meine Ehe zu kämpfen. Ich will nicht eine
einzige Nacht ohne Eric verbringen.

Auf der Straße winke ich ein Taxi herbei und nenne dem Fahrer die
Adresse meiner Schwester. »Bitte beeilen Sie sich. Es ist ein Notfall.«

Der Taxifahrer drückt das Gaspedal durch, und zehn Minuten
später halten wir vor der Wohnung von Rob und Camille. Ich gebe
dem Fahrer einen Zwanzigdollarschein für die Fahrt, die nur neun
Dollar gekostet hat. »Danke.«

Ich haste die Eingangsstufen hinauf und drücke auf die Klingel.
Camille antwortet.

»Ich bin's. Lass mich rein.«

Der Summer ertönt, und ich gehe ins Haus und laufe die Treppen
zu ihrem Apartment hinauf, wo meine Schwester schon vor der
Wohnungstür auf mich wartet.

»Du hättest nicht herkommen sollen, Ava«, flüstert sie.

»Ich muss ihn sehen.«

»Er sagt, nicht heute.«

»Aber ...«

»Ava.« Ihre Augen verraten ihre Qual. »Er sagt Nein.«

Das kann nicht sein. Er will mich nicht sehen? Es ist schlimmer, als
ich dachte. Er hat mich wirklich verlassen, obwohl er das Gegenteil
behauptet hat. Ich nicke meiner Schwester zu, drehe mich um und
gehe die Treppe wieder hinunter, wobei ich Camilles Rufe ignoriere.
Draußen mache ich mich langsam auf den Weg zu der Wohnung, die
nicht wirklich meine ist. Sondern seine.

Wenn es zwischen uns aus ist, muss ich ausziehen. Wieder einmal.
Und ich muss ganz neu anfangen. Auch wieder einmal.

Ich weiß nicht, ob ich das kann.

Aus irgendeinem Grund fällt mir ein Mädchen ein, das ich in der
Schule kannte und das sich das Leben genommen hat, weil sie glaubte,
der Junge, in den sie verliebt war, hätte sich über sie lustig gemacht.
Später haben wir herausgefunden, dass er über jemand anderen geredet
hat. Ich habe seit Jahren nicht mehr an sie gedacht, aber völlig uner-
wartet kommt sie mir jetzt in den Sinn. Vielleicht, weil ich endlich
verstehe, wie sie sich gefühlt haben muss, als sie glaubte, der Junge, den

sie am meisten wollte, wollte sie nicht. In dieser Situation bin ich nie zuvor gewesen.

Ich weiß ... Heul doch, oder? Ich war nur zweimal verliebt, und beide Male haben die Männer für mich genauso empfunden.

Aber jetzt will Eric mich nicht mehr. Ich habe das zerstört, was wir hatten, und zum ersten Mal verstehe ich, warum dieses dreizehnjährige Mädchen ihren Schmerz nicht mehr ertrug. Warum es zu viel für sie war. Denn die Liebe, die du für einen Menschen verspürst, verschwindet nicht einfach, wenn er aufhört, dich zu lieben. Was soll man mit all diesen überflüssigen Gefühlen anstellen? Kann man sie irgendwie abschalten, wie ein Licht, das nicht mehr gebraucht wird? Oder bleiben sie für immer bei einem und quälen einen mit dem, was man hatte und verloren hat?

Ich wandere lange umher, an meiner Wohnung vorbei zum bunten Treiben auf dem Times Square, wo ich in der Menge aus Lichtern, Menschen und Autos untertauche. Vor dem *Marriott Marquis* schaue ich auf, und mein Blick bleibt an einem riesigen Werbeplakat für die *Tonight Show* hängen, auf dem Johns Gesicht abgebildet ist. Ich stehe da und starre ihn lange an, nehme alle Details dieses Gesichts in mich auf, das ich nie vergessen habe, und frage mich, wo er heute Abend ist. Irgendwo in der Nähe?

Und warum interessiert mich das? Das ist auch vorbei. Dafür habe ich gesorgt.

Ich stehe inmitten Tausender Menschen und betrachte das Gesicht des ersten Mannes, den ich je geliebt habe. Einsamer habe ich mich in meinem ganzen Leben nicht gefühlt.

KAPITEL 18

JOHN

Heute ist einer der besten Abende meines Lebens, was ich mir vorhin, als ich das Hotel verlassen habe, nicht hätte vorstellen können. Der Empfang durch Jimmy Fallon, die Mitarbeiter der *Tonight Show* und das Publikum hat mein Selbstbewusstsein zu Beginn dieser Pressetour, vor der mir so gegraut hat, ungemein gestärkt. Vielleicht wird es doch nicht so schlimm, wie ich dachte.

Jimmy und sein Managementteam haben uns nach der Aufzeichnung auf ein paar Drinks und ein Abendessen in den *Rainbow Room* eingeladen. Ich sitze neben Jules, aber wir sind umgeben von Leuten, also kann ich sie nicht fragen, wie es ihrer Meinung nach gelaufen ist oder was ich beim nächsten Mal anders machen soll. Hoffentlich hat sie später im Hotel noch Zeit für eine Nachbesprechung, damit ich für die *Today*-Show morgen gut vorbereitet bin.

Miles und seine Freundin Skylar haben sich zu uns gesellt. Ich wusste bereits, dass er Avas Chef ist, und sie war ihre Mitbewohnerin, als Ava damals nach New York gezogen ist. Sky redet nicht viel mit mir, deshalb gehe ich davon aus, dass Ava ihr erzählt hat, auf wie viele Arten ich sie im Stich gelassen habe. Den Unmut von Avas Freunden habe ich verdient. Ich war unfair zu ihr, auch wenn ich keine andere Wahl gehabt habe.

Miles hingegen mag ich. Er scheint wirklich nett zu sein, und Jules kennt die beiden offensichtlich sehr gut. Sie flüstert mir zu, dass er vor dem Attentat auf das Schiff dunkle Haare gehabt hat. Jetzt ist er beinahe vollständig ergraut, obwohl er nicht älter sein kann als Mitte vierzig. Auf gewisse Weise hilft es mir, andere Menschen zu treffen, deren Leben an jenem schicksalhaften Tag für immer verändert worden sind. Ich fühle mich weniger allein mit meinem Schmerz.

Ständig kommen Menschen an unseren Tisch und wollen mir danken. Eine der Produktionsassistentinnen ist super darin, sie freundlich zu bitten, mir ein wenig Privatsphäre zu lassen.

Wenn sie das nicht täte, würde Jules es tun, daran hege ich keinerlei Zweifel. Mit ihr an meiner Seite und den anderen als Puffer schaffe ich es sogar, mich ein wenig zu entspannen, nachdem die Aufregung über die Aufzeichnung nachgelassen hat. Ich bin müde, aber nicht so müde, dass ich nicht hier sein wollte. Unter dem Tisch stupse ich Jules an.

»Geht es dir gut?«

»Jap.«

»Du bist so still.«

»Ich nehme nur alles in mich auf. Es kommt nicht jeden Tag vor, dass ich mit Jimmy Fallon zu Abend esse.«

»Ich dachte, für eine so erfahrene PR-Agentin wie dich wäre das alltäglich.«

»Ha! Schön wär's. Ich habe so etwas noch nie gemacht, was ich dir vermutlich gar nicht sagen sollte. Du könntest mich feuern lassen und jemanden mit mehr Erfahrung verlangen.«

»Niemals. Du bist genau das, was ich brauche, Poppy.«

Sie schenkt mir ein kleines, ganz persönliches Lächeln.

»Meinst du, es ist ganz gut gelaufen? Mit Fallon, meine ich?«

»Du warst unglaublich. Die Ankündigungen für die heutige Sendung scheinen schon gesendet zu werden, denn mein Telefon läuft heiß von Nachrichten von Producern, die dich ebenfalls in ihrer Sendung haben wollen.«

»Ist es das, was dich beschäftigt? Ist das alles zu viel?«

»Nein, natürlich nicht. Alles ist gut. Ich werde allerdings keine weiteren Termine für die Tour annehmen. Du machst so schon mehr als genug.«

»Was immer du meinst. Du bist der Boss.« Ich strecke meinen Arm hinter ihr aus, und sie schreckt zusammen, als mein Ärmel ihren Nacken streift. »Sorry.«

»Ich, äh, sollte ins Hotel zurückkehren, um mich um die Anfragen zu kümmern.«

Ist das wirklich der Grund, oder will sie einfach nur weg von mir? Ich tippe auf Letzteres. »Bleib noch einen Augenblick. Dann fahren wir zusammen.«

Sie erhält eine Textnachricht und wird ganz steif.

Ich weiß, ich sollte ihre privaten Nachrichten nicht lesen, aber ich tue es trotzdem und sehe, dass sie von Rob ist, der ihr schreibt, dass Eric bei ihnen übernachtet.

Jules tippt schnell eine Antwort ein. *Wie lange?*

Bin mir nicht sicher.

Das ist nicht gut.

Überhaupt nicht.

Eric hat Ava verlassen? Sie haben doch gerade erst geheiratet. Was zum Teufel kann so schnell zwischen ihnen vorgefallen sein? Ich will Jules fragen, aber eigentlich weiß ich ja gar nichts von alldem, also tue ich es nicht. Ich rede mir ein, dass es mich nichts angeht. Ava hat ihre Wahl getroffen, und egal, was zwischen den beiden passiert, für sie und mich gibt es keinen Weg zurück.

Ich beuge mich zu Jules hinüber. »Ich muss heute Abend mit dir reden.«

Sie sieht mich an. »Worüber?«

»Das erzähle ich dir, wenn wir wieder im Hotel sind. Halte dir einfach ein paar Minuten für mich frei, okay?« Ich bin ein manipulativer Mistkerl, denn ich weiß, dass sie das tun wird. Immerhin bin ich ihr Klient. Doch das, worüber ich sprechen will, ist nichts Geschäftliches. Ich will einfach nur mehr Zeit mit ihr verbringen. Ich will mit ihr reden und sie besser kennenlernen und mehr über ihr Leben erfahren. Ich will herausfinden, was ihr wichtig ist.

Ich habe bloß ein paar Wochen mit ihr zusammen, bevor unsere Wege sich wieder trennen und wir in unser normales Leben zurückkehren. Auch wenn in meinem Leben nichts mehr »normal« ist. Trotzdem, ich will mir diese Gelegenheit, mit ihr zusammen zu sein, nicht entgehen lassen. Ich will das Beste aus der Zeit herausholen, die wir hier und in Los Angeles zusammen haben, und sie überzeugen, mir eine Chance zu geben.

Das will sie nicht, und ich kann ihre Gründe verstehen, aber wenn es eines gibt, was ich in den letzten sechs Jahren meines Lebens gelernt habe, dann dass es mir egal ist, was andere Leute denken. Ich weiß, ich habe leicht reden, schließlich habe ich keine Eltern, Geschwister und auch sonst niemanden, den es interessieren würde, mit wem ich mich einlasse. Sie hingegen schon, und das macht die Sache für sie kompliziert.

Sosehr ich das respektiere, für mich ist es nicht kompliziert. Ich habe sechs Jahre meines Lebens dem Dienst für mein Vaterland geopfert. Ich schulde niemandem etwas. In der nächsten Phase meines Lebens wird es nur um mich gehen und darum, was ich will.

Und ich will sie.

Ich will sie besser kennenlernen. Ich will mehr von ihren Küssen, ich will mich so fühlen, wie ich es tue, wenn sie bei mir ist – auf gute Art aus dem Gleichgewicht gebracht, voller Vorfreude darauf, was sie zu erzählen hat, hoffnungsvoll.

Das Letzte ist für mich eine große Sache. Seitdem ich Ava verloren habe, hatte ich keinen Grund mehr, hoffnungsvoll zu sein. Doch jetzt habe ich ihn. Und das habe ich allein Jules zu verdanken.

Wenn sie glaubt, ich würde mir dieses Gefühl so einfach wieder nehmen lassen, hat sie sich getäuscht.

———

JULIANNE

Es ist schon beinahe zehn Uhr abends, als wir wieder ins *Four Seasons* zurückkehren. Muncies Zimmer liegt vor unseren, also verabschieden wir uns bis zum nächsten Morgen.

Auf seine Krücken gestützt, dreht sich John zu ihm um. »Hast du was zum Fitnesscenter herausgefunden?«

Muncie nickt. »Sie meinten, von fünf bis sechs Uhr morgens wäre es kein Problem, aber danach müssen sie es für alle Gäste freigeben. Du kommst mit deinem Zimmerschlüssel rein.«

»Super. Danke, dass du das arrangiert hast.«

»Kein Problem. Versuch, ein wenig zu schlafen.«

»Mach ich.«

Ich sage mir, dass ich direkt auf mein Zimmer gehen und so tun sollte, als hätte John mich nicht gebeten, mir noch ein paar Minuten Zeit für ihn zu nehmen. Wir haben alles besprochen, was es für morgen zu besprechen gab. Er weiß, dass wir um halb acht wieder beim Rockefeller Center sein müssen, für die *Today*-Show. Er ist in der halben Stunde ab acht Uhr dran. Danach geht es weiter zu *Kelly and Ryan*. Es wird ein hektischer Vormittag, doch für den Rest des Tages haben wir dann frei. Ich habe vor, in der Zeit nach Hause zu fahren, Wäsche zu waschen und ein paar neue Klamotten einzupacken.

Worüber könnte er noch mit mir reden wollen?

Ich vermute, dass ich die Antwort darauf kenne, und es fällt mir schwer, so zu tun, als wäre es mir egal, dass er mehr Zeit mit mir verbringen will. Mit mir allein. Ich schlucke, als wir das Ende des langen Flurs erreichen, wo mein Zimmer das letzte auf der linken Seite ist, direkt neben seinem.

»Kannst du eine Minute reinkommen?«, fragt er.

»Äh, das sollte ich besser nicht tun. Außerdem muss ich noch ein paar Dinge für morgen vorbereiten.«

»Lügnerin.« Ein sanftes Lächeln und das Funkeln in seinen Augen nehmen der Anschuldigung die Schärfe.

»Das ist nicht gelogen.«

»O doch. Du hast seit über einer Woche alles genau vorbereitet. Es gibt nichts mehr zu tun, als rechtzeitig zu den Terminen aufzutauchen.«

Was soll ich darauf erwidern? Er hat natürlich recht.

»Komm bitte kurz mit rein.« Er holt die Schlüsselkarte aus seiner Jackentasche, öffnet die Tür und hält sie mir auf – und all das mit den Krücken in der Hand.

Ich bin wie erstarrt. Die Unentschlossenheit zerreißt mich. Ich weiß, was ich tun *sollte*. Und ich weiß, was ich tun *will*. Also trete ich einen Schritt vor, dann noch einen, bis ich im Zimmer stehe.

Die Tür fällt hinter mir ins Schloss, mit einem lauten Klacken, das durch den großen Raum hallt.

John geht zu der voll ausgestatteten Bar. Es gefällt mir, dass sie ihn wie einen hochkarätigen Promi behandeln. Das hat er verdient. »Kann ich dir einen Drink anbieten?«

Ich schätze, ein Glas Wein kann ich noch trinken, ohne beschwipst zu werden. Denn im Moment muss ich alle meine Sinne beieinanderhaben. »Hast du Weißwein da?«

»Kommt sofort. Mach es dir unterdessen bequem.«

Ich schlüpfe aus meinen High Heels, setze mich aufs Sofa und ziehe die Beine unter mich.

John kommt ohne die Krücken herüber, ein Glas Wein für mich in der einen und eine Flasche Bier für sich in der anderen Hand. Nachdem er den Gaskamin angeschaltet hat, lässt er sich neben mir nieder. Die Krawatte und sein Jackett hat er ausgezogen und die obersten Knöpfe seines Hemds geöffnet.

»Ein Kaminfeuer im August?«, frage ich und hebe eine Augenbraue.

»Ich liebe Feuer. Lagerfeuer, Strandfeuer, Kaminfeuer. Ich habe mir immer gewünscht, mal in einem Haus mit einem Kamin oder einem Ofen zu wohnen.«

»Dann solltest du das bei deinem nächsten Wohnungswechsel berücksichtigen.«

»Das steht ganz oben auf meiner Liste.«

»Hast du vor, in San Diego zu bleiben?«

»Vermutlich ja. Das ist der einzige Ort, der sich für mich je wie zu Hause angefühlt hat, auch wenn nun alles anders ist.«

Ohne Ava, meint er.

»Und jetzt sag mir ehrlich, wie es deiner Meinung nach bei Fallon gelaufen ist.«

Ich sehe ihn an. »Das musst du wirklich fragen?«

Er zuckt die Achseln. »Ich hatte das Gefühl, es lief ganz gut, aber das ist schwer zu beurteilen, wenn man derjenige ist, der interviewt wird. Das alles ist wie im Nebel an mir vorbeigerauscht.«

»Du verstehst es wirklich nicht, oder?«

Er zieht die Augenbrauen auf umwerfend verwirrte Weise zusammen. »Was verstehe ich nicht?«

»Du warst *unglaublich*. Sie haben dich *geliebt*, und jeder, der die Sendung heute Abend sieht, wird dich genauso lieben. Wenn das hier alles vorbei ist, wirst du ein Star sein.«

»Ich weiß nicht so recht, wie ich das finden soll.«

»Das musst du auch nicht wissen, weil es einfach passiert. Mein Handy – und deins – hat den ganzen Abend nicht aufgehört zu klingeln, weil die Leute irgendetwas von dir wollen. Ich habe keinen der Anrufe angenommen und mir auch noch nicht die Nachrichten auf der Mailbox angehört, weil wir uns im Moment voll auf die Tour konzentrieren müssen, aber danach? Danach hast du die freie Auswahl, was du tun willst.«

»Ich habe kein Handy klingeln gehört.«

»Ich habe sie stumm geschaltet.«

»Wenn das wirklich so kommt, kannst du mich nach der Pressetour nicht allein lassen. Ich werde dich weiterhin brauchen, denn ich habe keine Ahnung, wie ich mit alldem umgehen soll.«

Wenn ich daran denke, länger bei ihm zu bleiben, beschleunigt sich mein Herzschlag. Mein Gehirn ermahnt mein Herz, sich zu beruhigen, aber das Herz hat offensichtlich seinen eigenen Kopf, und der guckt gerade direkt in Johns Richtung. »Lass uns erst einmal die nächsten Wochen hinter uns bringen, und dann können wir neue Pläne machen.«

»Du wirst mich die Sendung doch nicht ganz allein gucken lassen, oder?«

Ich schaue auf die Uhr. Bis zum Sendebeginn ist es noch eine gute Stunde. »Wir können sie uns zusammen ansehen, danach muss ich dann ins Bett. Und du auch, wenn du vorhast, morgen um fünf ins Fitnessstudio zu gehen. Du musst fürs Fernsehen ausgeruht sein.«

»Gott möge verhüten, dass ich Ringe unter den Augen habe.«

»Ganz genau.«

»Ich wollte nur sagen ... Danke, dass du mich so gut vorbereitet hast. Anfangs habe ich nicht wirklich verstanden, warum das nötig ist, aber jetzt weiß ich es. Als ich heute Abend da draußen war, hatte ich das Gefühl, keinen völligen Idioten aus mir zu machen.«

»Das hättest du sowieso nicht getan.«

»Ohne deine Unterstützung vermutlich schon.«

»Ich bin froh, dass du das Gefühl hast, es war die Mühe wert.«

»Das war es definitiv.«

Irgendwann während unseres Gesprächs hat er sich so hingesetzt, dass er mich direkt anschaut, was mehr ist, als mein zerbrechlicher Wille aushalten kann.

Er ergreift meine Hand und verschränkt seine Finger mit meinen.

Wieder wird mein Mund ganz trocken, und das Summen beginnt erneut. Es ist so laut, dass ich beinahe nichts anderes mehr hören kann.

»Darf ich noch etwas anderes sagen?«

»John ...«

»Poppy ...«

Ich muss mich zusammenreißen, um nicht dahinzuschmelzen. Bis auf das Debakel mit meinem Ex hatte ich nicht oft Grund für den Gedanken, dass das Leben nicht fair ist. Aber jetzt, wo dieser Mann bloß wenige Zentimeter von mir entfernt sitzt und mich mit den schönsten blauen Augen anschaut, die ich je gesehen habe, während er meine Hand hält, bin ich mir nur zu bewusst, *wie* unfair das Leben sein kann. Wenn Ava und Eric nicht wären, würde ich mich in das, was auch immer das zwischen uns ist, kopfüber hineinstürzen und auf meinen Job und meine Karriere pfeifen, für die ich so hart gearbeitet habe.

Er grinst. »Weißt du, was mir vorhin aufgefallen ist?«

»Nein. Was denn?«

»Du darfst mir alle möglichen bohrenden Fragen stellen, aber ich durfte das bisher nicht.«

Ich sollte ihm meine Hand entziehen und zusehen, dass ich von hier verschwinde. Und zwar sofort. Doch ich bin wie gebannt von seinem Blick und dem beinahe unmerklichen Kreisen seines Daumens auf meinem Handrücken. Mein Herz schlägt so schnell, dass ich fürchte, jeden Moment ohnmächtig zu werden, einen Herzinfarkt zu bekommen oder mich übergeben zu müssen.

»W-was willst du denn wissen?«

»Alles.«

Ich atme tief ein und ganz langsam wieder aus. Was auch nicht dabei hilft, mein rasendes Herz zu beruhigen. Schnell trinke ich einen Schluck Wein, wovon mir prompt ein wenig schwindelig wird.

»Wofür schämst du dich am meisten?«

Abgesehen davon, dass ich dasitze und mit Avas Ex Händchen halte, dem Mann, der ihr das Herz gebrochen und nun ihre Ehe mit meinem Bruder in eine Krise gestürzt hat? Ich schaue auf unsere miteinander verschränkten Hände und überlege, was wohl noch schlimmer ist als das hier.

»In der Schule bin ich gemobbt worden.« Darüber rede ich nie.

Er runzelt die Stirn. »Von wem?«

»Von einem Mädchen. Sie fand, ich wäre zu hübsch, zu beliebt, zu erfolgreich in Schule und Sport und müsste ein wenig in meine Schranken gewiesen werden. Sie war erbarmungslos.«

»Und es gab nichts, was irgendjemand hätte tun können?« Er wirkt bestürzt, was dazu führt, dass ich ihn noch mehr mag als sowieso schon.

»Meine Eltern hätten bestimmt etwas unternommen, aber ich habe es ihnen nicht erzählt.«

»Warum nicht?«

»Ich hatte Angst, dass es dann nur noch schlimmer werden würde.«

Mit seiner freien Hand steckt er mir eine Strähne hinter das Ohr. Die leichte Berührung seiner Fingerspitzen löst in mir eine mächtige Welle des Begehrens aus, die ich am ganzen Körper spüre. Das hier werde ich nicht überleben. Er wird mich in Flammen setzen, bis von dem Leben, das ich vor ihm hatte, lediglich ein Häufchen Asche übrig bleibt. Und obwohl ich das weiß, kann ich mich nicht bewegen, kann ich nicht gehen, kann ich nicht weglaufen – oder was auch immer ich tun muss, um dieser Falle zu entkommen, in die er mich gelockt hat.

»Was ist passiert?«

»In der elften Klasse wurde sie von einem anderen Schüler unserer Schule vergewaltigt und ermordet.«

»Was? O mein Gott. Das ist ja schrecklich. Selbst wenn sie gemein zu dir war, so etwas hat niemand verdient.«

»Es war grauenhaft. Ich habe sie gehasst, aber das, was ihr passiert ist, hat mich tief getroffen.«

»Natürlich hat es das. Trotz allem, was sie dir angetan hat, war sie selbst noch ein Kind.«

»Ja.« Ich bin erleichtert, dass er versteht, was so viele Menschen in meinem Leben, die wissen, was Tori mir angetan hat, nicht verstanden haben: meine tiefe Trauer über das, was ihr zugestoßen ist. »Ich habe mich immer schuldig gefühlt, weil ich sie gehasst habe. Ich habe versucht, das wiedergutzumachen, indem ich ehrenamtlich in Frauenzentren gearbeitet habe. Außerdem organisiere ich jedes Jahr in unserem Heimatort eine Spendensammlung in ihrem Namen. Ich finde, das wenigste, was ich tun kann, ist, dafür zu sorgen, dass ihr Name nicht in Vergessenheit gerät.«

»Das ist unglaublich«, flüstert er. »Dass du das für jemanden tust, der dich gequält hat, beweist, was für ein guter Mensch du bist.«

Ich schüttle den Kopf. »Nein, so ist das nicht.«

»Doch, genau so ist es. Einen Schlussstrich unter das zu ziehen, was sie getan hat, um sicherzustellen, dass man sich an sie erinnert – das ist wirklich unglaublich. Nicht jeder Mensch verfügt über die Fähigkeit, jemandem zu verzeihen, der ihm wehgetan hat.«

»Es hat mir geholfen, über das, was passiert ist, hinwegzukommen.«

»Das finde ich ziemlich beeindruckend.«

»Wir haben inzwischen mehr als eine Million Dollar für Frauenhäuser und Ausbildungsprogramme gesammelt. Und alles in ihrem Namen.«

»Ich bewundere dich. Wirklich. Und ich wette, die meisten Menschen, die dich bei deinen Bemühungen unterstützen, haben keine Ahnung, wie sie zu dir war.«

Ich zucke mit den Schultern. »Das ist nicht mehr wichtig.«

»Doch, das ist es. *Du* bist wichtig. Und du bist innerlich genauso schön wie äußerlich.«

Bevor ich das noch verarbeiten kann, beugt er sich vor, und seine Lippen berühren meine. Durch das stärker werdende Summen in meinen Ohren hindurch höre ich, wie meine Gehirnzellen brutzeln, und jeder gute Grund, warum ich das hier nicht tun sollte, löst sich in Luft auf. Die Gehirnzellen werden von einem so scharfen, intensiven

Verlangen überstimmt, dass nichts mehr eine Rolle spielt und mein gesunder Menschenverstand sich verabschiedet.

Wie von selbst legen sich meine Arme um seinen Hals. Mein leeres Weinglas fällt zu Boden, und meine Lippen öffnen sich unter seiner Zunge.

Sein Stöhnen scheint aus den Tiefen seiner Seele zu kommen, als er seine Arme um mich schlingt, vermutlich, um sicherzugehen, dass ich nicht flüchte.

Aber ich gehe nirgendwohin.

Seine Küsse sind hungrig, gierig, köstlich.

Meinen ersten Freund hatte ich mit vierzehn. Ich bin viele Male geküsst worden. Ich hatte Sex mit sechs Männern. Doch nie habe ich auch nur ansatzweise so etwas erlebt, wie diesen Mann zu küssen. Seitdem ich das erste Mal von ihm gekostet habe, bin ich süchtig.

»Poppy«, flüstert er, als wir Luft holen. »Du schmeckst himmlisch.«

Bei seinem Kosenamen für mich werde ich endgültig schwach. Wobei das eigentlich alles an ihm bei mir bewirkt.

Er küsst mich erneut, und ich gebe mich ihm hin. Jeglicher Widerstand in mir fällt wie ein Kartenhaus in sich zusammen, und nicht einmal der Gedanke daran, was Eric wohl sagen würde, wenn er wüsste, dass ich Avas lange verloren geglaubten Ex küsse, kann mich davon abhalten, den Kuss zu vertiefen. Ich verliere jegliches Zeitgefühl, während der Kuss kein Ende nimmt. Dann bin ich auf einmal unter ihm, und seine Erektion drückt sich gegen meine Mitte. Durch den Stoff meines Kleides umfasst John meinen Po, und ich würde mir am liebsten die Klamotten vom Leib reißen. Das Verlangen ist größer als alles, was ich jemals empfunden habe.

Mit den Lippen streicht er über mein Ohr. »Sag mir, ich soll aufhören, und ich tue es sofort.«

»Hör nicht auf.«

Er hebt den Kopf und sieht mir in die Augen. »Jules.«

»John.« Meine Entscheidung ist gefallen. In diesem Moment sind mir die Konsequenzen und die mögliche Verurteilung durch andere vollkommen egal. Für mich zählen nur er und ich und das, was, wie mir jetzt bewusst wird, von unserer ersten Begegnung an unausweichlich war.

»Ich will nicht, dass du mich morgen hasst.«

»Das werde ich nicht.«

»Versprichst du mir das?«

»Ich verspreche es.« Ich werde vielleicht mich hassen, aber nicht ihn.

»Wir brauchen ein Bett.«

Er lehnt sich zurück, und als ich aufstehe und ihm meine Hand hinstrecke, warte ich darauf, dass mein gesunder Menschenverstand zurückkehrt und das hier beendet, solange es noch geht. Doch das passiert nicht. Und ich ergreife seine Hand und gehe mit ihm ins Schlafzimmer, wo wir uns einander zuwenden und sehr, sehr lange anschauen, als ob wir beide etwas beschließen würden, was nicht wieder rückgängig gemacht werden kann.

»Du kannst jederzeit Nein sagen.« Er löst meine Haare aus ihrem Knoten und schiebt sie beiseite, um meinen Hals zu küssen.

»Das werde ich nicht.«

»Sag mir die Wahrheit.«

»Worüber?«

»Liegt es an der Uniform?«

Ich hätte nicht erwartet, in diesem Moment zu lachen. »Die hat auf jeden Fall nicht geschadet.«

»Gut zu wissen.«

Ich schlinge meine Arme um seine Taille. Jetzt, wo ich mich entschieden habe, will ich ihn überall berühren. »Du hast gesagt, du willst die Wahrheit hören ...«

»Hmm.« Er zieht den Reißverschluss meines Kleides auf, während er weiter meinen Hals mit Küssen bedeckt.

Meine Knie werden so weich, dass es mir schwerfällt, stehen zu bleiben. »Es war nicht nur die Uniform. Ich war so stolz, als ich dich vorhin bei dem Interview beobachtet habe. Dass du nach alldem immer noch so unglaublich sein kannst ...«

»Das ist zu viel des Lobes. Von außen mag ich vielleicht ganz gut aussehen, aber innerlich herrscht weiter ein ziemliches Durcheinander.«

Ich umfasse das Gesicht, das mir inzwischen so teuer geworden ist, mit meinen Händen. »Du machst das super.«

»Seitdem Mary Poppins aufgetaucht ist, um mich in Form zu bringen, geht es mir definitiv besser. Ich habe wieder Hoffnung, und das habe ich allein dir zu verdanken.«

»Wer verteilt denn jetzt zu viel des Lobes?«

Er schüttelt den Kopf und schiebt mein Kleid mit den Fingerspitzen über meine Schultern.

Es landet zu meinen Füßen, sodass ich nur noch in einem schwarzen BH mit passendem Slip vor ihm stehe.

»Meine untadelige Poppy ist so unglaublich sexy. Hast du eigentlich eine Ahnung, wie deine Beine in High Heels aussehen? Es sollte dir verboten sein, vor einem Mann, der seit sechs Jahren keinen Sex hatte, in solchen Schuhen herumzulaufen.«

Wieder bringt er mich zum Lachen, und das liebe ich, denn wenn ich lache, kann ich nicht nervös sein. Angetrieben von dem Wunsch, ihn zu so zu berühren, wie er mich berührt, mache ich mich an den Knöpfen seines Hemds zu schaffen.

»Vorsichtig, Baby. Ich habe nur ein Ersatzhemd dabei.«

Ich packe den Saum seines Hemds und Unterhemds und ziehe ihm beides über den Kopf. Beim Anblick seines muskulösen Brustkorbs und Bauchs keuche ich unwillkürlich auf. Ich hatte ja damit gerechnet, dass er fit ist, aber das hier ... Das ist ein Meisterwerk. »Wow.«

»Das war mal besser. Und das wird es auch wieder. Irgendwann.«

Es gefällt mir überhaupt nicht, dass er so unsicher klingt, wo es dafür doch überhaupt keinen Grund gibt. »Du bist wunderschön.«

»Das werde ich eines Tages wieder sein.«

Ich beuge mich vor, um die Stelle zwischen seinen gut ausgebildeten Brustmuskeln zu küssen. »Du bist perfekt.«

Er löst den Verschluss an meinem BH, schiebt ihn mir über die Arme und zieht mich dann so fest an sich, dass unsere Oberkörper aneinandergepresst werden. So stehen wir ganz lange da, atmen zusammen, saugen die Stärke dieses Moments in uns auf.

Eine seiner Hände gleitet zu meinem Po, während seine Erektion sich gegen meinen Bauch drückt.

Ich stehe in Flammen, und als ich aufschaue, entdecke ich das gleiche Feuer in seinen Augen.

Wieder küssen wir uns, seine Lippen und seine Zunge ruinieren mich für alle Zeiten für jeden Mann, der nicht er ist. Erst als ich spüre, dass seine Muskeln unter der Anstrengung, zu stehen, zu zittern anfangen, ermutige ich ihn sanft, sich auf die Bettkante zu setzen. Ich knie mich zwischen seine Beine, löse die Schnürsenkel und ziehe ihm die Schuhe aus, bevor ich mich daranmache, seinen Gürtel und die verschiedenen Knöpfe und Schließen an seiner Hose zu öffnen.

»Ist das Absicht von der Navy, dass man die Hose so schwer loswird?«

Wenn er lacht, sieht er sogar noch umwerfender aus. »Es würde mich nicht überraschen.« Er kommt mir zu Hilfe, dann hebt er die Hüften, damit ich ihm Hose und Boxershorts ausziehen kann. Die Prothese ignoriere ich, weil ich nicht will, dass er sich Gedanken darum macht. Nicht in diesem Moment. Er reckt sich mir entgegen, und ich schließe meine Finger um ihn, nehme ihn in den Mund.

Johns scharfes Einatmen ermutigt mich, ihm das ultimative Vergnügen zu schenken.

»Poppy ... Ich bin mir nicht sicher, dass ich das aushalte.«

Ich ignoriere ihn und nehme ihn so tief in den Mund, wie ich kann.

Er vergräbt seine Finger in meinen Haaren. »Verdammt!«

Ich liebe es, dass ich ihm so viel Lust schenken kann.

»Jules. Stopp.«

Aber ich höre nicht auf. Ich sauge härter und spüre, wie sein Körper sich in der Sekunde anspannt, bevor er kommt, sich in meinen Mund, in meine Kehle ergießt. Ich nehme alles, was er mir gibt, und überschreite damit eine Grenze, hinter die ich niemals zurückkann.

KAPITEL 19

JOHN

Die Lust macht mich beinahe blind. Die süße, wunderschöne, unglaublich geschickte Jules beschert mir fast einen Herzstillstand. Ich lasse mich aufs Bett zurückfallen und atme tief ein und aus, während sie mich langsam aus ihrem Mund gleiten lässt.

»Poppy.«

Sie küsst meinen Bauch, fährt jeden Muskel mit der Zunge nach, während sie sich langsam an mir nach oben arbeitet und meine Brustwarzen mit Aufmerksamkeit überschüttet. Bevor sie bei meinen Lippen angekommen ist, bin ich schon wieder hart.

»Ja?«

Ich schlinge meine Arme um sie, streiche mit den Händen über ihren Rücken und umfasse ihren süßen Po. Ich habe keine Ahnung, warum sie ihre Meinung geändert hat, aber ich werde sie nicht danach fragen. »Mist.«

»Was?«

»Ich habe keine Kondome.«

»Brauchen wir die?«

»Äh, das musst du mir sagen.«

»Du hast das hier seit Jahren nicht mehr gemacht, und ich nehme die Pille. Außerdem habe ich mich letzten Monat untersuchen lassen und bin gesund.«

»Okay.« Ich kann es kaum erwarten. In den Wochen, nachdem Ava mich für immer verlassen hatte, habe ich mich gefragt, ob ich jemals mit einer anderen ins Bett gehen will. Aber mit Jules, die so warm und sexy in meinen Armen liegt, fühlt es sich an, als wäre das mit Ava in einem anderen Leben gewesen. Einem wunderschönen Leben, doch im Moment will ich nicht an die Vergangenheit denken, und das an sich ist schon ein Geschenk, das Jules mir gegeben hat.

»Du hast keine Ahnung, wie sehr du mir geholfen hast.« Ich nehme ihr Gesicht zwischen meine Hände und küsse sie sanft. Ich will sie nicht damit verschrecken, wie heftig mein Verlangen ist, und zwar nicht nur, weil ich das hier so lange nicht gemacht habe.

Es liegt an ihr. Sie ist der Grund dafür, dass ich mich bereit fühle. Weil es mit ihr passiert. Ich bin mir nicht sicher, ob ich aufgrund meines fehlenden Beins ungeschickt sein werde, aber ich weiß, dass es ihr egal ist. Bei ihr fühle ich mich sicher. Sie ist mein sicherer Hafen, mein Schutz vor dem Sturm, und ich will ihr zeigen, was sie mir inzwischen bedeutet.

Ich verfüge nicht mehr über meine einstige Kraft, also muss ich meine Worte benutzen, um zu erreichen, was ich will. In der Vergangenheit hätte ich die Sache einfach in die Hand nehmen und sie so hinlegen können, wie ich sie haben will. Jetzt muss ich es ihr sagen. »Lass uns zu den Kissen hochrutschen. Du sollst es bequem haben.«

Sie steht auf, reicht mir ihre Hand und zieht mich hoch. Dass sie das so instinktiv tut, ohne großes Gewese, berührt mich zutiefst. Ein Mann, der so lange ohne Zärtlichkeit und Zuneigung ausgekommen ist wie ich, könnte sehr schnell nach ihr süchtig werden.

Ich schlage die Decke zurück, und mein Blick bleibt an ihrem Po hängen, als sie zuerst darunterschlüpft. Kaum liege ich neben ihr, kann ich es nicht mehr erwarten, in ihr zu sein. Doch erst will ich sie verwöhnen, auch wenn der Höhlenmensch in mir das überspringen würde, um sofort zum Hauptereignis zu kommen. Aber *sie* ist das Hauptereignis. Und wenn ich es für sie gut mache, kommt sie vielleicht für mehr zurück.

Während wir uns küssen, streicht sie mit den Fingern durch meine Haare, und ich umfasse ihre herrlichen Brüste mit meinen Händen. Mit den Daumen streiche ich über die Spitzen, die sich unter meiner Berührung aufrichten. Sie windet sich unter mir, versucht, näher zu mir zu kommen, was mir nur recht ist. Ich will sie so nah bei mir haben, wie es möglich ist. Ich labe mich an ihrem süßen Körper, an dem zärtlichen Spiel ihrer Zunge, der Weichheit ihrer Lippen und dem Duft ihrer Haare und ihrer Haut.

Ich überschütte sie mit Zärtlichkeit, während ich gegen meine innere Bestie ankämpfe, die einfach nur *nehmen, nehmen, nehmen* will, was sie mir so freizügig anbietet. *Bald*, versuche ich, die Bestie zu beruhigen. Zuerst will ich geben, bevor ich nehme. Ich wünschte, meine Arme wären stark genug, um mich abzustützen, aber ich vertraue meiner Kraft noch nicht, also bleibe ich auf der Seite liegen und sauge erst die eine, dann die andere Brustspitze in meinem Mund, während ich meine Hände über ihren Körper wandern lasse.

Sie spreizt die Beine, ermutigt mich, indem sie ihre Hüften bewegt und den Griff ihrer Finger in meinen Haaren verstärkt.

Ich schiebe das Stückchen Stoff zwischen ihren Beinen beiseite und lasse erst einen, dann zwei Finger in die enge, feuchte Hitze dazwischen gleiten. Ich liebe es, wie sie dabei aufkeucht. Mit dem Daumen umkreise ich ihre empfindsamste Stelle, während ich ihre Brust weiter mit Zunge und Zähnen verwöhne.

Sie explodiert unter meiner Hand, schreit vor Lust auf, und diese Reaktion macht mich verrückt vor Verlangen nach ihr. »John«, keucht sie. »Bitte.«

Es ist lange her, dass ich das hier getan habe, doch ich weiß, was sie will, und ich lasse mich nicht zweimal bitten.

»Setz dich auf mich.« Ich will, dass es für sie perfekt wird, und ich traue meinem Körper noch nicht genug. Aber jetzt habe ich einen weiteren Grund, mich im Kraftraum anzustrengen, damit ich die Stärke dafür zurückgewinne: dass ich alles sein kann, was sie im Bett und außerhalb braucht.

Ich lege mich auf den Rücken, und als sie sich auf mich senkt, fällt mir auf, dass sie ihren Tanga ausgezogen hat und nun nichts mehr zwischen uns ist.

Die Hände flach auf meine Brust gestützt, erwidert sie meinen Blick. Die Gefühle zwischen uns sind unglaublich stark. Ich hoffe nur, dass sie sie genauso empfindet wie ich.

»Ich sollte mich vorab entschuldigen, falls es zu schnell geht.« Ich lasse ein Grinsen aufblitzen. »Aber ich gleiche das beim nächsten Mal aus.«

»Darüber mache ich mir keine Sorgen, und das solltest du auch nicht.« Sie nimmt mich ganz langsam in sich auf, dabei lässt sie den Kopf nach hinten sinken, und ihr Mund öffnet sich zu einem stummen Schrei, der einen Hitzeblitz in meinen Schwanz schickt. Mein Gott, sie ist so schön und sexy und empfänglich und ... Als ihre Muskeln sich um mich herum zusammenziehen, muss ich mir auf die Lippe beißen, um nicht zu schnell die Kontrolle zu verlieren.

Ich fasse sie an den Hüften, als sie in einen alles verlangenden Rhythmus verfällt. Unsere Blicke treffen sich. Ich sehe in ihren Augen Herausforderung, Furchtlosigkeit, Erregung und Verlangen. Ich sehe Freude und Vergnügen und eine Lust aufs Leben, die so sehr zu ihr gehört. An diesen Eigenschaften habe ich mich in den letzten Wochen festgehalten, und in gewisser Weise sind sie auf stürmischer See zu meinem Rettungsanker geworden. Ich streiche mit den Händen über ihre Schultern und ziehe sie zu mir herab. Ich muss sie küssen, muss ihre Brüste an meinem Körper spüren.

Ich bin selbst überrascht, als ich mich mit ihr herumrolle und den Kuss unterbreche. »Verdammt. Ich war mir nicht sicher, ob ich das kann.«

Ein Lächeln erhellt ihr Gesicht. »Du kannst alles.«

Ich vergrabe mich in ihr, gebe ihr mit einem tiefen Stoß alles, was ich habe. »Du lässt mich beinahe glauben, dass das wahr ist.«

Sie spreizt ihre Beine weiter und hebt mir die Hüften entgegen, während ihre Hände über meinen Rücken wandern, um meinen Hintern zu umfassen.

Nur weil sie mir vorher schon Erlösung geschenkt hat, kann ich mit ihr mithalten. Ich bin entschlossen, sie kommen zu lassen, bevor ich dem brennenden Verlangen nachgebe, das mich auf ein spektakuläres Ende zueilen lässt.

»Berühr dich«, stoße ich rau hervor. Ich wünschte, ich könnte mehr tun, aber noch bin ich nicht multitaskingfähig.

Sie schiebt ihre Hand an die Stelle, wo unsere Körper miteinander verbunden sind, und ich beuge den Kopf, um eine ihrer Brustspitzen zwischen meine Zähne zu nehmen. Diese Kombination hat den gewünschten Effekt, und als sie sich um meinen Schwanz herum zusammenzieht, kann ich nicht mehr. Ich komme so hart, dass ich Sterne sehe. Die Erlösung erschüttert mich bis ins Mark, erhitzt das Blut, das durch meine Adern fließt, und lässt mein Herz unter Gefühlen anschwellen, von denen ich geglaubt habe, ich würde sie nie wieder empfinden.

»Poppy.« Ich drehe mich zur Seite, um sie nicht mit meinem Gewicht zu erdrücken.

»Ja?« Sie liegt auf mir. Ihre Haare kitzeln an meiner Brust, während die Nachwehen uns beide erzittern lassen.

»Das war umwerfend.«

»Hmm, allerdings.«

»Geht es dir gut?«

»Aber so was von. Und dir?«

»Besser als je zuvor.« Jetzt, wo ich sie berühren darf, kann ich nicht mehr damit aufhören. Ich streiche mit den Fingern über ihre zarte Haut, präge mir jede Kurve, jede Handvoll ihres sexy Pos und jeden Zentimeter ihrer muskulösen Oberschenkel ins Gedächtnis ein.

Sie erschauert, und eine Gänsehaut zieht sich über ihren Körper.

Ich werde in ihr wieder hart.

Sie lacht, und dieses glückliche Geräusch ist die süßeste Musik überhaupt. Dann hebt sie den Kopf und reckt sich, um auf die Uhr auf dem Nachttisch zu schauen. »Die Sendung fängt gleich an.«

»Ist mir egal.« Ich drücke ihren Po mit beiden Händen und stoße erneut in sie. Es ist, als ob die Fluttore geöffnet worden wären, und jetzt, wo meine Libido zurückgekehrt ist, kann ich einfach nicht mehr aufhören, bis ich das Verlangen gestillt habe, das so heiß in mir brennt, dass es mich schier zu verzehren droht.

»Das stimmt nicht. Lass mich schnell die Fernbedienung holen.«

»Aber nur, wenn du danach an genau die gleiche Stelle zurückkommst.«

»Versprochen.« Sie lächelt und gibt mir einen Kuss.

Ich lasse sie los und stütze mich auf die Ellbogen, damit ich sie betrachten kann, während sie durchs Zimmer geht. Ihre Brüste wippen leicht, als sie sich bewegt. Das ist verdammt sexy.

Die Fernbedienung liegt hinter dem Fernseher. Sie richtet sie auf das Gerät und sucht, bis sie NBC gefunden hat. Ich hatte vergessen, dass sie hier wohnt und sich dementsprechend auch mit der Fernsehlandschaft auskennt. Ein Anfall von Besorgnis schießt durch mich hindurch. Was passiert, wenn ich wieder in San Diego bin und sie in ihr Leben in New York zurückkehrt?

Stopp. Zerbrich dir deswegen nicht den Kopf. Du hast noch Wochen, um dich für sie unentbehrlich zu machen. In diesem Moment wird genau das zu meinem Ziel für diese Pressetour: mich für sie unentbehrlich zu machen.

»Du hast versprochen, zurückzukommen.«

Mit einem breiten Lächeln tut sie genau das und legt sich wieder auf mich.

»Äh, das war nicht ganz die Position.«

Sie bewegt ihre Hüften und nimmt mich wieder in sich auf. »Besser?«

Keuchend sage ich: »Sehr viel besser.« In ihr zu sein ist, wie den Himmel zu berühren.

»So kann ich den Bildschirm nicht sehen«, beschwert sie sich.

Ich halte sie an den Hüften fest und stoße noch tiefer in sie hinein. »Das musst du auch nicht. Du warst da. Du warst live dabei.«

»Aber ich will es mir trotzdem anschauen«, entgegnet sie lachend.

Ich drehe uns herum, sodass wir auf der Seite liegen und einander ansehen können. Ich bin immer noch in ihr. Mir ist nicht ganz klar, woher ich die Kraft für diese sexuellen Turnübungen nehme, und ich frage mich, ob ich morgen mit Muskelkater dafür bezahlen werde. Falls ja – wen interessiert's? Das wäre es so was von wert. »Besser?«

Sie nickt, blickt allerdings mich und nicht den Fernseher an. Dann legt sie eine Hand an meine Wange und küsst mich.

Die Show beginnt mit Musik und einer Ankündigung. Ich höre meinen Namen, wende die Augen aber nicht von Jules' Gesicht, während ich sie mit langsamen, tiefen Stößen nehme. Meine Hand ruht auf ihrem Hintern, um sie genau da zu halten, wo ich sie haben will. Eigentlich sollte ich gar nicht in der Lage dazu sein, das zu tun, doch zum ersten Mal seit Langem kooperiert mein Körper, und ich stelle keine Fragen. Es fühlt sich so gut an. Ich will einfach nur, dass es so lange andauert wie irgend möglich.

Wir lauschen Jimmys unterhaltsamem Monolog, während wir uns küssen, berühren, uns gemeinsam in unserem erotischen Tanz bewegen. Nach der Werbung stellt Jimmy mich vor. Mein Herz macht einen Satz, als ich mich daran erinnere, wie viel Angst ich hatte, nachdem ich spontan beschlossen hatte, auf die Krücken zu verzichten.

»Ich war so stolz auf dich, als du da rausgegangen bist«, flüstert sie an meinen Lippen.

»Ich hatte totale Panik, dass ich hinfallen und mich zum Gespött machen könnte.«

»In dieser Uniform hätte niemand dich je für etwas anderes als cool und sexy gehalten. Jede Frau in Amerika wäre jetzt gerne an meiner Stelle.«

Ich lache. »Halt den Mund.«

»Bring mich dazu.«

Ich stoße meine Zunge zwischen ihre Lippen und beschleunige meine Bewegungen zu meinen eigenen Worten, die aus dem Fernseher zu uns dringen. Das Interview und alles andere ist mir im Moment total egal, denn für mich zählt nur das Hier und Jetzt in ihren Armen.

»Jules.« Ich unterbreche unseren Kuss und atme tief ein. »Das ist so gut. Du ... Du bist so gut. So gut.« Ich vergrabe mein Gesicht an ihrem Hals und atme sie ein, will in ihrem Duft ertrinken.

Sie presst ihre Fingerspitzen auf meinen Rücken, was mir verrät, dass sie kurz davor ist.

Dieses Mal will ich ihr zum Orgasmus verhelfen. Ich strecke die Hand nach unten aus und berühre sie, streichle sie, ziehe mich mehrmals zurück, bis Jules sich förmlich an meinen Rücken krallt und mich anfleht, ihr Erleichterung zu verschaffen. Ich reize sie noch ein wenig mehr, bevor ich ihr schließlich gebe, was sie will.

Sie schreit, als sie kommt, und ich kann nur hoffen, dass die Hotelzimmer nicht zu hellhörig sind.

Ich dringe wieder und wieder in sie ein, lasse mich auf den Wellen unglaublicher Lust tragen, bis ich mich nicht mehr zurückhalten kann. Während ich Jules fester in meine Arme schließe, komme ich – genau in dem Moment, in dem Jimmy seine Überraschung für mich ankündigt und Miles das Studio betritt.

Sehr lange liegen wir danach stumm da, während wir dem Interview lauschen und langsam wieder auf die Erde zurückkehren.

»Hat es dir gefallen, Miles kennenzulernen?«, fragt sie und malt kleine Kreise auf meinen Rücken. Es ist so lange her, dass mich jemand so berührt hat. Ich will, dass es niemals aufhört.

»Ja. Er scheint ein wirklich feiner Kerl zu sein.«

»Seine Geschichte ist so traurig. Er war so verliebt in Emerson.«

»Ja, das war aus seinem Brief herauszulesen. Hat er Sky durch Ava kennengelernt?«

»Ja. Sie hat die beiden zusammengebracht. Während sie mit der Hinterbliebenengruppe gearbeitet hat, sind sie und Miles sich sehr nahegekommen.«

»Sky mag mich nicht besonders.«

»Das ist es nicht ...« Sie beißt sich auf die Unterlippe, als zögere sie, mich aufzuklären.

»Was dann?«

»Sky und Ava haben zusammengewohnt, als Ava versucht hat, ihr Leben wieder auf die Reihe zu kriegen. Sie hat San Diego und ihr Leben dort ja nicht einfach hinter sich gelassen und nie mehr zurückgeschaut. Auf dem Weg zu ihrem Happy End mit Eric gab es viele Schlaglöcher.«

Ich streiche mit meiner Hand an ihrem Arm hinab und wieder hinauf. Ihre Haut ist so zart, so seidig. »Stehen sie jetzt meinetwegen vor einem weiteren Schlagloch?«

Nach langem Zögern fragt sie: »Kann ich dich um einen Gefallen bitten?«

»Alles, was du willst.«

»Können wir bitte nicht über sie reden? Ich kann nicht über sie sprechen und gleichzeitig das hier tun.« Sie zeigt auf uns. »Ich muss das trennen, sonst verliere ich noch den Rest meines Verstandes.«

»Versteh ich. Tut mir leid, wenn ich dich damit in eine schwierige Lage gebracht habe.«

»Das hast du.« Sie schenkt mir ein kleines Lächeln. »So etwas wie das hier habe ich noch nie gemacht. Ich habe keine Ahnung, wie ich mit den möglichen Folgen umgehen soll.«

»Ich weiß, es ist vermutlich egoistisch von mir, das zu sagen, doch ich würde es gerne sehen, wenn du dich mal um *dich* kümmerst und nicht immer um alle anderen. Ich möchte, dass du *dich* an die erste Stelle setzt.«

»Das ist süß von dir, aber genau das fällt mir ziemlich schwer, wenn ich die Menschen, die ich liebe, mit meinem Handeln verletze.«

Und das ist genau unser Dilemma.

KAPITEL 20

ERIC

Ich kann dem Typen einfach nicht entkommen, egal, wie sehr ich mich bemühe. Ich will nicht über die Katastrophe reden, zu der meine Ehe geworden ist, also holt Rob uns ein Bier, und wir setzen uns vor den Fernseher. Und wer ist da in der *Tonight Show*? Der Mann der Stunde, das einzige Gesicht auf der ganzen Welt, das zu sehen ich im Moment nicht ertrage.

Er bekommt einen Empfang, der eines Helden würdig ist und der mir noch größere Übelkeit verursacht.

Rob greift nach der Fernbedienung auf dem Couchtisch und hätte in seiner Hast, den Sender zu wechseln, beinahe seine Bierflasche umgestoßen.

»Lass das ruhig an.«

Vielleicht bin ich ein Masochist, aber ich bin einfach neugierig, was ihn angeht, auch wenn ich wünschte, er würde verschwinden und nie wieder zurückkommen.

Rob wirf mir einen skeptischen Blick zu. »Bist du sicher?«

Ich nicke. Ich bin mir wegen gar nichts mehr sicher, doch welchen

Schaden kann es schon anrichten, ihn mir im Fernsehen anzugucken? Das Publikum in Studio applaudiert volle fünf Minuten lang.

Fallon hat Tränen in den Augen.

John, der in seiner Uniform unglaublich beeindruckend aussieht, hat keine Ahnung, wie er mit dieser überwältigenden Reaktion umgehen soll.

Mein Herz wird mit jeder Sekunde schwerer. »Ich hatte nie eine Chance.«

»So ein Quatsch.«

»Doch. Schau ihn dir nur an. Nach diesem Auftritt will ihn jede Frau in Amerika haben. Wie kann ich damit konkurrieren? Mit dem, was sie mit ihm hatte?«

»Du musst nicht mit ihm konkurrieren.«

»Ach nein? Meine Frau hatte definitiv nicht jugendfreie Träume von ihm, während wir in unseren verdammten *Flitterwochen* waren.« Ich drehe den Ehering, an den ich mich immer noch nicht ganz gewöhnt habe, an meinem Finger und frage mich, ob ich ihn abnehmen muss, bevor er ein Teil von mir geworden ist. »Ganz eindeutig packe ich es nicht, dass sie Sexträume von ihm hat.«

Sie vorhin zu verlassen hat gegen alles verstoßen, woran ich glaube. Ich bin ein Mann, der sich auch in harten Zeiten nicht unterkriegen lässt, der an Problemen arbeitet, aber in diesem Fall ... Ich musste da einfach raus, bevor ich etwas sagen oder tun konnte, was unsere Beziehung für immer zerstört hätte.

»Es ist nicht wirklich fair, ihr die Schuld an ihren Träumen zu geben, Mann. Sie kann genauso wenig beeinflussen, wovon sie träumt, wie du.«

»Ich träume von ihr – und nur von ihr.«

»Trotzdem kannst du ihr keine Vorwürfe machen wegen etwas, über das sie keine Kontrolle hat.«

»Für dich wäre es also in Ordnung, wenn Camille auf einmal anfangen würde, in ihren Träumen ihren Ex zu vögeln?«

»Es würde mir nicht gefallen, aber ich würde ihr keine Vorwürfe machen.«

»Na klar würdest du das. Lass uns wieder darüber reden, wenn es passiert, und dann kannst du mir sagen, wie es dir damit geht.«

»Du wirst sie dauerhaft von dir stoßen, wenn du wegen etwas sauer auf sie bist, das gar nicht wirklich passiert ist.«

»Sie ist schon weg.«

»Ist sie nicht! Vor einer Stunde war sie hier, und du hast sie weggeschickt.«

»Ich will sie nicht sehen.« Irgendwann auf der mir unendlich erscheinenden Rückreise aus Spanien bin ich wütend geworden, und diese Wut ist nun alles, was ich noch habe.

»Eric, du begehst einen großen Fehler.«

»Der große Fehler ist am dritten Juli passiert.« Unser Hochzeitstag war der beste Tag meines Lebens, aber selbst damals wusste ich schon, dass irgendetwas nicht in Ordnung war. Ich habe beschlossen, es zu ignorieren, weil ich das bekommen habe, was ich mir am meisten gewünscht hatte. Seitdem habe ich gelernt, dass Probleme zu ignorieren sie nur noch schlimmer macht.

Rob blickt mich geschockt an. »Das ist nicht wirklich dein Ernst.«

»O doch. Der einzige Grund, warum sie das durchgezogen hat, war Brittany.«

Er schüttelt ungläubig den Kopf. »Was? Was zum Teufel hat diese Zicke damit zu tun?«

»Wenn sie mir nicht angetan hätte, was sie mir angetan hat, hätte Ava die Hochzeit nach dem Treffen mit ihm abgesagt.« Ich zeige auf den Fernseher, wo der Mann gerade bei Jimmy Fallon Hof hält.

»Du hast doch den Verstand verloren. Das *stimmt* einfach nicht.«

»Doch, natürlich.« Es fühlt sich gut an, endlich laut auszusprechen, was ich schon seit längerer Zeit vermute. »Sie würde mir niemals so was wie Brittany antun. Sie wusste, dass es für mich eine große Sache war, mich auf sie einzulassen, genauso, wie es für sie eine große Sache war, sich auf mich einzulassen. Sie hätte sich eher den rechten Arm abgehackt, als mir das anzutun, was Brit gemacht hat.«

Als meine Verlobte einfach ohne ein Wort aus unserem gemeinsamen Leben verschwunden ist und sich nicht mehr gemeldet hat, dachte ich, das wäre das Schlimmste, was mir je passieren würde. Ich habe mich geirrt.

»Sie hat das in Spanien sogar gesagt. Sie meinte, sie hätte das Richtige getan, indem sie mich geheiratet hat.«

»Sie meinte, dass sie für *sich* das Richtige getan hat.«

»Dessen bin ich mir nicht so sicher. Ich vermute, es sollte eher heißen, dass es richtig war, mir nicht noch einmal eine schreckliche Trennung zuzumuten, nachdem ihre erste Liebe nach sechs Jahren wieder aufgetaucht ist und er wollte, dass sie zu ihm zurückkommt.« Ich starre ihn im Fernsehen an, und mein Kiefer ist so angespannt, dass ich fürchte, er könnte unter dem Druck brechen. »Von der Sekunde an, in der sie nach dem Besuch bei ihm zu mir zurückgekommen ist, war sie ein komplett anderer Mensch.«

»Inwiefern?«

»Sie wirkte gehetzt. Sie hat weder gegessen noch geschlafen. Die Hochzeit war ihr vollkommen egal. Sie hat nur gemacht, was nötig war, und ich habe es zugelassen. Ich hatte solche Angst, sie zu verlieren, dass ich die Alarmsignale einfach ignoriert habe. Ich habe sie danach gefragt. Wir haben mit Jess darüber geredet. Wir haben alles ausgesprochen, und sie hat mit der Hochzeit und allen unseren Plänen weitergemacht, doch sie war nicht sie selbst. Sie hat es getan, weil ich und alle anderen es von ihr erwartet haben, aber nicht, weil sie es wollte.«

»Ich weigere mich, das zu glauben. Ich war an dem Tag dabei, ich habe gesehen, wie glücklich sie war und wie sie dich angeschaut hat. Das hat sie nicht vorgespielt.«

»Das stimmt. Sie liebt mich wirklich. Daran habe ich keinen Zweifel. Aber sie liebt ihn mehr.«

»Eric, das ist Unsinn. Sie hat dich geheiratet. Wer würde so etwas tun, wenn er nicht den Rest seines Lebens mit dem betreffenden Menschen verbringen wollte?«

»Ava.« Je mehr wir darüber sprechen, desto sicherer bin ich mir. »Sie hat das Richtige getan, doch zu welchem Preis? Ich liebe sie. Wirklich. Trotzdem möchte ich mit jemand zusammen sein, der einen anderen will. Das kann ich einfach nicht.«

»Das musst du auch nicht. Und wenn ich sie nur ein bisschen kenne – und ich glaube, das tue ich –, braucht sie einfach etwas Zeit, um alles für sich auf die Reihe zu kriegen. Das Timing von allem, dass er so kurz vor eurer Hochzeit zurückgekommen ist und sie sehen wollte ... Das hätte jeden den Verstand verlieren lassen. Du musst ihr bloß ein wenig Zeit dafür geben, ihre Gedanken zu ordnen. Ihr seid glücklich miteinander. Das habe ich mit eigenen Augen gesehen.«

»Du hast es gesehen, bevor er zurückgekommen ist.«

»Und danach auch. Ich habe es am dritten Juli gesehen.«

Ich will ihm so gerne glauben, aber ich bin es leid, Zucker in den Hintern geblasen zu kriegen. Ich muss der Wahrheit ins Gesicht schauen, die mich aus dem Fernseher heraus anstarrt. Ich kann nicht so tun, als würde das alles nicht passieren, selbst wenn ich das gerne würde.

Camille kommt mit dem Telefon in der Hand aus dem Schlafzimmer. »Ich erreiche sie nicht. Bei ihrem Handy geht sofort die Mailbox ran.«

»Dann hat sie es wohl ausgeschaltet«, sagt Rob.

»Ich fahre rüber und sehe mal nach ihr.«

»Das tust du nicht. Es ist beinahe Mitternacht.«

»Ich rufe mir ein Uber.«

Sie wohnen am einen Ende von Tribeca und wir am anderen. Die Nähe zu der Wohnung meines Bruders war einer der Gründe, warum ich mir das Loft gekauft habe. Doch das, genau wie alles andere, ist von den Ereignissen der letzten paar Jahre beschmutzt worden. Wenn meine Ehe endet, werde ich das verdammte Apartment verkaufen, in dem sich *zwei* Katastrophen ereignet haben.

»Wenn du darauf bestehst«, sagt Rob, »werde ich dich begleiten.«

»Es würde mir besser gehen, wenn ich wüsste, dass sie in Ordnung ist.« Camille schenkt mir einen Blick, der ihre Enttäuschung und Sorge offen zeigt. Sie war sauer, weil ich Ava vorhin nicht sehen wollte. Ich würde mich ja entschuldigen, aber es tut mir nun mal nicht leid. Zum ersten Mal kümmere ich mich um mich, statt ihre Bedürfnisse vor meine zu stellen, wie ich es von dem Tag an getan habe, an dem ich sie auf der Hochzeit von Rob und Camille zum ersten Mal getroffen habe.

Es war alles so süß – zwei Brüder, die zwei Schwestern heiraten. Sogar die *New York Times* hat über uns, die Söhne des Gouverneurs, einen Artikel geschrieben.

Ich frage mich, ob sie auch über die Scheidung berichten werden.

JULIANNE

Ich wache allein in Johns Bett auf. Der Duft seines Aftershaves hängt noch an dem Kissen, das wir während der spektakulärsten Nacht meines Lebens geteilt haben.

Selbst im hellen Licht des Tages verspüre ich kein Bedauern. Ich bin mir nicht sicher, was genau in den letzten Wochen mit mir passiert ist, doch was auch immer es ist, es ist okay für mich. Ich habe einen umwerfenden Mann getroffen, der Gefühle in mir weckt, die ich bisher nicht gekannt habe. Was mich an Andy denken lässt und daran, dass ich beinahe jemanden geheiratet hätte, bei dem ich im Vergleich zu dem, was ich empfinde, wenn John auch nur einen Raum betritt, gar nichts gefühlt habe.

Ich habe Andy wirklich geliebt. Aber das hier, mit John ... Es ist so anders, dass ich es nach dieser Nacht mit dem besten Sex meines Lebens immer noch verarbeiten muss. Es war die innere Verbindung, die es so anders gemacht hat. So viel intimer als alles, was ich zuvor kannte. Ich weiß, er hat so etwas schon einmal erlebt, ich allerdings nicht.

Und jetzt, wo ich eine Kostprobe davon hatte, will ich mehr.

Wo ist er überhaupt?

Ich will ihn gerade suchen gehen, als ich die Tür zufallen höre und danach Stimmen im Wohnzimmer.

Zwei Stimmen.

John und Muncie.

Mist!

Ich springe aus dem Bett, schnappe mir mein Kleid und meine Dessous vom Boden und verschwinde im Badezimmer, wo ich die Tür hinter mir abschließe. Dann ziehe ich mich so schnell an, wie ich kann, was nicht leicht ist, weil meine Hände so zittern. Dabei versuche ich, mir eine Geschichte zu überlegen, die Muncie mir abnimmt.

John hat mich seine Badewanne benutzen lassen.

Ja. Das würde gehen, immerhin hat er mich gestern davon reden gehört.

Nur ist es sechs Uhr morgens …

Mist, Mist, Mist!

»Geh nicht da rein«, höre ich John sagen.

Ich presse mein Ohr gegen die Tür.

»Wir brauchen ein Handtuch. Du blutest wie ein angestochenes Schwein.«

Was? Er ist verletzt? Was ist passiert?

»Nimm das hier.«

Sind Muncie die Teile der Uniform, die im Raum verteilt liegen, aufgefallen? O mein Gott, meine Schuhe sind noch da drüben, und das Weinglas liegt vermutlich auch noch auf dem Boden, wo es hingefallen ist, als wir auf der Couch rumgemacht haben. So ein Dreck!

Ich lehne meine Stirn gegen die kühle Tür und versuche, zu entscheiden, was ich tun soll. Ich will wissen, was mit John passiert ist, aber ich will nicht, dass Muncie mich in den Klamotten von gestern Abend sieht, zwei und zwei zusammenzählt und natürlich vier raus-bekommt.

Schließlich ist meine Sorge um John stärker als die Angst vor einer Demütigung. Ich öffne die Tür und durchquere das Zimmer, als hätte ich einen guten Grund dafür, in den Sachen von letzter Nacht aus Johns Schlafzimmer zu kommen. Und als mein Blick auf das blutige T-Shirt fällt, das John sich gegen den Hinterkopf presst, und ich erkenne, dass er ernsthaft verletzt ist, werde ich beinahe ohnmächtig.

»Was ist passiert?«

Muncie sieht mich an. Er setzt die Puzzleteile im Bruchteil einer Sekunde zusammen, dann richtet er seine Aufmerksamkeit rasch wieder auf John. »Er ist im Fitnesscenter gestürzt.«

John sieht mich Entschuldigung heischend an. »Es ist nichts.«

»Brauchen wir einen Arzt?«

Muncie sagt in dem Moment »Ja«, in dem John »Nein« sagt.

»Es ist eine Platzwunde, die vermutlich genäht werden muss.«

»Ich habe keine Zeit für so was. In zwei Stunden muss ich in der *Today*-Show sein.«

Mein Magen zieht sich vor Stress zusammen, als ich daran denke, dass ich womöglich mit dem Sender telefonieren und durchgeben muss, dass er nicht kommt. Darüber werden sie nicht glücklich sein. »Ich rufe eben an der Rezeption an. Vielleicht haben sie hier jemanden, der sich das mal ansehen kann.«

»Wäre einen Versuch wert«, stimmt Muncie zu.

Ich tätige den Anruf. Als ich erkläre, dass es sich bei dem Verletzten um Captain West handelt, ist die Frau an der Rezeption sofort alarmiert und verspricht, schnellstmöglich jemanden hochzuschicken. Ich danke ihr und berichte den Jungs davon.

»Haben die denn medizinisches Personal vor Ort?«, fragt Muncie.

»Vermutlich für genau solche Fälle.« Ich studiere Johns blasses Gesicht. An dem Zug um seinen Mund erkenne ich, dass er Schmerzen hat, die er vor uns verbergen will. Er hat genug von medizinischen Problemen und Leuten, die um ihn herumwuseln.

Ich gehe ins Badezimmer, befeuchte einen der luxuriösen Waschlappen und schnappe mir ein Handtuch, dann kehre ich ins Wohnzimmer zurück, wo John am Esstisch sitzt. »Lass mich mal sehen.« Ich wappne mich für den Anblick.

Er nimmt das durchtränkte T-Shirt weg, und ich starre auf eine gut fünf Zentimeter lange Platzwunde. Muncie hat recht. Das muss genäht werden. Sanft presse ich den feuchten Waschlappen auf die Wunde und versuche, sie zu reinigen, während sie weiter blutet.

John sieht mich an. »Tut mir leid.«

»Das muss es nicht. Es war ein Unfall. So was passiert.«

»Es geht mir aber gut genug, um das heute durchzuziehen. Ich lasse dich nicht im Stich.«

Ich will ihn umarmen und küssen und halten. Ich will ihm sagen, dass er mich niemals im Stich lassen könnte, doch solange Muncie da ist, kann ich das alles nicht tun. Zumal er uns beobachtet wie jemand, der gerade dem Ereignis des Jahrhunderts beiwohnt. Ich kenne ihn inzwischen gut genug, um sicher zu sein, dass er niemandem gegenüber auch nur ein Wort fallen lassen würde, und trotzdem hasse ich es, dass er es mitbekommen hat. Wir hatten nicht einmal einen ganzen Tag, um unsere veränderte Beziehung zu genießen, und schon weiß jemand davon.

Ich kümmere mich um John, bis es an der Tür klingelt.

Muncie lässt den Arzt herein, der mit einem altmodischen Arztkoffer in der Hand eintritt. Ich schätze ihn auf Ende sechzig. Er hat weiße Haare und buschige weiße Augenbrauen und stellt sich als Dr. Carey vor.

Schnell nimmt er die Situation auf. »Das ist eine ganze Menge Blut. Was ist passiert?«

»Ich bin auf dem Laufband gejoggt, gestolpert und rückwärts hingefallen.«

Als ich das höre, schlucke ich schwer. Er hätte sich noch schlimmer verletzen können. Und warum ist er gejoggt, obwohl er ohne Krücken kaum gehen kann?

Der Arzt tritt hinter ihn. »Lassen Sie mich das mal sehen.«

Ich mache Platz, sammle das blutige Handtuch und das T-Shirt ein und rolle alles zusammen. Während der Arzt John einer Reihe neurologischer Tests unterzieht, stelle ich mich neben Muncie, der genauso angespannt wirkt, wie ich es bin. »Warum ist er gejoggt?«, frage ich ihn leise, weil ich nicht will, dass John uns hört.

»Ich habe keine Ahnung, was zum Teufel er sich dabei gedacht hat.«

»Ich habe heute Vormittag einige Termine«, erklärt John dem Arzt. »Können Sie mich zusammenflicken?«

»Ja, aber das muss geklebt werden, und ich will, dass Sie eine Computertomografie machen lassen, um sicherzugehen, dass Sie keine inneren Blutungen haben.«

Johns blickt rasch zu mir. »Kriegen wir das irgendwie reinge-quetscht?«

»Ja, ich finde schon eine Lösung. Das ist schließlich mein Job.«

»Ich werde ein paar Anrufe tätigen«, sagt Dr. Carey. »Mal sehen, ob ich Sie irgendwo unterkriege, damit niemand etwas mitbekommt.«

Erleichterung erfasst mich. »Das wäre super.«

»Ich habe Sie gestern Abend in der *Tonight Show* gesehen.« Dr. Carey reinigt die Wunde und klebt sie mit Schmetterlingspflastern zusammen. »Die Wachleute vom Hotel sagen, dass draußen Leute kampieren, in der Hoffnung, sie kurz zu Gesicht zu bekommen.«

Ich schaue Muncie an.

»Woher wissen die, dass er hier ist?«, fragt er.

Mein Magen brennt vor Stress. »In Zeiten der digitalen Medien ist es schwer, etwas geheim zu halten.«

»Ich werde etwas organisieren, damit Sie unerkannt von hier wegkommen«, versichert Dr. Carey.

»Danke, Doc.«

Als er mit John fertig ist, bespreche ich mit ihm den Plan für den heutigen Tag und gebe ihm meine Telefonnummer, damit er mir sagen kann, wann wir wo sein sollen. »Wir sind Ihnen wirklich sehr dankbar für Ihre Hilfe.«

»Das ist das Mindeste, was ich für ihn tun kann. Der Sohn meiner Nachbarn und seine Familie waren auf dem Kreuzfahrtschiff.«

»Das tut mir sehr leid.«

»Das ist das Schlimmste, was ich je durchgemacht habe. Was der Captain getan hat ... Was sie alle getan haben, bedeutet so vielen Menschen so viel. Wir kümmern uns um ihn.«

»Danke.«

»Ich rufe Sie in Kürze an.«

Nachdem er fort ist, gehe ich zu John, will ihm helfen, so gut ich nur kann.

»Was hat er gesagt?«

»Seine Nachbarn haben ihre Familie auf dem Schiff verloren.«

»Oh. Wow.«

»Was brauchst du?«

»Eine Dusche. Ich bin voller Blut.«

»Benötigst du Hilfe?«

»Nein, geht schon.«

»Dir könnte schwindelig werden«, wirft Muncie ein. »Du hast ziemlich viel Blut verloren.«

»Ich sagte doch, mir geht es gut. Ich werde fertig sein, wenn wir losmüssen.«

»Willst du etwas essen?«, frage ich.

Er schüttelt den Kopf und rappelt sich auf, wobei er sich schwer auf den Tisch stützt. »Nur einen Kaffee.«

Ich halte den Atem an, als er sich fasst und dann in Richtung Schlafzimmer geht. Erst als die Tür mit einem lauten Knall hinter ihm zufällt, stoße ich die Luft wieder aus.

Ich will ihm folgen, für ihn da sein, ihm helfen, wenn er Hilfe braucht, aber er hat deutlich gemacht, dass er weder meine noch Muncies Unterstützung will.

Muncie schaut zu der geschlossenen Schlafzimmertür. »Er hat mich aus dem Fitnesscenter angerufen. Er kam nicht allein hoch. Ich glaube, die Sache ist ihm vor allem peinlich.«

»Das muss sie absolut nicht sein.«

»Versuch mal, ihm das zu sagen. Ich gehe auch schnell duschen und bin, zehn Minuten bevor wir unten sein müssen, wieder da.« Sein Blick fällt auf den Boden, wo meine Schuhe von gestern neben dem Weinglas liegen.

Ich spüre, wie ich vor Verlegenheit rot anlaufe. »Wir sehen uns später.«

Nachdem er weg ist, überlege ich, ob ich gehen oder bleiben soll. Ich will mir sicher sein können, dass mit John alles okay ist, aber ich will nicht in seine Privatsphäre eindringen.

Zum Teufel damit. Ich betrete das Schlafzimmer und nähere mich der geschlossenen Badezimmertür. Da ich keine Dusche laufen höre, klopfe ich an. »Brauchst du noch was, bevor ich in mein Zimmer verschwinde?«

»Nein, es geht mir gut. Danke.«

Ich will, dass er mich braucht. Ich will, dass er mich reinruft und bittet, mit ihm zusammen zu duschen. Ich will ihn nicht allein lassen, vor allem nicht, weil ich weiß, dass ihn das, was passiert ist, verstört hat. Ich werde mich ihm allerdings nicht aufdrängen. »Okay, ich komme mit einem Kaffee vorbei, bevor wir losmüssen.«

Er antwortet nicht.

Ich zwinge mich, zu gehen. Ich schnappe mir meine Schuhe und meine Handtasche und laufe zu meinem Zimmer hinüber, obwohl ich nichts mehr will, als bei ihm zu bleiben.

———

JOHN

So verdammt bescheuert! Genau das bin ich. Was habe ich mir dabei gedacht, auf dem Laufband zu joggen? Die Nacht mit Jules hat mir das Gefühl gegeben, wieder stark zu sein und vor Kraft zu strotzen, was, wie ich jetzt weiß, nur eine Illusion war. Ich bin nicht stark. Ich bin schwach und benebelt, und der Körper, den ich meisterhaft zu einer Maschine ausgeformt habe, lässt mich immer wieder im Stich.

Mein Kopf bringt mich um, und vom Blutverlust ist mir schwindelig. Das ist kein guter Zustand für einen Amputierten, der dabei ist, sich an seine Prothese zu gewöhnen, und ohnehin mit Gleichgewichtsproblemen zu kämpfen hat.

Da ich auf keinen Fall noch mal stürzen darf, halte ich mich an der Stange in der Dusche fest, während ich mich einseife und mit einer Hand rasiere. Irgendwie schaffe ich es, mir nicht das Gesicht aufzuschlitzen, was ein kleiner Trost ist. Ich habe für heute genügend Blut verloren. Das Wasser in der Duschwanne ist rötlich gefärbt, und ich zucke zusammen, als der Duschstrahl auf die Wunde trifft. Zum Glück ist sie am Hinterkopf, sodass ich nicht mit einem Pflaster im Gesicht ins Fernsehen muss.

Das heiße Wasser lindert den Muskelkater von der Nacht mit Jules und die Schmerzen von dem Sturz, der mich im wahrsten Sinne des Wortes wieder auf den Boden der Tatsachen zurückgeholt und mich daran erinnert hat, dass ich noch einen langen Weg vor mir habe, bis ich vollkommen wiederhergestellt bin.

Ich hasse es, dass Jules mich mit dieser Mischung aus Mitgefühl und Bedauern angeschaut hat. Beides will ich nicht, von niemandem.

Ich bin das Mitgefühl der Menschen leid. Ich will einfach nur wieder normal sein, wie auch immer das jetzt aussehen mag.

Die Vorstellung, dass Leute vor dem Hotel kampieren, in der Hoffnung, einen Blick auf mich zu erhaschen, macht mich wahnsinnig. Der Verlust meiner Anonymität ist noch etwas, woran ich mich in diesem neuen Leben gewöhnen muss.

Meine Gedanken wandern zur letzten Nacht. Der besten Nacht seit Jahren. Jules … Poppy ist einfach unglaublich, und allein an sie zu denken lässt mich wieder hart werden. Ein wenig fühle ich mich schuldig wegen dem, was wir getan haben. Trotz allem, was passiert ist, war ich Ava weiter treu, und mit einer anderen Frau zu schlafen war für mich eine große Sache.

Nicht, dass ich es bedauere. Wie könnte ich auch? Jules ist mir unglaublich wichtig. Wirklich. Empfinde ich für sie das Gleiche wie für Ava? Nein. Aber das bedeutet nicht, dass ich es nicht irgendwann empfinden könnte. Andererseits sollte ich nicht zu weit vorgreifen. Für sie ist die Situation wesentlich komplizierter als für mich. Es würde mich nicht wundern, wenn sie nun, bei Tageslicht, erkennt, was für einen großen Schritt wir gestern getan haben, und sich zurückzieht.

Ich steige aus der Dusche und lehne mich beim Abtrocknen ans Waschbecken. Es erschreckt mich, wie schwach ich bin. Das ist wirklich das Letzte, was ich im Moment gebrauchen kann. Es ist das Letzte, was wir alle gebrauchen können, so vollgepackt, wie unser Terminplan ist. Einmal habe ich mir auf der Highschool beim Football eine Gehirnerschütterung zugezogen. Das hier fühlt sich zum Glück nicht ganz so schlimm an.

Ich gehe ins Schlafzimmer und hebe meine Uniformhose vom Fußboden auf, wo sie gestern Nacht gelandet ist. Dann hole ich das frische Hemd aus dem Schrank. Ich muss Muncie fragen, ob wir das Hemd von gestern in die Reinigung geben können. Er wird sich darum kümmern. Als ich mich vorbeuge, um mein altes Hemd aufzuheben, neigt sich der Raum. Stolpernd lande ich auf dem Bett, wo ich mir ein paar Minuten Zeit lasse und das Schwindelgefühl wegatme.

Verdammt!

Ich bin so wütend auf mich. Das hier ist ein Rückschlag, an dem ich ganz allein schuld bin, und er macht einen sowieso schon kompli-zierten Tag noch komplizierter.

Unter Mühen schaffe ich es, mir die Hose anzuziehen. Ich lege mich rücklings aufs Bett, um den Reißverschluss und den Gürtel zu schließen. Als ich endlich auch Socken und Schuhe anhabe, bin ich schweißgebadet, und mir ist ein wenig übel. Vielleicht fühlt sich das hier doch so schlimm an wie die Gehirnerschütterung in der Highschool.

Ich höre, wie die Tür zur Suite geöffnet wird und dann ins Schloss fällt. Entweder Muncie oder Jules.

Ein leises Klopfen an der Schlafzimmertür. »John?«

Jules. »Komm rein.«

Sie öffnet die Tür und mustert mich einmal von Kopf bis Fuß, was mir nicht behagt.

»Mir geht es gut. Kein Grund zur Sorge.«

Sie kommt und reicht mir einen Kaffee.

»Danke.«

»Bist du sauer auf mich?«

Sofort fühle ich mich schuldig, weil sie das fragen muss. »Ich bin sauer auf *mich*.«

Sie setzt sich neben mir aufs Bett. »Wieso?«

»Ich hätte nicht versuchen sollen, zu joggen. Ganz eindeutig bin ich dafür noch nicht fit genug.«

»Warum hast du es dann getan?«

»Ich will wieder stark sein. So wie ich es mal war. Ich will, dass du mich so siehst, und nicht so, wie ich im Moment bin.«

»John.« Sie legt eine Hand an meine Wange und dreht meinen Kopf sanft, sodass ich sie anblicken muss.

»Was?«

»Willst du wissen, was ich sehe, wenn ich dich anschaue?«

»Lieber nicht.« Wenn ich mich in die Ecke gedrängt fühle, kommt das Arschloch von unserem ersten Treffen wieder in mir hoch. Jules hat es geschafft, meine rauen Kanten ein wenig zu glätten, weshalb ich mich ihr gegenüber schutzlos fühle.

»Ich verrate es dir trotzdem.« Ihre Hand liegt immer noch an meiner Wange, und mit dem Daumen streicht sie zärtlich über meine

Haut. »Ich sehe den stärksten Menschen, den ich je getroffen habe. Ich sehe einen Mann, der für den Dienst an seinem Land alles aufgegeben hat. Ich sehe einen Mann, der geholfen hat, Tausenden Menschen und allen, die sie geliebt haben, Gerechtigkeit zu verschaffen. Wenn ich dich anschaue, sehe ich einen entschlossenen Kämpfer, einen Helden, der stark und unglaublich sexy ist.«

Ihre liebevollen Worte überwältigen mich. »Mir gefällt, wie du mich wahrnimmst.«

»Mir auch.« Sie wackelt zweideutig mit den Augenbrauen, was mir ein Lächeln entlockt.

Ich lehne meine Stirn gegen ihre und genieße die Unterstützung, die sie mir so freigiebig anbietet.

»Das ist bloß ein kleiner Rückschlag. Ich bin mir sicher, es wird noch weitere geben, aber du wirst wieder so werden, wie du warst. Das weiß ich. Bitte, versuch nicht, meinetwegen irgendetwas zu beschleunigen. Wenn du auch nur für eine Sekunde glaubst, dass die letzte Nacht für mich weniger als perfekt war, dann irrst du dich gewaltig.«

Ich schließe meine Finger um ihr Handgelenk. »Für mich war sie auch perfekt.«

»Ich wünschte, wir hätten heute keine Termine.«

»Du hast keine Ahnung, wie sehr ich mir das wünsche.«

»Ich glaube, ich habe eine Idee.« Sie lächelt mich an. »Je eher wir das hinter uns bringen, desto früher können wir hierher zurückkommen und uns entspannen. Ich würde sehr gerne ein ausgiebiges Schaumbad in deiner großen Badewanne nehmen.«

»Meine Wanne ist deine Wanne.«

»Darf ich dich um eine Sache bitten?«

»Du darfst mich um alles bitten.«

»Wenn du heute irgendetwas brauchst, und sei es nur jemand zum Anlehnen, weil du dich nicht kräftig genug fühlst, dann sag es mir. Ich bin für dich da, egal, bei was.«

»Ja.« Meine Stimme ist ganz rau, die Emotionen lauern zu nah unter der Oberfläche. Irgendwann in den letzten Tagen ist Jules mein Fels geworden. Es gibt niemanden, auf den ich mich lieber stützen würde. »Das kriege ich hin.«

KAPITEL 22

AVA

Ich wache auf und fühle mich, als hätte ich einen Kater, obwohl ich seit Tagen keinen Alkohol mehr getrunken habe. Die Ereignisse des gestrigen Tages kehren zurück, und ich erinnere mich wieder, dass Eric fort ist. Vielleicht für immer. Und ich bin wieder allein.

Nun ja, nicht ganz allein. Meine Schwester schläft neben mir an der Stelle, wo mein Ehemann liegen sollte. Sie ist hier gestern Abend aufgekreuzt und hat sich geweigert, wieder zu gehen.

Rob, der sie begleitet hatte, hat sich für ihre Aufdringlichkeit entschuldigt.

»Ist schon gut«, habe ich ihm gesagt, denn mal ehrlich, was hätte ich sonst sagen sollen? Ich wollte ihn fragen, wie es Eric geht, doch ich weiß, dass er sich genauso beschissen fühlt wie ich.

Und nun sind wir also hier, an Tag zwei nach Armageddon, haben jeweils unsere Geschwister an unserer Seite, die miteinander verheiratet sind. Was wir einst als lustigen Zufall betrachtet haben, ist jetzt noch etwas, das im Nachklang der Katastrophe betrauert werden muss.

Ich habe keine Ahnung, was ich heute mit mir anstellen soll. Ich habe keine Termine, weil ich ja die nächsten zwei Wochen noch auf Hochzeitsreise sein sollte. Ich könnte Miles und meinen direkten Vorgesetzten Trevor wissen lassen, dass ich wieder da bin und arbeiten kann, wenn sie mich brauchen. Aber wenn ich das tue, werden sie wissen wollen, warum ich früher nach Hause gekommen bin, und ich bin noch nicht bereit, ihre Fragen zu beantworten.

Also sage ich nichts.

Es gibt nur einen Menschen, den ich sehen will, und der will mich nicht. Nicht mehr. Seine Weigerung gestern Abend, mich zu treffen, hat mich geschockt. Er war immer so standfest in seiner Liebe zu mir, trotz der emotionalen Achterbahnfahrt, die unser Leben seit der Minute unseres Kennenlernens gewesen ist. Nicht ein einziges Mal hat er in seinen Gefühlen geschwankt. Zu erleben, dass er jetzt seine Grenze erreicht hat, war wie ein Schlag ins Gesicht. Wie viel Unsinn kann ein Mann von der Frau tolerieren, die er liebt, bevor es ihm endgültig reicht?

Offensichtlich waren sexy Träume von meinem Ex Erics Grenze. Was angesichts dessen, dass ich meine Träume nicht kontrollieren kann, nicht wirklich fair ist. Aber mit diesem Sahnehäubchen auf allem, was er Johns wegen durchmachen musste, ist es auch verständlich, dass er nun die Schnauze von mir und meinem nicht enden wollenden Drama voll hat.

Verdammt, ich habe ja auch die Schnauze voll. Ich bin das alles so leid – John und die Geschichte seines Ab- und späteren Wiederauftauchens. Also kann ich Eric kaum vorwerfen, dass er das auch so empfindet.

»Oh, du bist wach.«

Ich werfe meiner Schwester einen Blick zu. »Jap.«

»Wie geht es dir?«

»Nie besser.«

»Ava.«

»Was willst du hören? Mir geht es beschissen. Ich sollte eigentlich in den Flitterwochen sein und nicht mit meiner Schwester zusammen im Bett liegen. Nein, so hatte ich mir diesen Tag wirklich nicht vorgestellt.«

»Wie kann ich dir helfen?«

»Könntest du eine Lobotomie organisieren?«

»Außer damit.«

»Ich habe keine Ahnung.«

»Es tut mir leid, dass du das durchmachen musst.«

»Mir auch.« Ich sehe sie an. »Danke, dass du gestern Abend vorbeigekommen bist, aber du und Rob, ihr habt sicher Pläne für heute. Du musst nicht auf mich aufpassen. Ich komme klar.«

»Ich bin mir sicher, dass Rob sämtliche Pläne, die wir hatten, gecancelt hat, weil sein Bruder ihn braucht.«

»Er kann doch während des Wahlkampfes nicht einfach Termine sausen lassen.«

»Für Eric würde er das tun. Du weißt, wie nahe die vier sich stehen. Amy und Jules sind ebenfalls in der Stadt. Vermutlich kommen sie später vorbei.«

»Musst du heute nicht arbeiten?«

»Ich habe mich krankgemeldet.«

»Das musst du nicht tun, Camille. Wirklich. Das ist nicht nötig.«

»Ich will euch helfen. Und Rob will das auch.«

»Es gibt nichts, was du tun kannst, oder er. Eric will ja nicht mal mit mir reden.«

»Das war gestern Abend. Ich bin mir sicher, dass er seine Meinung inzwischen geändert hat.«

»Dessen bin ich mir nicht so sicher.«

Sie verzieht den Mund auf diese Weise, wie sie es immer tut, wenn sie überlegt, ob sie etwas sagen soll oder lieber nicht.

»Komm, spuck es aus, was immer es ist.«

»Es ist ziemlich groß«, erklärt sie leise.

»Größer als die Tatsache, dass mein Ehemann mich verlassen hat?«

»Ja.« Sie beißt sich auf die Unterlippe und schaut zur Decke hinauf, während ich mich bemühe, sie nicht anzubrüllen, dass sie endlich damit rausrücken soll. »Eric glaubt, du hast ihn nur wegen dem geheiratet, was Brittany ihm angetan hat.«

Ich höre ihre Worte, aber diese Vorstellung ist so schockierend, so absurd, dass ich sie nicht wirklich verarbeiten kann. »Woher weißt du das?«, frage ich schließlich flüsternd.

»Das habe ich gestern Abend gehört, als er es zu Rob gesagt hat.

Rob hat versucht, ihm klarzumachen, dass das lächerlich ist, doch Eric ist überzeugt, ohne seine Vorgeschichte hättest du die Hochzeit nach deinem Treffen mit John in San Diego gecancelt.«

Ich habe keine Ahnung, was ich mit dieser Information anstellen soll. Wie kann er das nur denken? Nicht für eine Sekunde habe ich auch bloß mit dem Gedanken gespielt, unsere Hochzeit abzusagen.

»Ich war mir nicht sicher, ob ich es dir erzählen soll. Ich will es nicht noch schlimmer machen.«

»Wie könnte es noch schlimmer werden? Er hat mich verlassen, will nicht mit mir reden und denkt, ich hätte ihn nur geheiratet, weil ich geglaubt habe, keine andere Wahl zu haben.« Wie geht es von hier aus weiter? Ich habe keine Ahnung, und ich brauche professionelle Unterstützung. Dieses Chaos kann ich nicht allein lösen. Ich nehme mein Handy und schicke Jessica eine Nachricht.

Ich brauche dich. Dringend.

Sie antwortet eine Minute später. *Wann passt es dir?*

So schnell wie möglich.

Dann komm um zwölf. Ich werde da sein.

Jetzt ist es zehn. Zwei Stunden. Das kriege ich hin. *Bis gleich.*

»Ich treffe mich um zwölf mit Jessica«, erkläre ich Camille.

»Ah, das ist eine gute Idee.«

Ich bin mir nicht sicher, ob selbst so eine Naturgewalt wie Jessica mir helfen kann, etwas zu kitten, das sich dermaßen kaputt anfühlt.

Ich stehe auf, um zu duschen, und als ich kurz darauf angezogen in die Küche komme, hat Camille schon Kaffee gekocht und Frühstück gemacht. Ich hoffe, die Eier waren noch gut. Ich kann mich nicht erinnern, wann ich sie gekauft habe.

Der Kaffee verbrennt mir die Zunge und die Kehle, doch ich merke es kaum. Ich hasse es, mich wieder in der gleichen Situation zu befinden wie damals, als ich San Diego verlassen habe, um ein neues Leben in New York zu beginnen. Ich hasse es, mich wieder so zu fühlen wie damals, als ich erfahren habe, dass John noch lebt, aber verletzt ist, nur um dann wochenlang nichts von ihm zu hören. Ich hasse es, mich so zu fühlen wie an dem Tag, an dem ich ihn nach beinahe sechs Jahren zum ersten Mal wiedergesehen habe und ihm sagen musste, dass das mit uns vorbei ist, dass ich einen anderen habe

und ihn heiraten würde. Ich hasse es, mich so zu fühlen wie in dem
Moment, als er geweint und mich angefleht hat, nicht zu gehen.

Ich hasse es, dass ich nach all der Arbeit, die ich in meine Beziehung mit Eric gesteckt habe, nach all den Plänen, die wir für unsere
Zukunft geschmiedet haben, wieder einmal vor einem Scherbenhaufen
stehe und mich fragen muss, wie ich hier gelandet bin. Da ich nicht
den geringsten Appetit verspüre, schiebe ich das Rührei auf meinem
Teller hin und her und schaffe es gerade einmal, eine halbe Scheibe
Toastbrot mit Weintraubengelee zu essen.

Ich bin dankbar, dass Camille sich daran erinnert, wie sehr ich als
Kind Toast mit Marmelade geliebt habe, und mir diese Scheibe in der
Hoffnung, ich würde wenigstens ein wenig essen, rübergeschoben hat.

»Ich weiß, du bist traurig und machst dir Sorgen, aber das musst du
nicht«, sage ich zu ihr.

»Ich kann nicht anders. Rob und mir liegt viel an euch. Es tut uns
weh, zu sehen, wie sehr euch die Sache zusetzt.«

Ich weiß nicht, wann meine nervtötend perfekte kleine Schwester
zu einer Frau herangewachsen ist, auf die ich stolz bin. »Es bedeutet
mir sehr viel, dass du gestern hergekommen und über Nacht geblieben
bist. Aber ich muss das hier allein wieder in Ordnung bringen.«

»Das verstehe ich.« Sie trinkt einen Schluck Kaffee. »Ich hoffe nur,
du weißt, dass du mit mir über alles reden kannst. Ich würde nie etwas,
das du mir erzählst, Eric oder Rob weitersagen. Das verspreche ich dir.
Wenn du mich brauchst, bin ich da.«

»Ich gebe dir Bescheid, okay?«

Sie nickt. »Wenn ich nichts von dir höre, mache ich mir Sorgen.«

»Ich melde mich später.«

Bevor sie geht, wäscht sie ab und räumt die Küche auf. Dann
kommt sie zu mir und nimmt mich fest in die Arme. »Halte durch.«

»Ich bemühe mich.«

Das Geräusch der zufallenden Tür hallt durch den großen Raum.
Ich habe diese Wohnung auf den ersten Blick geliebt – die hohen
Decken, den Industriecharme. Jetzt fühlt es sich jedoch an, als sollte
ich nicht hier sein. Das hier ist seine Wohnung, nicht meine, und er
hätte sie nicht verlassen dürfen. Wenn ich mich nachher bei Camille
melde, werde ich sie bitten, ihm zu sagen, dass er zurückkommen

kann. Ich ziehe in ein Hotel oder miete mir etwas über Airbnb oder so, bis ich herausgefunden habe, wie es weitergeht.

Ich habe noch nicht mal alle Kisten von meinem Umzug ausgepackt, und schon denke ich darüber nach, wieder auszuziehen. Das habe ich wirklich nicht kommen sehen.

Als das Taxi mich vor Jessicas Praxis absetzt, bin ich kurz vorm Durchdrehen. Normalerweise lässt der Geruch, der aus dem Deli im Erdgeschoss dringt, mir das Wasser im Mund zusammenlaufen, aber heute wird mir davon nur übel.

Einst hat Jessica Trudeau mich wieder zusammengesetzt. Ich hoffe, dass sie erneut ein Wunder wirken kann. Sie betätigt den Türsummer, um mich reinzulassen, und ich nehme die Treppe bis zum zweiten Stock, wo sie schon auf mich wartet. Ihre blonden Locken hat sie hochgesteckt, aber der Anblick ihres Markenzeichens, der getigerten Katzenaugenbrille, tröstet mich sofort.

Trotzdem breche ich zusammen, als ich vor ihr stehe.

Sie hält mich lange fest, während ich mich ausweine.

»Sorry«, murmle ich Minuten später.

Sie reicht mir eines der Taschentücher, die sie immer parat hat. »Du musst dich nicht entschuldigen. Dafür bin ich doch da.« Nachdem wir einander gegenüber in den Sesseln Platz genommen haben, beugt sie sich vor und legt ihre Hand auf meine. »Was ist los?«

»Eric hat mich verlassen.«

Sie bemüht sich nicht, ihren Schock zu verbergen.

Normalerweise mag ich es, dass sie so ehrlich ist. Aber heute verstärkt ihre Reaktion meine Angst nur noch. Wenn sie schon schockiert ist, muss es wirklich schlimm sein.

»Wie bitte?«

»Unmittelbar nach der Ankunft zu Hause hat er eine Tasche gepackt und ist zu Rob und Camille gezogen. Ich bin gestern Abend zu ihnen gefahren, in der Hoffnung, mit ihm reden zu können, doch er wollte mich nicht sehen.«

»Das klingt gar nicht nach dem Eric, den ich kenne.«

»Ich schätze, jetzt habe ich es wirklich zu weit getrieben.«

»Indem du Träume hast, die du nicht kontrollieren kannst?«

Hilflos zucke ich mit den Schultern. »Camille hat mir gesagt, sie hätte gehört, wie er Rob erzählt hat, dass ich ihn bloß wegen dem, was seine Ex ihm angetan hat, geheiratet hätte.«

Jessica schüttelt verständnislos den Kopf. »Wie kommt er denn darauf?«

»Du erinnerst dich noch, dass sie damals einfach aus seinem Leben verschwunden ist, oder? Offensichtlich glaubt er, weil er das erlebt hat, bevor wir uns kennengelernt haben, würde ich nie mit ihm Schluss machen, selbst wenn ich es wollte. Aber das will ich gar nicht.« Wieder fange ich an zu weinen. »Ich will *ihn*. Ich habe ihn geheiratet.«

Jessica lehnt sich in ihrem Sessel zurück und versucht, das alles zu verarbeiten. Ich weiß, wie sie sich fühlt. Für mich ist es schon viel, und dabei ist es mein Leben, über das wir hier reden. Sie schweigt sehr lange, was vollkommen untypisch für sie ist. Ich will sie gerade fragen, was sie denkt, als sie sich vorbeugt.

»Ist es möglich?«

»Ist was möglich?«

»Dass du die Hochzeit durchgezogen hast, weil du es nicht ertragen konntest, Eric so wehzutun, wie Brittany es getan hat?«

»Nein. Das ist nicht möglich! Ich habe nicht ein einziges Mal daran gedacht, die Hochzeit abzusagen.«

»Vielleicht nicht bewusst, aber ist dir nach dem Treffen mit John wirklich nie in den Sinn gekommen, dass du alles zurückhaben könntest, was du verloren hattest? Vor allem, nachdem er dir gestanden hat, dass sich seine Gefühle für dich nicht verändert haben?«

»Nein.« Ich weigere mich, über diese Möglichkeit auch nur nachzudenken. »So war das nicht.«

»Niemand würde dir daraus einen Vorwurf machen, Ava«, erwidert sie sanft. »Du hast John von ganzem Herzen und mit ganzer Seele geliebt. Es gab keinen Zeitpunkt, zu dem einer von euch sich bewusst dafür entschieden hat, die Beziehung zu beenden. Denn das wolltet ihr beide nicht. Also wäre es bloß natürlich, wenn du die Pläne, die du in seiner Abwesenheit gefasst hast, noch einmal überdacht hättest, nachdem du ihn wiedergesehen hast.«

»So war das aber nicht. Ich habe Eric geheiratet. Ich liebe ihn.«

»Ich weiß, Ava, aber ...«

»Kein Aber. Ich will Eric. Und ich habe versucht, ihm das zu sagen. Nur wie soll ich unsere Ehe retten, wenn er nicht mit mir spricht?«

Jessica nimmt sich wieder einen Moment, um nachzudenken. »Eric hat das die ganze Zeit über super gemacht, findest du nicht? Er hat sich mit Dingen abgefunden, die anderen Männern zu viel gewesen wären. Er hat dich nach San Diego begleitet, damit du deine lange verloren geglaubte Liebe wiedersehen konntest. Er hat dich in dieser unvorstellbaren Situation bei jedem Schritt auf deinem Weg begleitet. Seine Hingabe an dich ist nicht ein einziges Mal ins Wanken geraten.«

»Das stimmt. Also worauf willst du hinaus?«

»Wäre es für dich in Ordnung, wenn ich mal mit ihm allein spreche?«

»Natürlich! Ich würde alles tun, um dieses Problem zu lösen. Er soll wissen …«

»Was soll er wissen?«

»Dass ich ihn liebe.« Tränen laufen mir über die Wangen, und ich wische sie mit einem neuen Taschentuch fort, das Jessica mir reicht. »Dass ich ihn und unser gemeinsames Leben immer noch will.«

»Davon wirst du ihn überzeugen müssen, Ava.«

»Ich dachte, das hätte ich bereits.«

»Nein, im Moment ist er nicht überzeugt.« Sie scheint ihre Worte sorgfältig zu wählen. »Ich denke, du stimmst mir zu, dass deine Beziehung mit Eric auf einmal ganz leicht und problemlos zustande kam, nachdem du dir die Erlaubnis gegeben hast, mit ihm zusammen zu sein. Er war liebenswürdig und verständnisvoll und hat dich unterstützt, als du nicht wusstest, wo John abgeblieben war, oder?«

»Ja, er war immer sehr gut zu mir.«

»Würdest du dann auch zustimmen, dass er dein Wohlergehen manchmal über sein eigenes gestellt hat?«

»Was meinst du damit?«

»Versuch, mir zu folgen … Stell dir vor, du bist in Erics Situation. Du hast die ganze schreckliche Sache mit Brittany durchgemacht und bist daraus als veränderter Mann herausgekommen. Du bist immer noch verbittert wegen dem, was sie dir angetan hat, und hast keinerlei Interesse daran, andere Frauen kennenzulernen. Bis du auf der Hochzeit deines Bruders eine umwerfende Frau triffst und mit einem Mal alles besser ist. Du freust dich auf die Zukunft, anstatt in der Vergangenheit zu verweilen, und das Leben ist wieder gut. Es gibt nur ein kleines Problem: Sie sehnt sich weiter nach einem Mann, der vor Jahren verschwand und vielleicht noch am Leben ist, vielleicht aber auch nicht. Du ahnst, dass er höchstwahrscheinlich in geheimer Mission für sein Land unterwegs ist und einen Terroristen jagt. Ich meine, so einen Mann kann man nicht mal hassen.

Also, dieser Mann ist weg. Eric ist hier, mit ihr, und er verliebt sich Hals über Kopf in sie, und ihr scheint es mit ihm genauso zu gehen. Er macht ihr einen Heiratsantrag, sie nimmt ihn an, sie beginnen mit der Planung der Hochzeit, und alle sind glücklich. Doch dann bricht die Hölle los, als die Spezialeinsatzkräfte den Terroristen fassen. Das verändert alles. Mit einem Mal sitzt sie wie auf glühenden Kohlen und fragt sich, was aus dem Mann geworden ist, den sie liebt – nicht liebte, sondern liebt. Und als sie weiterhin nichts von ihm hört, leidet sie offensichtlich Qualen. Trotzdem bleibt Eric an ihrer Seite, bietet ihr seine Liebe, seine Unterstützung und sein Mitgefühl an. Dann veröffentlichen die Terroristen ein Video, das zeigt, dass ihr Kerl mitten im Getümmel war. Er ist verwundet, vielleicht sogar getötet worden, das weiß keiner so genau, und sie dreht beinahe durch, während sie versucht, herauszufinden, was mit ihm passiert ist.

Eric bleibt weiterhin an ihrer Seite, hält sie fest, wenn sie weint, benutzt seine Verbindungen, um an die Informationen zu gelangen, die sie braucht, und findet schließlich heraus, dass ihr Kerl noch lebt. Er ist schwer verletzt, doch er lebt. Und als sie weiterhin nichts von dem Mann hört und denkt, dass er sie womöglich vergessen hat, hilft Eric ihr auch über diese Hürde hinweg und bleibt standfest in seiner Hingabe und Liebe zu ihr. Selbst als sich herausstellt, dass der andere sie nicht vergessen hat und sie sehr gerne wiedersehen würde.«

Mit wachsendem Grauen lausche ich Jess' Nacherzählung der Ereignisse. Was habe ich ihm nur angetan? Kein Wunder, dass er die Nase voll hat. Jeder andere hätte schon vor langer Zeit aufgegeben. Aber nicht Eric. Er ist geblieben, und wie danke ich ihm dafür? Indem ich während unserer Flitterwochen wüste Träume von John habe.

»Verstehst du, worauf ich hinauswill?«

»Ja, das verstehe ich. Und ich werfe ihm nicht vor, dass er einen

Schlussstrich gezogen hat. Es war dumm von ihm, überhaupt so lang mit mir zusammenzubleiben.«

»Das ist nicht das, was ich damit sagen wollte, Ava. Ich will sagen, dass Eric in eurer Beziehung bisher die größere Last getragen hat. Und jetzt bist du dran. Wenn du es ernst meinst, dass du keine Zweifel hattest, ob du ihn heiraten solltest, und dass du nicht ein einziges Mal auch nur daran gedacht hast, eure Hochzeit abzublasen, dann musst du ihn davon *überzeugen*. Jetzt musst *du* die Last tragen.«

»Ich will tun, was immer nötig ist, damit wir das wieder hinkriegen, doch ich kann nichts machen, wenn er nicht mit mir redet.«

»Das überlass mir.«

KAPITEL 23

ERIC

Ich erhalte eine Textnachricht von Jessica, dass wir dringend reden müssen. Ich will weder mit ihr noch mit sonst jemandem sprechen. Ich habe mich in Robs und Camilles Gästezimmer verschanzt und versuche, etwas zu arbeiten. Ich sollte eigentlich in den Flitterwochen sein, also erwartet mich heute keiner im Büro. Trotzdem habe ich meinen Laptop hochgefahren, weil ich mich irgendwie beschäftigen muss, um nicht den Verstand zu verlieren. Außerdem muss ich tausend Dinge für Robs Wahlkampf vorbereiten, den ich ab dem Dienstag nach dem Labor-Day-Wochenende managen werde.

Doch ich kann mich nicht konzentrieren.

Ich bin so ein Idiot. Ja, das fasst es ziemlich gut zusammen. Ich habe aus dem, was mit Brittany passiert ist, nichts, aber auch rein gar nichts gelernt. Nicht dass ich Ava mit ihr vergleichen will – ich meine, ich habe nicht gelernt, mir Grenzen dafür zu setzen, wie viel von mir ich für einen anderen Menschen aufzugeben gewillt bin. Ich habe mich wieder kopfüber hineingestürzt, und wieder habe ich mir die Finger verbrannt. Ich hätte mich in dem Moment von Ava zurückziehen sollen, als sie mir von John erzählt hat. Das wäre das Klügste gewesen.

Immerhin hat sie mir gestanden, dass die Geschichte mit ihm nicht abgeschlossen war.

Klar, er war zu dem Zeitpunkt schon über fünf Jahre lang verschwunden, doch soweit sie wusste, lebte er noch. Mir hätte klar sein müssen, dass er irgendwann in einem Triumphzug heimkehren würde, der ihn zum meistgefeierten Mann der Welt macht. Und dass er Ava zurückwill. Jeder würde sie zurückwollen.

Deshalb gebe ich auch mir die Schuld an der Misere, in der wir uns befinden. Ich hätte mich nie so dem Zauber des Verliebtseins hingeben dürfen. Das hat mich blind gemacht für die massiven Hindernisse, die zwischen uns und einem Happy End stehen.

Namentlich ein Captain John West. Ja, wieso spreche ich seinen Namen nicht einfach aus? Er ist immerhin der Dritte in unserer Ehe, also hat er es verdient, ganz oben genannt zu werden, direkt neben Ava und mir.

Das Telefon klingelt. Es ist Jessica. Ich gehe nur ran, weil ich weiß, dass sie nicht aufgibt, bis sie mit mir geredet hat. Aber wieso? Soweit es mich betrifft, wird es an der Sache nichts ändern.

»Hi, Jess.«

»O Eric, ich bin so froh, dass ich dich erreiche. Ich habe mich gefragt, ob du heute vielleicht irgendwann Zeit hast, vorbeizukommen.«

»Allein?«

»Ja.«

Darüber muss ich nachdenken. »Ist das denn erlaubt?« Immerhin ist sie zuerst einmal Avas Therapeutin.

»Ja, das ist so besprochen.« Mit anderen Worten, Ava hat ihr die Erlaubnis gegeben, mit mir zu reden. Wieso auch immer. »Wann könntest du kommen?«

Sie ist Krisenberaterin und hat aus diesem Grund nur wenige feste Termine, damit sie immer erreichbar ist, wenn einer ihrer Patienten sie braucht. Ich schätze, Ava und ich sind die Krise des Tages.

»In einer Stunde?«

»Das passt. Die Adresse hast du?«

»Ja.«

»Dann bis gleich.« Sie legt auf, bevor ich meine Meinung ändern kann.

Sofort bedauere ich, eingewilligt zu haben, denn das bedeutet, ich muss duschen, mich anziehen und die Zufluchtsstätte verlassen, die ich im Gästezimmer meines Bruders gefunden habe.

Nach der Dusche bin ich bereits erschöpft. Doch ich habe Jess gesagt, dass ich komme, also schicke ich Rob eine Nachricht, dass ich kurz das Haus verlasse, und trete in den warmen, sonnigen Nachmittag in New York hinaus.

Einige Leute fliehen im Sommer aus der Stadt, aber für mich ist das die schönste Jahreszeit hier. Ich liebe es, lange Spaziergänge zu machen, draußen zu essen und Drinks auf Dachterrassen zu mir zu nehmen. Heute jedoch, nachdem mir eine weitere Beziehung um die Ohren geflogen ist, sieht alles anders aus. Der Sommer oder die Dachterrassen oder die Cocktails könnten mir nicht gleichgültiger sein. Meine Arbeit interessiert mich einen feuchten Kehricht, genau wie Robs Wahlkampf und alles andere.

Ich winke mir ein Taxi heran und suche auf dem Handy die genaue Adresse an der Third Avenue, die ich dem Fahrer nenne. Dann lehne ich mich zurück und lasse die Stadt an mir vorbeiziehen, ohne wirklich etwas zu sehen. Meine Gedanken wandern zu jenem Morgen in Spanien zurück, an dem Ava mir von ihren Träumen erzählt hat.

Ich weiß, sie kann nichts dafür, aber zu hören, dass sie von *ihm* geträumt hat, dass sie in ihren Träumen *Sex* mit ihm gehabt hat … Dabei ist etwas in mir zerbrochen, und ich bin mir nicht sicher, ob das wieder zusammengesetzt werden kann. Ich bin mir nicht mal sicher, ob ich *will*, dass es wieder zusammengesetzt wird.

Wir halten vor der Praxis an, und ich reiche dem Fahrer einen Zwanzigdollarschein. Die Düfte, die aus dem Deli auf die Straße wehen, erinnern mich daran, dass ich den ganzen Tag noch nichts gegessen habe. Vielleicht kaufe ich mir hier nach meinem Termin mit Jess was. Nachdem ich geklingelt habe, ertönt der Türsummer, und ich trete ein. Jess erwartet mich oben vor der Tür zu ihrer Praxis.

»Danke, dass du gekommen bist.«

Normalerweise würde ich darauf mit »Kein Problem« oder »Gern geschehen« oder einer sonstigen höflichen Unwahrheit reagieren. Aber es war ein Problem für mich, herzukommen, und ich bin überhaupt nicht gerne hier.

»Ich habe vorhin mit Ava gesprochen.«

Da ich mir das schon gedacht habe, sage ich nichts.

»Sie ist traurig, weil du nicht mit ihr reden willst.«

»Ich bin traurig, weil sie von ihrem Ex träumt. So sind wir wenigstens beide traurig.«

»Ich will ehrlich mit dir sein: Nach dem Besuch in San Diego hatte ich mit so etwas gerechnet.«

Ich bin verwirrt. »Womit?«

»Dass du sagst, es reicht. Ich hatte erwartet, dass du die Hochzeit abbläst.«

»Das ist lustig, denn ich hatte erwartet, dass sie das tut.«

»Wirklich?«

»Ja, wirklich. Nachdem sie ihn gesehen hatte, war sie wie ein Zombie. In der ersten Woche hat sie kaum ein Wort mit mir gesprochen, doch als die Hochzeit näher rückte, schien sie sich gefasst zu haben. Trotzdem habe ich die ganze Zeit darauf gewartet, dass sie sagt: ›Ich kann das nicht.‹ Es hätte mich nicht überrascht.«

»Ich glaube, sie wäre überrascht, das von dir zu hören.«

»Wirklich?« Ich merke selbst, wie verbittert ich klinge, aber wie soll ich mich auch sonst fühlen? »Meine Freunde haben mir davon abgeraten, sie zu heiraten.«

»Ach ja?«

Ich nicke und erinnere mich an den Abend mit den Jungs, den Rob vor der Hochzeit für mich organisiert hat. »Mein Bruder hat ein paar Freunde zusammengetrommelt. Ich wollte keinen traditionellen Junggesellenabschied, kein Wochenende in Las Vegas oder so. Im Rückblick würde ich sagen, dass ich damals vermutlich Angst hatte, Ava auch nur für ein paar Tage allein zu lassen.«

»Weil du Angst hattest, dass sie ihre Meinung ändert?«

»Unter anderem. Sie war sehr zerbrechlich. Du hast sie nach San Diego ja selbst erlebt. Du weißt, was ich meine.«

»Ja, stimmt. Also, was ist an dem Abend mit deinen Freunden passiert?«

Es schmerzt mich, daran zu denken, wie dumm ich war, dass ich nicht auf sie gehört habe. »Ich hatte sie eine Weile nicht gesehen, und keiner von ihnen kannte Ava. Ich habe ihnen gestanden, dass Ava vor Johns Entsendung mit ihm zusammen gewesen war und dass es wichtig sei, dass niemals jemand davon erfährt. Nachdem sie die ganze Geschichte gehört hatten, meinte mein alter Freund Rory: ›Kumpel, willst du diese Frau wirklich heiraten?‹ Er ahnte die drohende Katastrophe schon, aber ich habe mich geweigert, sie zu sehen. Die anderen waren nicht ganz so unverblümt wie er, doch sie haben ihm auch nicht widersprochen.«

»Was hat Rob dazu gesagt?«

»Nicht viel. Er steckte in einer Art Zwickmühle, immerhin ist er mit Avas Schwester verheiratet. Er konnte mich ja schlecht dazu ermutigen, die Hochzeit mit seiner Schwägerin abzublasen, ohne in seiner eigenen Ehe Probleme heraufzubeschwören. Im Rückblick ist mir klar, dass er auch Bedenken hatte. Die hatten alle, die die Situation kannten.«

»Ich nicht.«

Das klingt so bestimmt, dass es mich überrascht.

»Wenn ich geglaubt hätte, es wäre ein Fehler, dass Ava dich heiratet, hätte ich das gesagt. Ich bin mir nicht sicher, ob es dir aufgefallen ist, aber ich rede mit meinen Klienten nicht um den heißen Brei herum. Wenn sie kurz davor stehen, etwas zu tun, was das, was auch immer sie zu mir gebracht hat, schlimmer machen wird, schreite ich ein. In diesem Fall habe ich dafür jedoch keinen Anlass gesehen. Vor eurer Hochzeit hat Ava nie irgendwelche Anzeichen dafür gezeigt, dass sie Zweifel an ihrer Entscheidung hatte, dich zu heiraten. Sie hat nie gefragt: ›Jessica, was soll ich nur tun?‹ Sie hat darüber geredet, wie toll du bist, wie sehr du sie verstehst und unterstützt. Sie hat gesagt, dass sie nicht sicher sei, wie sie das ganze Trauma von Johns Rückkehr ohne dich überstanden hätte. Gerade heute Morgen noch saß sie da, wo du jetzt sitzt, und hat mir erklärt, das Einzige, was sie will, ist, mit dir verheiratet zu sein.«

Ich höre, was sie sagt, und verstehe die Worte, aber trotzdem fühle ich mich … ich weiß nicht … irgendwie fern von allem, als würde ich zuschauen, wie das jemand anderem passiert. Eines der Dinge, die Ava und ich an Jess immer gemocht haben, ist ihre praktische Art. Die hat uns durch mehr als eine Krise geholfen, und es ist mir wichtig, dass sie vor unserer Hochzeit keinen Anlass zur Sorge gesehen hat, obwohl sie bei dem ganzen Drama in der ersten Reihe saß.

»Was ich mit Sicherheit weiß«, fährt sie fort, »ist, dass du deine Ehe nicht retten kannst, wenn du nicht mit deiner Frau redest.«

»Ich bin mir nicht sicher, ob ich meine Ehe retten will.« So. Ich habe es ausgesprochen. Es ist raus, und ich kann es nie wieder zurücknehmen. Was ich auch nicht will, denn es ist die Wahrheit.

»Ich muss zugeben … es überrascht mich, das zu hören. Glaubst du wirklich, dass Ava irgendetwas von alldem hier gewollt hat?«

»Ich bin mir ziemlich sicher, sie will es nicht. Wer wollte das schon? Doch in Spanien ist irgendetwas in mir … gerissen, und jetzt … Ich weiß es nicht. Ich weiß es einfach nicht.«

»Okay, ich sage dir, was ich weiß: Vor ein paar Wochen hast du die Frau geheiratet, die du, wie du mir erklärt hast, mehr liebst als das Leben. Du hast sie im vollen Wissen um ihre Vergangenheit geheiratet. Du wusstest, wie traumatisch es für sie gewesen ist. Du hast vor der Hochzeit gewusst, dass sie große Anstrengungen unternommen hat, um ihre Vergangenheit hinter sich zu lassen, dass sie damit aber noch nicht ganz durch war. Du hast genau gewusst, auf wen und was du dich einlässt. Ist es da wirklich fair von dir, jetzt zu beschließen, dass es vielleicht doch nicht das war, was du wolltest?«

Die Frage macht mich wütend. »Wollen wir darüber reden, was fair ist? Ist es mir gegenüber fair, dass es immer einen anderen Mann in meiner Ehe geben wird, im Herzen meiner Frau, in unserem Leben. Ist das mir gegenüber fair?«

»Eric, das hast du gewusst, bevor du sie geheiratet hast. Du wusstest, das gehört zum Gesamtpaket dazu.«

»Ich wusste nicht, dass er mit uns im Bett liegen würde! Ich hatte keine Ahnung, dass so etwas passieren würde.«

»Die hatte sie auch nicht.«

»Hör zu, ich verstehe, dass du auf Avas Seite stehst …«

Sie hebt eine Hand, um mich zu unterbrechen. »Ganz ruhig. Ich stehe auf niemandes Seite. Ich will, dass ihr beide bekommt, was ihr wollt, und bis gestern wolltet ihr einander. Zumindest dachte ich das.«

»Das stimmt ja auch.«

»Und jetzt?«

»Ich weiß es nicht.« Verzweifelt schaue ich zu Boden. Ich kann nicht fassen, dass ich wieder an dieser beschissenen Stelle in meinem Leben stecke. »Ich weiß einfach nicht, ob ich das kann.«

Ich spüre die Enttäuschung, die von ihr ausstrahlt, auch wenn sie eine ganze Minute lang schweigt.

»Ich habe meinen Freundinnen von euch erzählt.«

Ich hebe den Blick und sehe sie an. »Was?«

»Natürlich ohne Namen oder sonstige Einzelheiten. Ich habe nur erwähnt, dass da dieses Pärchen in meine Praxis kommt und die Frau mit ziemlich heftigen Sachen zu kämpfen hat. Und wie unglaublich ihr Partner ist, wie er sie unterstützt und sich um sie kümmert. Ich habe ihnen gesagt, dass ihr beide mich inspiriert, aber du besonders.«

»Jetzt fühle ich mich wirklich wie ein Mistkerl.«

»Du bist kein Mistkerl, Eric. Ganz im Gegenteil. Wenn du allerdings aus dieser Ehe auscheckst, fürchte ich, wirst du eines Tages aufwachen und erkennen, dass du den größten Fehler deines Lebens begangen hast. Ava *liebt* dich. Sie liebt dich wirklich. Sie will mit dir verheiratet sein und das Leben führen, das ihr beide geplant hattet.«

»Ich brauche ein wenig Zeit.«

»In Ordnung.«

»Einfach nur ›In Ordnung‹?«

»Was soll ich sonst sagen? Du brauchst Zeit? Nimm sie dir. Aber nicht zu viel. Es würde mir sehr leidtun, wenn du später etwas bereuen müsstest.«

Ich erhebe mich, um zu gehen.

»Eric? Melde dich bitte bei mir, wenn du bereit bist. Ich würde euch gerne zusammen sehen.«

Ich nicke und verlasse ihre Praxis. Langsam steige ich die Treppe ins Erdgeschoss hinunter. Der Geruch aus dem Deli dringt zu mir, und mir dreht sich beinahe der Magen um. Der Gedanke an Essen widert mich an. Den Kopf gesenkt, laufe ich zu Fuß durch Midtown bis nach Tribeca und nach Hause. Ich sehe nichts außer dreckigen Bürgersteigen, während ich Meile um Meile zurücklege und über all das nachdenke, was Jessica zu mir gesagt hat und ich zu ihr.

Ich sollte meine Frau anrufen, doch ich verspüre keinerlei Verlangen, mit ihr zu reden. Das ist das erste Mal, seitdem ich sie vor etwas über einem Jahr kennengelernt habe. Das Wochenende, an dem ihre Schwester meinen Bruder geheiratet hat, war das Beste, was ich seit der Katastrophe mit Brittany erlebt hatte, und das habe ich zum Großteil Ava zu verdanken. Wir waren die Trauzeugen, und ich war von der ersten Sekunde an von ihr bezaubert. Ich denke daran, wie sie sich auf dem Empfang betrunken hat und ich ihr mit meiner Pizza-Wunderkur »das Leben gerettet« habe. Wir haben die Nacht gemeinsam in ihrem Hotelzimmer verbracht, aber zwischen uns ist nichts passiert. Zumindest nicht in jener Nacht.

Wenn ich mich verliebe, geschieht es schnell. Das ist schon immer so gewesen. Bisher ist es dreimal passiert. Die erste Verliebtheit ging zu Ende, als wir uns für verschiedene Colleges entschieden, die achthundert Kilometer voneinander entfernt lagen. Die zweite wurde zu einer großen Katastrophe, als Brittany mich sang- und klanglos verlassen hat. Und die dritte ...

Ich weiß nicht, ob sie endet, und wenn ja, wie. Ich weiß es einfach nicht.

KAPITEL 24

JULIANNE

Nach dem Auftritt bei *Kelly and Ryan* verbringen wir eine Stunde im Krankenhaus, wo Johns Wunde getackert wird.

Der Gedanke, dass er Stahlklammern in den Kopf bekommen hat, verursacht mir Unwohlsein, also erkläre ich ihm, dass er die Einzelheiten bitte für sich behalten soll, sonst gibt es eine weitere Patientin. Alles, was mit Ärzten und Krankenhäusern zu tun hat, ist nichts für mich. Ich bin immer noch ganz erstaunt, dass ich vorhin nicht ohnmächtig geworden bin, als ich das Blut aus der aufgeplatzten Haut habe sickern sehen.

Muncie hält auf dem Rückweg im Auto auch eine Überraschung für uns parat. Er erzählt uns, dass Amy ihn am Nachmittag zu einer Sightseeingtour abholt.

»Ich war noch nie in New York, und sie hat es angeboten.« Er zuckt die Achseln und sieht niedlich verlegen aus. »Wollt ihr mitkommen?«

»Ich nicht«, antworte ich. »Ich muss arbeiten und außerdem in meine Wohnung, um Wäsche zu waschen.«

»Ich werde mich hinlegen und ein paar Tabletten nehmen, in der Hoffnung, dass das Hämmern in meinem Schädel dann aufhört.«

»Vielleicht sollte ich lieber bei dir bleiben«, sagt Muncie. »Für den Fall, dass du was brauchst.«

»Nein, du hast heute frei«, entgegnet John. »Das ist ein Befehl.«

»Bist du sicher?«

»Ganz sicher. Ich werde für den Rest des Tages entspannen.«

»Ich kann zwischendurch zurückkommen und nach dir sehen.«

»Gönn dir doch einfach mal einen Nachmittag lang Spaß.« Ich würde es zu gerne sehen, wenn sich zwischen ihm und Amy was entwickelt. Sie hat mir gegenüber nichts davon erwähnt, also schicke ich ihr eine Nachricht.

Ich habe gehört, du hast ein Date mit Muncie?

Das ist kein Date. Er war noch nie in New York. Ich dachte, er würde gerne ein paar Dinge besichtigen.

Und das ist alles?

Jap. Wie geht es dir? Habe J bei Fallon gesehen. Er hat die Sendung gerockt.

Das hat er. Und Today und Kelly/Ryan heute auch.

Im Büro hier reden alle über ihn.

Mein Handy klingelt ununterbrochen. Ich brauche drei Tage, um alle Nachrichten und E-Mails zu sichten, die ich in den letzten vierundzwanzig Stunden erhalten habe.

Ja, du hast alle Hände voll zu tun, das ist mal sicher.

Wenn sie nur wüsste ... *Wie geht es Eric?*

Rob meint, er wollte gestern Abend nicht mit Ava reden, als sie vorbeikam. Das ist schlimm ... Ich glaube, sie waren heute beide bei Jessica, allerdings getrennt. Ich warte drauf, zu hören, wie das gelaufen ist.

Bei den Worten fängt mein Magen an zu brennen. *Hältst du mich auf dem Laufenden?*

Klar.

Hab viel Spaß mit Muncie. Ich packe noch ein paar Herz-Emojis dazu und bekomme einen gereckten Mittelfinger zurück, was mich zum Lachen bringt.

»Heilige Scheiße«, sagt John, als wir vor dem Hotel vorfahren, wo es von Presse und Schaulustigen nur so wimmelt. Da sind Dutzende, vielleicht sogar Hunderte Menschen. Die Polizei ist da und versucht, eine Absperrung zu errichten, aber die Situation ist vollkommen außer Kontrolle.

»Wir brauchen Security.« Auf keinen Fall riskiere ich Johns Sicherheit, indem wir schutzlos dieser verrückten Menge gegenübertreten.

Muncie sieht so panisch aus, wie ich mich fühle. »Ich gucke mal, was die Navy uns bereitstellen kann.«

»Wir brauchen Leute, die die Stadt kennen und wissen, wie das hier läuft. Ich bitte meine Firma, was zu arrangieren.«

Ich schicke Marcie einen Text und teile ihr mit, dass wir Security für John benötigen. *Das Hotel ist von Menschen umstellt. Brauchen sofort Hilfe.*

Sie reagiert prompt. *Ich bin dran. Schicke asap jemanden zu euch. Beeil dich.*

»Wie sollen wir ihn ins Hotel bekommen?«, frage ich Muncie. Ich habe Angst, dass die Leute ihn umdrängen und womöglich umschubsen könnten.

Der Fahrer schaltet sich ein. »Wir können ihn durch den Lieferanteneingang auf der Gebäuderückseite reinschleusen. Ein Kumpel von mir arbeitet dort, deshalb weiß ich, wo der ist.«

Muncie fährt sein Fenster gerade so weit herunter, dass er einem der Portiers, die der Polizei helfen, das Chaos zu kontrollieren, zurufen kann: »Wir fahren zum Lieferanteneingang. Sorgen Sie dafür, dass uns jemand aufmacht.«

»Wird erledigt.«

Der Fahrer gibt Gas, und wir lassen die Menschenmenge hinter uns. Mit quietschenden Reifen biegt er um die nächste Kurve. »Wir hatten Glück, dass die Kreuzung frei war. Das hat hier echten Seltenheitswert.«

John starrt angespannt aus dem Fenster. Der arme Kerl ist vermutlich geschockt von der Menschenansammlung. Also ich zumindest bin es, und deshalb kann ich mir ansatzweise vorstellen, wie es ihm gehen muss.

»Wir haben die besten Sicherheitsleute. Meine Chefin Marcie ruft sie gerade an.« Ich wünschte, ich könnte John berühren, aber mit Muncie im Wagen geht das nicht. O Gott. Er wird es doch wohl nicht Amy erzählen, oder? *O mein Gott … Ich bin fast dreißig Jahre alt und wieder auf der Highschool. Wie konnte das passieren?*

Das weißt du ganz genau …

Ich will meinem Gehirn den Mund verbieten. Wie könnte ich es schaffen, mir Muncie für eine Minute zu schnappen, bevor er geht? Gar nicht. Also schicke ich ihm eine Nachricht. Er hat den Platz neben mir, sodass John, der uns gegenübersitzt, den Text nicht lesen kann.

Äh, das ist ein wenig unangenehm, aber bitte ... Erzähl Amy nichts. Bitte.
Atemlos warte ich auf seine Antwort.
Das würde ich niemals tun. Und das Ganze geht mich nichts an.
Danke.
Ich mache mir Sorgen um ihn.
Ich behalt ihn im Auge.
»Redet ihr zwei über mich?«, wirft John ein.
»Nö«, sagen Muncie und ich gleichzeitig, was Johns Vermutung quasi bestätigt.
»Ich schwöre, es geht mir gut.«
»Das glauben wir dir.« Ich bedenke ihn mit einem warmherzigen Lächeln. So gerne würde ich ihn in die Arme nehmen, um ihn wissen zu lassen, dass alles in Ordnung ist. Dass *er* in Ordnung ist. Dass er seine Sache heute toll gemacht hat und ich stolz auf ihn bin. Wenn wir ihn nur irgendwie ins Hotel kriegen ...
Das Tor zum Lieferanteneingang öffnet sich, und der Portier, den Muncie eben angesprochen hat – ein Mann namens Brad –, ist schon da, um uns in Empfang zu nehmen. Es folgt die übliche Routine: Krücken rausholen, sie John geben und langsam hinter ihm ins Hotel gehen. Er bewegt sich langsamer als gestern, was in mir die Frage weckt, ob er sich bei dem Sturz wirklich bloß am Kopf verletzt hat.
Muncie sieht es auch und wirft mir einen besorgten Blick zu.
»Willkommen zurück, Captain West. Ich entschuldige mich für die Situation vor dem Eingang des Hotels.«
»Das ist nicht Ihre Schuld.«
»Nun, wir werden das in den Griff kriegen, Sir. Und – wenn ich das hinzufügen darf – Ihr Auftritt gestern bei Fallon war großartig.«
»Danke. Freut mich, dass es Ihnen gefallen hat.«
»*Alle* haben das so empfunden. Die ganze Belegschaft redet heute darüber.« Brad führt uns zum Servicelift und begleitet uns in die

oberste Etage, wo er sich vergewissert, dass uns niemand auflauert, bevor er uns bedeutet, den Fahrstuhl zu verlassen. »Die Luft ist rein.«

John stützt sich auf eine Krücke und schüttelt dem jungen Mann die Hand. »Danke, Brad.«

»Es war mir ein Vergnügen, Sir. Danke für Ihren Dienst.«

Jedes Mal, wenn jemand das sagt, schwillt mein Herz vor Stolz an. Alle sollten ihm danken. Die ganze verdammte Welt schuldet ihm Dank, weil er diesen miesen Mistkerl Al Khad geschnappt hat.

Vor der Tür zu Muncies Zimmer bleiben wir stehen.

»Sei um Mitternacht zu Hause, und benutz Kondome«, sagt John.

Ich lache unwillkürlich auf und kaschiere das mit einem Husten, weil ich fürchte, dass Muncie meine Erheiterung nicht zu schätzen wissen wird.

Muncie wird feuerrot. »Du kannst mich mal. Sir.«

Nun lacht John laut auf, und das ist so wunderbar, dass weder Muncie noch ich den Blick abwenden können. Wir haben ihn noch nie so lachen gesehen, und es ist für uns beide eine Offenbarung. Langsam, aber sicher lernen wir den Mann kennen, der er vorher gewesen ist. Und Gott möge mir beistehen, denn ich mag diesen Mann. Ich mag ihn sogar sehr.

Als er sich wieder gefasst hat, sagt John: »Mal im Ernst. Genieß die Pause. Du hast sie dir verdient.«

»Danke. Wir sehen uns morgen früh. Ruf mich an, wenn du irgendetwas brauchst.«

»Ich werde nichts brauchen.«

Muncie verschwindet in seinem Zimmer. Das Klicken der Tür, die ins Schloss fällt, hallt wie ein Schuss über den leeren Flur.

John zuckt zusammen, fängt sich jedoch sofort wieder.

Ich bin mir nicht sicher, ob ich ihn fragen soll, ob alles in Ordnung ist, also lasse ich es. Ich spüre, dass er die Frage lieber nicht hören möchte.

»Wenn ich deine Hand halten könnte, würde ich sie packen und dich daran direkt in mein Schlafzimmer zerren.«

Diese in rauem Ton gesprochenen Worte von ihm sind das Heißeste, was je jemand zu mir gesagt hat.

»Würdest du es zulassen?«

»Ja.« Meine Stimme ist nur ein Flüstern. Ich würde ihm überallhin folgen. Als mir das bewusst wird, erlebe ich einen Moment der Klarheit in dem ganzen Chaos, das in den letzten Tagen geherrscht hat. Mein Leben verändert sich, vermutlich für immer. Ich lasse es zu, indem ich *das hier* zulasse. Das mit ihm. Ich bin mir des potenziellen Preises dafür, mir zu nehmen, was ich will, sehr wohl bewusst. Er holt die Schlüsselkarte aus seiner Tasche, zieht sie durch das Lesegerät und bedeutet mir, vorauszugehen.

Ich hatte wirklich vor, heute Nachmittag in meine Wohnung zu fahren. Ich wollte Wäsche waschen und endlich mal die unzähligen E-Mails und Nachrichten lesen, die ich erhalten habe. Ich wollte meine Sprachnachrichten abhören und eine Liste von Angeboten zusammenstellen, die John sich anschauen soll, sobald die Pressetour vorbei ist. Aber stattdessen lasse ich meine Handtasche fallen und greife in der gleichen Sekunde nach ihm, in der seine Krücken laut klappernd auf dem Marmorfußboden aufschlagen.

Der Kuss setzt mich in Flammen. Johns Hände sind unter meinem Mantel, ziehen an meiner Bluse und berühren meine nackte Haut, bevor ich noch wirklich mitkriege, was passiert.

Sein Kopf. Er ist verletzt. Wir sollten das nicht tun. Ich unterbreche den Kuss. »John, dein Kopf.«

Er presst seinen Unterleib gegen mich. »Mir geht es gut. Sei still und küss mich.«

»Du hast eine Gehirnerschütterung und solltest dich ausruhen.«

»Poppy«, flüstert er. Mit seinen Lippen streicht er über meinen Hals, seine Erektion drückt sich gegen meinen Bauch. »Es ist bloß eine *leichte* Gehirnerschütterung. Bitte?«

Ich erschauere, und meine Entschlossenheit fällt wie ein Kartenhaus in einer steifen Brise in sich zusammen. »Nur wenn du mich die Arbeit machen lässt.«

»Wie du willst.«

Dann zerren wir uns wieder wie Wahnsinnige gegenseitig die Klamotten vom Leib. Noch nie habe ich solchen Sex erlebt. Bislang war es immer langsam und süß und zivilisiert. Das hier ist nichts davon. Es ist wild und ungezähmt, und das brennende Verlangen, das ich für ihn empfinde, verwandelt mich in einen Menschen, den ich nicht kenne. John ist genauso wild, und das Geräusch von reißendem Stoff macht mich noch verrückter, als ich sowieso schon bin.

In einem Durcheinander aus Armen und Beinen fallen wir aufs Bett, und beinahe vergesse ich seine Gehirnerschütterung, die ihn nicht zurückzuhalten scheint.

»John«, keuche ich zwischen den leidenschaftlichsten Küssen meines Lebens. »Dein Kopf.«

»Dem geht es gut. Küss mich.« Er legt eine Hand in meinen Nacken und zieht mich erneut an sich.

Ich sage mir immer wieder, dass das hier nicht echt sein kann. Dass solche Dinge nicht wirklich passieren. Man sieht es in Filmen oder liest in Büchern darüber, aber auf keinen Fall kann es mir passieren. Doch es ist echt, und es passiert, und es ist *himmlisch*. Seine Hände sind überall, sein Mund ist heiß. Wir prallen aufeinander wie zwei Kometen auf Kollisionskurs, als er tief, schnell und rau in mich eindringt.

Ich komme sofort und schreie unter der Lust auf, die durch mich hindurchschießt. Und noch bevor ich mich von dem ersten Orgasmus erholt habe, erklimme ich schon den nächsten Gipfel.

John saugt meine Brustspitze zwischen die Zähne, während er seine Finger in meinen Hintern krallt. Wir schwitzen beide, als er in mich hineinpumpt und mich vollkommen ausfüllt. Während ich von einer neuen Welle davongetragen werde, ist mir bewusst, dass ich mich von diesem Mann niemals erholen werde. Wenn das hier nicht funktioniert, werde ich nie darüber hinwegkommen. Ich werde nie über *ihn* hinwegkommen.

»Poppy«, flüstert er und hält mich so fest, dass ich kaum Luft kriege. »Komm mit mir.«

Nichts hat sich je so gut, so richtig oder so perfekt angefühlt.

Als wir langsam von unserem Höhepunkt wieder zurück zur Erde schweben, höre ich mein Arbeitshandy mit der Tonfolge klingeln, die ich Marcie zugewiesen habe. »Da muss ich ran.«

Er zieht mich fester an sich. Seine Muskeln zittern. »Geh noch nicht.«

»Das ist meine Chefin.«

»Sag ihr, du hast dich gerade um deinen Klienten gekümmert.«

Ich muss lachen. Marcie wird wütend sein, wenn ich ihren Anruf nicht entgegennehme, aber in Johns Armen und noch schwer atmend von dem besten Sex, den ich je gehabt habe, ist mir das vollkommen egal.

»Es tut mir leid, dass ich so grob war«, meint er nach einer Weile.

»Nur für den Fall, dass du es nicht gemerkt hat: Es hat mir gefallen. Aber eigentlich sollte ich doch die ganze Arbeit machen.«

»Das kannst du ja nächstes Mal.« Seine Augen sind geschlossen, und alle Anspannung, die sonst so sehr ein Teil von ihm ist, ist aus seinem Gesicht gewichen.

Ich streichle seine Wange, will ihm alles an Trost, an Frieden schenken, was ich nur kann. »Tut dein Kopf weh?«

»Wie die Hölle.«

»Dann lass mich los. Ich hole dir ein wenig Eis und eine Schmerztablette.«

»Das musst du nicht.«

»Ich will es aber.«

Er schlägt die Lider auf und richtet seine unglaublich blauen Augen auf mich. In ihnen liegt eine gewisse Verletzlichkeit, die zu verbergen er sich immer so bemüht. »Ich will auf dich nicht schwach wirken.«

Darüber muss ich lachen. »Angesichts dessen, was gerade passiert ist, hast du da wirklich nichts zu befürchten.«

»Es war gut für dich?«

»Das fragst du nicht ernsthaft, oder?«

»Doch. Ich frage ernsthaft.«

»Es war ... lebensverändernd.« Ich gebe ihm je einen Kuss auf den Mund, die Wangen und die Stirn. »*Du* bist lebensverändernd.«

»Und das ist was Gutes?«

»Ich glaube schon.« Ich bin ihm total verfallen. Restlos. Das sollte mir Angst machen, aber seltsamerweise bin ich ganz ruhig. Mit beinahe dreißig Jahren bin ich schon lang genug auf der Welt, um zu wissen, dass so etwas sehr rar und besonders ist, und ich habe vor, es genau so zu behandeln. »Lass mich kurz die Tabletten holen.«

Er gibt mich frei, und nach einem kurzen Ausflug ins Bad gehe ich ins Nebenzimmer, um mir etwas Eis aus dem Tiefkühlfach und die Schmerztabletten zu schnappen, die sie ihm im Krankenhaus mitgegeben haben. Dann schenke ich ein Glas Wasser ein und nehme es mit. John ist noch da, wo ich ihn zurückgelassen habe. Er liegt mit dem Gesicht nach unten auf dem Bett, sodass ich seinen muskulösen Rücken und die roten Kratzer, die ich darauf hinterlassen habe, sehen kann. Diese Kratzer erfüllen mich mit Befriedigung. Obwohl ich die Nachwehen des letzten Orgasmus noch spüre, will ich schon wieder über ihn herfallen. Das habe ich bisher noch bei keinem Mann gewollt.

Aber er ist ja auch nicht irgendein Mann. Es bereitet mir ein wenig Angst, wie stark meine Gefühle für ihn geworden sind. Es ist, als säße ich auf einem Güterzug mit defekten Bremsen, der einen steilen Abhang hinabrast. Obwohl ich weiß, dass mich ein alles zerstörender Aufprall erwartet, kann ich mich nicht davon abhalten, auf diesen Zug aufzuspringen und das Beste zu erhoffen.

»Bereit für ein wenig Eis?«

Er gibt ein zustimmendes Geräusch von sich und nimmt dann die Tablette, die ich ihm reiche.

Nachdem er sie mit einem großen Schluck Wasser hinuntergespült hat, stelle ich das Glas auf dem Nachttisch ab und presse ihm das mit Eiswürfeln gefüllte Handtuch auf die Wunde. Mit meiner freien Hand streichle ich ihm über den Rücken.

»Das fühlt sich gut an.«

Eine lange Zeit verweilen wir schweigend in dieser Position. John ist total entspannt, als mein Handy erneut klingelt.

»Uff. Wenn ich das ignoriere, hab ich morgen keinen Job mehr.«

Er hebt die Hand, um das Handtuch mit dem Eis zu halten. »Geh nur.«

Ich eile zu meiner Handtasche, die ich an der Eingangstür zur Suite fallen gelassen hatte. Kurz bevor die Mailbox rangeht, nehme ich den Anruf an. »Hey, Marcie.«

»Was zum Teufel ist los, Julianne? Warum bist du vorhin nicht rangegangen?«

»Du hast vorhin schon mal angerufen? Es hat gar nicht geklingelt.« Ich verziehe unter der Lüge das Gesicht. Ich bin die schlechteste Lügnerin der Welt, weshalb ich es normalerweise gar nicht erst probiere. »Was gibt's?«

»Ich wollte dir nur sagen, dass ein Securityteam auf dem Weg ist.

Sie werden sich am Haupteingang des Hotels positionieren, um dort zusätzliche Sicherheit zu gewährleisten, sowie auf der Etage, auf der sich die Suite von Captain West befindet.«

Mir wird das Herz schwer, als mir bewusst wird, dass die Anwesenheit von Wachleuten unseren außerberuflichen Aktivitäten einen Dämpfer verpassen könnte. »Okay.«

»Ich habe ihnen deine Nummer gegeben, für den Fall, dass sie Fragen haben. Wenn sie anrufen, geh ran, Julianne.«

Bei ihrem Ton zucke ich zusammen. »Klar, mach ich.«

»Außerdem musst du etwas bezüglich der Anfragen unternehmen, die du für den Captain bekommst. Alle, die wichtig sind, versuchen, dich zu erreichen, und wenn ihnen das nicht gelingt, rufen sie hier an.«

»Ich kümmere mich darum.«

»Bist du sicher, dass du keine zusätzliche Unterstützung brauchst?«

Ich bin mir noch nie einer Sache so sicher gewesen. »Ja, bin ich.«

»Eines noch: Victor Carlin will ihn in seiner Show.«

»Nein.« Ich hasse Carlin und seine Anzüglichkeiten. Auf keinen Fall werde ich John diesem Typen aussetzen.

»Das war keine Bitte, Julianne. Ich bin Carlin einen Gefallen schuldig. Ich habe ihm gesagt, ich kriege das hin.«

»Das hättest du nicht tun sollen, ohne vorher mit mir zu reden.«

Das Schweigen, das folgt, sorgt dafür, dass mein Magen sich nervös zusammenzieht. So habe ich noch nie mit Marcie gesprochen, und es steht außer Frage, dass sie es überhaupt nicht zu schätzen weiß.

»Sorg dafür.«

Die Leitung ist tot. Auf keinen Fall wird John in diese verdammte Sendung gehen. Es ist mir egal, was Marcie versprochen hat.

»Ist alles in Ordnung?«, fragt John, als ich nach dem Telefonat – das ich vollkommen nackt geführt habe – zu ihm zurückkehre.

»Victor Carlin will dich in seiner Sendung.«

»Das wäre *super*. Bevor ich entsendet wurde, habe ich ihn mir immer angehört. Ich habe mir dafür sogar extra ein Satellitenradio besorgt. Ich würde ihn gerne kennenlernen.«

Ich ziehe die Nase kraus. »Ich wusste doch, dass es irgendetwas an dir gibt, das mir nicht gefällt.«

Er lachte. »*Ich* habe dir bei unserem ersten Treffen nicht gefallen.«

»Das ist sooo Schnee von vor drei Wochen.«

Sein Lächeln macht mich glücklich, denn ich weiß, dass er lange keinen Grund zum Lächeln gehabt hat. »Deine Chefin will, dass ich zu Carlin gehe. Ich will zu Carlin. Klingt, als wärst du überstimmt, Poppy.«

Und wenn er mich so nennt ... ist alles zu spät.

»Okay, ich organisiere das, aber gib mir nicht die Schuld an dem, was passiert.«

»Das würde ich nie tun. Ohne dich würde ich zusammengekauert in einer Ecke sitzen und vor und zurück wippen.« Er zieht mich zu sich aufs Bett, wobei das Handtuch mit den Eiswürfeln auf den Boden fällt.

Als er meinen Hals küsst, werde ich zu Wachs in seinen Händen. Er könnte mich jetzt um alles bitten, und ich würde es ihm nicht verwehren. »Du bist so sexy, Poppy. Deine Haut ist wie Seide, und du riechst so gut. Ich will für den Rest meines Lebens mit dir in diesem Bett bleiben.«

Seine Worte und die sanften, beinahe andächtigen Berührungen seiner Hände machen mich fertig. *Ja*, will ich sagen. *Lass uns für den Rest unseres Lebens in diesem Bett bleiben. Wir verlassen die Suite einfach nicht mehr. Lass uns für immer so zusammen sein.*

So wild und ungezähmt es vorhin war, so zärtlich und süß ist es jetzt. Und das ist noch verstörender, wegen der Art, wie er mich ansieht, während wir uns lieben. Er schaut mir tief in die Augen, und ich bekomme nicht genug von ihm. Ich will ihn tiefer spüren. Ich will ihn so weit in mir spüren, dass er nie mehr wegkann. Ich will ihn auf so viele mir bisher unvorstellbare Arten. Und wenn ich daran denke, dass ich beinahe Andy geheiratet und das hier verpasst hätte ...

Zum Glück habe ich weder Andy noch sonst jemanden geheiratet, bevor ich John kennengelernt habe.

Die Erleichterung ist so groß, dass sie mir die Tränen in die Augen treibt.

»Tu ich dir weh?«, fragt er.

Ich schüttle den Kopf.

»Was ist los?«

»Nichts.«

Er versteht es nicht, und solange er sich so in mir bewegt, fehlt mir die mentale Kapazität dafür, einen zusammenhängenden Satz zu bilden. Ich werde es ihm später erzählen. Danach. Das, was gerade passiert, erfordert meine volle Aufmerksamkeit. Auch als mein Diensthandy wieder klingelt.

Mein privates Handy summt von eingehenden Textnachrichten. Aber es ist mir egal. Ich, die ich normalerweise mit meinen Handys, meinen E-Mails, meinen sozialen Medien verwachsen bin, interessiere mich im Moment nicht die Bohne dafür.

Unser Liebesspiel mag zärtlich und süß sein, das Ende jedoch ist explosiv. Wir klammern uns aneinander wie an Rettungsboote auf stürmischer See. Das ist mein letzter bewusster Gedanke, bevor ich in einen tiefen Schlaf sinke.

KAPITEL 25

JOHN

Ich weiß, dass ich nicht mehr in Afghanistan bin. Ich weiß, dass Ava fort ist und ich in New York bin, im Bett mit Julianne. All das weiß ich auch im Schlaf, aber trotzdem habe ich ein Flashback aus der Zeit vor meiner Entsendung. Von dem Tag, an dem das Kreuzfahrtschiff in die Luft gesprengt wurde. Als ich mit Ava im Arm aufgewacht bin und gedacht habe: Ich habe nur noch vier Monate vor mir, bevor ich das Leben wieder aufnehmen kann, das ich in dem Moment auf »Pause« gestellt habe, als ich mich für fünf Jahre bei einer Eliteeinheit des Militärs verpflichtet habe.

Es war eine Ehre, in dieses Team aufgenommen zu werden, und es war aufregend, mit diesen unglaublichen Männern zu trainieren, bereitzustehen, um von jetzt auf gleich entsendet zu werden, sollte es nötig sein. Doch nachdem ich Ava kennengelernt hatte, wollte ich etwas anderes. Ich wollte eine Frau und eine Familie und ein echtes Zuhause. Ich wollte ein Leben, das mir nicht ohne Vorwarnung entrissen werden konnte.

Nur vier Monate trennten mich davon, das alles zu haben.

Ich guckte gerade *SportsCenter* auf ESPN, als der Sprecher die

Sendung mit der Eilmeldung über den Angriff auf die *Star of the High Seas* unterbrach. Sofort schaltete ich auf CNN um und schaute die Berichte zwei Minuten lang stumm an, bevor das Telefon klingelte.

Ich wusste sofort, dass das der Anruf war, von dem ich gehofft hatte, ich würde ihn niemals erhalten. Ich nahm ihn an und hörte das eine Wort, das bestätigte, dass mein Leben, wie ich es kannte, vorbei war.

»Los.«

Ohne etwas zu erwidern, legte ich auf.

»Wer war das?« Avas Gesicht war blass, ihre Miene entsetzt wegen des Grauens, das sich auf dem Fernseher abspielte.

Man ging davon aus, dass sich mindestens viertausend Menschen auf dem Schiff befunden hatten, die vermutlich alle tot waren.

Ich hätte es ihr sagen sollen. Hätte von Anfang an offen mit ihr darüber reden und ihr eine Wahl lassen sollen. Aber jetzt war es zu spät. Ich legte meine Hände auf ihre Schultern, prägte mir ihr bezauberndes Gesicht ein. »Es tut mir leid, Ava.«

»Was tut dir leid?« Sie klang panisch, als spürte sie, dass etwas Großes im Gange war.

»Dass ich dich verlassen muss.« Ich gab ihr einen Kuss, nahm sie in die Arme, versicherte ihr, dass ich sie liebte, und dann schnappte ich mir meine stets für diesen Fall gepackte Tasche aus dem Wandschrank im Flur. Ich verließ das Haus, ließ sie und alles, was ich besaß, zurück. Auf dem Weg zum Stützpunkt musste ich Tränen runterschlucken, weil ich wusste, dass ich sie sehr lange nicht wiedersehen würde. In diesen ersten Minuten war ich nicht sicher, wie ich ohne sie überleben sollte. Oder wie ich es ertragen sollte, nicht zu wissen, wie es ihr während meiner Abwesenheit ging. Ich hatte diese fünfzehnminütige Fahrt, um den Verlust des Lebens, wie wir es gekannt hatten, zu betrauern und mich auf die vor mir liegende Mission vorzubereiten.

Ich hasste mich dafür, dass ich ihr das antat. Ich hasste mich beinahe so sehr, wie ich sie liebte. Ich hasste es, dass ich zu schwach gewesen war, um sie früher zu verlassen, so wie es richtig gewesen wäre. Ich hasste es, dass sie allein zurückblieb, ohne Unterstützung, ohne Informationen. Ich war ein großes Risiko eingegangen und hatte verloren. Die Frau, die ich am meisten liebte, würde schrecklich leiden, wenn sie erkannte, dass ich nicht zurückkommen würde. Und dieser Gedanke war für mich unerträglich.

Eine Sekunde lang – wirklich nur eine – überlegte ich, ob ich die Mission verweigern sollte. Damit wäre meine Karriere vorbei, aber ich könnte Ava behalten. Am Ende habe ich es nicht über mich gebracht. Sosehr ich sie liebte, ich konnte die Männer nicht im Stich lassen, die für mich wie Brüder waren.

Ich erreichte den Stützpunkt, und die Mission wurde in Gang gesetzt. Der Rest meines Traums vergeht wie im Schnellvorlauf – der lange, unbequeme Flug, Jahre auf den Spuren von Al Khad, Nächte in Höhlen, wahnsinnig heiße Tage, eiskalte Nächte, schlechtes Essen, Einsamkeit, Angst, Wut, Höllenqualen, Trauer und die nie endende Liebe zu Ava. Das knappe Scheitern nach viereinhalb Jahren, die Stürmung des Camps, der Tod von Tito und Jonesy, noch bevor wir im Gebäude waren, ins Bein geschossen zu werden, die Gewissheit, dass ich verbluten würde, das Feilschen mit den Sanitätern, die mir mein Bein nicht abnehmen sollten, aus dem Koma aufzuwachen, mein Bein weg, mein Körper übel zugerichtet, Ava zu finden, sie zu sehen, zu hören, dass sie sich neu verliebt hatte und heiraten wollte.

Es ist ein Traum/Albtraum, der sich ständig wiederholt, wie eine extrem unlustige Version von *Und täglich grüßt das Murmeltier*. Ich habe diesen Traum schon früher gehabt, und genau wie damals kämpfe ich darum, mich von ihm zu befreien, aufzuwachen, den Bildern zu entkommen, die mich verfolgen. Doch dieses Mal gibt es da ein Licht, das es zuvor nicht gegeben hat. Es scheint weit in der Ferne, lockt mich, darauf zuzugehen. Wenn ich es erreiche, habe ich vielleicht eine Chance. Aber mein Bein schmerzt, mein Körper ist müde, mein Kopf hämmert, und das Licht ist immer noch so weit weg.

Ich wache schweißgebadet und zitternd auf.

Jules ist bei mir, tröstet mich, spricht in diesem ruhigen, kompetenten Tonfall mit mir, an den ich mich klammere wie an einen Rettungsring. Sie ist Weichheit und Sicherheit. Sie ist das Licht, das am anderen Ende des Albtraums auf mich wartet.

Ich halte sie fest, nehme ihre Stärke und mache sie zu meiner eigenen.

Wenn man mich später fragen würde, wie lange wir so dagelegen haben, könnte ich es nicht sagen. Es dauert sehr lange, bis ich mich so weit beruhigt habe, dass ich mich bei ihr entschuldigen kann.

»Nicht.«

Ich will mich von ihr zurückziehen. »Ich sollte nicht ...«

»Still. Hör auf. Alles ist gut.« Sie hält mich noch fester, so fest, dass ich nicht entkommen kann – nicht, dass ich das wollte.

Da mir keine andere Wahl bleibt, lasse ich mich in ihre Umarmung sinken und schließe die Augen. Mein Gesicht wird gegen ihre Brust gepresst, aber das hat nichts Sexuelles.

Es ist etwas so viel Größeres.

JOHN

WAS MIT JOHN PASSIERT, VERSTÖRT MICH. ICH HATTE TIEF UND FEST geschlafen, als er angefangen hat, sich neben mir hin und her zu wälzen. Und als ich gesehen habe, dass sein Gesicht tränennass war ...

Guter Gott, mein Herz. Es explodierte vor Mitgefühl, als ich erkannte, dass er eine Art Flashback hatte. Ich will mehr darüber wissen. Passiert das oft? Sollte er sich deswegen in Behandlung begeben?

Jetzt, Stunden später, schläft er friedlich, aber ich bin hellwach, angespannt, mache mir Sorgen um ihn und auch ein klein wenig um mich, weil ich immer tiefer in diese Sache mit ihm reingerate, obwohl ich ganz genau weiß, dass es keinen Ausweg gibt, sobald ich einmal den Boden erreicht habe.

Es ist mir egal. Zumindest im Moment. Wenn es vorbei ist, sieht es sicher anders aus, doch jetzt ... jetzt bin ich die entschlossene, furchtlose Jules, die sich einzig und allein für seine Bedürfnisse interessiert.

Ich steige aus dem Bett und ziehe mir das T-Shirt an, das John unter seiner Uniform getragen hat. Es riecht nach ihm, und ich liebe diesen Duft. Ich bin nie die Freundin gewesen, die die Klamotten ihres Freundes tragen wollte, aber vielleicht bin ich es jetzt. Im Eingangsbereich der Suite finde ich meine Handtasche und die große Tasche, die ich immer bei mir habe. Ich nehme sie mit ins Badezimmer, wo ich mir die Zähne putze und meine Zahnspange einsetze. Ja, die trage ich immer noch, weil mein Kieferorthopäde meinte, das müsste ich, wenn ich nicht wieder schiefe Zähne bekommen wollte.

Nachdem das erledigt ist, setze ich mich mit einer Flasche Wasser aufs Sofa und breite mein privates Handy, mein Diensthandy, Johns Handy und mein iPad um mich herum aus.

Zuerst widme ich mich meinem Diensthandy und erstelle eine To-do-Liste, für deren Abarbeitung ich einen Tag brauchen werde. Ich beantworte E-Mails von Kollegen und Producern, die John für später buchen wollen. Sie nehmen ihn, wann immer sie ihn kriegen können. Die Liste ist lang und enthält jeden, der in der ursprünglichen Presse-tour nicht aufgeführt wurde.

Auf Johns Handy erwarten mich mehrere Anrufe der größten Turn-schuh- und Bekleidungshersteller, ein New Yorker Verleger ist daran interessiert, seine Memoiren zu veröffentlichen, eine Firma, die gefro-rene Vanillesoße herstellt, will, dass er einen Werbespot für sie dreht, und ein Agent von einer der Top-Schauspielagenturen an der West-küste bittet um ein Treffen, wenn wir nächste Woche dort sind.

Ich kann mir das, was auf ihn zukommt, einfach nicht in seiner vollen Größe vorstellen. Die Vanillesoße ist natürlich nichts für ihn, aber der Rest fasziniert mich. Ich bin froh, dass John nach seiner Entlassung aus der Navy tun und lassen kann, was er will, und genug Geld haben wird, um wie ein König zu leben. Das hat er sich redlich verdient.

Ich will gerade sein Handy ausschalten, als eine Nachricht von Ava ankommt.

Mein Herz setzt einen Schlag aus, als ich ihre Worte lese.

Hey. Bist du wach?

Ganz lange starre ich auf das Display, nicht sicher, was ich sagen oder denken soll. Warum schreibt sie ihm mitten in der Nacht? Wo ist Eric? Ich habe die Nachricht nicht angeklickt, also sieht Ava nicht, dass sie gelesen worden ist, doch der Effekt, den diese Worte auf mich haben, ist der gleiche, als hätte sie die Frage in Neonbuchstaben auf dem Times Square gestellt.

So muss es sich anfühlen, vom Blitz getroffen zu werden. Man trottet so vor sich hin, kümmert sich um seine Angelegenheiten, und dann wird man von einem Schlag aus dem Himmel getroffen, der sich anfühlt, als würde der gesamte Körper in Flammen stehen.

Irgendwann muss ich blinzeln, und dann schalte ich das Handy aus und stecke es zurück in meine Tasche. Ich muss ihm sagen, dass sie ihm geschrieben hat, oder?

Ich sitze verstört im Dunkeln und überlege, was ich tun soll.

Will sie ihn zurück? Schreibt sie ihm deshalb um drei Uhr morgens? Und wenn ja, was wird er dann tun?

Die unerschütterliche, furchtlose Jules ist, nachdem sie diese Nachricht gelesen hat, nicht mehr ganz so unerschütterlich und furchtlos.

KAPITEL 26

JULIANNE

Morgens wache ich auf, weil seine Hand von meinem Schenkel zu meiner Hüfte gleitet, weiter unter das T-Shirt von ihm, das ich immer noch trage, um meine Brust zu umfassen, während er sich von hinten gegen mich presst. Ich genieße die Sinnlichkeit seiner Berührung, als mir die Nachricht von Ava wieder einfällt.

»Was ist los?«, fragt er.

»Nichts.«

»Warum verspannst du dich dann auf einmal?«

»Mach ich doch gar nicht.« Meine Stimme ist hoch und fiepsig, so wie immer, wenn ich lüge. Wenn irgendein Mitglied meiner Familie jetzt hier wäre, würden sie mich sofort entlarven. Obwohl, angesichts dessen, mit wem ich hier im Bett liege, bin ich zutiefst dankbar, dass niemand aus meiner Familie hier ist.

»Du klingst auch komisch.«

Ehe ich mich wappnen kann, hat er mich auf den Rücken gedreht und streicht mir die Haare aus dem Gesicht. Und guter Gott, dieser Mann ist am Morgen so heiß mit seinen dunklen Bartstoppeln und dem Glitzern in diesen schönen Augen, die mich liebevoll und besorgt anschauen.

Ich schlucke trocken. Ich kann ihn nicht anlügen, und ihm nichts von der Nachricht zu erzählen wäre eine Lüge. Also räuspere ich mich und befeuchte mir die Lippen.

»Was ist das in deinem Mund?« Er schiebt meine Oberlippe hoch und lacht laut auf. »Trägst du etwa eine Zahnspange?«

»Ja! Was ist daran so lustig?«

»Wie alt bist du, Poppy?«

Ich blicke ihn trotzig an. »Das geht dich nichts an.«

»Du bist aber schon mit der Schule fertig, oder? Sag mir nicht, dass ich hier gegen das Gesetz verstoßen habe. Das wäre für meinen Ruf nicht gut.«

»Sehr lustig. Falls du es unbedingt wissen willst: Ich werde nächsten Monat dreißig.«

»Und du trägst immer noch eine Zahnspange.« Diese Augen, die ich so liebe, funkeln amüsiert, während er sich über mich lustig macht, und es ist mir vollkommen egal. »Du bist so ein braves Mädchen.« Er küsst sich an meinem Körper hinunter und hat sein Ziel erreicht, bevor ich ihm sagen kann, dass das nicht geht, solange er mich veralbert.

Aber wem will ich hier was vormachen? Er kann mit mir anstellen, was immer er will, und im Moment ist das, mich mit Lippen, Zunge und Fingern zu einem explosiven Orgasmus zu bringen. Der ist kaum verebbt, als John schon auf mir ist, in mir, und mich erneut auf eine der aufregendsten Reisen meines Lebens mitnimmt. Ich komme gerade von meinem zweiten Orgasmus innerhalb von zehn Minuten runter, als mir Avas Nachricht erneut einfällt.

Ich muss ihm davon erzählen.

Der Gedanke daran bringt mich um. Vor allem, weil er noch in mir ist, mich auf eine Weise ausfüllt, wie es nie zuvor jemand getan hat.

»Süße Poppy«, flüstert er an meinem Hals. »Du bist so verdammt perfekt. Danke, dass du gestern Nacht für mich da warst. Es tut mir leid, dass ich so zusammengebrochen bin.«

Ich berühre ihn überall, wo ich kann – seine Haare, seine Schultern, seinen Hintern. »Bitte, das muss dir nicht leidtun. Dir muss bei mir niemals etwas leidtun.«

»Du musst dieses Ding aus dem Mund nehmen. Du klingst wie Elmer Fudd von *Looney Tunes*.«

Verzweifelt und gleichzeitig amüsiert nehme ich die Zahnspange raus und lege sie auf den Nachttisch. Dabei versuche ich, mir nicht vorzustellen, mit was für Bazillen sie dabei in Kontakt kommt. Das hier ist die Präsidentensuite des *Four Seasons*, da gibt es keine Bazillen, oder? »Bist du jetzt glücklich?«

»Ja, das bin ich.« Er lächelt. »Unglaublich glücklich sogar, wenn ich bedenke, dass ich angenommen hatte, ich würde während dieser Pressetour aus der Hölle das genaue Gegenteil sein.«

Er ist glücklich. Er lächelt. Er hat seinen Frieden gefunden.

Und ich auch.

Ich kann ihm jetzt nicht von der Nachricht erzählen. Das bringe ich einfach nicht über mich.

———

Heute haben wir einen Auftritt bei *CBS This Morning*, wo ich Oprah Winfreys beste Freundin Gayle King kennenlerne, die mich netterweise fragt, ob ich ein Selfie mit ihr machen will. Danach sind wir bei *The View*, wo die Frauen wegen John durchdrehen, und ich scheuche das hässliche grüne Monster der Eifersucht zurück in seine Höhle, das sie alle verprügeln will, weil sie es wagen, mit ihm zu flirten.

Er gehört mir, brüllt das Monster, auch wenn das nicht stimmt. Sie lieben ihn, und ich sollte mich darüber freuen, doch ich bin aus Gründen gereizt, die selbst für mich keinen Sinn ergeben.

Mich erreicht eine Nachricht von einer Highschoolfreundin, die gerade eine schreckliche Scheidung durchmacht. In unserem Gruppen-Chat schreibt sie: *Wenn ihr Singles seid, Mädels, bleibt es. Männer sind ätzend. Sie sind grauenhaft. Jeder Einzelne von ihnen.*

Meiner nicht, denke ich selbstgefällig, während ich zusehe, wie er mit Whoopi, Joy, Sunny und Meghan scherzt. Ich bin so stolz darauf, wie er sich in den Interviews präsentiert. Er ist ruhig, cool, selbstbewusst und gefasst. Niemand würde je ahnen, dass er vor nicht mal zwölf Stunden völlig am Boden zerstört war. Und niemand wird es je erfahren.

Auf dem Weg zurück zum Hotel erzählt Muncie uns, dass er mit Amy zu den Chelsea Piers geht, und fragt, ob wir mitkommen wollen.

John schenkt mir einen Blick, bei dem sich mein Slip quasi spontan selbst entzündet. »Mein Kopf tut immer noch weh.«

»Ich würde so gerne mitkommen, aber ich muss arbeiten«, erkläre ich Muncie. »Ihr werdet Spaß haben. Die Piers sind super.« Vorhin hat er mir erzählt, dass er gestern das Mahnmal für den 11. September besucht hat, was er verstörend und gleichzeitig sehr berührend fand.

Heute, beschließe ich, werde ich wirklich nach Hause fahren, um Wäsche zu waschen und andere Klamotten einzupacken. Doch um zwei Uhr sind wir wieder zurück in Johns Bett, als hätte ich keine anderen Pläne gehabt, und benehmen uns, als würde die Welt untergehen, wenn wir nicht sofort Sex haben.

Noch nie in meinem Leben bin ich glücklicher gewesen.

Doch das, was ich ihm verschweige, kratzt an mir wie ein Fingernagel an einer offenen Wunde. Es ist falsch, dass ich ihm davon nichts erzählt habe, und jetzt ist zu viel Zeit vergangen. Wenn ich es nun anspreche, wird er wissen wollen, warum ich es ihm nicht früher gesagt habe. Aber darauf habe ich keine gute Antwort. Ich kann ja schlecht erwidern, dass ich es ihm verheimlicht habe, weil ich nicht will, dass er mit ihr redet oder zu ihr zurückkehrt oder sonst irgendetwas anderes tut als das, was er gerade macht.

»Bist du bei mir, Poppy?«, fragt er rau.

Man sollte nicht glauben, dass dieser Mann vor ein paar Monaten ein Bein verloren hat oder einen Monat lang im Koma gelegen oder sich gestern eine Gehirnerschütterung zugezogen hat. Sein Durchhaltevermögen ist bewundernswert, genauso wie seine Fähigkeit, auf meinem Körper zu spielen wie auf einem Instrument. Ich bin noch nie in meinem Leben so oft gekommen wie mit ihm.

»Und wie ich bei dir bin.«

Die Antwort gefällt ihm.

Ich stürze mich in die Aufgabe, ihm zu zeigen, wie sehr ich ihn will, wie sehr ich das hier liebe, wie sehr ich ... ihn liebe. O Gott, das hätte nicht passieren dürfen, doch wie hätte ich es verhindern können?

Danach schlafen wir wie die Toten und wachen sehr viel später wieder auf.

Er streicht mit den Fingern durch meine Haare. »Ich will mit dir irgendwo hingehen.«

»Wohin?«

»Ich weiß nicht. Das hier ist deine Stadt. Schlag du was vor. Ich will ein Stück von dieser Pizza, von der du so geschwärmt hast.«

Ich kann ihn nicht nach Tribeca mitnehmen, wo ich in der Nähe meiner Brüder wohne. Mir fällt das *Roma* an der Upper East Side ein, eines meiner Lieblingsrestaurants. »Ich kenne da ein Lokal, aber du kannst nicht ausgehen und aussehen wie ... nun ja, wie du.«

»Wir lassen uns von den Security-Leuten hinbringen. Das wird schon klappen.«

Ich fühle mich wie ein Teenager, weil ich bei dem Gedanken, mit ihm zu einem echten Date zu gehen, am liebsten kichern würde. »Glaubst du, wir können auf dem Weg kurz bei meiner Wohnung vorbeifahren, damit ich mir ein paar Sachen holen kann?«

»Meinetwegen. Ich würde gerne sehen, wo du wohnst.«

Es ist ein Risiko. Meine Wohnung liegt direkt zwischen denen von Eric und Rob, aber wie stehen die Chancen, dass ich einem von ihnen über den Weg laufe? Wir besuchen einander nie, ohne vorher eine Nachricht zu schicken, damit wir nicht umsonst hingehen. Außerdem wissen sie, dass ich nicht da bin.

Wir duschen zusammen und machen uns fertig für einen Abend in der Stadt.

Die Sicherheitsleute, die Marcie engagiert hat, sind effizient und diskret. Wenn sie es seltsam finden, dass ich den Nachmittag in Johns Suite verbracht habe, behalten sie es für sich. Außerdem haben wir ihnen erzählt, dass wir arbeiten müssen, und ehrlich gesagt ist es mir auch egal, ob sie wissen, dass wir es den ganzen Nachmittag getrieben haben wie die Karnickel.

Sie bringen uns in einem silbernen SUV aus dem Hotel. Zu meiner Erleichterung sehe ich keinen der Reporter, die das Hotel belagern.

John trägt eine Jeans, ein zerknittertes hellblaues Oberhemd mit aufgerollten Ärmeln, seine Sonnenbrille und eine Baseballkappe der San Diego Padres. Er hat überhaupt keine Ähnlichkeit mit dem herausgeputzten Navy-Offizier, der in den letzten Tagen im Fernsehen gewesen ist. Da wir direkt von Tür zu Tür gefahren werden, hat er beschlossen, die Krücken im Hotel zu lassen.

Das macht mich nervös, aber ich sage nichts.

Im Auto hält er meine Hand, und ich will mich am liebsten kneifen. Das hier passiert wirklich! Mein Handy piept von einer eingehenden Nachricht. Mein Herz stürzt im freien Fall, als ich die Worte sehe, die Rob an Amy und mich geschickt hat.

Es ist wirklich schlimm, Leute. Eric will weder mit ihr noch mit mir reden. Er benimmt sich ganz seltsam. Ich fürchte, zwischen ihnen ist es aus, und Camille macht sich auch Sorgen. Ich weiß nicht, was ich tun soll.

Nein, will ich rufen. *Nein, nein, nein!* Zwischen ihnen ist es nicht aus. Das kann einfach nicht sein. Zum einen kann ich mir den einen nicht ohne den anderen vorstellen. Und zum anderen … Wenn sie wieder Single ist … John würde mich sofort für sie fallen lassen, da gebe ich mich überhaupt keinen Illusionen hin.

Nein. So darf ich nicht denken, sonst werde ich verrückt.

Wir betreten das *Roma* und sichern uns einen Tisch an einem der Fenster, von dem aus man auf die Third Avenue hinausschaut. Wir bestellen Bier, Pizza und Salat, und während wir warten, unterhält John mich mit lustigen Geschichten über die Kameraden, mit denen er gedient hat, und davon, was bei den Einsätzen passiert ist, darunter die Geschichte von einem seiner Jungs, der in einem Puff auf den Philippinen »als Geisel gehalten« wurde.

Ich lache so sehr, dass mir die Tränen in die Augen steigen. »Woher wusstest du, dass er als Geisel gehalten wurde?«

»Sie haben uns eine Lösegeldforderung geschickt.«

»Ach komm.«

»Ich schwöre es! Das ist wirklich passiert. Ich hatte exakt vier Stunden, um ihn zurückzuholen, bevor das Schiff ohne uns abgelegt hätte. Wenn wir beim Auslaufen nicht auf dem Schiff gewesen wären, hätten wir uns beide von unserer Karriere verabschieden können.«

Wir genießen unseren Salat und eine große, frische Pizza mit Mozzarella.

»Du hattest recht«, sagt er zwischen zwei Bissen. »Diese Pizza braucht nicht mehr Belag.«

»Hab ich doch gesagt ...«

Er zwinkert mir zu, und ich schmelze dahin. Nicht nur Liebe und Verlangen erfüllen mich, sondern auch Verzweiflung, weil ich weiß, dass das hier nicht andauern kann. Sobald die Pressetour vorbei ist, kehrt er zu seinem Leben in San Diego zurück und ich zu meinem in New York. Klar, ich kann ihm mit den weiteren Angeboten helfen und ihn aus der Ferne managen, aber das wird nicht das Gleiche sein.

»Warum siehst du auf einmal so traurig aus, Pop?«

Der Spitzname meines Spitznamens bringt mich um. »Tu ich doch gar nicht.«

»Du bist echt schlecht im Lügen.«

»Ich weiß! Man merkt es mir immer an. Wieso eigentlich?«

»Weil deine Stimme dann ganz hoch wird.« Er macht mich nach. »Und deine Augen werden groß, und deine Lippen ziehen sich auf diese spezielle Art zusammen.«

Ich bin verblüfft. »Ich habe doch nur fünf Worte gesagt. Wie hast du das alles mitbekommen?«

Er zuckt die Achseln. »Ich bin eben sehr aufmerksam.«

Ja, das ist er, und das ist einer der vielen Gründe, aus denen ich mich Hals über Kopf in ihn verliebt habe.

»Also, warum bist du traurig?«

»Ich habe bloß gerade darüber nachgedacht, was sein wird, wenn die Pressetour vorbei ist.« Ich kann genauso gut ehrlich sein, denn er durchschaut meine Lügen ja sowieso.

»Ich hoffe, ich kann dich davon überzeugen, nach San Diego zu ziehen und mein Leben zu managen.«

Ich starre ihn mit offenem Mund an wie ein Fisch, der aus dem Wasser gezogen und an Land geworfen wurde.

Er legt einen Finger an mein Kinn, um meinen Mund zu schließen, der voller Pizza ist. Mein Gott, ich *bin* aber auch sexy. Doch er lacht nur. »Habe ich meine Poppy schockiert?«

Seine Poppy. Ich nippe an meinem Bier und hoffe, dass die Flüssigkeit die Pizza um den Kloß in meiner Kehle herumspült. »Vielleicht ein bisschen.«

Er trinkt auch einen Schluck. »Glaubst du, ich will, dass das hier endet, wenn die Tour vorüber ist?«

»Ich, äh, ich weiß nicht.«

»Ich will nicht, dass es vorbei ist, Jules.«

Tief in meinem Inneren finde ich endlich den Mut, zu tun, was getan werden muss. »Ich muss dir was sagen.«

KAPITEL 27

JOHN

Ava hat mir geschrieben. Ava hat mir letzte Nacht geschrieben. Jules sagt, sie hätte es gesehen, als sie auf mein Handy geschaut hat, bevor wir das Hotel verlassen haben.

Okay, Ava hat mir also geschrieben. Das ist keine große Sache, oder? Ich versuche, mich von dieser Neuigkeit nicht ablenken zu lassen, aber ich kann nicht anders.

»Kann ich mein Handy haben?«

Jules reicht es mir.

Ich schalte es ein und gehe direkt zu meinen Textnachrichten. »Macht es dir etwas aus, wenn ich ihr antworte?«

»Natürlich nicht.«

»Du bist wirklich eine ganz schlechte Lügnerin, Pop.« Ich streichle ihr über die Wange und beuge mich vor, um ihr einen Kuss zu geben. »Es hat nichts zu bedeuten. Sie ist verheiratet, weißt du noch?«

Sie zieht die Augenbrauen zusammen. »Die beiden haben Probleme.«

»Immer noch?«

»Ja. Im Moment sieht es nicht gut aus.«

Hat sie sich deshalb bei mir gemeldet? Ich habe keine Ahnung, was ich fühlen soll. Vor ein paar Wochen hätte ich bei dieser Nachricht auf der Straße getanzt – zumindest so gut, wie ein Mann mit nur einem Bein eben tanzen kann. Der Gedanke daran, eine zweite Chance mit Ava zu bekommen, wäre ein Anlass zum Feiern gewesen.

Aber jetzt? Ich schaue Jules an, die die Kruste ihrer Pizza über den Teller schiebt. Sie sitzt mit hängenden Schultern da und sieht niedergeschlagen aus. Ich kann ihr das nicht antun, also stecke ich das Handy weg. »Wie wäre es mit einem Nachtisch?«

»Willst du ihr nicht zurückschreiben?«

»Nope.«

»Warum nicht?«

»Weil ich gerade mit dir bei einem Date bin, und es wäre ziemlich unhöflich, dabei meiner Ex zu schreiben.«

»Es ist in Ordnung, wenn du das willst.«

Ich ergreife ihre Hand und verschränke meine Finger mit ihren. »Ich will aber nicht. Viel lieber würde ich dir erzählen, wie ich diesen abtrünnigen Unteroffizier aus dem philippinischen Bordell geholt habe.«

Sie zwingt sich zu einem Lächeln, doch die leichte Stimmung von eben ist in der Minute verschwunden, in der Ava sich zu uns gesellt hat.

Ich bezahle die Rechnung, dann verlassen wir das Restaurant und steigen wieder in den SUV. Ich danke den muskulösen Security-Jungs, die es mir ermöglicht haben, Jules zum Abendessen auszuführen, ohne dass es in einen Zirkus ausartet. Ohne weitere Probleme bringen sie uns ins Hotel zurück.

Als wir auf unserer Etage ankommen, fällt mir ein, dass wir gar nicht bei Jules vorbeigefahren sind. Das hatte ich total vergessen. »Wir wollten doch in deiner Wohnung vorbeischauen.«

»Das ist kein Problem. Ich kann mir ein Taxi nehmen und holen, was ich brauche.«

»Tut mir leid.«

»Das muss es nicht. Wir sehen uns später?«

Ich will nicht, dass sie geht. »Schreibst du mir, wenn du zurück bist?«

»Klar.«

Sie verschwindet in ihrem Zimmer, und als die Tür ins Schloss fällt, bekomme ich kurz Panik. Habe ich es irgendwie vermasselt? Und wenn ja, wie? Ich habe nichts getan. Ich habe eine Nachricht von der Frau erhalten, die immer noch den Großteil meiner Sachen hat. Jules kennt Ava, und ich habe versprochen, in Kontakt zu bleiben, zu versuchen, ein Freund zu sein, zu versuchen, jetzt, wo wir nicht mehr zusammen sind, etwas anderes für sie zu sein.

Das ist alles. Dessen bin ich mir sicher. Abgesehen davon, dass sie mir kaum einen Monat nach ihrer Hochzeit mitten in der Nacht eine Nachricht geschickt hat.

Nach ihrer Hochzeit mit Jules' Bruder.

Das ist kompliziert.

In meiner Suite hole ich mir ein Bier aus dem Kühlschrank, öffne die Flasche und setze mich aufs Sofa. Der Weg vom Eingang des Hotels bis zu meinem Zimmer hat mich erschöpft. Ich hebe die Flasche für einen Toast auf einen erfolgreichen, krückenfreien Ausflug. Ich sollte die Fortschritte feiern, wie sie fallen.

Ich hole mein Handy heraus und öffne die Messenger-App. Die Nachricht von Ava geht beinahe unter in dem Meer aus Nachrichten von mir unbekannten Nummern. Gott sei Dank kümmert sich Jules um das alles.

Ich lese Avas Nachricht. *Hey. Bist du wach?*

Sorry, schreibe ich zurück. *Ich lese das jetzt erst. Was ist los?*

Ich sehe, dass sie zurückschreibt, also warte ich und hasse mich dafür, dass ich vor Anspannung den Atem anhalte. Schließlich habe ich mich sechs lange Jahre nach dieser Frau gesehnt, nur um dann feststellen zu müssen, dass es für uns zu spät war. Natürlich will ich hören, was sie zu sagen hat, auch wenn ich weiß, dass ich sie immer noch nicht haben kann. Aber was wäre, wenn doch?

Nein, daran darf ich nicht denken.

Das Handy piept, als ihre Antwort eintrifft. *Nichts. Ich war wach und dachte, ich probiere mal, ob du es auch bist. Ich habe dich bei Fallon gesehen. Du warst großartig.*

Danke. Ich bin mir nicht sicher, was ich von der ganzen Aufmerksamkeit halten soll.

Genieß sie. Du hast sie verdient.

Geht es dir gut, Ava?

Ich bin mir nicht sicher. Eric und ich haben ein paar Probleme.

Tut mir leid, das zu hören.

Warum erzählt sie mir das? Was soll ich damit anfangen? Teilt sie es mir mit, weil wir beschlossen haben, Freunde zu bleiben, oder steckt etwas anderes dahinter?

Es wird schon wieder. Das sind nur Wachstumsschmerzen. Wie auch immer, ich wollte bloß hören, wie es dir mit dem Presserummel geht. Ich hoffe, das mit Jules hat funktioniert.

Beinahe hätte ich mich an meinem Bier verschluckt. Das mit Jules hat auf mehr als eine Art wunderbar funktioniert. Aber das kann ich Ava nicht sagen.

Sie ist super. Danke noch mal. Sie hat mir das Leben gerettet.

Auch das auf mehr als eine Art. Warum habe ich Schuldgefühle, wenn ich mit Ava über Jules spreche? Die beiden sind Schwägerinnen und Freundinnen. Ava ist meine Vergangenheit. Jules ist meine Gegenwart und vielleicht meine Zukunft. Ich mag sie sehr. Ich mag es, wie ich mich in ihrer Nähe fühle. Sie ist wie Balsam auf die offenen Wunden, die ich auf meiner Seele habe. Ich habe angefangen, mich auf sie zu verlassen, obwohl ich mir nicht habe vorstellen können, dass ich mich jemals wieder auf jemanden verlassen würde.

Es ist nicht nur der Sex, so gut der auch ist. Es ist *sie.*

Sie ist die Beste, erwidert Ava. *Ich freue mich, dass es gut läuft.*

Würde sie sich auch freuen, wenn sie wüsste, *wie* gut es zwischen mir und Jules läuft? Ich weiß nicht, was Ava davon halten würde, und ich hoffe, dass ich mich damit auch noch sehr lange nicht beschäftigen muss. Obwohl ich das, was ich gestern Abend zu Jules gesagt habe, ernst meine. Ich will, dass sie nach San Diego zieht und mein Leben managt. Und selbst wenn das alles ganz frisch ist, hoffe ich, dass sie unsere persönliche Beziehung genau wie unsere berufliche Beziehung weiter fortführen will.

Es ist seltsam, Ava zu schreiben und an Jules zu denken. Die Unterhaltung mit Ava verwirrt mich. Warum hat sie sich mitten in der Nacht bei mir gemeldet? Was hat sie sich davon erhofft? Dass ich sie bitten würde, zu mir zu kommen, da ich genau wie sie in New York bin?

Ich bin total außer Übung, habe keine Ahnung, wie ich sie oder diese Situation interpretieren soll. Anders als die Jungs in meiner Einheit hatte ich seit Jahren nicht viel Kontakt mit Menschen. Ich musste mich weder mit Erwartungen noch mit irgendetwas anderem als mit unserer Mission beschäftigen. Deshalb bin ich auch vollkommen überfragt, was hier mit Ava passiert oder welche Auswirkungen das auf mich hat.

Dann fällt mir wieder ein, dass das, was auch immer gerade mit ihr passiert, mich nicht betrifft. Es geht mich nichts an. Sie ist mit *ihm* verheiratet, selbst wenn sie Probleme haben. Diese Erinnerung ist die kalte Dosis Realität, die ich so dringend brauche. Egal, was sie sich von dieser Nachricht erhofft hat, es ist nicht wichtig für mich. Es darf mir nicht wichtig sein. So hat sie es gewollt, und ich täte gut daran, das nicht zu vergessen.

Ich trinke mein Bier aus und hole mir ein neues. Dann schaue ich eine geschlagene Stunde *SportsCenter*, obwohl ich mich für keine der Mannschaften interessiere, weil ich während meiner Abwesenheit jeglichen Überblick verloren habe. Ich sehe mir zwei Folgen von *Seinfeld* an, was immer noch so gut ist wie früher. Diese Sendung ist echt zeitlos.

Ich beschließe, Jules zu schreiben. *Bist du zurück?*

Auf dem Weg.

Soll ich einen Nachtisch bestellen?

Klar, klingt super.

Jetzt, wo ich weiß, dass ich sie gleich wiedersehen werde, bin ich ganz aufgeregt. Ich will mich an diesem Gefühl festhalten und es so lange genießen, wie ich kann. *Wonach ist dir?*

Überrasch mich. Ich esse alles.

Wird gemacht.

Ich rapple mich wieder auf und suche die Speisekarte vom Zimmerservice. Die Wunde an meinem Hinterkopf tut weh, aber ansonsten fühle ich mich heute wesentlich besser als gestern nach dem Sturz auf dem Laufband. Morgen sollte ich wieder in den Fitnessraum zurückkehren können. Allerdings werde ich ein wenig vorsichtiger sein. Das Letzte, was ich jetzt gebrauchen kann, sind weitere Verletzungen.

Ich benötige ein paar Minuten, um festzustellen, dass sich die Speisekarte auf einem iPad befindet. Ich probiere ein bisschen herum, bis es mir gelingt, sie aufzurufen. Die neuen Technologien verwirren mich immer noch ein wenig. Als wäre ich ein Alien, der auf einem Planeten ausgesetzt wurde, dessen Sprache er nicht spricht. Ich bin mir sicher, dass ich irgendwann wieder den Anschluss finde, doch das wird etwas dauern, wie alles andere in meinem Leben auch.

Ich bestelle eine Flasche Champagner und dazu ein Stück Schokoladentorte und ein Stück Cheesecake. Ich bin mir nicht sicher, was Jules lieber mag, und freue mich darauf, es herauszufinden.

Ich freue mich darauf.

Die Worte fühlen sich gut an. Ich freue mich tatsächlich auf etwas. Das ist so eine unglaubliche Verbesserung gegenüber dem unerträglichen Tief, das ich durchlebt habe, während ich den Verlust von Ava und dem Leben, zu dem ich heimzukommen gehofft hatte, betrauert habe. Selbst so eine Kleinigkeit, wie herauszufinden, ob Jules lieber Schokoladentorte oder Cheesecake isst, gibt mir Anlass zu der Hoffnung, dass ich meine Verluste überstehen werde.

Ich freue mich darauf, sie zu sehen, mit ihr zu reden, gemeinsam mit ihr Torte zu essen und hoffentlich eine weitere Nacht mit ihr zu verbringen. Es ist so eine verdammte Erleichterung, mich nach den letzten Monaten wieder auf etwas zu freuen. Ich gehe hinaus auf die Terrasse und verfolge, wie unter mir auf den Straßen das Leben pulsiert. Winzig kleine Taxis schießen über die Straßen und zwischen anderen Autos hin und her, als säßen NASCAR-Fahrer am Steuer, die versuchen, ein großes Rennen zu gewinnen.

Ich weiß nicht, wie lange ich schon dort draußen stehe, als ich höre, wie die Tür der Suite geöffnet wird und wieder ins Schloss fällt. Ich drehe mich um und entdecke Jules, die auf mich zukommt. Sie trägt ein Kleid und Pumps. Sie sieht so verdammt frisch und hübsch aus, und überhaupt nicht wie Mary Poppins.

Unsere Blicke treffen sich, und lächelnd kommt sie durch das Wohnzimmer auf mich zu.

Ich strecke ihr meine Arme entgegen, und sie lässt sich hineinsinken, als gehörte sie dorthin. Ihr verführerischer Duft hüllt mich ein.

»Du siehst wunderschön aus.«

»Danke. Ich habe mich zu Hause umgezogen.«

»Extra für mich?«

»Vielleicht ein bisschen.«

Ich presse sie an mich, will ihr so nah sein, wie es nur geht. »Du hast mir gefehlt.«

»Ich war doch bloß ein paar Stunden weg!«

»Trotzdem.«

Sie schaut zu mir auf. »Du hast mir auch gefehlt.«

Ich erwidere ihren Blick und gebe ihr einen Kuss, und nur weil ich so genau hingucke, bemerke ich einen Hauch Besorgnis in ihren Augen. »Was ist los?«

»Nichts.«

»Du bist ganz schlecht im Lügen, weißt du noch?«

Sie seufzt. »Wieso probiere ich es überhaupt?«

»Ganz genau. Was geht dir durch den Kopf, Poppy?«

»Hast du mit Ava geredet?«

»Wir haben ein wenig gechattet. Sie wollte mir bloß sagen, dass sie mich im Fernsehen gesehen hat.«

»Deswegen hat sie dir mitten in der Nacht geschrieben?«

»Ja, scheint so.« Ich lege ihr meine Hände auf die Schultern. »Was willst du wirklich wissen, Jules?«

»Hat sie dir erzählt, dass es zwischen ihr und Eric kriselt?«

»Ja, das hat sie. Sie meinte, sie hätten Wachstumsschmerzen.«

»Nach allem, was Rob mir erzählt hat, könnte es mehr sein.« Sie klingt so verletzlich, als sie mir das gesteht.

»Es tut mir leid, das zu hören.«

»Wirklich?«

»Ja. Wirklich. Niemand will mehr, dass Ava glücklich ist, als ich. Nach dem, was sie meinetwegen hat durchmachen müssen, hat sie nur das Beste verdient.«

»Was, wenn ...«

»Jules.« Sie scheint sich zwingen zu müssen, mich anzusehen. »Sag, was du denkst.«

Nachdem sie tief Luft geholt hat, stößt sie den Atem ganz langsam wieder aus. »Was ist, wenn sie dich zurückhaben will?«

»Das will sie nicht.«

»Woher willst du das wissen?«

»Sie hat deinen Bruder geheiratet. Er ist der Mann, den sie will. Ich musste mich damit abfinden.«

»Wenn sie dir jetzt schreiben und gestehen würde, dass sie ihre Meinung geändert hat und dich immer noch will, was würdest du tun?«

»Das wird nicht passieren.«

»Spiel bitte mit. Was würdest du tun?«

»Ich weiß es nicht, Jules. Über diese Möglichkeit habe ich nie nachgedacht. Sie ist mit ihm verheiratet. Da wird sie nicht plötzlich ihre Meinung ändern.«

Jules lässt ihre Hände sinken und tritt einen Schritt zurück, womit sie mich zwingt, sie loszulassen. Dann verschränkt sie die Arme. »Ich befinde mich in einer prekären Lage. Ich habe alles riskiert – meine Beziehung zu meinem Bruder und meiner Schwägerin, meinen Job, meinen Ruf. Ich sage mir ständig, dass es das wert ist, weil ich noch nie so für einen anderen Menschen empfunden habe. Wir haben bereits festgestellt, dass ich eine echt schlechte Lügnerin bin, also sage ich dir die Wahrheit: Ich weiß nicht, ob ich das hier kann, wenn die Chance besteht, dass du zu ihr zurückgehst, sobald sich die Gelegenheit dazu ergibt.«

Ich mache einen Schritt auf sie zu und lege meine Arme wieder um sie. »Ich werde nirgendwohin gehen, Poppy.«

»Als ich in meiner Wohnung war, konnte ich es kaum erwarten, zu dir zurückzukommen. Ich konnte es nicht erwarten, dich zu sehen, mit dir zu reden und zusammen zu sein. Ich bin fast dreißig Jahre alt. Ich weiß, womit ich umgehen kann und womit nicht. Ich kann nicht dein Trostpflaster sein, John. Das kann ich mir nicht antun.«

»Ich schwöre bei Gott, dass du nicht mein Trostpflaster bist. Du bist so viel mehr. Du bist mein Licht am Ende eines sehr langen, sehr dunklen Tunnels. Du bist die Stimme in meinem Kopf geworden. Deine Meinung ist die, die mich am meisten interessiert. Deine Ruhe, deine Gelassenheit sind wie ein Rettungsboot in dem Sturm, der in meinem Leben tobt. Du bist *kein* Trostpflaster, Julianne. Das schwöre ich dir. Du bist für mich so viel mehr.«

Sie lässt sich in meine Arme sinken. »Ich weiß, es ist viel zu früh für so eine Unterhaltung, aber ich hoffe, du verstehst ...«

»Ich verstehe. Das hier sind keine normalen Umstände.«

»Wohl kaum«, meint sie und lacht leise.

Ich lege einen Finger unter ihr Kinn, damit ich ihr bezauberndes Gesicht sehen kann. »Fühlst du dich jetzt besser?«

»Ja. Danke, dass du mir zugehört hast.«

»Ich würde dir niemals wehtun, Poppy.«

»Absichtlich nicht, aber du musst wissen, dass du die Macht hast, mich sehr, sehr zu verletzen.«

»Das werde ich nicht. Ich schwöre es. Ich möchte gerne glauben, dass ich meine Lektion, was das Verletzen anderer Menschen angeht, gelernt habe.«

»Das mit Ava war nicht deine Schuld.«

»Doch, war es. Sie hat wesentlich mehr verdient, als sie von mir bekommen hat, und ich bin entschlossen, es dieses Mal besser zu machen.«

»Es gibt noch eine Sache, die ich sagen will.«

»Du kannst mir alles sagen. Ich bin immer da und will alles hören.«

»Das ist im Moment eine sehr seltsame Zeit für dich. Die Angebote strömen herein. Du kannst nach deiner Entlassung aus der Navy tun, was immer du willst. Ich möchte nicht, dass du dich mir wegen dieser Unterhaltung verpflichtet fühlst ...«

Ich küsse sie. »Ich fühle mich nicht verpflichtet. Wenn du mich vor ein paar Wochen gefragt hättest, ob ich mir auch nur ansatzweise vorstellen könnte, dass mir so etwas wie das hier passiert, hätte ich bloß den Kopf geschüttelt. Aber dann bist du aufgetaucht, mit den umwerfendsten Beinen, die ich je gesehen habe, und du hast mich auf Vordermann gebracht und mir einen Grund gegeben, weiterzumachen.« Ich umfasse ihr Gesicht mit den Händen und küsse sie auf diese Lippen, denen ich nicht widerstehen kann. »Ich bin siebenunddreißig. Ich weiß auch so einiges, und vor allem weiß ich es, wenn ich jemand Besonderes in den Armen halte. Wie auch immer meine Pläne nach der Navy aussehen, ich will, dass du ein Teil davon bist. Ich will, dass du mir hilfst, zu entscheiden, was ich tun soll. Und ich will dich an meiner Seite haben, wenn du dort sein möchtest.«

»Du machst mich schwach«, sagt sie und lächelt.

Ich bin mir nicht sicher, woher ich den Mut nehme, doch ich hebe sie hoch auf meine Arme.

»John! Lass mich runter! Bist du verrückt?«

»Ja, ich bin verrückt nach dir, und ich kann nicht zulassen, dass du aufgrund deiner Schwäche hinfällst.«

»Setz mich sofort ab, bevor *du* hinfällst.«

Ich fühle mich wie Superman, als ich sie nach drinnen trage und mich mit ihr auf dem Schoß in den erstbesten Sessel fallen lasse.

»Hiermit erkläre ich dich offiziell für verrückt. Du hattest eine Gehirnerschütterung, du solltest nicht …«

Ich küsse ihr die Worte von den Lippen, auch wenn es mir insgeheim gefällt, von ihr gescholten zu werden. Ich liebe es, wie sie bei unserem Kuss in meinen Armen dahinschmilzt. Ich liebe ihre Ehrlichkeit und ihre Lust aufs Leben. Ich liebe es, dass sie nachts noch ihre Zahnspange trägt und so ein »braves Mädchen« ist. Ich liebe es, dass sie meinetwegen ein solches Risiko eingeht.

»Poppy«, flüstere ich an ihren Lippen. »Ich bin dabei, mich mit Herz und Seele in dich zu verlieben. Bitte, mach dir keine Sorgen, ja?«

In ihren bezaubernden Augen schimmern Gefühle. »Ich bin auch dabei, mich in dich zu verlieben.«

Ganz lange schauen wir einander nur an. Sie wirkt so erstaunt wie ich. Ein Klopfen an der Tür unterbricht diesen besonderen Moment.

»Das wird der Nachtisch sein.«

»Ich gehe schon.« Sie steht auf und öffnet dem Zimmerservice die Tür.

Während ich ihr hinterhersehe, fühle ich mich wie der glücklichste Mann der Welt, weil eine Frau wie sie sich für mich interessiert. Ich bin entschlossen, das Versprechen, das ich ihr eben gegeben habe, zu halten, komme, was wolle.

Und als sie wegen der Schokoladentorte, die ich bestellt habe, in Verzückung gerät, habe ich meine Antwort auf noch etwas, das ich wissen wollte.

KAPITEL 28

JULIANNE

Nach unserer Unterhaltung auf der Terrasse ist alles anders. Wir haben heute Abend einen großen Schritt nach vorn gemacht, und ich bin ruhiger, nachdem er mir versichert hat, dass er mich will. Dass ich nicht nur ein Trostpflaster bin, sondern der Anfang von etwas wesentlich Bedeutsamerem. Stunden später liegen wir einander zugewandt in seinem Bett, nachdem wir uns geliebt haben. Es lediglich als »anders« zu bezeichnen würde dieser intimsten Begegnung meines bisherigen Lebens nicht gerecht werden.

»Erzähl mir etwas, das sonst niemand über dich weiß.«

Er streichelt meinen Arm, während er darüber nachdenkt. »Ich kenne meinen echten Namen nicht.«

»Du heißt gar nicht John West?« Sein Geständnis erstaunt mich.

»Nein. Ich bin vor einer Feuerwache in West Hollywood ausgesetzt worden. Daher kommt das ›West‹. Ich glaube, eine der Krankenschwestern in dem Krankenhaus, in das sie mich gebracht haben, hat mir den Vornamen John gegeben. Ich habe keine Ahnung, wer meine Eltern sind, wie die Umstände meiner Geburt waren oder wie ich vor die Feuerwache geraten bin.«

»Ich kann mir nicht mal ansatzweise vorstellen, wie es sein muss, nicht zu wissen, woher man stammt.«

»Es ist seltsam. In den ersten achtzehn Jahren meines Lebens habe ich mich nie zugehörig gefühlt. Ich bin in Schwierigkeiten geraten, und dann habe ich einen Richter getroffen, der mich vor eine Wahl gestellt hat, die mein Leben verändert hat. In gewisser Weise hat er mir das Leben gerettet. Nachdem ich mich verpflichtet hatte, habe ich gefunden, was mir immer gefehlt hat. Ich habe es von Anfang an geliebt. Ich habe mich angestrengt, habe nachts und an den Wochenenden für meinen Abschluss geackert, habe das Offizierstraining durchgezogen und bin SEAL geworden. Bis zu meinem letzten Einsatz habe ich das alles geliebt. Jetzt will ich einfach nur damit abschließen.«

»Deine Geschichte ist so inspirierend.«

»Da bin ich mir nicht so sicher.«

»Doch, das ist sie.«

Er streichelt weiter meinen Arm, als könne er nicht aufhören, mich zu berühren. »Ich habe in meinem Leben viele Fehler gemacht, aber das, was ich Ava angetan habe, war das Schlimmste.«

»Du hast gesagt, dass du ihr nichts erzählen durftest, oder?«

»Ich hätte gar keine Freundin haben dürfen. Ich habe ihr verschwiegen, was sie hätte wissen müssen. In der ganzen Zeit danach habe ich mich mit Gedanken darüber gequält, was aus ihr werden würde. Sie war alles, woran ich denken konnte. Was sie betrifft, war ich ein egoistisches Arschloch, und ich hasse mich immer noch dafür, dass ich sie dem ausgesetzt habe.«

»Du wolltest sie nicht verlieren, weil du zuvor nie jemanden hattest, der zu dir gehört hat.« Nach dem, was er mir über seine Kindheit erzählt hat, verstehe ich seine Beziehung zu Ava besser.

»Stimmt. Trotzdem hätte ich anders damit umgehen müssen.«

»Was würdest du anders machen, wenn du könntest?«

»Sobald mir bewusst wurde, dass das mit ihr ernst war – was eigentlich schon direkt nach unserem Kennenlernen war –, hätte ich zu meinem Kommandeur gehen und ihm davon erzählen müssen. Ich hätte ihn bitten sollen, mich zu versetzen. Das wäre zwar Gift für meine Karriere gewesen, aber im Rückblick wäre es das einzig Richtige gewesen.«

Er sagt es nicht, doch es ist auch so klar. Wenn er das getan hätte, wäre er heute verheiratet.

Ich schlucke um den Kloß in meiner Kehle herum. Der einzige Grund, warum ich hier bei ihm bin, warum ich ihn überhaupt kennengelernt habe, ist sie. Und der Schmerz, den sie jahrelang ertragen hat. Der Gedanke ist ziemlich ernüchternd, um ehrlich zu sein.

Ich schrecke zusammen, als mein Handy im Nebenzimmer klingelt. Warum ruft meine Chefin mich nach Mitternacht an? »Das ist Marcie, da muss ich ran.«

»Darf ich sagen, dass sie nervt?«

Lachend steige ich aus dem Bett. »Das ist vollkommen in Ordnung. Sie ist eine totale Nervensäge.« Ich schnappe mir das Handy, bevor die Mailbox anspringt. »Hey, was gibt's?«

»Das wollte ich dich auch gerade fragen.«

Warum klingt sie so gereizt? »Ich bin mir nicht sicher, was du meinst.«

»Warum hat *TMZ* ein Foto von dir, auf dem du deinen Klienten küsst?«

Mein Magen zieht sich zusammen, und mein Herz bleibt beinahe stehen. »Wie bitte?«

»Hast du mit ihm im *Roma* an der East Side zu Abend gegessen und ihn vor aller Augen geküsst? Ja oder nein?«

»Äh, ich muss los.«

»Julianne! Wage es ja nicht, aufzulegen.«

»Ich rufe dich zurück.« Ich lege auf, bevor sie etwas erwidern kann. Mit zitternden Fingern rufe ich die *TMZ*-Website auf, wo unser Foto gleich ganz oben steht. »Captain Hotty und die Tochter des Gouverneurs.« *O mein Gott. Nein.*

Mein privates Handy fängt an zu klingeln und von eingehenden Nachrichten zu vibrieren.

»Jules? Was ist los?«

Johns Stimme klingt, als wäre er Millionen von Meilen entfernt und nicht im Nebenzimmer. Ich höre ihn kaum über das Rauschen in meinen Ohren hinweg. Er kommt aus dem Schlafzimmer – nackt, wunderschön und besorgt. »Was ist passiert?«

»Jemand hat uns beim Pizzaessen fotografiert. Das Foto ist auf *TMZ*.« Ich reiche ihm das Handy.

»Verdammt«, murmelt er und setzt sich neben mich.

»Marcie ist sauer. Ich muss sie zurückrufen. Aber ich weiß nicht, was ich sagen soll.«

»Kündige und arbeite für mich. Ich brauche dich länger als nur für die nächsten paar Wochen. Was immer du verdienst, ich lege zwanzig Prozent drauf und übernehme auch alle Extras wie Krankenversicherung und so.«

Ich starre ihn an, während ich versuche, zu verarbeiten, was er da vorschlägt. »Ich kann nicht einfach meinen Job kündigen.«

Er neigt den Kopf. »Warum nicht?«

»Darum! Ich stehe kurz davor, Juniorpartnerin zu werden, und ...« Und ich kann nicht den besten Job, den ich je hatte, für einen Mann aufgeben, den ich erst seit drei Wochen kenne. Das geht nicht, weil es einfach verrückt wäre.

»Poppy.« Er nimmt meine Hand und schaut mich mit diesen blauen Augen an, die mich auf eine Weise wahrnehmen, wie es mir noch nie zuvor passiert ist. »Kündige. Ich schwöre bei allem, was mir heilig ist, du wirst es nicht bereuen.«

Der Marcie zugewiesene Klingelton reißt mich aus der Starre, in die ich verfallen bin, weil er so nackt, so umwerfend und so überzeugend ist.

Er nimmt das Handy von meinem Schoß und reicht es mir. »Tu es.«

Das hier passiert nicht wirklich. Ich bin jemand, den ich nicht wiedererkenne. Es ist eine Sache, sich nicht darum zu kümmern, was andere sagen. Aber diese neue Version von mir ist mutig und waghalsig und verrückt. Sie hat nichts mit der Julianne zu tun, die ich seit beinahe dreißig Jahren kenne. Ich muss gestehen, mir gefällt diese neue Version von mir. Ich nehme den Anruf an.

Sobald die Verbindung steht, fängt Marcie an, mich anzuschreien.

John nickt mir zu, ohne zu blinzeln. »Tu es.«

»Marcie.«

»Hast du eigentlich eine Ahnung, was für eine Katastrophe du da heraufbeschworen hast, Julianne? Die Partner treffen sich morgen, und ich werde dich vielleicht nicht vor den Konsequenzen schützen können.«

»Tu es«, flüstert John.

»Marcie, hör mir zu.«

»Was hast du zu deiner Verteidigung zu sagen?«

Ich schlucke, bevor ich den Sprung wage, und blinzle einmal kurz, während ich Johns Blick erwidere. »Ich kündige.«

»Wie bitte? Du wirst nicht kündigen!«

John nimmt mir das Handy aus der Hand und schaltet es aus.

Das Schweigen ist ohrenbetäubend.

»Atmen, Jules. *Atmen.*«

Mein privates Handy klingelt erneut, während weitere Nachrichten eingehen. Ich muss mich nicht fragen, ob meine Geschwister, Freunde und Kollegen den Artikel auf *TMZ* gesehen haben. Ich atme zitternd ein. Heilige Scheiße. Ich habe gerade meinen Job für einen Mann gekündigt, den ich noch nicht mal einen Monat kenne.

»Weiteratmen.« Er nimmt mich in die Arme. »Alles ist gut. Mit dir ist alles gut. Mit *uns* ist alles gut. Wir sind jetzt ein Team, du und ich. Wir schaffen das.«

Ich klammere mich an ihn und seine Beteuerungen, während mein Handy weiter klingelt und piept.

KAPITEL 29

AVA

Jules und John. Ich muss zugeben, das habe ich nicht kommen sehen. Ich starre auf die Fotos von ihnen aus dem *Roma*. Anfangs wollte ich meinen Augen nicht trauen, nachdem Skylar mir einen Link mit der Nachricht geschickt hat, dass sie nicht sicher sei, ob sie das mit mir teilen solle, aber annähme, dass ich es früher oder später sowieso mitbekommen würde.

Eines fällt mir bei den Fotos sofort auf: Die beiden wirken echt glücklich. Ich rede mir ein, dass es mich für ihn freut. Nach allem, was passiert ist, hat er das verdient.

Irgendwann in den vergangenen chaotischen Monaten habe ich ihm die Hölle verziehen, durch die er mich geschickt hat. Er hat getan, was er tun musste, und so schwer es mir damals auch fiel, das zu verstehen, inzwischen habe ich doch meinen Frieden damit gemacht. Ich habe keinen Zweifel daran, dass er mich so sehr geliebt hat, wie ein Mann eine Frau nur lieben kann. Er hätte mir niemals absichtlich wehgetan, wenn er eine andere Wahl gehabt hätte.

Ich erhalte eine Nachricht von Camille, die die Erste war, der ich von dem *TMZ*-Artikel erzählt habe. *Eric ist außer sich vor Wut. Er, Rob und Amy haben versucht, sie anzurufen, aber sie geht weder ans Telefon, noch reagiert sie auf Textnachrichten.*

Ich bin sicher, das tut sie, sobald sie kann.

Wie fühlst du dich damit?

Ich bin mir nicht sicher. Die beiden scheinen glücklich zu sein.

Das dachte ich auch. Ich habe sie noch nie so lächeln sehen. Bist du okay?

Klar, alles super. Mein Ex geht mit meiner Schwägerin aus, und mein Ehemann redet nicht mit mir. War nie besser.

Hmpf. Soll ich rüberkommen?

Nein, schon gut.

Es gibt auch eine gute Nachricht: Amy hat sich noch mal mit diesem Muncie verabredet. Sie haben sich »Wicked« angesehen.

Das freut mich für sie. Er wirkt sehr nett. Ich gehe jetzt ins Bett. Bis morgen.

Okay. Xoxo.

Ich schalte mein Handy aus, weil ich genug davon habe, es anzustarren und zu hoffen, etwas von meinem Ehemann zu hören. Ich bin weit darüber hinaus, geschockt zu sein von dem, was passiert ist, und steuere direkt in die Wut hinein. Warum bestraft er mich für etwas, worüber ich keine Kontrolle habe? Das würde ich wirklich gerne wissen.

Ich nehme eine der Tabletten, die Jessica mir bei unserem ersten Treffen verschrieben hat, und falle in einen tiefen, traumlosen Schlaf. Erst spät am Vormittag wache ich wieder auf und fühle mich so erholt wie seit Tagen nicht mehr. Ich schalte mein Handy ein, um nachzuschauen, was ich verpasst habe.

Eine Nachricht von Jessica an Eric und mich. *Ich würde euch beide gern heute um 15 Uhr sehen, wenn das bei euch passt.*

Ich habe Zeit, antworte ich.

Eric reagiert nicht.

Eine Stunde verbringe ich im Internet mit den Spekulationen und dem Klatsch über Johns Romanze mit seiner PR-Agentin, der Tochter von New Yorks Gouverneur Robert Tilden. Natürlich gibt es weder von John noch von Julianne oder dem Gouverneur irgendeinen Kommentar. Ich fühle mich seltsam leer dabei, zu wissen, dass er mit seinem Leben weitermacht. Während ich das denke, werde ich wütend. Auf mich. Was habe ich denn geglaubt, dass er tun wird? Sein Leben lang trauern, weil er mich verloren hat?

Um halb drei verlasse ich die Wohnung, um zu dem Termin bei Jessica aufzubrechen. Ich habe keine Ahnung, ob Eric auftauchen wird, und als ich bei ihr eintreffe, ist von ihm nichts zu sehen.

»Hast du gar nichts von ihm gehört?«, fragt Jessica, als wir uns auf unsere gewohnten Plätze setzen.

»Kein einziges Wort.«

»Das tut mir leid.« Sie klingt so entmutigt, wie ich mich fühle. »Ich dachte wirklich, dass er sich bei dir meldet, nachdem wir vor Kurzem miteinander gesprochen haben.«

»Tja, hat er aber nicht.«

»Und du hast natürlich die Nachrichten über seine Schwester und John gesehen.«

»Jap. Laut Camille ist Eric deswegen außer sich.«

»Und was empfindest du?«

»Ich bin froh, dass er sich über John und Jules aufregt, doch er scheint keinerlei Gefühle bezüglich seiner eigenen Situation zu haben.«

»Du klingst sauer.«

»Ach wirklich? Könnte das eventuell damit zusammenhängen, dass mein Mann mich wegen etwas verlassen hat, was sich meiner Kontrolle entzieht?«

»Ich kann dir nicht vorwerfen, dass du enttäuscht bist.«

»Weißt du, was mich bei alldem am meisten nervt?«

»Was?«

»Ich habe jegliche Chance, meine Beziehung mit John wieder aufleben zu lassen, aufgegeben, weil ich auf Erics Liebe vertraut habe. Ich hatte Vertrauen in *uns*. Ich habe an uns und unsere gemeinsame Zukunft geglaubt. Und jetzt hat er sich verabschiedet, und ich stelle fest, dass mein Vertrauen fehlgeleitet war. Er hatte es nicht verdient.«

»Du bist von ihm enttäuscht.«

»Ja! Wärst du das nicht?«

»Doch, vermutlich schon.« Sie beugt sich auf diese nachdenkliche Weise vor, die mir in den Monaten, in denen ich mit ihr zusammengearbeitet habe, so vertraut geworden ist. »Ich habe eine Frage zu etwas, was du eben gesagt hast.«

»Okay?«

»Du hast jegliche Chance aufgegeben, deine Beziehung mit John wieder aufzunehmen. Bedeutet das, du hast über die Möglichkeit nachgedacht?«

»Nein, habe ich nicht, weil ich mit Eric verlobt war. Ich habe ihm etwas versprochen, und ich habe es gehalten, was mehr ist, als er von sich behaupten kann. Er bringt es nicht mal fertig, hier aufzutauchen, um die notwendige Arbeit zu tun, damit das mit uns wieder auf die Reihe kommt.«

»Ich glaube, das wird er. Irgendwann.«

»Vielleicht werde ich dann aber nicht mehr da sein und darauf warten, dass er endlich seinen Kopf aus dem Sand zieht.«

Die Worte sind kaum über meine Lippen, als die Tür aufgeht und mein Mann reinkommt. Er ist außer Atem, und auf seiner Stirn glitzern Schweißperlen, als wäre er in der Hitze gerannt.

»Tut mir leid, dass ich zu spät dran bin. Auf dem FDR hat es einen Unfall gegeben, und ich musste die letzte halbe Meile laufen.«

Er setzt sich in den Sessel neben mir. Ich werfe ihm einen Blick zu, und mir fällt auf, dass er schlecht aussieht. Unter seinen Augen hat er dunkle Ringe, und er hat sich seit Tagen nicht rasiert, was vollkommen untypisch für ihn ist. Ich bin froh, dass ich nicht die Einzige bin, die durch die Hölle gegangen ist.

»Schön, dass du da bist, Eric.« Jess reicht ihm eine Flasche Wasser aus dem kleinen Kühlschrank unter ihrem Schreibtisch. »Wie ihr beide wisst, habe ich mich einzeln mit euch getroffen, und ehrlich gesagt glaube ich, wir haben es hier nur mit einem Stolperstein zu tun. Ich glaube auch, ihr könnt ihn aus dem Weg räumen, wenn ihr beide es wollt. Ava hat mir mehrfach erklärt, dass sie das sehr gerne möchte. Nun interessieren mich deine Gedanken dazu, Eric.«

Er leert die Wasserflasche in einem Zug zur Hälfte, schraubt den Deckel wieder drauf und lässt die Flasche von einer Hand zur anderen wandern.

Ich will ihn anschreien, dass er endlich etwas sagen soll. Doch ich erinnere mich daran, dass Jessica behauptet hat, jetzt sei es an mir, die Last unserer Beziehung zu schultern, also schweige ich und lasse ihm Raum dafür, zu atmen und nachzudenken.

Es vergehen einige Minuten, bevor er gesteht: »Meine Gedanken sind vollkommen durcheinander.«

Und das heißt was genau?

»Was meinst du damit?«, hakt Jessica nach.

»Ich kann dem, was passiert ist, einfach keinen Sinn geben.«

»Das liegt daran, dass es überhaupt keinen Sinn *ergibt*, dass du mich verlassen hast.« Die Worte sind raus, bevor ich darüber nachdenken kann, ob ich sie laut aussprechen sollte.

»Für dich vielleicht nicht, aber für mich schon.«

»Ich bin froh, dass wenigstens einer von uns weiß, was zum Teufel hier vor sich geht, denn ich weiß es nicht.«

»Ach nein?« Er zieht ungläubig die Augenbrauen in die Höhe. »Wirklich nicht?«

»Nein, wirklich nicht! Glaubst du ernsthaft, ich *wollte* in unseren Flitterwochen von einem anderen träumen?«

»Ich weiß im Grunde überhaupt nicht, was ich diesbezüglich denken soll. Und das ist das Problem.«

»Wie oft muss ich es dir noch sagen? Ich bin mit *dir* verheiratet, nicht mit ihm. Zählt das denn gar nicht?«

»Nur wenn du das wirklich willst.«

»Jessica, bitte. Kannst du mir hier helfen?«

»Ava hat dir gesagt, was sie will, Eric. Was kann sie tun, um dich davon zu überzeugen, dass es die Wahrheit ist?«

»Ich weiß es nicht. Doch eins weiß ich bestimmt: Ich will nicht mit einer Frau verheiratet sein, die in einen anderen verliebt ist. Selbst wenn sie das Richtige sagt und tut, das ist nicht die Ehe, die ich mir vorgestellt habe. Ich will jemanden, der mich und *nur* mich will. Und wenn du das nicht tust, Ava, dann musst du mir das sagen. Ich liebe dich. Wirklich. Und ich liebe dich so sehr, dass ich, wenn du mir jetzt in die Augen schauen und erklären würdest, dass du eigentlich ihn willst, beiseitetreten würde, damit du glücklich sein kannst. Und ich verspreche dir, ich würde damit klarkommen.«

Ich blinzle die Tränen fort, weil ich weiß, was es ihn gekostet hat, diese Worte auszusprechen. »Was wäre, wenn ich dir in die Augen schaue und dir sage, dass *du* es bist, den ich liebe, den ich will, mit dem ich verheiratet sein möchte? Würde das irgendetwas ändern?«

»Nur wenn du es wirklich ernst meinst und es nicht bloß sagst, weil er jetzt eine andere hat – die ausgerechnet auch noch meine Schwester ist.«

»Das macht dich wütend, oder?«, frage ich, obwohl ich es bereits weiß.

»Ja, das macht mich wütend! Sie kann jeden Kerl auf der Welt haben. Was zum Teufel will sie mit *ihm*?«

»Ich weiß es nicht. Aber was hat das mit uns zu tun?«

Er zuckt zurück. »Das musst du wirklich fragen? Ich werde nicht an Feiertagen und Familientreffen teilnehmen, wenn *er* dabei ist. Auf keinen Fall. Wenn sie das glaubt, hat sie den Verstand verloren.«

»Ich schätze, sie denkt im Moment gar nicht an Feiertage und Familientreffen.«

»Soweit ich das beurteilen kann, denkt sie *gar nicht*. Sonst hätte sie sich nie auf ihn eingelassen.«

»Darf ich dazu etwas anmerken?«

Er zuckt mit den Schultern, als wäre es ihm egal, obwohl er gerade bewiesen hat, dass es das nicht ist. Damit kann ich leben. »John wird immer ein Teil meines Lebens sein, ob er mit Jules zusammen ist oder mit jemand anderem. Er ist mir wichtig, und ich habe ihm versprochen, mit ihm in Kontakt zu bleiben. Seine Freundin zu sein. Er hat so viel verloren. Ich weigere mich, noch etwas zu sein, das er für immer verliert. Das habe ich dir vor unserer Hochzeit sehr deutlich klargemacht. Du kanntest meinen Entschluss, in seinem Leben zu bleiben. Das nur vorausgeschickt. Aber ich will *nicht* wieder mit ihm zusammen sein. Der Einzige, mit dem ich wieder zusammen sein will, bist du. Aber ich muss sagen, dein Verhalten in den letzten Tagen hat Zweifel in mir aufkommen lassen.«

»Warum? Weil du zum ersten Mal in unserer Beziehung nicht die Kontrolle hattest?«

Diese Seite von ihm habe ich noch nie gesehen, doch es sollte mich nicht überraschen, dass es sie gibt, nach allem, was Brittany ihm angetan und was er mit mir erlebt hat. »Nein, weil ich mein gesamtes Vertrauen in dich gesetzt habe und du mich verlassen hast. Du bist gegangen, als es das erste Mal richtig schwierig wurde.«

»Das ist nicht das erste Mal, dass es für mich richtig schwierig wurde, Ava. Es ist ungefähr das sechste oder siebte Mal. Für mich war es die ganze Zeit schwierig, falls dir das nicht aufgefallen ist.«

»Du hast recht. Und ich würde mich dafür entschuldigen, nur habe ich dir offen und ehrlich von John erzählt, und von den Schwierigkeiten, die ich hatte.«

»Ja, das stimmt zwar, aber erst, als ich schon zu tief dringesteckt habe, um noch umkehren zu können. Ich dachte, ich könnte damit umgehen, und lange Zeit habe ich das auch geschafft. Doch was in Spanien passiert ist, war zu viel für mich, Ava. Es tut mir leid, wenn mich das zu einem Mistkerl macht.«

»Das macht dich nicht zu einem Mistkerl. Für mich war es auch zu viel. Was dich zu einem Mistkerl macht, ist, dass du dich von mir abgewandt hast, statt mit mir zusammen daran zu arbeiten, darüber hinwegzukommen.«

»Es tut mir leid.«

»Tut es das wirklich, oder sagst du das bloß, weil du glaubst, ich will es hören?«

»Es tut mir wirklich leid, dass ich gegangen bin, dass ich so ein Mistkerl und Idiot war ... alles. Ich brauchte einfach Zeit zum Nachdenken, und das konnte ich nicht mit dir in der Nähe.«

»Was soll das heißen, du kannst nicht denken, wenn du in meiner Nähe bist?«

»Wenn du da bist, fehlt mir die richtige Perspektive.« Er seufzt hilflos. »Ich will dich dann nur küssen und festhalten und bei dir sein. Ich kann mich nicht um mich kümmern, wenn ich mich um dich kümmere.«

»Eric ... eins musst du mir glauben: Ich habe den Mann geheiratet, den ich liebe.«

»Das versuche ich ja auch.«

»Was kann Ava sonst noch tun, um dich zu überzeugen?«, fragt Jessica.

»Ich bin mir nicht sicher.«

»Kommst du bitte nach Hause und gibst mir die Gelegenheit, dir zu zeigen, dass ich genau da bin, wo ich sein will, und dass ich mit dem Mann verheiratet bin, den ich liebe?«

Er sieht mich an, sieht mich zum ersten Mal seit seinem Eintreffen

wirklich an, und ich spüre den exakten Moment, in dem er sich
entscheidet. »Ja.«

»Ausgezeichnet.« Jessica lächelt. »Ihr habt heute einige Fortschritte
gemacht, aber die Arbeit geht jetzt erst los. Darum möchte ich euch
nächste Woche wiedersehen. Und wenn in der Zwischenzeit irgendetwas hochkocht, ruft mich an. Egal, zu welcher Tages- oder
Nachtzeit.«

Wir vereinbaren einen Termin für die nächste Woche und verlassen
gemeinsam die Praxis. Wir gehen die Treppe hinunter und treten in
den hellen Sonnenschein hinaus, wo die Düfte aus dem Deli auf mich
einstürmen.

Eric stöhnt. »Ich bin kurz vorm Verhungern. Wollen wir was
essen?«

»Ja. Ja, sehr gerne.« Ich bin so erleichtert darüber, wieder mit ihm
zusammen zu sein, dass ich alles tun würde, was er will, nur um bei ihm
zu sein. Und zum ersten Mal seit Tagen habe ich tatsächlich ein wenig
Hunger.

Wir betreten das Deli und bestellen Sandwiches – Truthahn für
ihn, Hühnchensalat für mich. Die Sandwiches sind riesig, worüber wir
lachen müssen.

»Ich wusste nicht, dass wir gleich Mittagessen für eine ganze
Woche bestellt haben«, sagt er, als wir uns mit den Sandwiches, einer
Tüte Chips, eingelegten Gurken und Eistee an einen Tisch setzen.

Wir essen beide, als hätten wir seit Tagen gehungert, was bei mir ja
auch stimmt. So wie es aussieht, ging es ihm genauso.

Nachdem er die erste Hälfte seines Sandwiches förmlich
verschlungen hat, hält er kurz inne. »Der Geruch dieses Delis treibt
mich jedes Mal in den Wahnsinn, wenn ich herkomme.«

»Mich auch.« Ich bin froh, dass wir gemeinsam hier sind, doch das
Gefühl, auf rohen Eiern zu gehen, weil unsere Situation immer noch so
zerbrechlich ist, bleibt bestehen.

Unsere Handys vibrieren mit einer Nachricht von Jules.

*Hey, ihr alle. Es tut mir leid, dass ihr im Internet und nicht von mir davon
erfahren habt. Ich würde euch alle gerne sehen, bevor ich nach L. A. fliege,
damit wir darüber reden können, was los ist. Außerdem hätte ich gerne, dass ihr
– Eric, Rob und Camille – John kennenlernt. Bitte kommt um acht Uhr heute*

*Abend in die Präsidentensuite des Four Seasons, wenn ihr könnt. Ich weiß, das
ist viel von euch verlangt, Eric und Ava, aber es würde mir sehr viel bedeuten,
wenn ihr kommen würdet.*

Eric schaut finster drein, als er die Nachricht liest. »Ist das zu
fassen? Sie erwartet ernsthaft, dass wir uns mit ihm treffen?«

»Ich glaube ja, das erwartet sie.«

»Tja, ich werde nicht hingehen.«

»Warum nicht?«

»Das musst du wirklich fragen?«

»Ja, sieht so aus.«

»Es stört dich nicht, dass sie mit ihm zusammen ist?«

»Warum sollte es?«

»Er ist dein Ex, Ava.«

Ich kann nicht anders, ich muss über die Art, wie er das sagt,
lachen, was er gar nicht lustig findet. »Danke, dass du mich daran
erinnerst.«

»Wie kannst du darüber lachen?«

»Weil ich glücklich bin, dass er eine so großartige Frau wie Jules
gefunden hat. Ich will, dass er wieder glücklich ist. Hat er das nach
allem nicht verdient?«

»Klar, er kann alles Glück der Welt haben. Solange es nicht mit
meiner Schwester ist.«

»Ist es dir nicht wichtig, dass sie glücklich ist?«

»Natürlich. Aber warum muss sie das ausgerechnet mit *ihm* sein?«

»Irgendwie führst du dich albern auf.«

»Du willst also wirklich heute Abend zu diesem Treffen gehen und
meine Schwester mit deinem Ex zusammen sehen? Findest du das
nicht seltsam oder gar bizarr?«

»Das ist das *Leben*, Eric. Alles daran ist seltsam und bizarr. Guck dir
doch nur mal uns an. Haben wir uns je vorgestellt, dass es uns so
ergehen könnte? Glaubst du, Jules ist nach San Diego geflogen und hat
gedacht: Wow, ich hoffe, ich verliebe mich in diesen Mann und
erschaffe damit eine total unangenehme Situation für mich und
meinen Bruder? So etwas passiert einfach. Jules ist eine tolle Frau. Ich
glaube nicht für eine Sekunde, dass sie jemals absichtlich etwas tun
würde, was einen von uns verletzt.«

Er seufzt. »Wann bist du so entspannt geworden, was diese Sache angeht?«

»Ungefähr zu der Zeit, als mein Mann mich verlassen und mir damit ein paar Tage geschenkt hat, in denen ich darüber nachdenken konnte, wie es wäre, ohne ihn zu leben.«

»Ich habe dich nicht verlassen.«

Ich mustere ihn skeptisch unter einer hochgezogenen Augenbraue. »Wie würdest du es dann nennen?«

»Ich habe eine Pause gemacht, um meine Gedanken zu sortieren.«

»Du hast mich *verlassen*, Eric. Und ich muss wissen, dass das nicht wieder vorkommen wird.«

»Das wird es nicht.«

»Hast du Rob wirklich gesagt, dass du glaubst, ich hätte dich bloß wegen der Sache mit Brittany geheiratet?«

Er schaut mich überrascht an. »Deine Schwester hat eine ziemlich große Klappe.«

»Stimmt es?«

»Ich will nicht, dass es stimmt.«

»Das tut es auch nicht.«

»Okay.«

»Das ist alles? Einfach nur ›Okay‹? Das ist schon eine ziemlich große Bombe, die du da in einer frischen Ehe hast platzen lassen.«

»Es tut mir leid, dass du davon erfahren hast. Das wollte ich nicht.«

»Glaubst du wirklich, dass unsere Ehe funktionieren kann, wenn so etwas zwischen uns steht? Was soll ich noch nicht erfahren?«

»Nichts. Das war das Einzige.«

»Ich habe gehört, was du vorhin gesagt hast. Dass du mich so sehr liebst, dass du mich gehen lassen würdest, wenn ich das wirklich wollte. Du sollst wissen, dass ich dich genauso sehr liebe. Wenn du deine Meinung über mich geändert hast, wenn das alles zu viel für dich ist, musst du es nur aussprechen. Es würde mir das Herz brechen, dich zu verlieren, *uns* zu verlieren, aber ich will dich nicht in einer Ehe gefangen halten, die du nicht länger willst.«

Er legt seine Hand auf meine. »Ich bin kein Gefangener, und ich will das hier. Ich habe ein wenig den Verstand verloren, als du angefangen hast, von ihm zu träumen. Ich weiß, es war nicht deine Schuld, genauso wie es nicht meine Schuld war, dass das der Tropfen war, der mein Fass zum Überlaufen gebracht hat.«

»Es hätte mir auch nicht gefallen, wenn du angefangen hättest, von Brittany zu träumen.«

Er zieht eine Grimasse. »*Das* wird niemals passieren.«

»Sag niemals nie.« Ich lache über seinen angewiderten Gesichtsausdruck. »Ich hätte nie gedacht, dass ich von John träumen würde, und lustigerweise habe ich das auch kein einziges Mal mehr getan, seitdem ich dir davon erzählt habe.«

»Tja, ich nehme an, das sind gute Neuigkeiten.«

»Wenn wir das hier gemeinsam durchstehen wollen, müssen wir zusammenhalten. Egal, was passiert.«

»Ja, da hast du recht. Es tut mir leid, dass ich gegangen bin. Ich hatte Angst, es schlimmer zu machen, wenn ich bleibe. Das wird nicht wieder vorkommen. Versprochen.«

»Wollen wir nach Hause?«

»Ja. Sehr gerne.«

Wir lassen uns die Reste von unseren Sandwiches einpacken und treten aus dem Deli.

»Es ist so schön heute. Lass uns zu Fuß gehen.« Er nimmt meine Hand, wie er es immer tut, und diese schlichte Geste hilft sehr dabei, mich davon zu überzeugen, dass wir das wieder hinkriegen. Wir marschieren in Richtung unserer Wohnung los, von Osten nach Westen, durch das Gewimmel am Times Square und weiter nach Tribeca. »Willst du mich wirklich zwingen, dieses Ding mit Jules heute Abend durchzuziehen?«

»Ja, will ich.«

Er stöhnt. »Es ist grausam und gemein, dass ich diesen Kerl kennenlernen muss.«

»Du wirst es überleben. Ich bin bei dir. Und denk dran, John wird sich auch nicht gerade darüber freuen, dass er dich treffen muss.«

»Da hast du vermutlich recht. Aber bevor das losgeht, können wir vielleicht noch darüber reden, wie wir unsere Flitterwochen wieder aufnehmen wollen?«

»Wir können mehr tun, als nur darüber zu reden, wenn du willst.«

»Das würde mir gefallen. Sehr, sehr gut gefallen sogar.«

Mein Herz fühlt sich so leicht an wie seit Tagen nicht mehr, auch wenn mir durchaus bewusst ist, dass wir noch einen langen Weg vor uns haben. »Kann ich dir etwas anvertrauen?«

»Alles.«

»Ich werde John heute Abend zum zweiten Mal in sechs Jahren wiedersehen, und das Einzige, was mir in diesem Moment wichtig ist, ist, dass du zu mir zurückkommst. Ich dachte, das würdest du gerne wissen.«

Eric lässt meine Hand fallen, zieht mich in seine Arme und gibt mir einen Kuss auf den Scheitel. »Danke, dass du mir das gesagt hast. Es bedeutet mir viel, zu wissen, wo ich mit dir stehe.«

Ich schaue zu ihm auf. »Ich liebe dich, Eric. Ich kann mir ein Leben ohne dich nicht vorstellen. Und das ist der einzige Grund, aus dem ich dich geheiratet habe.«

Direkt dort, auf dem Bürgersteig vor einem Hotdog-Stand, küsst er mich. »Ich liebe dich auch.«

KAPITEL 30

JULIANNE

Ich bin so aufgeregt wegen heute Abend, dass ich fürchte, mich gleich übergeben zu müssen. Wir haben Getränke und Käse beim Zimmerservice bestellt, die jeden Moment kommen müssten. Am Nachmittag haben wir die Aufzeichnung von *The Late Show with Stephen Colbert* hinter uns gebracht, in der John nach seiner Beziehung mit der Tochter des Gouverneurs gefragt wurde.

Er ist der Frage ausgewichen, aber es nervt mich, dass unsere Pressetour von Klatschgeschichten übernommen wird, also habe ich allen, die ihn gebucht haben, eine Nachricht geschickt, dass er in der Öffentlichkeit nicht über unsere Beziehung reden wird und sie ihn bitte nicht danach fragen sollen.

Wobei ich zwar darum bitten kann, doch ich kann sie nicht zwingen, sich daran zu halten, und das verstärkt den Stress, der sich in meinem Magen ausbreitet.

John nähert sich mir von hinten, legt mir seine Hände auf die Schultern und küsst mich auf den Hals. »Du bist so angespannt, dass ich fürchte, du zerspringst gleich.«

Es gefällt mir, dass er so was bemerkt. Dass er mich so genau wahrnimmt. Ich liebe alles an ihm, selbst wenn er wegen seiner körperlichen Beeinträchtigungen knurrig wird, die allerdings von Tag zu Tag weniger werden. Ich liebe ihn, wenn er Albträume hat oder andere Zeichen der Traumata verrät, die er erlitten hat. Ich liebe ihn so sehr, dass ich meine Geschwister und ihre Partner in diese Suite einlade, die sich langsam wie unser Zuhause anfühlt, obwohl ich weiß, dass sie das, was ich ihnen zu sagen habe, nicht gutheißen werden.

Ich hoffe, wenn sie uns zusammen sehen, werden sie anfangen, es zu verstehen.

Aber mein Magen ist dennoch unruhig.

»Was kann ich für dich tun?«, fragt John.

»Die Uhr auf Mitternacht vorstellen, wenn sie alle weg und wir wieder allein sind.«

Seine Brust bebt unter seinem unterdrückten Lachen. »Wenn ich es könnte, würde ich es tun.«

Ich drehe mich zu ihm um. »Bist du nervös, weil du Ava wiedersehen wirst?«

Er schüttelt den Kopf. »Eric zu treffen macht mich wesentlich nervöser.«

»Du wirst ihn mögen. Alle lieben ihn.«

»Er hasst mich vermutlich.«

»Nein, das tut er nicht. Er weiß, dass du das alles nicht mit Absicht getan hast.«

»Einiges schon. Dass ich Ava Sachen verheimlicht habe, geht allein auf mein Konto.«

»Du hast dich dafür entschuldigt. Es ist an der Zeit, das alles hinter uns zu lassen.«

Ich liebe es, ihm ein Lächeln ins Gesicht zu zaubern. Ich liebe die kleinen Fältchen, die sich dabei an seinen Augenwinkeln bilden. »Du siehst gut aus. Und du duftest fantastisch. Ist das hier okay?« Er zupft an seiner abgetragenen Jeans und dem karierten Hemd, das er dazu trägt.

»Es ist perfekt. Die Tildens sind eine ziemlich lässige Familie, wenn wir nicht gerade auf der Politbühne stehen.«

»Ah ja. Dein Vater, der Gouverneur. Wann kann ich ihn kennenlernen?«

»Bald.« Ich lege meine Hand flach auf seine Brust. »Danke, dass du das heute Abend mitmachst. Ich weiß, es ist viel verlangt, Ava und Eric zu treffen und meinen anderen Bruder kennenzulernen.«

»Sie sind dir wichtig, Poppy, also tue ich es gern.«

»Selbst wenn es total unangenehm wird?«

Er küsst mich. »Selbst dann.«

Ich bin so froh, dass er so entspannt ist, was diese Sache angeht.

»Lass uns ein wenig frische Luft schnappen, bevor sie kommen.« Zusammen schlendern wir raus auf die Terrasse, wo wir es uns auf einer der Liegen gemütlich machen. Er schlingt die Arme um mich, und ich bette meinen Kopf auf seine Brust. Das starke Klopfen seines Herzens unter meinem Ohr ist irgendwie tröstlich. »Wie geht es dir mit dem, was passiert ist?«

»Du meinst, damit, dass ich gekündigt habe?«

»Du hast damit einen neuen Job bekommen. Vergiss das nicht.«

»Ich bin ein wenig in Schockstarre, um ehrlich zu sein.«

»Wieso?«

»Nun ja, wenn einer meiner Freunde das tun würde, was ich gerade tue, würde ich intervenieren.«

»Warum?«

»Äh, weil ich mein ganzes Leben für einen Mann aufgegeben habe, den ich erst vor drei Wochen kennengelernt habe. Und der bis vor Kurzem den Verlust der Frau betrauert hat, die mit meinem Bruder verheiratet ist.«

Er schweigt mehrere Minuten lang, während er meinen Rücken in kleinen, beruhigenden Kreisen streichelt. »Weißt du, was mir aufgefallen ist?«

»Nein. Was?«

»Ich werde immer betrauern, was ich mit Ava verloren habe. Wir hatten etwas Besonderes, das uns von dem gleichen Terroristen genommen wurde, der die ganzen unschuldigen Menschen auf dem Kreuzfahrtschiff getötet hat. Das mit uns ist nicht zu Ende gegangen, weil wir aufgehört haben, einander zu lieben. Ich denke, es ist nur natürlich, so einen Verlust zu betrauern. Aber ich habe auch erkannt, dass ich, obwohl ich um das trauere, was ich mit ihr hatte, mit dir glücklich sein kann. Die beiden Dinge schließen einander nicht aus.«

»Das ist eine sehr wichtige Erkenntnis.«

»Ich hatte viel Zeit dafür, über all das nachzudenken, als ich kaum mehr tun konnte, als mir den ganzen Tag den Hintern platt zu sitzen.«

»Du wirst mit jedem Tag stärker.«

»Ich fühle mich wesentlich besser, seitdem du aufgetaucht bist und mich aus dem Tief geholt hast, in dem ich feststeckte. Du warst die frische Brise, die ich dringend gebraucht habe, mit den attraktivsten Beinen, die ich je gesehen habe.«

Ich lache, und mein Herz schwillt bei seinen Worten. Das hier ist der Grund, warum ich mein Leben für einen Mann auf den Kopf stelle, den ich erst ein paar Wochen kenne. Wenn ich das Gefühl, das ich in seiner Nähe verspüre, in Flaschen abfüllen könnte, könnte ich damit Millionen verdienen. »Meine Beine sind attraktiv?« Ich lege eines über seinen Schoß.

Er streckt die Hand aus und streicht damit von meiner Hüfte zu meinem Unterschenkel. »O ja. Die verdammt attraktivsten Beine, die ich je gesehen habe.«

Ich winde mich, als seine Hand wieder nach oben gleitet. »Stopp.« Ich halte ihn auf, als er meinen Oberschenkel erreicht. »Dafür haben wir keine Zeit.«

»Ich könnte ganz schnell machen.«

»Nein!«

»Du bist eine Spielverderberin.«

»Ich habe dir zu verschiedenen Gelegenheiten das Gegenteil bewiesen, und das werde ich nachher wieder tun, wenn du dich vor meiner Familie benimmst.«

»Du bist eine harte Verhandlungspartnerin, Poppy.« Er drückt seine Erektion gegen meine Hüfte. »Aber ich gebe mir Mühe.«

Ich breche in lautes Lachen aus und vergrabe mich tiefer in seiner Umarmung. So mit ihm zusammen zu sein ist der Grund, warum ich mich kopfüber in die Sache mit ihm hineinstürze. Etwas Perfekteres als das hier habe ich noch nie erlebt. Wenn ich mich in ihm und dem, was zwischen uns ist, irre, will ich nie wieder recht haben.

Das Klingeln an der Tür holt mich in die Realität zurück. »Das ist vermutlich der Zimmerservice mit unserer Bestellung.«

»Dann gehst du besser hin. Ich bin ein wenig ... verhindert.«

Ich senke den Blick auf die Beule in seiner Hose.

Er sieht mich finster an. »Das ist nicht hilfreich.«

Ich schlage mir die Hand vor den Mund, um ein Kichern zu unterdrücken, und verlasse die Terrasse, um die Tür zu öffnen.

»Das ist nicht lustig!«, ruft er mir hinterher.

»Doch, irgendwie schon.«

Ich öffne dem uniformierten Zimmerkellner die Tür, der einen Wagen mit Wein- und Bierflaschen und anderen Erfrischungen hereinschiebt, die ich bestellt habe. Dann richtet er alles auf der Bar an, und ich unterschreibe die Quittung. »Einen schönen Abend wünsche ich«, sagt er.

»Vielen Dank.«

Wir haben dem Sicherheitspersonal eine Liste mit den Namen der Personen gegeben, die wir eingeladen haben, also bleibt nichts weiter zu tun, als eine weitere halbe Stunde zu warten, bis sie hoffentlich auftauchen. Was mache ich, wenn sie nicht kommen? Keiner von ihnen hat auf meine Nachricht geantwortet, also weiß ich nicht, ob sie mich einfach im Regen stehen lassen oder nicht. Aber das würden sie nicht tun, oder?

Ich weiß es wirklich nicht, und diese Unsicherheit treibt mich in den Wahnsinn. John ist morgen früh um acht Uhr bei Victor Carlin. Ein Teil von mir will das jetzt, wo ich nicht länger für Marcie arbeite, absagen, obwohl es dafür zu spät ist. Und außerdem will John die Sendung machen. Als Fan von Carlin kann er es kaum erwarten, ihn kennenzulernen. Hmpf. Er ist also doch nicht perfekt.

»Warum bist du schon wieder so gestresst?« Er setzt sich an die Bar und beugt sich vor, um sich ein Bier zu nehmen.

Ich reiche ihm den Flaschenöffner. »Ich denke an deinen Auftritt morgen bei Victor Carlin.«

»Ich freue mich schon darauf.«

Ich zucke innerlich zusammen. »Du würdest mir besser gefallen, wenn ich nicht wüsste, dass du ein Fan von ihm bist.«

Sein Lächeln ist umwerfend. Ich bekomme nicht genug davon, selbst wenn es nur wegen des kindischen Carlin ist. »Sorry, dass ich dich enttäuschen muss, aber ich *liebe* seine Sendung.«

»Ja, das hast du bereits erwähnt. Ich will nicht wissen, dass du unter deiner Fassade des Navy-Offiziers eigentlich ein Achtklässler bist.«

»Süße, alle Männer sind innerlich Achtklässler. Wir entwachsen nie Fäkal- oder Schwanzwitzen, und deshalb lieben wir Carlin so sehr.«

»Das hättest du vielleicht erwähnen sollen, bevor ich meinen Job für dich hingeschmissen habe.«

»Aber dann hätte ich diesen Gesichtsausdruck verpasst.«

»Es freut mich, dass ich dich gut unterhalte.«

»Das tust du. Immer.«

Ich schenke mir ein Glas Wein ein und geselle mich an der Bar zu John, um zu versuchen, mich vor dem Eintreffen unserer Gäste ein wenig zu entspannen.

»Egal, was heute Abend passiert, denk immer dran, dass wir das hinkriegen. Du und ich gegen den Rest der Welt. Lass dir von ihnen nichts aus- oder einreden.«

»Das schaffen sie nicht.«

»Ich denke schon. Aber du musst stark bleiben und den Blick fest auf den Preis gerichtet halten.«

»Und der wäre?«

»Pft.« Er streckt seine Hände in einer dramatischen Geste aus. »Ich!«

Es gefällt mir, diese verspielte Seite an ihm zu sehen. Wenn ich daran denke, wie er war, als wir uns kennengelernt haben ... Ich hätte nie gedacht, dass diese Version von ihm nur darauf gewartet hat, dass jemand kommt, um sie hervorzulocken. Ich bin froh, dass ich diejenige bin, die sie gefunden hat. Sanft lege ich eine Hand an sein attraktives Gesicht und gebe ihm einen Kuss. »Danke für die Erinnerung.«

»Falls du ins Wanken gerätst, schau einfach zu mir. Ich werde dich immer wieder daran erinnern, wofür wir hier kämpfen.«

Ich lehne meine Stirn gegen seine und ziehe Kraft aus der Verbindung, die wir miteinander gefunden haben. »Okay. Danke.«

Es klingelt an der Tür.

Ich erstarre.

»Jules.« John gibt mir einen Kuss auf die Stirn. »Mach die Tür auf.«

KAPITEL 31

JOHN

Ich will, dass der heutige Abend gut läuft, weil ich weiß, wie viel Jules ihre Familie bedeutet. Aber ich will auch, dass es für mich gut läuft. Diese Menschen sind Avas neue Familie, und ich habe gehofft, sie mal kennenzulernen, vor allem den Mann, den sie geheiratet hat, selbst wenn mich die Frage nervös macht, wie er auf mich reagieren wird.

Jules geht steif zur Tür und öffnet sie. Muncie und Amy treten ein, die seit unserer Ankunft in New York ziemlich viel Zeit miteinander verbracht haben.

Amy umarmt ihre Schwester. »Ich habe dir doch gesagt, dass du ihn als Klienten abgeben sollst.«

Ach, hat sie das?

»Du bist nicht meine Chefin.«

»Nein, aber Marcie. Sie killt dich wegen dem hier.«

»Was das angeht ...« Jules geleitet sie zur Bar. »Ich hab gekündigt.«

Amy bleibt so abrupt stehen, dass Muncie fast in sie hineinläuft. »Du hast *was* gemacht?«

»Ich erzähle dir alles, wenn die anderen da sind.«

»Nein, Jules. Du erzählst es mir jetzt.«

Es ist schwer, den Blick zu ignorieren, den Amy mir zuwirft. »Amy. Schön, dich wiederzusehen.«

»Ja, gleichfalls.« Aber sie meint es nicht ernst. Vermutlich plant sie schon die Intervention zugunsten ihrer Schwester, die wegen eines Mannes total aus der Bahn geraten ist. »Du hast wirklich gekündigt?«

»Ja.«

»Und was willst du jetzt machen?«

»Sie wird für mich arbeiten«, antworte ich für Jules.

Amy bleibt der Mund kurz offen stehen. Dann schließt sie ihn, und ihr Missfallen ist unübersehbar.

Es gibt nur einen Weg, wie wir sie und Jules' Brüder überzeugen können, und das ist, ihnen zu zeigen, dass wir es schaffen. Das wird weder heute Abend noch morgen passieren, nicht mal innerhalb einer Woche oder eines Monats. Wir werden ihnen beweisen müssen, dass wir Partner im Leben und bei der Arbeit sein können, einfach indem wir es tun.

Rob und seine Frau Camille trudeln als Nächstes ein. Ich habe schon Fotos von Avas jüngerer Schwester gesehen, sie bisher aber noch nicht persönlich kennengelernt.

Sie kommt direkt auf mich zu. »Ich bin Camille.«

Ich schüttle ihre dargebotene Hand. »John.«

»Ja, ich weiß. Die ganze Welt weiß, wer du bist.«

Ich zucke zusammen. »Tja, das hab ich mir so nicht ausgesucht.«

»Du hast meiner Schwester wehgetan.«

»Ich weiß. Das wollte ich nie.«

»Wenn du meiner Schwägerin wehtust, werde ich dich finden und töten.«

Seltsamerweise glaube ich ihr. »Verstanden.«

»Für einen Mord wirst du aus der Anwaltskammer ausgeschlossen, Baby.« Rob ist groß, dunkelhaarig und attraktiv. Er sieht Amy ähnlicher als Jules. »Das habe ich dir schon mal gesagt.« Er schüttelt meine Hand. »Sie droht mir täglich, mich umzubringen. Bisher hat sie es allerdings nicht getan.«

»Es ist noch nicht zu spät dafür, mein Freund.« Camille hält den

Blick auf mich gerichtet. »Du bist sehr attraktiv. Die Fotos und die Fernsehkameras werden dir nicht gerecht.«

»Ehrlich, Camille.« Rob schnaubt amüsiert. »Ich stehe direkt neben dir.«

»Was? Darf ich einem anderen Mann nicht sagen, dass er attraktiv ist? Wo genau steht das im Ehegesetz?«

Rob verdreht die Augen. »Gibt es Bier? Ich brauche dringend eins.«

Amüsiert zeige ich auf den Kühler mit den Bierflaschen hinter ihm. »Bedien dich.« Als ich meine Aufmerksamkeit wieder auf Camille richte, sehe ich, dass sie mich immer noch anschaut. »Habe ich mich beim Rasieren geschnitten oder so?«

»Nein. Ich befriedige nur meine Neugier auf den Mann, auf den meine Schwester fünf Jahre gewartet hat.«

»Ist sie immer so?«, frage ich Jules, als sie sich zu uns gesellt.

»Ja. Camille sagt meistens, was sie denkt.«

»Sie denkt, ich sei attraktiv.«

»Ach was. Jede Frau in Amerika findet dich attraktiv. Pass bloß auf, dass dir das nicht zu Kopfe steigt.«

Ich lege einen Arm um sie und ziehe sie an mich. »Zu spät.«

»Kommen Ava und Eric auch?«

Die Verzagtheit in Jules' Stimme zerreißt mir das Herz. Sie bemüht sich so sehr, den Stress, den sie empfindet, vor den anderen zu verbergen. Doch ich erkenne ihn so deutlich wie die Stupsnase in ihrem hübschen Gesicht.

»Ich weiß nicht.« Camille zuckt die Achseln. »Sie hat nicht auf meine Nachricht reagiert.«

Ich sehe, wie Jules ein wenig in sich zusammensinkt. Ich weiß, wie viel es ihr bedeuten würde, wenn die beiden kämen. Und ich bin mir nicht sicher, wie sie damit umgehen wird, wenn sie es nicht tun. Auch wenn ich es Eric nicht vorwerfen könnte, dass er mit Avas Ex nichts zu tun haben will, vor allem unter diesen Umständen.

Muncie kommt zu mir. »Wie geht es deinem Kopf?«

»Prima. Die Wunde tut noch weh, aber ansonsten ist alles prima.«

»Das ist gut.«

»Du hast New York diese Woche ja wirklich im Sturm erobert.«

Er errötet. »Sorry, dass ich nicht so oft hier war.«

»Das war ein Witz. Ist das mit dir und Amy ...« Ich mache eine Handbewegung und hoffe, dass er versteht, was ich meine.

»Vielleicht. Ich weiß es nicht.«

»Soll ich sie mal fragen?«

»Nein!«

Ich lache laut auf. Es ist lustig, ihn aufzuziehen. Ich werde ihn vermissen, wenn ich endlich aus der Navy ausscheide und er seinen nächsten Auftrag annimmt. Hoffentlich ist das eine leichtere Aufgabe als die, die er mit mir hatte.

Mit einem Bier in der Hand kehrt Rob zu mir zurück. »Als meine Frau vorhin gedroht hat, dich umzubringen, bin ich nicht dazu gekommen, es zu sagen, aber danke für das, was du und die anderen getan habt, um diesen Mistkerl zu fassen ... Das bedeutet uns allen sehr viel.«

»Danke. Habe ich das richtig verstanden, dass du für den Kongress kandidierst?«

»Ja. Auch wenn ich nicht mehr weiß, was ich mir dabei gedacht habe. Wusstest du, dass man dafür *jedes Wochenende* auf Wahlkampftour gehen muss?«

»Nein, das wusste ich nicht. Das ist bestimmt anstrengend.«

»Du machst dir ja keine Vorstellung.«

»Wenn ich dich irgendwie unterstützen kann, sag Bescheid.«

Er schaut mich ungläubig an. »Meinst du das ernst?«

»Klar.«

»Auf das Angebot komme ich definitiv zurück.«

»Du bist einer der Guten, oder?«

»Auf jeden Fall.«

»Dann tue ich gerne alles, was in meiner Macht steht, um dich beim Wahlkampf zu unterstützen. Allerdings musst du vorher mit meiner Managerin sprechen, sie trifft alle Entscheidungen.«

Jules grinst ihren Bruder an. »Wir werden es in Betracht ziehen.«

Jules und die anderen machen sich über den Käse her, sodass Rob und ich eine Sekunde für uns allein haben.

»Dir ist es doch ernst mit meiner Schwester, oder?«

»Mir liegt sehr viel an ihr. Sie ist ...« Ich schaue zu ihr und sehe, dass sie über etwas lacht, das Camille gesagt hat. Ich hoffe, es hat nichts mit meinem drohenden Tod zu tun. »Sie ist umwerfend, furchtlos, wunderschön, klug, kompetent. Und sie trägt immer noch ihre Zahnspange. Ich bin sehr dankbar, sie in meinem Leben zu haben.«

»Das kannst du auch sein. Und ich glaube dir, dass du es ernst mit ihr meinst. Aber wenn du ihr wehtust, werde ich Camille nicht davon abhalten, dich umzubringen.«

»Ist notiert.« Ich bemühe mich, nicht zu lachen, weil ich sehe, dass es nur halb ein Scherz ist. »Ich hatte nie Schwestern, doch ich stelle mir vor, wenn ich welche hätte, würde ich genauso empfinden wie du.«

»Ich bin froh, dass wir einander verstehen. Und danke für dein Angebot, mir im Wahlkampf zu helfen.«

»Kein Problem.«

Er wendet sich zum Gehen, dreht sich dann aber noch einmal um. »Eine Sache noch: Ich war gewillt, dich wegen dem zu hassen, was du Ava angetan hast. Doch das tue ich nicht.«

»Danke. Ich hasse dich auch nicht.«

Rob lächelt und prostet mir stumm mit seiner Bierflasche zu. Trotz des Geredes über Hass und Mord habe ich das Gefühl, vielleicht gerade einen neuen Freund hinzugewonnen zu haben. Das wäre schön. Ich muss zweimal hinschauen, als Ava durch die Tür kommt, die wir angelehnt gelassen haben. Ich habe sie in den letzten sechs Jahren nur ein einziges Mal gesehen, und ich will verdammt sein, wenn ich nicht auf die gleiche Weise auf sie reagiere wie immer: mit klopfendem Herzen. Sie hält die Hand eines attraktiven blonden Mannes, und ich bin ein wenig erleichtert, dass sie zusammen sind und Händchen halten.

Ich will wirklich, dass sie glücklich ist. Wenn er sie glücklich macht und er derjenige ist, den sie will, soll es so sein. Ich stehe auf, um sie mit einer Umarmung und einem Wangenkuss zu begrüßen. »Schön, dass du da bist. Du siehst wie immer großartig aus.«

»Ich freue mich auch. Du siehst tausendmal besser aus als bei unserem letzten Treffen. Darf ich dir meinen Mann vorstellen: Eric Tilden – John West.«

Ich schüttle ihm die Hand. »Schön, dich endlich kennenzulernen.«

»Gleichfalls.« Er sagt zwar, was von ihm erwartet wird, aber ich habe das Gefühl, dass ich der letzte Mensch auf Erden bin, mit dem er reden will.

»Was kann ich euch bringen? Bier? Wein?«

»Ein Bier wäre nett«, erwidert Eric. »Ava möchte ...«

»Einen Weißwein.« Sofort erkenne ich meinen Fehler. Er will nicht wissen, wie gut ich sie kenne.

»Ja«, antwortet er angespannt.

»Jetzt, wo wir alle hier sind«, meint Amy, »kann Jules uns vielleicht aufklären, warum sie gekündigt hat.«

Verdammt. Amy redet nicht um den heißen Brei herum. Für mich, der ich nie eine Familie hatte, ist es faszinierend, die Dynamik zwischen den Geschwistern zu beobachten.

Jules funkelt ihre Schwester böse an, dann reißt sie sich zusammen: »Das mache ich nur zu gerne.«

»Du hast wirklich gekündigt?«, fragt Rob. »Warst du nicht auf der Liste dafür, dieses Jahr Partner zu werden?«

»Juniorpartner«, korrigiert Jules ihn.

»Trotzdem. Das ist eine Beförderung.«

Jules wirft mir einen Blick zu. »Ich habe ein besseres Angebot bekommen.«

Ich reiche Ava und Eric ihre Getränke und schenke Jules ein Lächeln, in der Hoffnung, sie damit zu stärken und sie daran zu erinnern, warum wir diesen großen Sprung gemeinsam wagen.

»Ich werde für John arbeiten. Er erhält jeden Tag Hunderte von Angeboten und braucht jemanden, der ihn auch nach dem Ende der Pressetour vertritt.«

Diese Nachricht wird von ihren Geschwistern mit bleiernem Schweigen aufgenommen.

»Ich bitte euch nicht um eure Zustimmung.«

Ich bin so verdammt stolz auf sie.

»Doch es wäre schön, wenn ihr mich bei diesem neuen Unterfangen unterstützt.«

Amy schaut mich an. »Werden wir auch über den Elefanten reden, der eindeutig hier im Raum steht?«

Ich räuspere mich. »Ich nehme an, der Elefant bin ich?«

»Ja. Und es tut mir leid, dass wir gezwungen sind, das vor dir zu besprechen, aber hast du total den Verstand verloren, Jules? Gibst du wirklich eine vielversprechende Karriere für einen Mann auf, den du erst vor wenigen Wochen kennengelernt hast?«

»Ich sehe das etwas anders als du, Amy. In der Zeit, in der ich für John gearbeitet habe, konnte ich unglaubliche Dinge tun und bin wunderbaren Menschen begegnet. Diese Möglichkeiten hätte ich auf meinem alten Weg in zehn Jahren nicht gehabt. Alle wichtigen Personen im Medienbereich wollen meine Nummer. Ich sage Leuten ab, die vor wenigen Monaten noch Traumkontakte für mich gewesen wären. Das hier ist für mich kein Rückschritt, sondern im Gegenteil ein großer Schritt nach vorn.«

»Und was ist, wenn eure persönliche Beziehung nicht hält?«, wirft Rob ein.

Ich beschließe, dass es an der Zeit ist, etwas zu sagen. »Ich habe heute mit einem Anwalt gesprochen. Er setzt einen Fünf-Jahres-Vertrag auf, der regelt, dass Jules bezahlt wird, egal, was mit uns passiert. Sie geht ein großes Risiko ein, und ich will, dass sie abgesichert ist.«

Jules ist offensichtlich überrascht von dieser Neuigkeit, aber das ist in Ordnung. Ich wollte ihr später sowieso von dem Vertrag erzählen.

»Ich verstehe, dass ihr alle eure Schwester beschützen wollt. Und das will ich auch. Es fällt mir schwer, auszudrücken, was sich durch sie in diesen wenigen Wochen in meinem Leben verändert hat. Lasst mich bloß so viel sagen: Es war unfassbar. Nicht nur, dass sie die unersättlichen Medien unter Kontrolle gebracht hat, sondern sie behält auch alle anderen Angebote im Blick, die ich bekomme, und hilft mir, zu entscheiden, was ich als Nächstes tun will.«

Sie wissen nicht, dass sie mir außerdem einen Grund liefert, morgens das Bett zu verlassen – ganz zu schweigen davon, dass sie mir den besten aller Gründe liefert, zu anderen Gelegenheiten das Bett eben *nicht* zu verlassen. Das geht nur uns etwas an und niemanden sonst.

»Ich brauche sie.« Bei diesen Worten sehe ich sie an, damit sie keinen Zweifel daran haben kann, was ich für sie empfinde. Später, wenn wir allein sind, werde ich ihr sagen, wie sehr ich sie in allen möglichen Bereichen meines Lebens brauche, die nichts mit der Arbeit zu tun haben.

»Was ist mit dem, was *sie* braucht?«, hält Amy dagegen.

»Ich brauche ihn ebenfalls.« Jules erwidert meinen Blick fest. »Ich will das hier. Ich will *ihn*. Ich begebe mich offenen Auges in diese Situation und weiß genau, dass es auch schieflaufen kann. Doch ich bin bereit, dieses Risiko einzugehen.«

Während sie mich anschaut und diese Worte sagt, wird mir bewusst, dass ich sie liebe. Ich habe mich in sie verliebt. Und ich weiß sehr wohl, dass ich diese monumentale Erkenntnis habe, während Ava keine zwei Meter von mir entfernt sitzt. Sie ist meine Vergangenheit, und ich habe jede mit ihr verbrachte Minute genossen. Aber meine bezaubernde Poppy ist meine Zukunft. Ich sehe vor mir, wie wir uns gemeinsam ein Leben aufbauen, zusammen arbeiten und reisen. »Ich bin auch gewillt, dieses Risiko einzugehen. Bloß falls sich das jemand gefragt hat.«

»Haben wir nicht«, bemerkt Eric. »Trotzdem danke für die Info.«

Touché. Er wird ein wenig Zeit brauchen, um damit klarzukommen. Vielleicht wird er es nie akzeptieren. Wie auch immer, ich kann damit leben, wenn ich dafür mit Jules zusammen sein darf. Ich hoffe nur, dass sie mit dem Missfallen ihres Bruders umgehen kann.

»Du musst nicht so sein, Eric.« Jules' Bestimmtheit ist wahnsinnig sexy. »John ist keine Bedrohung für dich. Wir sagen dir gerade, dass er die Vergangenheit hinter sich gelassen hat. Vielleicht wünschst du dir, er würde das nicht ausgerechnet mit mir tun, aber egal wie, du hast bekommen, was du wolltest. Er weint deiner Frau nicht mehr hinterher. Tut mir leid, dass ich so unverblümt spreche, Ava.«

»Das muss es nicht.« Sie wirft mir einen Blick zu. »Ich bin wirklich glücklich, dass du eine so tolle Frau wie Jules gefunden hast. Ich freue mich für euch beide. Wenn jemand es verdient hat, glücklich zu sein, dann du.«

»Danke.« Ihre Worte und die darin mitschwingende Zuneigung berühren mich. Ihren Segen zu haben wird sicher helfen, die anderen davon zu überzeugen, dass es mir mit meinen Absichten in Bezug auf Jules ernst ist.

Ava bedeutet mir immer noch viel, allerdings anders als früher. Ich weiß, es ist schwer zu glauben, dass die Liebe, die mich sechs Jahre lange begleitet hat, innerhalb weniger kurzer Wochen erlöschen konnte. Doch genau das ist passiert. Ich weiß nicht, wann oder wie, bin aber dankbar, dass ich endlich wieder optimistisch bin und voller Hoffnung auf das schaue, was vor mir liegt, anstatt mich vor jedem wachen Moment zu fürchten. Das konnte nicht länger so weitergehen. Das hat Jules mir gezeigt. Sie hat mir die Augen dafür geöffnet, was das Leben mir noch zu bieten hat. Und dass es ein gutes Leben voller Liebe, Zuneigung und unglaublichem Genuss sein kann.

Ich werde immer bedauern, wie das mit Ava zu Ende gegangen ist. Es wird mir immer leidtun, dass ich mich nicht besser um sie gekümmert und sie auf die Möglichkeit eines lang dauernden Einsatzes vorbereitet habe. Doch ich habe meine Lektion gelernt und werde es mit Jules besser machen. Ich meine, mehr können wir nicht tun, oder? Leben, lernen und es besser machen.

Avas Worte nehmen den anderen den Wind aus den Segeln. Die Unterhaltung wendet sich Robs Wahlkampf zu, den Plänen ihres Vaters für die Zeit, nachdem er seinen Gouverneursposten abgegeben haben wird, und der Frage, ob irgendjemand etwas von ihrer Mutter gehört hat.

»Ich«, sagt Jules. »Sie hat mir vor Kurzem eine Nachricht geschickt, um mich wissen zu lassen, dass sie stolz darauf ist, wie ich das mit John manage.«

»Wie hat sie davon erfahren?«, fragt Eric.

»Ich habe es ihr erzählt«, gesteht Rob verlegen. »Ich habe letzte Woche mit ihr gesprochen.«

Eric sieht ihn wütend an. »Warum?«

»Weil sie meine Mutter ist und mich angerufen hat.«

»Sie hat einen Fehler gemacht.« Amy zuckt mit den Schultern. »Sie will es ausbügeln.«

Das kauft Eric ihr nicht ab. »Und ihr seid einfach bereit, zu vergeben und zu vergessen, als wäre es keine große Sache gewesen?«

»Ich bin bereit, ihr zu vergeben, weil sauer auf sie zu sein verdammt viel Energie kostet.« Meine Poppy ist unglaublich. »Sie hat es verbockt. Das weiß sie. Es tut ihr leid. Was willst du noch hören?«

Die Antwort gefällt Eric gar nicht, das sehe ich, aber er hält den Mund, als ihm klar wird, dass er überstimmt ist.

Sie bleiben eine weitere Stunde, in der wir uns alle ungezwungen unterhalten. Niemand fragt Ava oder Eric, warum sie ihre Flitterwochen abgebrochen haben, also nehme ich an, alle wissen, was los ist. Die beiden sitzen Händchen haltend auf dem Sofa und wirken wie ein frisch verheiratetes Paar. Ich hoffe, dass sie das, was auch immer passiert ist, überwinden. So wie Ava will, dass ich glücklich bin, will ich, dass sie glücklich ist. Denn sie hat es genauso verdient.

Als sie zum Gehen aufbrechen, höre ich, wie Muncie fragt, ob Amy unten noch etwas mit ihm trinken möchte.

Sie sagt Ja, und sie verlassen die Suite gemeinsam. Ich mag die Vorstellung, dass die beiden sich wegen Jules und mir gefunden haben. Ich hoffe, dass etwas Gutes dabei herauskommt, wenn sie es wollen. Amy hat es mir nicht leicht gemacht, allerdings nur, weil sie ihre Schwester liebt. *Ich* weiß, dass sie sich wegen Jules und mir nicht sorgen muss, aber *sie* kann es nicht wissen. Ich werde ein wenig Zeit benötigen, um mich ihr gegenüber zu beweisen, doch ich bin gewillt, diese Zeit zu investieren, wenn ich dafür mit Jules zusammen sein kann.

Ava umarmt mich zum Abschied. »Gib mir Bescheid, wenn du weißt, wohin ich deine Sachen schicken soll.«

»Versprochen. Es steht ganz oben auf meiner Liste von Dingen, die ich gleich nach der Pressetour in Angriff nehmen will.«

»Ich freue mich wirklich für dich und Jules.«

»Das bedeutet mir sehr viel. Und ich weiß, ihr auch.«

»Pass auf dich auf, John.«

»Und du auf dich.«

Ich gebe Eric die Hand. »Es war nett, dich kennenzulernen.«

»Gleichfalls.« Er lässt meine Hand los und wendet sich zum Gehen. Dann dreht er sich noch einmal um. »Was du getan hast – dieses Monster zu fassen, das so viele Leben zerstört hat … Um alles andere mal beiseitezulassen, dafür danke ich dir.«

»Gern geschehen.«

Er nickt und folgt Ava, Rob und Camille aus der Suite. Als die Tür hinter ihnen ins Schloss fällt, lehnt Jules sich lächelnd dagegen. Sie strahlt förmlich. »Alles in allem ist das doch ganz gut gelaufen, oder?«

Ich setze mich auf einen Barhocker und locke Jules mit dem Finger zu mir.

Sie stellt sich zwischen meine Beine und legt die Arme um meinen Nacken.

Ich bin so froh, sie wieder hier bei mir zu haben, wo sie hingehört. »Dank dir lief es richtig gut. Du warst unglaublich. Du hast ihnen gesagt, was du willst, und keinen Raum für Verhandlungen gelassen. Ich bin sehr stolz auf dich.«

»Danke.« Sie küsst mich und lehnt dann ihre Stirn an meine. »Ich schätze, wir machen das hier wirklich, was?«

»Sieht so aus. Hast du irgendwelche Bedenken?«

»Nein. Keine.«

»Mir ist gestern Nacht etwas aufgefallen, das ich dir vermutlich hätte erzählen sollen, bevor du den großen Schritt getan und deinen Job gekündigt hast.«

»Und das wäre?«

»Ich liebe dich.«

Sie keucht leise auf. »Du ... du liebst mich?«

»Ja. Ich liebe dich. Ich bin mir nicht sicher, wie du diesen kaputten, verbitterten, griesgrämigen alten Mann dazu gebracht hast, wieder Hoffnung zu haben, aber das hast du. Du hast mich ins Leben zurückgeholt, Poppy.« Ich umfasse ihr Gesicht mit meinen Händen und streiche mit den Daumen über ihre weiche Haut. »Du hast nichts vor mir zurückgehalten, nicht einmal deine Zahnspange.«

Sie lacht, und in ihren Augen glitzern Tränen. »Das werde ich wohl für den Rest meines Lebens zu hören bekommen, oder?«

»Nein.« Ich ziehe sie für einen zärtlichen, schmerzhaft süßen Kuss an mich. »Ich liebe dich viel zu sehr, um dir das lebenslang vorzuhalten.«

»Ich liebe dich auch.«

Ich atme scharf ein. Diese Worte habe ich erst von einem anderen Menschen gehört, und die Auswirkungen sind dieses Mal nicht weniger mächtig als beim ersten Mal. Liebe ist nichts, was für mich je im Überfluss vorhanden gewesen wäre. Ich fühle mich geehrt, mir die Liebe dieser beiden außergewöhnlichen Frauen verdient zu haben. »Danke.«

»Du musst dich nicht dafür bedanken, dass ich dich liebe. Das ist das Leichteste, was ich je getan habe.«

»Doch, ich muss dir danken. Für alles, was du bereits für mich getan hast. Dafür, dass du dieses große Risiko eingehst. Dafür, dass du mich liebst, was von allem das Beste ist. Ich verspreche dir, du wirst nichts davon jemals bereuen.«

»Das weiß ich bereits. Viele Menschen warten ihr ganzes Leben lang darauf, das zu finden, was wir haben. Ich habe auch mein ganzes Leben lang darauf gewartet.«

»Ich bin so froh, dass ich dich gefunden habe. Und das habe ich allein Ava zu verdanken. Irgendwie ist das verdammt cool.«

»Das war Schicksal.«

»Ja, das war es.« Ich gleite vom Hocker, und sobald ich sicher bin, dass meine Beine mich tragen, lege ich meine Arme um Jules und hebe sie hoch.

»John! Lass mich runter!«

»Still. Ich hab dich.« Vorsichtig gehe ich ins Schlafzimmer, wo ich sie neben dem Bett wieder runterlasse.

»So etwas solltest du nicht tun.«

Ich wackle mit den Augenbrauen. »Warte nur ab, wozu ich in der Lage bin, wenn meine volle Kraft zurückgekehrt ist.«

Sie zieht mich an sich und lässt sich rücklings aufs Bett fallen, sodass ich auf ihr lande. »Ich kann es nicht erwarten, alles zu sehen, wozu du fähig bist.«

Mit ihr an meiner Seite, in meinen Armen und fest verankert in meinem Herzen scheint mir alles möglich zu sein.

Ein Jahr später

JOHN

Ich bin gerade drei Meilen ohne Unterbrechung gejoggt. Wie die Ärzte vorausgesagt haben, fühle ich mich jetzt, genau ein Jahr nachdem ich aus dem Koma erwacht bin, wieder beinahe normal. Die drei Meilen zu schaffen ist ein Riesenerfolg. Ich laufe direkt am Wasser, wo der Sand fester ist. Ich hoffe, wenn ich hier hinfalle, ist es nicht so schlimm, wie es auf Asphalt wäre. Denn ab und zu stürze ich noch. Ich verliere das Gleichgewicht und falle zu Boden, oft ohne Vorwarnung. Der beste Vorfall war der, bei dem ich im Supermarkt einen ganzen Ständer mit Postkarten umgeworfen habe. Da inzwischen die ganze Welt weiß, wer ich bin, war das ziemlich peinlich.

Aber Jules war da, um mir aufzuhelfen, mir den Staub abzuklopfen und mit unserem Tag weiterzumachen, als wäre nichts Ungewöhnliches passiert. Sie nimmt alles, was unseres Weges kommt, einfach an und macht mein Leben allein durch ihre Anwesenheit wesentlich leichter.

Nachdem wir die Pressetour in Los Angeles hinter uns gebracht hatten, ist sie nach San Diego gezogen. Dafür hatte sie nur eine Bedingung: dass wir am Strand wohnen. Also haben wir uns eine Wohnung in einem nagelneuen Gebäudekomplex in La Jolla gekauft, der die hohe Sicherheit bietet, die wir brauchen. Ich werde immer noch überall angesprochen, doch in den letzten Monaten ist es etwas weniger geworden. Oder ich habe mich einfach daran gewöhnt.

Unsere Wohnung liegt in der Nähe der Bank an der Promenade, auf der unsere Beziehung die entscheidende Wendung genommen und uns dahin geführt hat, wo wir heute sind. Jedes Mal, wenn wir in der Gegend sind, legen wir auf der Bank eine kleine Rast ein und erinnern uns daran, wie weit wir seit jenem Tag gekommen sind. Ihre Wohnung in New York haben wir für Besuche bei ihrer Familie und Dienstreisen behalten. Ich ermutige sie ständig, nach Hause zu fliegen, wenn ihr danach ist, aber sie will nie ohne mich gehen. Was mir nur recht ist.

Die ursprüngliche Pressetour kommt mir vor, als sei sie ewig her. In dem Jahr, seitdem ich offiziell aus der Navy entlassen wurde, habe ich Hunderte von Interviews gegeben. Wir warten immer noch darauf, dass das Interesse an meiner Geschichte nachlässt, doch es scheint mit jedem Monat zuzunehmen. Ich habe einen Werbedeal mit Adidas abgeschlossen. Sie haben mich nur in Laufshorts und ihren Sportschuhen fotografiert. Anfangs habe ich gezögert, mich mit der Prothese ablichten zu lassen, aber Jules meinte: »Wen interessiert es schon, ob die Leute die sehen? Es ist ja nicht so, als wüsste die Welt nicht, dass du ein Bein verloren hast.«

Ich liebe es, wie sie die Sachen immer ganz nüchtern auf den Punkt bringt. Dann fange ich gar nicht erst an, alles zu sehr zu überdenken. Nach Jahren, in denen ich mein Team geführt und Leute in der Navy geleitet habe, bin ich mehr als dankbar dafür, ihr die Kontrolle zu überlassen, während ich mich an mein Leben als Zivilist gewöhne. Bisher hat sie nicht ein einziges Mal falschgelegen. Ich mache immer Witze darüber, dass ich ihrem Bauchgefühl mehr traue als meinem.

Die Werbeanzeige hat eine wahnsinnige Aufmerksamkeit bekommen. Sie wurde sogar auf den riesigen Werbetafeln am Times Square geschaltet, und die Firma ist mit den Reaktionen mehr als zufrieden. Und ich mit der Riesensumme, die sie mir dafür bezahlt haben. Damit und mit meiner Pension können wir es uns ziemlich gut gehen lassen.

Ich habe außerdem zugestimmt, meine Memoiren zu verfassen, was sich als wesentlich komplizierter herausstellt, als ich gedacht hatte. Indem ich über meine schwierige Jugend und meine erfolgreiche Karriere in der Navy schreibe, hoffe ich, irgendeinem Kind da draußen Hoffnung zu schenken, dass es jemanden gibt, der auch ihm hilft. Wir haben sogar gehört, dass womöglich ein Film daraus gemacht wird, sollte das Buch nicht ganz schlecht werden. Das wäre vielleicht was.

Und ich habe die Captain-John-West-Stiftung für junge Erwachsene gegründet, die der staatlichen Fürsorge entwachsen sind und Führung und Hilfe benötigen, um ihre nächsten Schritte zu planen. Wenn so etwas damals existiert hätte, als ich achtzehn wurde, wäre ich vielleicht nicht vor einem Richter gelandet. Ich hatte Glück. Doch viele Jugendliche haben das nicht, und ich will sie erreichen, bevor sie in Schwierigkeiten geraten. Wir haben ein Pilotprojekt in San Diego gestartet, das in den nächsten Jahren hoffentlich landesweit durchgeführt wird.

Das Leben ist gut – und nicht nur für Jules und mich. Rob hat die Wahl gewonnen und sitzt nun für New York im Kongress. Er und Camille pendeln zwischen New York und Washington, D. C., und er wird als aufgehender Stern der Demokraten gehandelt. Ihre Kanzlei hat Büros in beiden Städten, sodass das für sie beide ganz gut funktioniert. Der Wahlkampf für ihn hat mir Spaß gemacht, und Rob sagt, dass meine Unterstützung ihm den entscheidenden Vorteil gebracht hat. Ich weiß nicht, ob das stimmt, aber ich habe ihm gerne geholfen. Wir sind inzwischen gute Freunde geworden, und ich freue mich immer, wenn ich ihn und Camille sehe.

Muncie hat nach Ablauf seines Auftrags bei mir beantragt, nach New York versetzt zu werden, wo er jetzt als Rekrutierer für die Navy arbeitet. Die Arbeit liebt er zwar nicht, doch dafür umso mehr, mit Amy zusammenzuwohnen. Ich erwarte eigentlich täglich die Nachricht, dass die beiden heiraten. Nach den vielen Monaten, die wir gemeinsam verbracht haben, ist er immer noch einer meiner engsten Freunde. Er hat in meinen Augen genauso viel Anteil daran, dass ich mein Leben wieder auf die Spur gebracht habe, wie Jules.

Ava und Eric haben vor Kurzem eine Tochter namens Josie bekommen. Sie ist wunderschön, und die beiden sind ganz hin und weg von ihr. So soll es ja auch sein. Eric und ich werden niemals beste Freunde werden, um Jules' und Avas willen gehen wir allerdings höflich miteinander um, wenn wir aufeinandertreffen. Wir haben sogar den Punkt erreicht, an dem wir ab und zu miteinander scherzen. Entgegen allen Voraussagen haben Ava und ich es geschafft, ein enges, freundschaftliches Verhältnis zu haben. Wir chatten regelmäßig miteinander und halten Kontakt. Ich bin so froh, dass ich alles mit Jules habe und Ava trotzdem Teil meines Lebens ist.

Als ich nach Hause jogge, denke ich an Jules und die nächste Phase unserer gemeinsamen Reise. Den Verlobungsring habe ich schon vor Wochen gekauft, und seitdem zerbreche ich mir den Kopf darüber, wie ich ihr die wichtigste Frage überhaupt stellen soll. Ich mache mir keine Gedanken darüber, wie ihre Antwort lauten wird, aber ich will, dass der Antrag so perfekt wird, wie sie für mich ist.

Manchmal frage ich mich, was wohl aus mir geworden wäre, wenn sie nicht zu diesem Zeitpunkt in meinem Leben aufgetaucht wäre. Es ging mir wirklich schlecht, als ich aus dem Krankenhaus kam. Und ich bin mir darüber im Klaren, dass ich den Großteil meiner Fortschritte ihr zu verdanken habe. Sie ist mein Licht am Ende des Tunnels. Ab und zu habe ich immer noch Albträume und wache schweißgebadet auf, erschüttert über den Verlust von Tito und Jonesy und wegen allem, was ich verloren habe. Und dann ist Jules immer bei mir, hält mich fest, ist die Ruhe in meinem Sturm.

Vor ein paar Monaten hat Popovicci, der Oberstabsbootsmann aus meinem SEAL-Team, versucht, sich das Leben zu nehmen. Der Schock darüber hat mich ein paar Tage ins Trudeln gebracht. Wir sind alle zusammengekommen, um ihm zu helfen, und ich habe ihm einen Platz in einer Klinik verschafft, die auf die Behandlung von posttraumatischen Belastungsstörungen spezialisiert ist. Wir haben alles getan, was man eben tut, wenn jemand, der für einen wie ein Familienmitglied ist, leidet. Ich weiß nicht, ob ich so gut damit hätte umgehen können, wenn es passiert wäre, bevor Jules in mein Leben getreten ist. Sie war immer an meiner Seite und hat mir mit den ganzen Details geholfen, die mich allein überfordert hätten.

Sie ist ein Fels. Sie ist *mein* Fels, und mit dem perfekten Antrag will ich ihr zeigen, wie wichtig sie mir ist. Ich habe tausend Ideen gehabt und verworfen, denn keine fühlte sich für mich richtig an. Ich hoffe immer noch, dass mir etwas einfällt, denn langsam geht mir die Geduld aus. Ich will diesen Ring an ihrem Finger sehen, und ich habe vor, sie so schnell wie möglich zu meiner Frau zu machen. Ich will Kinder mit ihr haben. Ich will *alles* mit ihr haben. Es ist schon seltsam, aber wenn Jules und ich heiraten, wird Avas Tochter meine Nichte werden. Der Gedanke gefällt mir.

An unserem Gebäude angekommen, stelle ich mich unter die Außendusche, bevor ich die Treppe zu unserer Terrasse hochgehe. Stufen sind für mich immer noch eine kleine Herausforderung, doch wie die Ärzte und Physiotherapeuten mir versprochen haben, fällt mir mit der Zeit alles leichter. Ich betrete die Wohnung, wo Jules am Herd steht und telefoniert. Sie ist eine wahre Meisterin im Multitasking.

Das strahlende Lächeln, mit dem sie mich begrüßt, berührt mein Herz. Sie ist immer so verdammt froh, mich zu sehen. »Nein, das tut er nicht, Victor. Es ist mir egal, wie viel Spaß er in deiner Sendung hatte, er wird keine Gummipenisse aus einem Helikopter werfen.« Sie schaut mich an und verdreht die Augen.

Lachend recke ich meine Daumen hoch.

Sie schüttelt mit strenger Miene den Kopf.

Ich *liebe* es, wenn sie streng zu mir ist.

»Nein, es nützt auch nichts, wenn es künstliche Scheiße ist. Das ist beides weit unter seinem Niveau.« Sie schweigt und hört zu. »Nein, das werde ich ihm nicht unterbreiten. Die Antwort ist Nein. Ruf mich an, wenn du deine Würde wiedergefunden hast.« Sie zieht die Kopfhörer aus den Ohren und wirft sie beiseite. »Er ist verrückt, wenn er glaubt, ich lasse dich irgendwas von dem verrückten Mist machen, den er in seiner Sendung durchzieht. Er hat Glück, dass ich dich überhaupt einmal im Monat bei ihm auftreten lasse.«

Sie ist umwerfend. Das ist das einzige Wort, das mir einfällt, um zu beschreiben, wie sie sich beruflich und privat um mich kümmert. Manchmal fürchte ich, dass es ihr langweilig wird, nur einen Klienten zu haben, aber sie scheint es zu mögen, mich zu vertreten und der Puffer zwischen mir und den Anfragen zu sein, die weiter jeden Tag eintrudeln. Vorsichtig gehe ich um den Tresen herum zu ihr an den

Herd, wo sie immer noch steht und in etwas rührt, das ganz köstlich duftet.

»Was ist los?« Sie mustert mich kurz, um sicherzugehen, dass alles in Ordnung ist. »Du bist doch nicht hingefallen, oder?« Ihre Haare hat sie zu einem unordentlichen Knoten hochgebunden, und sie trägt ein eng anliegendes Tanktop und abgeschnittene Jeans, die wahnsinnig sexy sind und kaum ihren Po bedecken. Nicht, dass ich mich darüber beschweren möchte.

»Nein, heute nicht. Und gar nichts ist los.« Ich beuge mich vor, um sie zu küssen. »Ich betrachte bloß meine Kriegerin, die barfuß in der Küche steht und meine Schlachten für mich schlägt, wie nur sie es kann.«

»Ich weiß, du liebst Victor, aber ich muss schon sagen ...«

Ich küsse ihr die Worte von den Lippen. »Ich liebe *dich*. *Dich* und *nur* dich.« Ich erkenne, dass es nie einen besseren Zeitpunkt für das geben wird, was ich tun will, als einen dieser schlichten und doch außergewöhnlichen Momente, die wir jeden Tag miteinander erleben.

Sie legt eine Hand auf meinen Nacken. »Ich liebe dich auch. Wie war dein Lauf?«

»Ich habe endlich die drei Meilen geschafft.«

»Wirklich?« Ihr Lächeln erhellt meine Welt. »Das ist großartig.«

Ich konnte mal fünfzehn Meilen laufen, ohne groß in Schweiß auszubrechen. Vielleicht werde ich das nie mehr tun können, aber egal. Ich habe gelernt, dass ich nicht wieder der werden muss, der ich mal war, damit es mir hier und jetzt gut geht. Am letzten Wochenende bin ich mit Jules zum Wandern zum Torrey Pines gefahren, der für mich bis dahin zu schwer gewesen war. Es war schön, mal wieder an einem meiner Lieblingsorte zu sein und ihn mit ihr zu teilen. »Es hat sich gut angefühlt, diese dritte Meile zu schaffen.«

»Ich bin so stolz auf dich.«

Sie behandelt jeden Fortschritt bei meiner Genesung, als hätte ich gerade den Everest erklommen, was nur ein weiterer Grund auf meiner langen Liste von Gründen ist, warum ich sie so sehr liebe. »Kannst du deinen Gedanken für einen Moment im Kopf behalten?«

»Klar.« Sie zieht auf bezaubernd verwirrende Weise die Stirn kraus. »Ich gehe nirgendwohin.«

Mehr muss ich nicht wissen. »Ich bin gleich wieder da.« Ich laufe ins Schlafzimmer, das im Erdgeschoss unserer Wohnung liegt. Jules hat darauf bestanden, damit ich mich in meinem eigenen Zuhause nicht mit Treppen herumquälen muss. Sie achtet immer auf mich, sei es bei kleinen oder bei großen Dingen. Ich hole den Ring, der in meiner Kommodenschublade liegt, nehme ihn aus der Schachtel und kehre ins Wohnzimmer zurück, um mich aufs Sofa zu setzen. Den Ring verberge ich in meiner rechten Faust. »Komm mal her.«

Sie rührt noch einmal in dem Topf, während sie ihr Handy checkt. »Ich bin doch hier.«

»Julianne.« Ich nenne sie *nie* so, und es weckt ihre Aufmerksamkeit.

Sie schaut von ihrem Handy auf. »Was ist?«

»Komm her.«

Mit einem dramatischen Seufzer setzt sie sich in Bewegung und kommt zu mir. »Du hast mich gerufen?«

»Setz dich.«

Sie setzt sich.

Es fällt mir nicht leicht, aber ich rutsche von der Couch und gehe vor ihr auf die Knie.

»Was machst du da? Du tust dir noch weh.«

»Nein, tu ich nicht. Und was ich hier mache, meine süße, schwierige, umwerfende, perfekte Poppy, ist, dich zu fragen, ob du mich bitte heiraten und mich glücklicher machen willst, als ich bereits bin – was schon verdammt glücklich ist.«

Ihre Augen werden groß, und sie öffnet überrascht den Mund. Ich *liebe* es, dass sie das nicht hat kommen sehen. Klar, wir haben übers Heiraten gesprochen, sie hatte allerdings keine Ahnung, dass heute der Tag sein würde.

»Du, mein wunderschöner, unendlich kompetenter Puffer zwischen mir und der Außenwelt, bist die absolute Liebe meines Lebens. Verbringst du bitte den Rest deines Lebens mit mir?« Ich öffne meine Hand, um ihr den Ring zu zeigen, und Jules keucht auf.

Ich habe mich für einen echten Klunker entschieden, und angesichts ihrer Reaktion hat er den gewünschten Effekt.

Tränen laufen ihr über die Wangen, als sie sich eine Hand vor den

Mund schlägt. »John.« Die Hand dämpft ihre Stimme, aber ich höre es trotzdem.

Sanft ziehe ich ihre Hand weg und stecke ihr den Ring an den Finger. Er passt perfekt, doch das wusste ich schon vorher. »Erinnerst du dich noch an den Tag, an dem du den Ring deiner Großmutter nicht finden konntest?«

Sie nickt.

»Ich habe ihn mir ausgeliehen, um die richtige Größe zu ermitteln. Dann habe ich mich schlecht gefühlt, weil dich der verschwundene Ring so aufgebracht hat, und sichergestellt, dass du ihn am nächsten Morgen findest.«

Sie schnieft und betrachtet den Ring, bevor sie mich wieder ansieht. »Ich verzeihe dir.«

»Ich habe auch vor einem Monat mit deinem Vater gesprochen und ihn um die Erlaubnis gebeten, dich zu heiraten. Er meinte, ich hätte seinen Segen, aber du wärst die Einzige, die diese Entscheidung treffen kann.«

»Du hast ihn wirklich gefragt?«

»Ja. Und ich dachte, du würdest dich über seine Antwort freuen.«

»Ich liebe seine Antwort. Und dass du das gemacht hast. Danke. Ich bin sicher, es hat ihm viel bedeutet.«

Ich hauche ihr einen Kuss auf den Handrücken. »Gefällt dir der Ring?«

Sie lacht, als wäre das die dümmste Frage, die sie je gehört hat. »Ich *liebe* ihn. Er ist unglaublich.«

Es ist ein dreikarätiger Solitär, der von kleineren Steinen von insgesamt zwei Karat eingefasst ist.

Ich küsse sie erneut, weil es kaum etwas gibt, das ich lieber tue, als sie zu küssen. »Als derjenigen, die sich normalerweise um alle Einzelheiten kümmert, entgeht dir gerade ein ziemlich wichtiges Detail.«

»Welches denn?«

»Du hast meine Frage noch nicht beantwortet. Willst du mich heiraten und für immer glücklich mit mir sein? Willst du mein Leben teilen und mit mir Kinder und alles andere haben?«

»Ja.« Zärtlich umfasst sie mein Gesicht und schaut mir tief in die Augen. »Ja, das alles will ich.«

Ich nehme sie in die Arme und bin erleichtert, dass es jetzt offiziell ist und sie den Ring mag, mit dessen Auswahl ich mich so gequält habe. »Du hast mein Leben auf alle nur denkbaren Arten gerettet, Poppy.«

»Das sagst du zwar oft, aber indem ich dein Leben gerettet habe, habe ich meines gefunden.«

DANKSAGUNG

DANKE, DASS SIE JOHNS GESCHICHTE GELESEN HABEN! NACHDEM »Five Years Gone – Ein Traum von Liebe« erschienen ist, wusste ich, dass ich mit Anfragen nach Johns Buch überflutet werden würde. Alle wollten, dass er auch sein Happy End bekommt, und ich hoffe, Sie haben sich gefreut, dass er es mit Jules gefunden hat. Diese zwei Bücher zu schreiben hat so einen Spaß gemacht, und ich freue mich, dass ich von so vielen Lesern gehört habe, die »Five Years Gone – Ein Traum von Liebe« geliebt und die Tage bis zum Erscheinen von »One Year Home – Ein Traum von Glück« heruntergezählt haben. Danke für Ihren Enthusiasmus für meine Bücher, den ich unglaublich zu schätzen weiß.

Um über die Bücher zu sprechen – und Spoiler sind hier ausdrücklich erlaubt –, können Sie den entsprechenden Facebookgruppen beitreten: https://www.facebook.com/groups/FiveYearsGone und https://www.facebook.com/groups/OneYearHome.

Wenn Sie sich noch nicht für meinen Newsletter eingetragen haben, können Sie das unter www.marieforce.com tun. So bleiben Sie immer auf dem Laufenden über neue Bücher, besondere Angebote und Veranstaltungen in Ihrer Nähe.

Viele Menschen unterstützen mich, damit ich den ganzen Tag schreiben kann, darunter mein Mann Dan und das Team von HTJB: Julie Cupp, Lisa Cafferty, Holly Sullivan, Isabel Sullivan und Nikki Colquhoun. Ein Dank geht an meine großartigen Lektorinnen Linda Ingmanson und Joyce Lamb sowie an meine herausragende PR-Frau Jessica Estep und meine wunderbaren ersten Beta-Leserinnen Anne

Woodall und Kara Conrad. Ein besonderer Dank gilt meinen finalen Beta-Leserinnen Kelly, Juliane, Gwendolyn, Betty, Nancy, Laurie, Irene, Marti, Isabel, Amy und Jennifer für ihre Beiträge. Und ich freue mich wahnsinnig, dass Erin Mallon und Jason Clarke für das englischsprachige Hörbuch von »One Year Home« die Rollen von Julianne und John lesen und Andi Arndt und Joe Arden aus »Five Years Gone« wieder in ihre Rollen als Ava und Eric schlüpfen. Danke an diese Rockstars der Hörbuchliteratur, dass sie diese Charaktere zum Leben erwecken.

Ein großer Dank geht an meine Schriftstellerfreundin Lauren Rowe aus San Diego, die dafür gesorgt hat, dass die Details zu der Stadt stimmen, und die mir geholfen hat, den Tag zu planen, an dem John mit Jules und Amy auf Sightseeingtour geht. Ein besonderer Dank gilt meiner Freundin Tracey Suppo, die »One Year Home – Ein Traum von Glück« noch einmal final gegengelesen hat. Ich bin dir so dankbar für deine Freundschaft und Unterstützung, Tracey!

Und natürlich auch ein Riesendankeschön an meine unglaublichen Leserinnen und Leser, die dafür sorgen, dass dies der beste Job ist, den ich je hatte.

Mit ganz viel Liebe,
Marie

WEITERE TITEL VON MARIE FORCE

Die Fatal Serie

One Night With You – Wie alles begann (Fatal Serie Novelle)

Fatal Affair – Nur mit dir (Fatal Serie 1)

Fatal Justice – Wenn du mich liebst (Fatal Serie 2)

Fatal Consequences – Halt mich fest (Fatal Serie 3)

Fatal Destiny – Die Liebe in uns (Fatal Serie 3.5)

Fatal Flaw – Für immer die Deine (Fatal Serie 4)

Fatal Deception – Verlasse mich nicht (Fatal Serie 5)

Fatal Mistake – Dein und mein Herz (Fatal Serie 6)

Fatal Jeopardy – Lass mich nicht los (Fatal Serie 7)

Fatal Scandal – Du an meiner Seite (Fatal Serie 8)

Fatal Frenzy – Liebe mich jetzt (Fatal Serie 9)

Fatal Identity – Nichts kann uns trennen (Fatal Serie 10)

Fatal Threat – Ich glaub an dich (Fatal Serie 11)

Fatal Chaos – Allein unsere Liebe (Fatal Series 12)

Fatal Invasion – Wir gehören zusammen (Fatal Serie 13)

Fatal Reckoning – Solange wir uns lieben (Fatal Serie 14)

Fatal Serie Bände 1-6

Fatal Serie Bände 7-11

Die McCarthys

Liebe auf Gansett Island (Die McCarthys 1)

Mac & Maddie

Sehnsucht auf Gansett Island (Die McCarthys 2)

Joe & Janey

Hoffnung auf Gansett Island (Die McCarthys 3)

Geliebtes Gansett Island (Die McCarthys 18)
Kevin & Chelsea

Blütenzauber auf Gansett Island (Die McCarthys 19)
Riley & Nikki

Sommernächte auf Gansett Island (Die McCarthys 20)
Finn & Chloe

Verführung auf Gansett Island (Die McCarthys 21)
Deacon & Julia

Magie auf Gansett Island (Die McCarthys 22)
Jordan & Mason

Andere Bücher

Sex Machine – Blake und Honey

Sex God – Garret und Lauren

Five Years Gone – Ein Traum von Liebe

One Year Home – Ein Traum von Glück

Mein Herz für dich

Nicht nur für eine Nacht

Take-off ins Glück

The Fall – Du und keine andere

Dieses Mal für immer

Helden küsst man nicht

Küsse für den Quarterback

Miami Nights

Bis du mich küsst

Bis du mich berührst

Bis du mich liebst

Die Green Mountain Serie

Alles was du suchst (Green Mountain Serie 1)

Endlich zu dir (Green Mountain Serie 1/Story *1*)

Kein Tag ohne dich (Green Mountain Serie 2)

Ein Picknick zu zweit (Green-Mountain-Serie/Story 2)

Mein Herz gehört dir (Green Mountain Serie 3)

Ein Ausflug ins Glück (Green-Mountain-Serie/Story 3)

Schenk mir deine Träume (Green-Mountain Serie 4)

Der Takt unserer Herzen (Green-Mountain-Serie/Story 4)

Sehnsucht nach dir (Green-Mountain Serie 5)

Ein Fest für alle (Green-Mountain-Serie 5/Story 5)

Öffne mir dein Herz (Green-Mountain-Serie 6/Story 6)

Jede Minute mit dir (Green-Mountain-Serie 7)

Ein Traum für Uns, (Green-Mountain-Serie 8)

Meine Hand in Deiner, (Green-Mountain-Serie 9)

Mein Glück mit dir, (Green-Mountain-Serie 10)

Nur Augen für dich, (Green-Mountain-Serie 11)

Die Neuengland-Reihe

Vergiss die Liebe nicht (Neuengland-Reihe 1)

Wohin das Herz mich führt (Neuengland-Reihe 2)

Wenn das Glück uns findet (Neuengland-Reihe 3)

Und wenn es Liebe ist (Neuengland-Reihe 4)

Für immer und ewig du (Neuengland-Reihe 5)

Die Quantum Serie

Tugendhaft (Quantum-Serie 1)

Furchtlos (Quantum-Serie 2)

Vereint (Quantum-Serie 3)

Befreit (Quantum-Serie 4)

Verlockend (Quantum-Serie 5)

Überwältigend (Quantum-Serie 6)

Unfassbar (Quantum-Serie 7)

Berühmt (Quantum-Serie 8)

Gilded Serie

Die getäuschte Herzogin

Eine betörende Braut

ÜBER DIE AUTORIN

Marie Force ist die New-York-Times-Bestseller-Autorin von über fünfzig zeitgenössischen Liebesromanen, unter anderem den beliebten Romanserien »Gansett Island«, »Green Mountain« und der erotischen Quantum-Serie. Sie hat unterdessen weltweit über sechs Millionen Bücher verkauft. Die Autorin lebt zusammen mit ihrem Mann, zwei fast erwachsenen Kindern und zwei Hunden in Rhode Island.

Tragen Sie sich in Maries Mailingliste ein, um alles Wichtige über neue Bücher und Veranstaltungen zu erfahren. Folgen Sie ihr auf Facebook und auf Instagram.